谨以此书向五十多年来，坚持艰苦奋斗、拒腐蚀、永不沾和全心全意为人民服务光荣传统代代相传的"南京路上好八连"官兵致以崇高的敬意！

永不褪色

南京路上好八连纪实

杨绣丽 著

解放军出版社

好八连，天下传。
为什么，意志坚。
为人民，几十年。
拒腐蚀，永不沾。
因此叫，好八连。
解放军，要学习。
全军民，要自立。
不怕压，不怕迫。
不怕刀，不怕戟。
不怕鬼，不怕魅。
不怕帝，不怕贼。
奇儿女，如松柏。
上参天，傲霜雪。
纪律好，如坚壁。
军事好，如霹雳。
政治好，称第一。
思想好，能分析。
分析好，大有益。
益在哪，团结力。
军民团结如一人，
试看天下谁能敌。

毛泽东同志为八连题词

保持人民军队艰

苦奋闘的光荣传

统，学习南京路上

好八连 朱德 一九六三年

五月卅日

1963 年 5 月 30 日，朱德同志为八连题词一贯保持光荣传统的、保证走向共产主义的、集体的标兵——南京路上好八连万岁！

邓小平 一九六三年六月

1963 年 6 月 6 日，邓小平同志为八连题词：
一贯保持光荣传统的、保证走向共产主义的、集体的标兵—南京路上好八连万岁

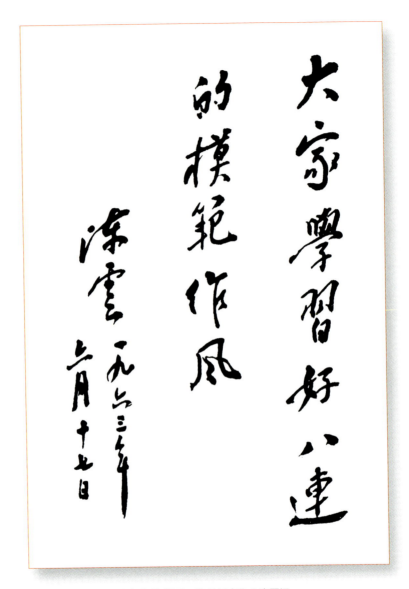

大家学习好八连的模范作风

陈云 一九六三年六月十七日

1963 年 6 月 17 日，陈云同志为八连题词

1963 年 6 月，陈毅同志为八连题词，并号召全国军民向八连学习

1963 年 6 月 28 日，罗瑞卿同志为八连题词

1964年，八连班长邵金城（第二排左二）作为英模集体代表参加国庆观礼，受到毛泽东、周恩来、朱德、邓小平等党和国家领导人亲切接见。

1963年2月，八连指导员刘仁福赴京向总政治部汇报连队建设情况，受到周恩来总理的亲切接见。

1963年6月6日，邓小平同志为八连题词：一贯保持光荣传统的、保证走向共产主义的、集体的标兵—南京路上好八连万岁。

1963 年，总政治部副主任肖华和八连干部战士亲切交谈。

1964 年 4 月，国防部副部长兼南京军区司令员许世友和南京军区政治委员杜平到安徽磨盘山看望正在野营训练的八连官兵。

八连前身是华东军区特务团四大队辎重连，
于 1947 年 8 月 6 日在山东莱阳县小园村组建

从山东大地到上海，连队屡立战功

序 曲

〔新华社上海 1949 年 5 月 27 日电〕 前线记者
报道：粉碎了敌人抵抗的人民解放军，分路源源涌
进大上海，25 日晨一时，就在市中心跑马厅会师。
……25 日拂晓，解放军的后续部队就排成数路纵队
开进了市区。入城部队纪律严明，都自带干粮。市
内秩序迅速恢复，车辆来往不绝。

〔新华社 1949 年 5 月 29 日社论〕 《祝上海解
放》 上海是一个世界性的城市。上海的命运实际
上是近代中国历史的缩影。在一方面，帝国主义
的冒险家们曾经把上海看成是自己的乐园；在另一
方面，上海又是近代中国的光明摇篮。中国革命
的敌人恐吓中国人民说：你们不敢占领上海，因为
你们无法管理它，除非你们向我们屈服。这些大言
不惭的人们并且设定种种的图案来安慰自己和互相
安慰，但是现在不是他们在赌博场中继续赢钱的时
候了。

枪声已经消失了。

[新华社上海 1949 年 5 月 27 日电]、[5 月 29 日社论]

学习《入城三大公约十项守则》等

人民群众欢迎解放军

进驻青海路刘家公馆

高度警惕

在南京路上巡逻

执勤，保卫大上海

八连同志风里雨里日以继夜坚守岗位

因地制宜连攀登

刺杀训练之前

瞄准训练

野营拉练

《保卫大上海》诗两首

在上海市人民委员会执勤

1952年，八连被上海公安总队评为
"部队巩固优胜连"

组织拒腐防变教育

夜学七届二中全会

学习《共产党宣言》

指导员王经文带头学习《毛泽东选集》

政治理论书籍是战士最爱看的，
这是官兵争相购买《毛泽东选集》

1963 年评出的学习标兵——
顾炳仁四年如一日，读了 70
多本经典著作，写了 90 多
篇读书笔记

请参加 1925 年大罢工的老工人讲述反帝斗争情况

走出连队，向上海焦化厂工人学习

在顾正红烈士塑像前听国棉二厂工人钟秀文介绍"五卅"惨案的经过

忆苦大会

木工箱的主人李祖根，是连队的"万能修理手"

刘仁福说：通过缝缝补补这样的生活小事，可以保持劳动人民的本色，培养自力更生的观念

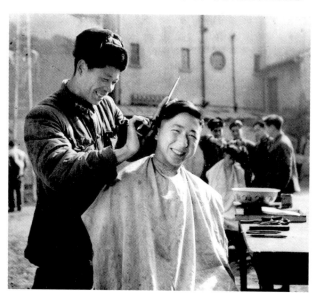

八连有许多义务理发员，战士们头发长了都是自己理

郊外开荒生产

煤油灯下练红心

"南京路上好八连"命名

一分钱的故事

代代相传的"三箱"

拣到后因无法找到失主而主动上交的失物

盛根铨日记，连队学习用的书籍

对抗演练中，八连率先将连旗
插在高地上，官兵们欢呼雀跃

党员带头，官兵们士气高涨

抢滩登陆

战术训练场，八连官兵个个都像小老虎

训练任务转换以来，八连官兵把训练场当做
艰苦奋斗的主战场，图为官兵进行侧倒训练

水中格斗，提高官兵擒敌技能

官兵排队献血

八连官兵看望孤老

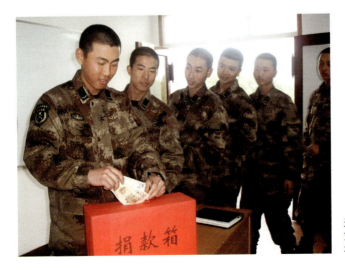

连续 20 年资助山东沂水县
贫困学生，帮助 148 名学生
考上大学、走上成才之路

八连官兵参加世博工程建设

八连官兵走上南京路步行街，
向外国游客介绍上海世博会

每月10日、20日，好八连官兵坚持到南京路开展为民服务活动

三箱交接

新兵入营第一课

连史馆里铸军魂

重温入党誓词

永不褪色的红旗

迟浩田

永不磨灭的色彩

田〔印章〕

培养有灵魂、有本事、有血性、有品德的新一代革命军人。

——习近平

永不褪色的旗帜

（序）

迟浩田　上将

在"南京路上好八连"进驻上海南京路 65 周年之际，上海市黄浦区双拥工作领导小组办公室、上海市拥军优属基金会黄浦区分会，共同组织撰写了"南京路上好八连"报告文学——《永不褪色》，请我为之作序。我作为当年亲历上海战役并曾经驻守上海的一位老战士，深感义不容辞，欣然应允。

"南京路上好八连"是在毛泽东、邓小平、江泽民、胡锦涛、习近平等党和国家领导人亲切关怀培育下，逐步成长起来的先进典型。遥想当年，毛主席亲笔题写的《八连颂》传遍大江南北，《霓虹灯下的哨兵》感动万户千家，"南京路上好八连"成为全国各族人民争相学习的时代楷模。喜看今朝，"霓虹灯更亮，好八连更好"，"南京路好八连"与申城人民心心相印、血脉相承，被亲切地喻为大上海的"精神名片"，"东方明珠"的坚强柱石。历史是最好的教科书，也是最好的清醒剂。上海解放初期，国内外反动派曾经猖狂叫嚣：上海是个"大染缸"，不出3 个月，解放军就要"红的进来，黑的出去"。他们万万没有想到，历经65 年的风雨洗礼，"南京路上好八连"这面红旗，不仅没有褪色变质，反而熠熠生辉，傲然飘扬。敌对势力所谓"颜色革命"的痴心妄想没有实现,也永远不可能实现!

"南京路上好八连"是历经钢铁炮弹和"糖衣炮弹"严峻考验的英雄集体。"南京路上好八连"的前身是华东军区特务团四大队辎重连,于1947年8月6日在山东莱阳县小园村重建,参加了济南、淮海、渡江、上海等诸多战役战斗。1949年6月,改编为上海公安总队内卫一团二营八连,进驻上海南京路、担负警卫巡逻任务。1959年2月,改编为南京军区上海警备区警备团三营八连。1963年4月25日,被国防部授予"南京路上好八连"荣誉称号。1982年,转换为步兵连。2011年,在步兵课目基础上附加特种训练任务。岁月的流淌,抹不去精神的传承;时代的光芒,彰显出英雄的风采。从偏僻农村到繁华都市,从硝烟弥漫的烽火战场到纸醉金迷的"十里洋场",从南京路上的执勤哨兵到保卫大上海的特战尖兵,"南京路上好八连"面临的时代环境在变,生活条件在变,使命任务也在变。但是,坚持党对军队绝对领导的革命军魂不变,全心全意为人民服务的根本宗旨不变,艰苦奋斗的优良作风不变。面对枪林弹雨的考验,"香风毒雾"的侵蚀,灯红酒绿的诱惑,"南京路上好八连"始终不渝地坚守人民军队性质,坚守革命军人本色,坚守艰苦奋斗、勤俭为荣传统,保卫上海,融入上海,奉献上海,真正做到了"为人民,几十年。拒腐蚀,永不沾"。

"南京路上好八连"美名远扬、历久弥新,归功于全国人民、特别是上海人民的深情厚爱和鼎力支持。"好八连"积极投身城市发展,真诚服务上海人民;上海人民拥护热爱"好八连",倾情弘扬"好八连"精神。自发捐建"好八连"群体雕塑,精心编印"好八连"故事书刊,携手参加"好八连"便民服务……流光溢彩的上海滩处处涌动着军民共建的勃勃生机,饱含着上海人民对"好八连"官兵的浓浓真情,寄托着对"好八连"精神的殷殷传承。1996年9月,我曾经专程到南京路看望慰问"好八连"官兵,与他们一起参加便民服务日活动,亲身感受到上海军民"双拥花开别样红"的盎然情怀。军民鱼水情深,军地融合发展,激励着"南京路上好八连"不断从胜利走向胜利,续写着"军民团结如一人,试看天下谁能敌"的华彩篇章。

长篇报告文学《永不褪色》，以独特的视角，丰富的史料，细腻的笔触，纪实的手法，生动再现"南京路上好八连"身居闹市，一尘不染的风雨历程，热情赞颂"好八连"心系祖国、服务人民的崇高追求，深刻揭示"好八连"勤俭节约、拒腐防变的时代风格，全面阐明"好八连"精神弦歌不辍、薪火相传的深远意义。既是"好八连"听党指挥、永葆本色的全景展示，又是人民军队浩气长存、继往开来的历史缩影，更是上海经济繁荣、社会和谐的真实写照，堪称新形势下进行爱国主义和革命传统教育的精品佳作，值得广大官兵和青年朋友认真研读。

　　追思尘迹事难忘，遗留胜境犹怀想。掩卷之余，回首频望，心潮澎湃：黄浦江畔，虎胆巧渡苏州河，智闯敌穴伏群魔的英勇，仿佛历历在目；上海街头，"天当被盖地作床，枕风沐雨入梦乡"的豪迈，霎时溢满胸田……"瓷器店里打老鼠"，何等不易？"霓虹灯下铸新篇"，共赴时艰。传统不丢，红旗不倒。艰苦奋斗没有完成时，作风建设永远在路上。

　　现在，我国正处在全面建成小康社会的关键时期。国防和军队建设既迎来实现跨越发展的难得历史机遇，又面临各种难以预料的风险挑战。在去年的全军政工会议上，习近平鲜明指出："紧紧围绕实现中华民族伟大复兴的中国梦，为实现党在新形势下的强军目标提供坚强政治保证"，这是军队政治工作的时代主题。这是党赋予我军政治工作的新使命，是政治工作的根本出发点落脚点。希望广大读者能够从《永不褪色》中汲取政治营养，学习老一辈高举旗帜、听党指挥的坚定信念，继承我党我军艰苦奋斗的光荣传统，弘扬"拒腐蚀、永不沾"的优良作风，落实"三严三实"的政治要求，练就"能打仗、打胜仗"的过硬本领，在以习近平同志为总书记的党中央坚强领导下，进一步解放思想，开拓创新，求真务实，勇敢担当，为完成"两个一百年"的宏伟目标，实现中华民族伟大复兴的中国梦而努力奋斗！

2015 年 3 月 1 日

目　录

楔　子

人流如织，去去来来；夜色如锦，流光溢彩……

南京路上的都市之魅，风尚之情，被时间之手打造得愈来愈美丽。

在这中华第一商业街上，无数人摩肩接踵地流连；这如梦似幻的繁华中，无数人按下手中留影的按键；人潮涌向外滩，涌向万国建筑群，江对面矗立的高楼丛林，那是大上海高高升起的指尖。

海关大楼的钟声，一天一天敲响。外滩广场上陈毅元帅的雕像，远处高高矗立的纪念碑，一天一天在注视着我们匆忙的脚步……

2013年4月25日，"南京路上好八连"迎来50周年命名纪念日。笔者走近南京东路好八连广场的八连雕塑，走进寄托着太多情结的"好八连"，走向南京路孕育的这个连队，走向在南京路为民服务的八连战士，无形之中，感到一座不朽的精神丰碑，陡然矗立；一面鲜艳的旗帜，迎着浦江略带咸涩的微风，飘扬于城市的最高处，成为上海一座永恒的精神地标。

"南京路上好八连"是这个城市精神家园最明亮的一部分，在人世的万千欲望冲刷下，它宛若一股清风，吹散尘世的"精神雾霭"；宛若一炬圣火，点燃了难忘岁月的激情；宛若一缕阳光，照亮了人们心头追求美好事物的希望！

第一章
入城·铸铿锵誓言

在丹阳的一所学校里，陈毅亲自向华东局排以上干部作动员报告。他穿着一套褪了色的黄军装，风尘仆仆走进来，微笑着向大家点头致意。

陈毅强调了毛泽东说的：在上海搞坏一件事，全世界都知道。他说："入城纪律是执行入城政策的前奏，是解放军给上海人民的见面礼。见面礼搞不好，是要被人家赶出来的。记住，我们野战军，到了城里不准再'野'，纪律一定要严！"还特别强调了没有找到营房以前，部队一律睡马路，坚决"不入民宅"，"天王老子"都要遵守！

1.陈毅:"天王老子"也要遵守入城守则

1949年5月,江苏丹阳,长江南岸沪宁线上的一座小城,这里据说有着"王者之地"的称号,它的名字含有"丹凤朝阳"之意,此时是中国人民解放军总前委、华东军区和中共华东局临时驻地。

4月,百万雄师横渡长江之后,刘伯承、邓小平、陈毅、粟裕等人组成的总前委来到这里,指挥上海解放战役和接管工作,数万人集聚于此,培训干部、准备物资、认真学习各项方针政策,史称"丹阳集训",为接管上海作着大量的准备。

华东军区警卫旅特务团一营一连,跟随华东局一路南下来到丹阳,驻扎在瓜洲古渡外的陵口。

1947年,山东胶东地区,国民党军对山东解放区发动重点进攻时,根据任务的需要,张成志和后来成为八连连长的刘裕民等老战士,征收了一批胶东翻身农民的子弟,加上教导队的学员,于8月6日在莱阳城西水头沟小园村组建了华东军区特务团四大队辎重连,这个连队就是日后"南京路上好八连"的前身,这个小园村也就成为八连的诞生地。此时,辎重连的番号已改成警卫旅特务团一营一连。

莱阳地处青岛与烟台之间,是胶东半岛的交通枢纽,自古为兵家必争之地!当时,解放军在山东战场处于被动局面,八连的诞生具有悲壮的史诗性质。自抗日战争以来,胶东子弟有几十万青壮年参军,牺牲数万余人。1949年春天,大军南下,又有260余万胶东青壮年支前,涌现出"潍县团"、"济南第一团"、"济南第二团"、"塔山英雄团"、"白台山英雄团"等闻名军内外的英雄集体,八连是这众多英雄集体中的一个代表。

张成志担任第一任连队指导员,并成为日后改编为上海警备区警备团三营八连的指导员。和数万人一样,连队也在等待着解放上海,进驻上海。

1949年3月间，中共七届二中全会召开之后，毛泽东专门与华东局领导讨论解放上海的问题，"进上海我们是打不得一点儿败仗的。美国有人预测说，我们共产党进得了大上海，不出三个月就要退出来。我们接管上海，管理上海，这是我们执政大城市的能力考验"。

毛泽东认为进入上海是中国革命的"一大难关"，难在何处？当时担心两大危险：一是解放上海时，美国出兵干涉；二是接管搞不好，进城后停工停电，大混乱，上海就有可能变成一座"死城"！为此，毛泽东指出："尽可能完好地保存上海这个工业城市，不要让国民党实行焦土政策。"

摆在陈毅和粟裕等率领的华东局和第三野战军面前的，无疑是一块从未啃过的硬骨头：既要解放上海，又要保存这座中国最大城市的建筑、工厂、电力、交通等设施，还要让城市正常平稳地运行……

此时，上海汇集了国民党25万陆海空部队，遍布市区内外的钢筋水泥碉堡近4000个，永久半永久的掩体1万多座，还埋下了2万多颗地雷，国民党守将汤恩伯称："我们的大上海，要成为攻不破、摧不毁的斯大林格勒第二。如果上海守不住，就要把它搬空、打烂、炸完！"

蒋介石派重兵驻守上海，有他的重大战略企图，他希望在上海坚持6个月到1年，以待国际形势变化，然后化内战为国际战争，以图在第三次世界大战中捞本。1949年4月末，蒋介石向驻守上海的高级将领训话："共产党问题是国际同题，不是我们一国所能解决的，要解决必须依靠整个国际力量。但目前盟国美国要求我们给他一个准备时间，这个时间也不会太长，只希望我们在远东战场打一年。因此我要求你们在上海打6个月，就算你们完成了任务……"

三野副司令员粟裕针锋相对，明确提出：对上海采取完整接收。邓小平、陈毅则一再强调：单纯军事上占领城市是小胜，只有把上海完整地交给人民才是大胜、全胜，因此，我们一定要争取大胜、全胜。

司令员陈毅幽默地把这场战役比喻为"瓷器店里打老鼠"。既要打掉老鼠，又不能毁坏瓷器，这自然是一道天大的难题。但这还不是陈毅最担心的问题，陈毅更担心的是民心。由于国民党歪曲宣传，说解放军是"共匪"，如果他们入城，就会来抢上海市民的东西……

共产党有无能力接管城市，尤其是中国最大的城市上海，这关系到中国共产党在世界的形象。

在毛泽东亲自起草和批准下发了《中国人民解放军布告》和《约法八章》之后，陈毅又与部下一起起草了《入城三大公约十项守则》，中共中央收到"入城守则"草案后，毛泽东在来电上酣畅淋漓批复了8个大字——"很好，很好，很好，很好！"

《三大公约》是：

一、遵守军管会及人民政府的一切法令和各种规定。

二、遵守城市政策，爱护市政建设。

三、保持革命军人艰苦朴素的传统作风。

《十项守则》是：

一、无敌不得打枪。

二、不住民房店铺，不准打扰戏院及一切娱乐场所。

三、无事不上街，外出要请假。

四、车马不得在街上乱跑。

五、不准在街上吃东西，不得扶肩搭背，不准拥挤街头。

六、买卖要公平。

七、驻地打扫清洁，大小便上厕所。

八、不准卜卦算命，赌博宿娼。

九、不准徇私舞弊。

十、不准在墙壁上乱写乱画。

这份"入城公约守则"写好后，陈毅让军队及接管干部都参加讨论，大家对不准无敌开枪、不准卜卦算命等没有异议，坚决执行，但对不入民宅，有不同想法。

有的同志不理解："从红军时代起，三大纪律八项注意，就有住进民房'上门板、捆稻草'这一条。抗日战争、解放战争，我们都是住到老百姓家里的，挑水扫院子，亲如一家，哪点做得不好？为什么进入大城市就不能住民房？难道上海不是咱中国地盘？"

有的同志困惑："不住民房，睡在马路的水泥地上，早晚天气凉，要是战士受寒生病了，怎么打仗呀？战士睡马路，师、军指挥所也放在马路上吗？"

还有的同志担心："下大雨怎么办？难道要我们的战士、我们的伤病员躺在水里睡觉吗？"

总之是不赞成之声居多，不仅有战士、基层干部，还有营团一级干部，都对进城睡马路表示想不通。陈毅听了汇报，斩钉截铁地说："不行！不入民宅这一条，一定要无条件执行！"

5月10日，在丹阳的一所学校里，陈毅亲自向华东局排以上干部作动员报告。他穿着一套褪了色的黄军装，风尘仆仆走进来，微笑着向大家点头致意。

陈毅强调了毛泽东说的：在上海搞坏一件事，全世界都知道。他说："入城纪律是执行入城政策的前奏，是解放军给上海人民的见面礼。见面礼搞不好，是要被人家赶出来的。记住，我们野战军，到了城里不准再'野'，纪律一定要严！"还特别强调了没有找到营房以前，部队一律睡马路，坚决"不入民宅"，"天王老子"都要遵守！

这就是共产党人立党为公、为国为民、艰苦奋斗的使命担当，这就是人民军队令行禁止、使命必达的铿锵宣言。

这些入城公约守则，每个人都要背得滚瓜烂熟，营长检查连长，连长检查排长，排长检查班长，班长检查战士，逐个过关，不落一人。

从入城时的不住民房，到日后走上南京路为民服务，其精神底色一脉相承。

这时候在丹阳，还有一个小插曲，延安时期的中共中央机关报《解放日报》在4月24日复刊，中央决定把《解放日报》交给上海，作为华东局机关报和中共上海市委机关报，日后就是这份上海市委机关报，率先报道了"南京路上好八连"的事迹。

2. 入城第一夜：马路边上和衣而卧

1949年5月12日，上海战役打响。战役开始前，为做到秋毫无犯，部队进行了点验，自觉登记了私人物品。那时正当雨季，茫茫雨水编织成一道雨帘，大地一片泽国，道路泥泞不堪，人民解放军奋勇作战，锐不可当。

在苏州河一带，双方隔河对峙了十几个小时。后来曾担任国防部部长的某连指导员迟浩田踩翻一个下水道的井盖，无意之间，掀开了城市战的序幕，在电视剧或电影中，钻下水道往往成为现代城市战必不可少的经典细节。原来这条下水道通向苏州河，迟浩田带领一名排长和通信员，钻进充满臭气、沼气的下水道，摸黑潜过了苏州河。他们摸下敌哨兵，在俘虏的带领下直奔敌军指挥所，指挥所里的国民党军，看见全身被污水浸染得黑乎乎的三个人，只露出洁白的牙齿，以为遇上了神兵天将，吓得浑身哆嗦，乖乖当了俘虏……终于突破了苏州河正面阵地。

当上海海关大楼敲响雄浑的钟声，红色信号弹划破凝重的夜空，人民解放军攻入市区，"打到哪里，保护到哪里"，对看管的仓库尽责守护，等候接管。接管部队则有条不紊地进入各自的警备区域，日夜巡逻，严格执行《约法八章》、《入城三大公约十项守则》和各项纪律规定，对人民秋毫无犯，宁愿忍饥挨饿，从军长到士兵都露宿街头，坚决不入民宅。

5月27日，上海回到人民手中。

解放前夕，上海地下党把工人们组织起来，吹响了反破坏、反迁移、护工厂、护机器的"集结号"，他们用自己的智慧和力量，用一个充满生机的上海迎接解放军入城。这座大城市基本上完好无损：打开电灯，电灯依然敞亮；转动电话盘，电话依然畅通；打开水龙头，自来水无阻地畅流……

南京路上的永安公司大楼最高处插上了红旗，这是解放上海第一面升起的红旗。那天凌晨，永安公司的一间暗室里，地下党召开会议布置迎接解放的具体任务。当南京路上出现解放军的先遣部队，大家抑制不住喜悦的心情欢呼起来："解放了，解放了！"这时有人提议升红旗，欢迎解放军的到来和上海的解放，大伙从棉布柜台抽出一匹红布，赶制了一面象征上海解放的鲜艳红旗，几个青年人找来一根竹竿，把红旗插到了永安公司的最高处——"绮云阁"顶端，南京路上第一面红旗迎着晨风呼啦啦飘扬……海关六楼则挂出了一条三十多米长的巨幅标语："欢迎解放军解放上海"，那也是地下党的杰作，红色的光辉照耀着这个解放了的城市，"上海，美丽的土地，是我们的了"。

这一天，距1921年中国共产党在上海召开一大会议只有短短的28年。

这一天，距这次上海战役发起的5月12日，刚刚过去15天。

这一天，进入上海城的人民解放军战士，不惊扰上海市民，不住民房，露宿街头。

那天晚上，下着小雨，到处都是湿漉漉的。一个一个连队，派出警戒后就在街道两边的人行道上躺下，尽量躺在一条水平线上，只要一声令下，即可弹跳而起，形成一路纵队开拔。随军的一个政治部摄影记者看到这个情景，立即拿起照相机，拍摄下解放军露宿上海街头的情景，在一瞬间留下了历史的真实写照，它成了人民解放军文明之师最有说服力的佐证，也成为人民解放军威武之师最有生命力的宣言。它不仅是摄影界的经典，也是人民解放军释放的永恒的情怀。多少年之后，又有一支连队重现这一幕，睡在雨水中的马路上。

5月28日清晨，上海市民发现绵绵细雨中，马路边上躺满和衣而卧的解放军官兵。解放军睡马路的消息，很快传遍了上海大街小巷。

美国合众社当时报道了这一场景："中共军队军纪优良，行止有节，礼貌周到……虽然有许多大厦是大开着，可以用来做军营，而中共军队仍睡在人行道上……"这个报道和前面的照片一起在国内外引起了巨大反响。

后来成为国家副主席的民族工业实业家荣毅仁原来已在香港租好房子，做好了迁居香港的准备，后见解放军纪律严明，遂决定留了下来，日后为新中国的建设和改革开放事业，做出了重要贡献。

科学家竺可桢当时正在上海，在日记里，他记下了对解放军的深刻印象："下午三点起微雨，子夜大雨……解放军在路上站岗，秩序极佳，绝不见欺侮老百姓之事。在研究院门前亦有岗位，院中同仁予以食物均不受。守门之站岗者倦则卧地，亦绝不扰人，纪律之佳，诚难得也。"

这就是人民子弟兵为这个城市献上的令人震撼的见面礼！

这就是人民子弟兵赢得民心的一座光辉的里程碑！

一排一排的解放军，不惊扰城市的霓虹，不惊扰城市的万家灯火，在城市喧哗的人声中醒来。市民们纷纷从家里跑出来，请解放军到自己家里避雨。战士们婉言谢绝，谁也不去。有的市民赶紧跑回家中，拿出所有雨具，站到战士们中间为他们遮雨。有的市民送饭送水送点心，一些外国居民还送来饼干香烟，但是解放军忍着饥渴，不要一口水，不取一份礼，秋毫无犯。

而部分攻城部队送走伤员，掩埋好牺牲的战友，连繁华的上海市区也没有走一走、看一看，就悄然撤离上海，继续南下，去执行新的任务，给人留下了"一身正气进上海，两袖清风告别去"的赞叹！

八连与其他部队一起，奉命留守上海，担负警备任务。

陈毅和华东局机关及部分接管干部乘汽车进入上海市区，这时，毛毛细雨，道路泥泞，陈毅和华东局其他领导同样不入民宅，直驶圣约翰大学，此处现为华东政法大学校址；其他接管干部随车队驶往徐家汇交通大学，即今天交通大学徐家汇校区，入住学校后，没占用师生员工的宿舍，住在二楼讲堂，随后，众人都躺在地板上休息。这就是接管上海的干部们入城的第一个夜晚。

7月6日，上海市近百万军民走上街头，举行盛大游行，庆祝上海解放。

江湾路1号门前搭起了检阅台，扩音喇叭里，军乐声震耳欲聋，场面隆重热烈。

在"入城仪式"中，有人民解放军攻城部队的3个美式榴弹炮团，一个日械摩托化团，一个美械摩托化团，指战员们驾驭着这些从敌人手中缴获过来的战利品，以威武雄壮的列队隆隆开进，诠释了中国共产党从无到有、一往无前走向胜利的光辉之路。骑兵团的战士们则手执锃亮的马刀，分两路纵队疾驰而过，接受陈毅等首长的检阅。

车声隆隆，蹄声铿锵，有如古老民族迎接命运转折的洪钟大吕，又如这个城市迎接崭新命运的一曲交响乐。

学生、工人、市民手持鲜花、锦旗，敲锣打鼓拥上街头，秧歌队、腰鼓队，整个上海伴随着阵阵鞭炮声沸腾起来。队伍行进途中，有的市民给战士挂红星、彩条、锦旗，有的姑娘则把自制的纸花挂在战士的枪上，队伍缓慢行进在路上……

在解放上海的人民解放军部队序列中，就有这样一支连队，与上海这个城市紧紧相依相连，伴随着城市建设发展的奋进步伐，与上海人民群众一起，奏响了属于它们的共同的光辉进行曲。

第二章

授旗·霓虹下奋进

1963年4月25日,国防部发布命令,授予上海警备区警备团三营八连以"南京路上好八连"的光荣称号。国防部在命令中指出,希望八连同志务必谦虚、谨慎、不骄、不躁,永远保持劳动人民勤劳勇敢的本色。

这是新中国成立14年来,第一次给一个和平年代的连队授称。

5月5日,在福州路老市府的大礼堂,南京军区、中共上海市委和上海警备区联合举行授旗授衔仪式。在授衔仪式上,前任连长刘裕民和前任指导员刘仁福被提前从上尉军衔提升为大尉军衔,时任指导员王经文、连长张继宝则和原代理指导员丛志良由中尉提前晋升为上尉,对于军人来说,提前晋衔是无上的荣耀。

在会议上,国防部副部长兼南京军区司令员许世友宣布命令,把一面"南京路上好八连"的锦旗授予八连代表张继宝、王经文。这一天,连队杀了一头猪,岗哨轮流换,大家都去参加大会。会后,军地领导还与全连干部战士一一握手,合影留念。

向张继宝、王经文授旗时,许世友只说了四个字:"不准抹黑。"

3.硝烟散去,较量还在继续

张成志和连队乘坐运货的平板车,从丹阳向上海进发。

上海,中国漫长海岸线的中间点,历经欧风美雨的吹拂,是近代民族工业的摇篮,诞生了最早的产业工人。上海是中国共产党的诞生地,中共一大、二大和四大召开的地方,有着光荣的革命传统。同时,它又被称为"冒险家的乐园",三教九流,鱼龙混杂。干部战士从农村、从山区开进上海这个灯红酒绿的花花世界,将会碰到什么样的考验?那是一个想象不出来的问题。

张成志1920年出生于山西孝义县,1940年初抗日战争期间参加革命。那时日本鬼子隔三差五到村子里抓丁,家里又穷得揭不开锅,张成志偷偷跑出来,赤着双脚,机灵地躲开日军的碉堡、岗哨,在山间小路上跋涉,脚跟裂开口子,不时地往外渗着血,疼得不能着地,疼得直钻心尖。张成志休息一会儿,咬咬牙再走……终于加入抗日队伍,转战到山东抗日根据地!

建连后第一课,张成志首先教育新兵懂得为谁扛枪,为谁打仗,战士们群情激昂。当时胶东为华东野战军总后方、华东局机关所在地,胶东战役打响,我军与数倍国民党军激战。在惨烈的莱阳水沟头阻击战中,辎重连与部队一起完成阻击任务,随中共中央华东局避开国民党军的正面进攻,退至大海边的龙口休整,再从国民党军的追击中奋勇突围,到达诸城。在这些日子里,连队随华东局与敌周旋四十多天,转战一千多公里,一路上牵着骡马,抬着担架,推着手推车,拉着弹药,经受住了血与火的磨炼与考验。

莱阳素以"梨乡"著称,莱阳梨有300余年的栽培史,号称胶东名果中的"长者",其果肉质地细腻,汁水丰富,口感清脆香甜,明清时即为上贡朝廷的贡品。连队挨着梨园驻扎,没有偷摘老百姓的一只梨,后来成为佳话。一次,连队司务长外出筹粮,翻山越岭,寻到一坛粮食,估计是老乡为躲避进犯的国民党军藏起来的,想到老百姓回来也要吃啊，于是倒了一小部分带回，准备给连里的伤员吃，然后在坛里装上字条和钱，埋回原处。

在诸城，连队征收了一批新兵，改编为华东军区警卫旅旅直重炮连，开展整军，开荒生产。当时，老乡耕田的牛被国民党杀光了，干部战士说："国民党杀了人民的牛，我们就当人民的牛。"俯首甘为孺子牛，战士们帮助老乡拉犁春耕，把省下的粮食送给老乡度春荒，获得旅部授予的"巩固部队优胜连"光荣称号，这也成为八连日后为人民服务几十年的精神源泉。

连队到达上海，当晚就露宿在北火车站月台上，严格禁止外出，外面的世界和秘密，城市的喧嚣和繁华，被一道围墙挡住了。

通信员刘仁福早早醒来，对这座神秘的城市感到好奇，背起小马枪，踮起脚来，伸长脖子向外望去，只见墙外有根黑黑的铁线牵着空中的另一根线在前进。刘仁福觉得很好玩，那究竟是个什么东西？他灵机一动，爬上站台火车车厢顶部，只见马路上不时开过一辆辆红红绿绿的大汽车，并且每辆汽车的屁股后面都翘着刚才看到的那根黑色的铁线，像一个长长的辫子。刘仁福跳下车厢，跑到刚起床的战友们中间，悄悄地形容了一番，对大伙说："这家伙真奇怪，拖着小尾巴跑起来了。"

大家爬到墙头上去看这拖着小尾巴的家伙，在路上一溜烟地跑着。后来才知道，这就是当时上海独有的电车，往后的岁月里，他们在南京路上巡逻时，将一次次与这种有尾巴的电车擦肩而过。

"当时一个突出的思想反应就是不习惯，因为从山沟到了城市，觉得一切都是新的，这么繁华，什么电灯呀、电车呀，我们看到有轨电车，拉着天线嘛，就是小辫子了，大家都觉得很稀奇，这是个什么玩意呢？"很多年之后，刘仁福这样回忆。

白天，张成志领着大家唱《三大纪律八项注意》歌，一遍遍学习、背诵野战军颁发的《入城三大公约十项守则》。他给每人发一张纸，搞公约和守则内容的测验，对了画个加号，错了画个减号。战士们虽然没有多少文化，但下了苦功都记得滚瓜烂熟。随后，连队拉到郊区休整几天，便脚踏草鞋，大步进城，依旧不入民宅，开到

"大世界"跑马厅后面的一排马厩里宿营。

正是夏天，天气闷热，马厩里一股臭气挥散开来，成群的蚊虫弥漫在空中，排级干部每人发到两尺纱布，每到夜晚，像养蜂人一样把头罩起来，双手还得不停地在身上拍打，结果脚上还是被咬得斑斑点点，像两只赤豆粽子。

住了一夜，又搬到苏州河畔一个废旧仓库里，条件比马厩稍微好了一点，干部战士一人一床半公斤的被子，半铺半盖，睡在水门汀地上。整个6月，这支初入繁华城市的连队没有睡过市民一间屋、没有喝过市民一口水。

7月，连队进驻青海路刘家公馆，这时候连队才算有了固定的住所。

这座公馆装修奢华，柚木的地板，整齐亮敞的壁炉、抽水马桶、电扇、电灯，公馆外还有一座花团锦簇的花园，如此奢华的居住条件，没有成为八连战士奢侈浪费的理由，大家睡的还是地铺。对这些来自农村的干部战士来说，爵士乐声中的大都市光怪陆离，什么都是喧闹的，什么都是既新鲜、又陌生的，自来水不会用，电灯不敢开，守着抽水马桶找厕所……为这，连队找人上课，组织大家学习城市生活知识，解决生存问题。学会用自来水了，学会开关电灯了，学会使用抽水马桶了，大家又舍不得用了，战士们每天把洗脸和洗脚水、洗衣服水收集起来，拖地板、冲厕所。如果把公馆里的灯全部打开，有如一座海市蜃楼，明亮辉煌。连队发现这些灯有的是100瓦，有的是40瓦，有的则是25瓦，功率不一，明亮参差，为了省电，连队把灯泡全都换成了15瓦，灯光也有了整齐划一的军事节奏。

"大风起兮云飞扬，威加海内兮归故乡，安得猛士兮守四方。"当年，汉高祖刘邦初定天下，以一曲《大风歌》唱出了自己内心踌躇满志中的深深忧虑——哪里才能找到忠诚于国、镇守四方的"猛士"来安定天下？历史的演变，并没有消解这一难题。

硝烟已然散去，上海已然解放。可是，挑战和较量并没有随着硝烟散去，并没有随着战斗结束，从打江山的战士变成霓虹灯下保天下的哨兵，八连同许许多多进驻上海的连队一样面临着一次新的挑战，一场新的较量。

4.最复杂的"考场"——上海南京路

1949年7月，枪炮声已渐渐远去，连队改编为上海警备区警备团三营八连，担负南京路、外滩等巡逻执勤，维护社会治安和中共华东局、中共上海市委的警卫任务，这是开天辟地的一个新任务。

四个月之前，对于中国共产党进入大城市，毛泽东有一个形象的比喻，后来广为人知。

那天是3月23日上午，毛泽东一行即将离开西柏坡，率中共中央向北平进发，临行前，他风趣地说："今天是进京赶考的日子，不睡觉也高兴啊。进京赶考嘛，精神不好怎么行啊！"

旁边的人都笑了，周恩来笑道："我们应当都能考及格，不要退回来。"

离开西柏坡之前半个月，在党的七届二中全会上，毛泽东曾在报告中讲道："夺取全国胜利，这只是万里长征走完了第一步……务必使同志们继续地保持谦虚、谨慎、不骄、不躁的作风，务必使同志们继续地保持艰苦奋斗的作风。"这是赶考必备的精神准备。

"退回来就失败了，我们绝不能当李自成。我们一定要考个好成绩。"毛泽东点燃一支烟，目望远方，气定神闲。

从农村进入城市，特别是大城市，对于中国共产党人来说是一次巨大的赶考。当时最复杂的"考场"属于上海，而上海最复杂的"考场"又在南京路。

事实上，解放初期，石家庄、沈阳等中国共产党最先夺取政权的地区，进城的中共干部、军队开始出现一些纪律问题，在物质和金钱的诱惑下，有些人败下阵来。在石家庄，部队后勤人员闯入工厂，搬运器材、拆卸零件、砸毁厂房，纵容城市贫民哄抢公用物资。在沈阳市，1949年有3629人被查出贪污。盗卖国家资财，侵吞公物，以权谋私，虚报开支、挪用公款等现象时有发生。

南京路是一个没有硝烟的战场，八连来到这里，就没有退路了，必须让全连保持高度的警觉性，绝不能吃败仗。然而，光明与黑暗的较量，悄然拉开序幕；艰苦奋斗精神与声色犬马生活的对决，暗地激烈地较量。

一方面，南京路上到处张贴着"拥护共产党"、"欢迎解放军"的标语，人民载歌载舞，一片庆祝解放的欢腾景象。八连官兵看到这些，心情多么激动啊："上海是人民的了，保卫人民的大上海，多么光荣！"

另一方面，人民解放军刚进入上海，敌人就大叫大嚷地挑衅："上海是个大染缸，叫你共产党解放军红的进来，黑的出去，不出三个月，我们就要回来！"

在这个大染缸里，金钱美女曾经烂掉过许多军阀部队和国民党部队。当年抗战胜利后，国民党中央军进入上海，与腐朽的生活习气融为一体，横行霸道，欺压百姓，上海市民因此给国民党中央军编了一个顺口溜，说是"盼中央，想中央，中央来了更遭殃"。共产党人虽然一身正气，但不能忘记这个前车之鉴。

指导员带领大家一次次重温这"两个务必"，对八连的作风养成，吹来雨露阳光。多少年的风雨征程，"两个务必"贯注成为八连的连魂。

刘家公馆对面就是南京路，正处于灯红酒绿的"十里洋场"中间，这里是旧时洋人肆意掠夺与花天酒地的场所。电影《霓虹灯下的哨兵》生动地展现当时南京路上的风情：报童叫卖的是美国的画报，马路上大批行人穿着的是西装、旗袍，商场橱窗里摆放的是外国化妆品，剧院里放映的是好莱坞电影，窗外是嘭喳作响的爵士乐，霓虹灯上闪亮的是"帕克"金笔广告……当时十里洋场的南京路上还留存着殖民地半殖民地的印迹！

1840年鸦片战争以后，上海因不平等的中英《南京条约》被迫成为通商口岸。英国在今南京路一带设立租界，并建立了花园弄，人称"大马路"。1865年，为纪念《南京条约》为英帝国带来的疯狂利益，英租界工部局命名大马路为"南京路"，这条路的命名记述了中华民族的屈辱史与抗争史。

1925年5月30日，上海学生2000余人在租界内散发传单，发表演说，抗议日本纱厂资本家打死工人顾正红，并号召收回租界，结果被与日本资本家相互勾结的英国巡捕逮捕100余人。下午，闻讯赶来的万余群众聚集在英租界南京路老闸巡捕房门口，要求释放被捕学生，高呼"打倒帝国主义"等口号。英国巡捕竟开枪射击，当场打死13人，重伤数十人，逮捕150余人，造成震惊中外的五卅惨案。那时候，南京路可以说是一条渗透着中国人民血泪的道路。

时间，似乎冲淡了血泊，物欲于是喧嚣尘上。20世纪30年代，南京路商业达到空前的繁荣，号称"世界商业巨擘"、"不夜城"、"声光电化之都"，成为当时上海乃至亚洲最热闹繁华的娱乐、商业街。

入夜，窗外的霓虹灯诡谲地闪闪烁烁，歌厅舞厅的靡靡之音直钻耳鼓，许多怪模怪样、怪声怪调等低级庸俗的东西，使这群朴实的战士们看不顺眼。

5月28日，上海人民政府成立当晚，召开入城后的第一次情况汇报会，分管民政救济工作的赵朴初汇报了初步的摸查情况：目前聚拢在上海的难民、乞丐、流氓阿飞、妓女加上国民党的散兵游勇，达60万人，急需分别按情况安置，可是眼下缺钱、缺粮、缺人手。在场的邓小平听罢，不无感叹地说了一句："哎呀，这些都是我们陈市长的'子民'呦！"

难民、乞丐、妓女等大量棘手的社会问题，其实早在丹阳就研究过，当时有人提议入城后应该立即查封妓院，陈毅思考良久，认为不宜匆忙查封，需要逐步创造条件来安排妓女的生活出路。他说："只好让她们再吃几天苦吧，不过，一定会很快解决的。"

当时，上海还有几百家戏院、书场及其他娱乐场所，直接或间接以此为生的约有30万人。也有人认为应当立即停演旧戏，接管关闭。陈毅说："现在把什么都反掉，痛快是痛快，却会使30万人没有饭吃，人家就会到市政府来请愿，打破你的脑壳！还是从实际情况出发，逐步地改！"

新的考验已成为现实，明明白白，严峻地摆在干部战士面前。

连队遵照上级指示，除执勤外，晚上不准外出。每星期一、三、五晚上，由连长组织干部战士学军事，每星期二、四、六的晚上，则由指导员给大家上政治教育课，组织讨论，在"糖衣炮弹"面前保持着高度的政治警惕。

那时，资产阶级的"糖弹"攻势很厉害，有人说"南京路的风也是香的"，一点也不算夸张。因此有人不怀好意地叫嚷：共产党进了上海，不要多久，就会发霉，发黑，烂掉。

连队驻地周围有好几家舞厅、酒吧，八连的干部战士没有一人在舞厅、酒吧门口逗留张望，总是腰板子挺得硬硬的，两眼目视前方，一闪而过。

在门口站岗，干部战士心里难免也会躁动着好奇，但从不向里张望一眼，更不越进"雷池"一步，肃然而又威武地挎枪而立。

晚上战士执勤巡逻时，常有一些打扮得花里胡哨的妖冶女人，娇嗲嗲地拦住巡逻的战士，要拉他们进去跳舞喝酒。还有妓女甚至公开来"吊膀子"，战士们断然斥退。

那时候连队穿的是老解放区的粗布衣服，老布袜子。有的女人看到干部战士走过来了，扭捏作态地拿出手绢捂住鼻子，别转脸去，以表示战士们身上脏，羞辱他们，八连的干部战士昂首阔步，一无所视。

有的人则心怀鬼胎，在八连的干部战士身边丢下钱和洋烟、手绢之类的物品，偷眼看你捡不捡。

一天清晨，三班长带着两名战士在南京路上执勤，巡逻时路过一幢大楼，突然，"啪"的一声响，一包钞票不偏不倚落在三班长脚边。他抬头一看，只见三楼窗口有一个打扮妖冶的女人，正伸出脖子朝他们嬉笑。三班长怒视窗口的女人，飞起一脚，踢开了钱包。这一脚踢开的是一种挑衅，一种侮辱，踢开了一次腐蚀，就如同一个足球运动员，在点球面前，一蹴而就，旗开得胜。

金钱可能是世间最蛊惑人心的东西，面对金钱的诱惑，八连战士态度非常鲜明，人们的生活离不开钱，但金钱不应是追逐的目标，更不是人生的目的。

战士唐照顺执勤时捡到一张当晚的戏票，他已经站了一下午岗，不顾疲劳，也顾不得吃饭，站在机关门口挨个儿地询问着出入的人，终于把这张戏票交到失主手里。失主感动地问他的名字，他说："时间不多了，你快去看戏吧，只要知道我是个解放军战士就行了。"

战士陈进林捡到一个钱包，当时就交给了失主。这件事连里没人知道，还是连长在失主机关的黑板报上发现的。连长问他为什么没有汇报，陈进林说："这是革命战士的本分，八连的光荣传统，有什么值得汇报的。"

给养员朱英才在路上捡到一张领款证，他亲自送到失主家里。失主是个满头白发的老大爷，正在家里着急，忽然看到一个解放军战士把领款证送上门来，他感动地说："从前旧军队见了就要抢的东西，现在你们捡到了，还亲自送上门来。我活了70多岁，从没有见过你们这样好的军队……"

在十里洋场强烈的诱惑和腐蚀剂面前，八连的干部战士如同在战场上一样赢得了胜利，赢得了尊严，赢得了尊重。

时间为南京路上的人民子弟兵作证，他们没有被染黑，他们没有被腐蚀，他们永远挺立在信仰的彼岸，他们不是一个人，他们是一个有着崇高信仰的团队。时间为他们作证，猎猎招展的红旗为他们作证，他们无愧于没有硝烟战场上英雄的称号！

5.陈毅：让他们看看中国人能不能治理好上海

时势造英雄，八连坚持"两个务必"，艰苦奋斗、谦虚谨慎，与上海当时紧张的经济局面紧密相关。

入城部队指战员露宿街头的时候，40辆美国道奇卡车乘着夜色抵达上海，这些卡车里面装载的是首套人民币，面值最小1元，最大1000元，总计装了约4亿元。这些人民币在上海人民政府成立第一天就将公开发行，同时收兑国民党滥发的金圆券。

但是，问题很快出现了，市民拿到人民币，立即去换成大米、棉布等能够保值的物品，或到黑市上去兑换银元，许多商店甚至拒绝接受人民币。

一时之间，"解放军进得了上海，人民币进不了上海"的声音四起。

这时候，人民政府接管的大米只够全市吃半个月，棉花只能维持纱厂开工一个月，而煤炭只够烧七天，"两白一黑"短缺的危机很快逼近……

这个城市在经历着阵痛与新生的碰撞，不仅面临社会治安和民政救济问题，同时更面临着财政经济难题，局势不容乐观，陈毅等市领导非常忧心。

1949年6月23日，美国帮助国民党对大陆实行海上封锁，利用尚未解放的舟山群岛控制了东海门户，开往上海的航道被切断，工业原料运不进来，外销产品运不出去。

这种市场失序、经济封锁的混乱局面，似乎印证了某些人的预期。当时美联社记者从香港发出了一段言辞尖锐、语带羞辱的评论："中国……不会被一个集团甚至是共产党操纵很久——中国将需要工业援助以改善生活，不管它是被猴子、被天使还是被共产党统治着。这样的援助将只能来自美国。"

陈毅看了这个评论，怒发冲冠，说这篇评论我们的报纸要刊登，《解放日报》还要发一篇评论，没有"山姆大叔"的施舍我们也能发展，要让他们看看，我们中国人能不能治理好上海！

一场更严重的危机，从空中降临了。

这一天是1950年2月6日，17架美制B-24轰炸机，飞行20余架次，对杨树浦电厂、南市华商电气公司、闸北水电公司等重要经济设施轮番轰炸，摧毁了全市80%电力，炸死市民500多人，毁坏厂房、民房2500多间，是夜，上海陷入一片黑暗。

虽然电厂工人全力抢修发电机组，陈毅第二天也冒着危险亲临指挥，并提前实现了恢复发电……但是"二六轰炸"严重危及新上海的生存，它如同久病未愈的肌体再遭流血重创，引发了极大的社会痛苦。那时，由于封锁轰炸、物价波动造成的特殊困境，企业交税、买公债负担重，产品又没有销路，厂家接连关门，300多个厂长经理离开上海，逃往香港，失业职工人数达20万人，连家属需要救济的将超过50万人，新生的上海政府正承受着巨大的压力！

陈毅的外事秘书朱青，原是国民党外交官的"千金"，只身投奔革命，此次跟随解放大军回到上海。她抽空去看望在旧工务局担任技术员的哥哥，正遇上小侄子在家中高唱"跟共产党走"的歌曲，被哥哥一巴掌猛打上去，一边责骂："叫侬唱！饭碗都要打脱哉，还'跟着共产党走'！"

朱青回去说给陈毅听，说自己的哥哥思想太落后了。

陈毅沉思一会儿，说："人家讲怪话，说明我们工作有缺点。吃饭问题，生活疾苦问题，政府应当帮助解决。"

陈毅和华东局决定紧缩开支，厉行节约，党政干部从自身做起，要按毛泽东所说的，"三个人饭，五个人吃"。在一次党员大会上，陈毅说："要靠我们自己首先紧缩，把肚皮束紧。少享受一些，少开支一些，拿出二万五千里长征精神来克服困难。"为此，华东局停开了电梯，领导每天爬六楼台阶上班，陈毅带头在食堂改吃大灶，一份菜一碗饭足矣。裁减人员编制方面，陈毅提出："不要光减别人，要从我们自己减起。"

当时治安情况极为复杂，国民党屡次派出特务，目标首指陈毅，其中红四军时期陈毅部下的一名特务连长，在上海从事地下工作时叛变，就曾于1949年11月潜伏上海，此人后来被捕时供认，他曾经混入过市政府大楼"踩点"……虽然有惊无险，保卫部门还是出了一身冷汗，无论如何不同意减少陈毅的警卫。到最后，陈毅坚决将身边的16名警卫减去了10名，他说："共产党人要是脱离了群众，就会害不治之症，那要比挨特务的枪弹还要危险！"

这时候在八连，人人都爱说这样一句话："国家是自己的，自己是国家的。"其实那也是那个时代众多人们的真实情感。

当中华人民共和国在1949年10月1日宣告成立，当毛泽东主席宣告，"中国人民从此站起来了！"无数人的命运也随之转变了，就像马蹄铁奇迹地弯曲，助战马踏平崎岖……

在八连，连队官兵更是觉得自己与这个国家的一切血肉相连了，那相连的烙印闪耀着为此浴血奋战过的自豪与骄傲。他们处处为这个新生的国家着想，千方百计节约开支，减轻人民负担……

上海用自来水是很方便的，龙头一拧开，水就哗哗流。但八连干部挥锹挖土，在营房前打出了两口水井，砌上井台，战士洗衣、刷鞋，谁都不开自来水龙头，却乐意从井里一桶一桶提水用。

领新交旧的时候，连队上下提前一两个星期，用自己的肥皂把旧衣服洗得干干净净，破了的就补好，缺个扣子就缀上，他们有句口头语："新三年，旧三年，缝缝补补又三年。"后来形成了"针线包"这个传家宝。

这些战士都是粗手大脚的小伙子，但他们每人有一个针线包，一坐下来，飞针走线，缝缝补补，谁也不含糊。有个战士脚上的那双袜子，光袜底就换了六次，还照样穿着。另外一个战士的袜子破到不能再换袜底了，仍然舍不得丢掉，在袜筒上剪去一截子，缝到袜底上，又穿起来。一个叫许长松的战士，一件衬衣补了二三十个补丁，每次洗它都得十分小心。

他们还自己扎扫帚、扎拖把、打草鞋、糊信封，自己动手修理坏了的桌凳门窗、鼓风机、抽水马桶、篮球架等等。

2013年，我和上海市作家协会的一批诗人，走进好八连荣誉室，看见了一口行军锅，这口锅背后还有个故事。1947年，在掩护机关和首长通过敌人封锁线时，老炊事员张景全到山上给伤员找水喝，在一所又暗又矮的草房子里，发现了敌人撤退时丢下的一口行军锅，就把锅背回了连队，行军打仗都背在身上。1949年4月横渡长江的战役中，很多人都说："你那口旧锅就不要带了吧！到了大城市，有的是新锅。"张景全说："就是南京、上海有好东西，也应该先让给老百姓用。"他背着这口锅渡过长江，千里行军。上海解放了，连队也有了固定的住所，这口行军锅在好八连一直用了好多年，直到1956年上级规定统一启用新的行军锅，它才完成自己的历史使命，转身走入连队的"历史博物馆"。今天，在八连荣誉室里，它略显苍老的身影，依然有着自身独特的历史光彩。

连队从上海新招收了一批学生兵，张成志用稻草麻绳教他们打草鞋，一来新中国刚成立，百废待兴，子弟兵该尽力减轻一点人民的负担；二来一些不法资本家和商贩哄抬物价，企图在生活上"卡"脖子，挤走解放军，逼着你想法子自力更生。

那时在八连，人人都有草鞋，新兵下连第一件事，就是跟着老兵学打草鞋。有的新兵一下子学不会，就悄悄地晚上练，一打就是好几双，结果八连战士都成了打草鞋的达人，打的草鞋结实，好看。除了参加军事训练或团里重大活动，干部战士平时穿得最多的就是草鞋。

打草鞋这件事，在这些"新鲜血液"里，融入艰苦奋斗的传统精神。干部战士脚蹬草鞋，身上穿着缝了几十个补丁的衣服，走大街巡逻，大家也觉得西装革履好看，但是不羡慕，不稀罕。他们自豪地说：革命战士穿草鞋，香风臭气脚下踩！

连队执勤任务重，每人一天要上四五个小时的哨，很辛苦。为了节约开支，连首长还利用执勤和训练间隙，带领大家到二三十里外的郊区龙华，自己动手，丰衣足食。他们开了三四亩荒地，种上蔬菜。上海的交通工具四通八达，但他们从来都是步行往返。有的战士，一年连续32个星期天中，有28个星期天是在生产地里度过。

他们也曾听到过这样一些风言风语："你们打了这么多年的仗，是有功劳的，应该享点福了，还这么清苦，未免太傻了。"

"共产主义要靠大家艰苦劳动来创造，也要靠每个人一点一滴的节约来积累。"这就是他们的回答。

"为国家节约一粒米、一滴水、一度电、一分钱、一寸布。"这就是他们的口号。

地上种了菜，就不易长草了；心中有了善，就不会生出恶，而是涌动着无尽的力量……

八连人有自己的幸福观，他们的想法非常朴实："我们少用一尺布，人民就多穿一尺布，今天我们缝补衣服，是为了明天穿得整齐。"有个战士叫黄长根，每月只花几角钱，有人问他："你就不想买点喜欢的东西吗？"他回答说："怎么不想呢？吃好的，穿好的，我都想，不过现在还不是时候。要是人人光想自己享福，国家的强大谁去搞呢？"

他们穿着自己打的草鞋，走过繁华的南京路，到生产地去，人们以钦佩的目光注视着这支穿着草鞋的队伍……

1950年春暖花开之际，由于华东局、上海市领导机关和人民解放军带头厉行节约，如同陈毅当年所说的，"除病根，剜毒疮，忍受一刀之苦"，加上全国各地为上海的失业工人踊跃捐款，上海经济开始走出困境，走向了全面复苏。

美国《生活》杂志说："各项消息指出了一个历史性的事实，即是国民党的时代已经结束。"

陈毅以他革命家的豪迈和诗人的激情，自信地说道："帝国主义曾轻蔑地说，共产党人只会管农村，管城市一无人才，二无效率，上海就是共产党的坟墓，共产党下了海就会淹死……事实证明，我们一定能学会泅水，游到彼岸！"

这一切完全说明，我们中国人有智慧、有能力治理好上海！

这一切完全说明，我们的党有能力、有魄力走出一条属于中国人自己的光辉大道，实现中国的兴盛繁荣。

这一切完全说明，我们的军队能打仗、能吃苦，也能在大城市里扎下根来，威武不能屈，贫贱不能移。

6.《霓虹灯下的哨兵》指导员原型

1956年，刘仁福开始担任八连指导员，他的上任，对八连发扬"两个务必"坚持艰苦奋斗精神具有继往开来的影响。

刘仁福1930年出生于山东海阳，3岁时，父亲去世，尽管家里很穷，母亲还是省吃俭用叫刘仁福去读了几年私塾，希望他长大以后能有出息。

1942年，日本鬼子大"扫荡"，一家人和乡亲们一起跑到几十里外的山里躲起来。下午4点，鬼子包围了这座大山，到处大喊大叫，鸣枪搜捕，刘仁福亲眼看见有许多群众和牲口倒在鬼子的枪口下。

有一个鬼子离他躲的地方只有两米远，看那鬼子张牙舞爪的样子，刘仁福气得直咬牙，恨不能有支枪狠狠揍这小鬼子。15岁时，刘仁福怀着对鬼子的刻骨仇恨，加入了村里的民兵组织，成为地雷战中的一名小民兵。

海阳是电影《地雷战》的"故乡"，电影中爆炸英雄赵虎的生活原型叫赵守福，离刘仁福家只有两公里半路，《地雷战》中的一些情景，刘仁福或者亲眼目睹，或者亲耳听闻，或者亲身经历。譬如在《地雷战》里有一组深夜到鬼子据点附近抢割麦子的镜头，刘仁福就曾经干过这样的事情。

那是个伸手不见五指的漆黑夜晚，刘仁福和民兵们悄悄来到鬼子炮楼的眼皮底下，割的割，运的运，埋雷的埋雷，刘仁福牵着头小毛驴，和民兵一起将沉甸甸的麦穗运走，尽管脚上打了好多水泡，心里却有说不出的痛快。天一亮，鬼子看到麦子不翼而飞，气得直放空枪。

1947年，刘仁福入伍，随部队一起参加胶东战役，经历了与敌周旋40多天，转战1000多公里的艰难考验。刘仁福至今记得，有一次为了突破敌人的封锁线，部队吃过晚饭就走，一直跑到第二天中午，跑了90公里路，刚换上的新鞋子一晚上就穿烂了……

刘仁福走上八连指导员岗位时，上海回到人民手中已有7年，经过一系列的社会主义改造，各方面都发生了根本的变化。但是，多少年遗留下来的腐朽思想残余和生活方式，根深蒂固，依然在大街小巷里盘根错节。晚上，南京路依然灯红酒绿，推开一扇面朝南京路的小窗口，一阵香风扑面而来。

《霓虹灯下的哨兵》中，就有这样一个"香风"的片断。在剧中，连长向陈喜问道："你这儿有什么情况？"陈喜答道："情况？没啥，一切都很正常。"连长又问道："照你看，南京路太平无事啰？"陈喜调皮地说道："就是，连风都有点香……"连长一听，惊讶地反问道："什么，你说什么？"陈喜低声嘟囔道："风就是有点香嘛！"

剧中的指导员不禁担忧起来：南京路上可恼的倒是这股熏人的香风啊！

这股香风确实悄悄地浸进来了。在近些日子里，刘仁福发现连队开始出现一些不良苗头：有人一次花几毛钱，到国际饭店去"享受"；有人不惜花五毛钱，到高级理发厅剃个光头，说是开开"洋荤"；有人过去一向抽老烟叶子，现在却豁出一元多钱，买一包雪茄烟；有人花光津贴费，还要借钱逛"大世界"……正如《霓虹灯下的哨兵》里春妮所说的："他没有倒在敌人的枪炮底下，却要倒在花花绿绿的南京路。"再这样发展下去，战士就要误入物欲与美色的迷城了。八连官兵正面临一场意志的空前考验。

这一切，让刘仁福的心久久不能平静，这不是一般的生活琐事，而是奢侈浪费的毒菌会不会渗入连队机体的问题。在解放初期，连队很好地保持了勤俭节约、艰苦奋斗的本色，没有如同敌人曾经扬言的那样，变黑，变烂，难道现在几年过去，这一切就要变成可怕的现实了吗？

面对这种情况，作为八连的党支部书记、政治指导员，作为一个参加革命多年的老同志，刘仁福感到自己有责任使战士们在任何情况下都能坚如钢铁，忠于职守，决不变色。

在党支部委员会上，刘仁福再一次提出了以毛主席"两个务必"的思想武装干部战士，开展拒腐防变教育的设想，得到了一致赞同。

第二天，刘仁福把全连干部战士集中在一起，严肃地对大家说：解放军，在战场上是英雄，这是连我们的敌人也不能不承认的。但是，在战场上被打败的敌人，并没有甘心失败，他们仍然企图用各种方法侵蚀我们，把战场上的英雄打败。过去，我们的前辈经受住了南京路上花花绿绿的考验，现在我们还能不能经受得住"香风"的吹拂？这是需要我们认真对待的。

光是一番话，自然还不足以引起大家的警觉。为了增强教育的感染力，刘仁福组织大家到上海工人文化宫，参观上海工人阶级的历史展览。"五卅惨案"中英勇牺牲的工人代表、共产党员顾正红的事迹，王孝和坚贞不屈、惨遭敌人严刑拷打牺牲后遗留下的那件血衣，以及解放后工人阶级为加速建设祖国，忍受艰苦、忘我劳动的种种可歌可泣的事实，令大家再一次感受到了革命成果的来之不易：

"南京路上洒落过革命先烈的鲜血，活着的人不能忘记过去。"

一次，上海人民艺术剧院排演话剧《万水千山》，由于人手不够，要连队去一部分同志当群众演员。话剧《万水千山》是第一部反映红军长征的艺术作品，以"抢夺泸定桥"、"爬雪山过草地"、"陕北胜利会师"等长征故事贯穿全剧，再现波澜壮阔的长征历程，塑造红军指战员的英雄形象，一经上演，好评如潮。万水千山只等闲，红军指战员不惧风霜雪雨，不惧枪林弹雨，向前，向前，向前，作品展现出来的长征精神，撼人心魂，感天动地。如果说，全国解放，"赶考"刚刚开始，那么万水千山就是永远的征途，永不停止。刘仁福感到这是一个很好的教育机会，就叫全连同志轮流去排演，回来后以班为单位组织讨论，使大家深受教育。

刘仁福做思想工作很有一套，善于挖掘连队的闪光点。一次，他到伙房检查伙食，见给养员刘云彦脚下穿着一双参军时从山东老家带来的粗布袜子，吸的是旱烟丝，用的是铜锅竹竿的土烟斗，就有意问了一句："到南京路这么久了，一直这么艰苦？"

刘云彦回答说：到南京路这么久了，也不是为了享受，只要全连同志能吃好，长得壮，好好完成警备任务，咱心里就踏实了。

刘仁福对连队的未来更有信心了。因为勤俭节约、艰苦奋斗精神在八连并不是一个人的孤军奋战，而是连队的主流。

问渠哪得清如许，为有源头活水来。第二天，刘仁福在队前宣扬了刘云彦的事迹。大千世界当中，总有一些善于坚守的人，他们以心灵深处最恒久的价值基准作出判断，区分世界的黑白曲直，他们拥有一种恒久不变的正能量，这是一种超越时光的智慧，使得他们往往无意之间就成为生活中的英雄，做着看似简单实则不凡的事情。世界的光辉主要由此构成。

这天，刘仁福带着队伍到外滩出操，休息时，战士徐淑潮发现路边有一分钱，立即捡起来跑到刘仁福跟前："指导员，我拾到一分钱，交公。"旁边的战士有的以敬佩的目光望着徐淑潮，而有一个新战士则"噗嗤"一声笑，又赶紧捂住嘴。

当天晚上，刘仁福抓住这件事，在大会上表扬了徐淑潮拾金不昧的精神："学好千日不足，学坏一日有余。一分钱虽然是微不足道的，交了公是人民战士的本色，可是如果你留下它，它就会在你的心灵里染上一个永远抹不掉的污点。"这个故事后来被《解放日报》通讯员吕兴臣写成《闪光的一分钱》，四处传诵。

表扬什么，就是提倡什么。表扬什么，就会促进什么。连队的风气上来了。那时候，战士们不管捡到什么都交公：钞票、钢笔、毛巾、衣服、工作证，还有青菜、萝卜，什么都有。上士张友生等三人拾到两麻袋蔬菜，去一个市场找不到失主，又去另一个市场。就这样，连队干部战士常常为了寻找失主追赶汽车，牺牲了大量的休息和睡眠时间，忍饥挨饿跑过了数不清的路。

走过一路风雨，在砺刃之路上留下了坚实的足迹。

7. "在南京路上站岗，比看电影还好"

连队的新战士童新根是个孤儿，小时候在上海流浪，睡过马路，讨过饭。来到连队不久，他看到霓虹灯下红男绿女穿绸着缎，体态万千，不由叹了口气，对身旁的战友说："看人家穿的，风一吹轻飘飘的，又好看又凉快，哪像咱们这身粗布军装……"

站岗回来，他又好奇地跟大家说："南京路上的风是香的，在这里站岗比看电影还好。"

刘仁福听到这些话，下到班里一了解，原来童新根简直就是个"刺头兵"，发现他既去过高级理发馆，也去过"大世界"看了两场电影，还去"国际饭店"吃了碗阳春面。

"他们不是生活在真空里，跟社会有接触，比如有的晚上站岗、巡逻，看到一对一对挎胳膊的、搂着抱着的，我们的战士也有反应，在夜晚的南京路上站岗放哨，他认为比看电影都好，当时电影上还没这些景呢！"刘仁福多年以后回忆起来，很是感慨。

国际饭店的这个情节，后来出现在《霓虹灯下的哨兵》里。连长对童阿男说道："你现在穿上军装了，懂不懂？穿上军装了嘛，就是中国人民解放军，解放军就要懂'三大纪律，八项注意'，不然那就不能打胜仗，不能消灭敌人。"童阿男不满地说道："连长，你何必大惊小怪呢？我只不过吃吃国际饭店而已……"连长说道："好大的口气，吃吃国际饭店而已，还而已……"

第二天，刘仁福再一次集合全连，讲了自己的一个故事：我有一套洋布军装，是在山东攻下潍县时上级发的，直到进上海，我一直没有拿出来穿。为什么？因为我的父亲、母亲，我家乡的大多数人，我们国家的大多数人民，现在还没有穿上洋布衣服，我们应该以大多数人的生活标准为自己的标准。这样，我们才不会感到土气，才能稳稳当当地在南京路上站岗放哨……"

这件洋布军装还有个趣事，刘仁福一直把它放在枕头包里，后来被连队文书作为战利品送去展览，结果下落不明。

刘仁福以他的一言一行，影响着整个连队。连队干部又耐心启发童新根回忆过去所受的苦，使他成长为连队出色的战士，立了功，受了奖，后来成为《霓虹灯下的哨兵》童阿男的生活原型。

作为《霓虹灯下的哨兵》中指导员原型，刘仁福处处要求自己以身作则："我尽管做不出什么惊天动地的事，但我力求以自己平凡的一举一动、一言一语来感染大家。"

他以前曾患过肺病，为了工作，几乎每晚工作到十二点，深夜里跑好几里去查哨、查铺，第二天照常出操。在训练场上，照样跟战士们一起摸爬滚打。

一次，在战术演练中，刘仁福和战士一起打冲锋，因生病体弱，晕倒在路上。刚一醒来，仍然和战士们一起步行五十多公里路，返回驻地。战士们个个不依，一定要叫他坐车。刘仁福感到越是艰苦的时候，越不能离开大家离开连队。最后，以顽强的毅力摇摇晃晃走了回来。很多战士一路上含着泪水看着指导员……

刘仁福行事亲力亲为、平时省吃俭用，自己的衣服自己洗自己补，从来不让通信员插手。战士有思想问题，积极做思想工作。当战士家庭遇到困难时，还悄悄地给战士家寄钱。战士们看连首长关心、爱护他们，就愿意照着连首长的指示去做，永葆军人本色。

初冬的一天下午，八连战士黄长根正在哨位上站岗。天气很冷，寒风一阵阵袭来，直往他衣服里钻。忽然，一张长方形红纸头被风吹起，落在黄长根的脚前，他捡起一看是三张连在一起的戏票，是当晚七时人民艺术剧院的，离演出还有三个小时，失主一定很着急，黄长根寻思得想办法尽快找到失主。下岗后，他一阵风似的跑步回到营房，向班长报告说："捡到了三张戏票。"班长立即让黄长根和另外一名战士童新根一起去找失主。

此时，离戏开场只有半个多小时了，两人"急行军"跑到人民艺术剧院门口，大声询问："哪位同志丢了戏票？哪位同志丢了戏票？"喊了半天，也没人应答。两人又来到问讯处询问，问讯处的人说，这不是单位订票，没法查。

开始入场了，两人四处张望。这时，一些等退票的人，看到黄长根手上有票，一下围了上来："同志，退票吧？给我！给我！我出高价！"

黄长根连忙说："不退，不退票！"

时间已过七点，他们心里更是着急。突然，不远处走来一对青年男女，正互相埋怨，似乎丢了什么东西，他急忙上前问道："你们是丢了戏票吧？"

女青年一下兴奋地叫起来："是啊，我的票丢了，5排，2，4，6座。"座位号完全一致，黄长根忙递上票去："快入场吧，时间已过了。"

"谢谢，谢谢你们！你们贵姓啊？"黄长根用手指了指头上的"八一"帽徽，拉着童新根就走了。

也许只是一个巧合，这两位战士名字中都有一个"根"字，实际上，他们没有忘记自己的根来自于人民。从血与火的战场走过来，中国军人淬过火的本色，如钢如铁，中国军人始终坚守的职责，源自于对人民不变的忠诚。

8.两个因为报道八连成为朋友的汉子呜呜失声……

1956年的一天，《解放日报》刊登了一张新闻照片《南京路上的哨兵》：一位战士手握钢枪，目视远方，在夜色中的南京路执勤站岗；照片远处的外白渡桥上，灯火辉煌、车水马龙……在这片灿若白昼、歌舞升平的十里洋场，神情威严的战士显得特别引人注目。

这张照片是《解放日报》部队通讯员吕兴臣为八连战士拍摄的，当时他为此爬到了上海大厦最高的楼台上。

吕兴臣山东海阳人，与八连的指导员刘仁福是同乡。1943年，日寇大"扫荡"，到村里抓丁，吕兴臣被捉到东北煤矿当苦力，饥寒交迫，苦不堪言，后来趁机逃回海阳。国民党侵犯胶东时，吕兴臣与妻子闹矛盾，他气得嗷嗷直叫，说："老子当兵打蒋介石去。"后来随部队进驻上海，后调任警备团俱乐部主任。

吕兴臣在南京路上站过岗，熟悉基层连队，加上为人豪爽、热情，喜欢摄影，经常提着照相机，一身水一身泥深入第一线，将"滚烫"的新闻照片送到《解放日报》张锦堂手中。在他的镜头下面，无论是五一节、国庆节的欢庆活动，还是千家万户张灯结彩的传统节日，都有解放军战士严阵以待，保卫祖国安宁的身影。吕兴臣在上海警备区的很多连队留下过足迹，看下来觉得八连还是尖子。每次到八连，吕兴臣就像走亲戚一样，他拍摄的木工箱、针线包、纸糊信封等八连传家宝的照片，如今都走进了八连的连史室。

到了放暑假的时候，吕兴臣问儿子吕明明，暑假来了，怎么安排？吕明明说：打扫环境，复习功课。吕兴臣说，你应该到好八连去看一看。第二天一早吕兴臣和孩子就打起背包，走着去八连，被子、席子都带好了，连队怎么睡，吕兴臣和孩子就怎么睡，连队吃什么，他们就吃什么。

吕兴臣和战士谈心，与指导员交流，发现连队的战士虽然文化程度不高，但喜欢讲生活中的小故事，例如袜子破了，不打补丁就不能穿了，如果丢掉，又好像扔掉自己一块肉似的，不舍得，战士们觉得这是很本分、很朴实的东西。

吕兴臣一口清脆的胶东话，喜欢天南海北交朋友，与人海阔天空聊天。他身材魁梧，常常身着军装、背着军挎包，跑到《解放日报》社去，和张锦堂等记者都成了朋友，还跑到总编辑魏克明等人办公室，谈部队、谈报社、谈好人好事，谈新闻写作，满室生风……

张锦堂也是山东人，分管部队报道。一次吕兴臣去交稿时，和张锦堂等人说道，我讲个笑话给大家听。

他说，我今天到八连去，看到连长正帮助战士缝补衣服，感到新奇，我说怎么回事啊？结果发现连长有个针线包，是从战争年代带过来的，而且在连队每个人都有针线包，战士衣服破了以后都是自己补，有的衬衫可以补38个补丁。

张锦堂一听，来兴趣了。就说：老吕，这件事情蛮好嘛，你把它写成个小故事吧！

吕兴臣只读过四年书，最初只给照片写过说明。受张锦堂的启发，写出了《针线包》，并记下八连官兵自编的顺口溜："针线包是百宝囊，战士拿它补衣裳。随破随缝多便当，光荣传统永不忘。"此后吕兴臣一发不可收拾。

一天，他跑到《解放日报》社，又讲了一个故事："昨天在八连阅览室看报纸，突然听到隔壁人声喧哗，过去一看，一群战士在赞叹一只战争年代的行军锅。"张锦堂说："好故事，快写。"于是第二篇稿子《行军锅》又诞生了。

1959年春节前后，《解放日报》的一位老记者在办公室里跟大家说：老吕写的小故事，能不能想办法找条红线串成一篇大通讯？

时任《解放日报》编辑部政治组组长张默说：敌人早先扬言，上海是个大染缸，共产党进来是红的，出去是黑的。那是不是写一个一直保持发扬革命传统的连队，写整体的八连？

有人说已经登过的，还搞什么，炒冷饭嘛。

张默去请示总编辑魏克明，魏克明是湖北人，30年代初期就参加了革命。抗日战争期间，在太行山区从事新闻工作，做过《新华日报》太岳版总编辑，经历过艰苦的游击战，对丹阳集训陈毅的讲话深有感触。魏克明听了，坚决地说：应该搞，还要配社论。

吕兴臣很兴奋，压力也很大。家里房子不大，他弄个席子铺在地板上，夜里把台灯放在地上，为了怕影响家人的休息，还弄个纸头盖着，趴在地下全身心投入写作。熬过了许多不眠之夜，终于把八连感人的故事写出来了，从38个补丁的衬衫，到工具箱，再到针线包、行军锅、一分钱的故事，堆砌了很多材料，足足写了1.7万字，当稿子送到编辑室，出乎吕兴臣预料，大家看过后直摇头。

张锦堂对他说："不行呀，老吕，你把通讯当小说写了，要改。"

在张锦堂的建议下，吕兴臣又用了6个月时间，深入八连，与官兵们一起生活、站岗，执行任务，体验生活并到文联找同乡作家孙峻青，又到《收获》杂志找老作家魏金枝，请求指导，并将稿件的主题提升为"身居闹市，拒腐蚀永不沾"，改到6900字。这篇通讯原来的标题是《发生在南京路上的故事》，稿子最初并没有"好八连"的提法，《解放日报》的编辑讨论，觉得这些故事写的是八连，不是别的单位，八连的事迹那么好，那么突出，那就应该用"好"字，就用了《南京路上好八连》。

7月23日，《解放日报》以头版头条的显著位置刊登了《南京路上好八连》，同时配发社论《人民解放军的光荣，上海人民学习的榜样》，这是八连事迹首次被完整地报道出来，也成为载入《解放日报》史册的具有重大历史意义的新闻稿。

这一年，全国出现粮食短缺，有的地方出现严重饥荒。在党和人民共渡难关的时刻，好八连精神显示出难以估量的价值。时代需要八连，人民需要八连，民族需要八连，国家也需要八连。八连勤俭节约、艰苦奋斗的感人事迹，引起全国各地报刊纷纷转载，"南京路上好八连"开始为全国人民所熟知。

以前人们只知道解放军能打仗，原来解放军还这么能吃苦？在那样物质生活匮乏的年代里，这一切点燃了人们的理想主义激情和信心，从炮火硝烟的战场走进建设年代的共产党人，绽放着它保持不败的价值之光。

1984年，吕兴臣积劳成疾，住进解放军八五医院，张锦堂前去看望，尽管重病缠身，吕兴臣仍支撑起身体，郑重地行了一个军礼。谈起"南京路上好八连"，这两个因为报道八连而成为朋友的山东汉子都哭了，呜呜失声……

9. 连队的风尚维系在温暖的阳光之中

金秋时节，王经文从警备团直属摩托连调任八连指导员，接过了刘仁福的接力棒。

这是1960年10月，刚刚32岁的王经文，已经在摩托连打了一个硬仗。

警备团的这个摩托连原来隶属于上海市公安总队，1958年4月，有位副班长开摩托车到金山卫海边，结果出了车祸，一位股长摔死了，参谋长腿摔断了；8月15日，又出了第二件大事情，一个修理车子的技师开车到江湾路办事，回来在北站翻了车，副连长撞死了，三排长撞成脑震荡……这样一来，摩托连元气大伤，大家士气低落。不久，摩托连归建到上海警备区警备团。当时，团长、政委就找摩托连干部谈话，要求抓好行车安全，不要给团里抹黑，这一席话给连队很大压力。

王经文作为摩托连党支部书记和连队指导员，在会上提出要学习好八连，抓好连队的思想，摩托连制定了行车安全标准，限制车速，郊区开车不超过每小时35公里，市区不超过25公里。第二年8月15日，副连长的忌日，王经文特地集合全连，集体脱帽默哀五分钟。告诉大家不要忘记这个血的教训，要警钟长鸣！那时，也许是回想起副连长被撞死的情景，很多人眼里噙满泪水……

这一年，摩托连安全行驶10万公里，没有出任何事故，连队打了一个翻身仗，被评为安全标兵和全团先进连，王经文的名号打响了。

一天，上海警备区政治部副主任找王经文谈话："王经文同志，你的情况组织上已经详细了解，现在要调你担任新的工作，到警备团八连去……"

王经文心里一惊，问道："首长已经决定了，还是来征求我的意见？首长如果征求意见，那我是不想去的，八连是先进连队，工作压力太大。我个人各方面水平不够，这副担子很难挑起来。如果首长已经决定了，那我就服从命令。"

副主任微微一笑说："这件事警备团上报了，警备区党委也定了。八连前任指导员刘仁福已经干了5年时间，他身体不太好，住在医院里。现在代理指导员的文书，文化程度虽然高，但是没有带过连队，没有实践经验。这次你经过考核成为文化学习标兵，身体素质又好，条件过硬，所以决定让你担任八连指导员。"

王经文原来小学没毕业，1959年部队普及初中文化。王经文在学习中发扬钉子精神，挤时间下苦功，所有星期天都用在学习上，年底文教组考核，四门功课满分，一举拿下了警备区学习标兵、南京军区文化标兵、全军文化标兵等奖状。

警备区的副主任缓缓说道："八连的担子确实很重，你要牢记'虚心学习、大胆工作'这句话，个人要带头，要当模范。战争年代，连队指导员往往要冲锋在前，绝不怕死，否则就没有威信，没有号召力，你做思想工作就没人听。现在虽然不打仗，还是要起带头作用，做连队作风的标杆，对于战士，这是无声的命令。到了八连，要抓一支骨干队伍。战争年代巩固部队，我们就是靠骨干！"

八连此前于1958年从市政府移防至华东局，当时为了不影响市区交通，连队白天不搬夜里搬；夜间搬家时为了不影响市民休息，不用汽车用三轮车。连队的所有物品，都是官兵们用三轮车一件一件地搬到淮海中路驻地，诠释着时刻为人民群众着想的境界。

此时八连的驻地淮海中路1632号，靠近高安路，就是现在上海图书馆对面。正是金秋时节，秋香满城。32岁的王经文赶到八连，挑起了指导员的重担。

八连执行警卫任务的点和战士居住地很分散，永嘉路、斜土路、康平路、复兴中路、兴国路等地各设有一个点，都是在环境复杂的市区。一个连住七个地方，如同北斗七星，分散四处。

王经文刚到八连，对连队情况基本上不了解，他就到各个点去向战士问情况，狂风暴雨的夜晚，到各个点去查铺查哨。这也是八连的老传统了，叫做"不了解的情况，去问战士"！

战士们谈的最多就是前任指导员刘仁福。

有的战士说，刘仁福指导员有四个想一想，第一个想一想，想出问题；第二个想一想，想出办法；第三个想一想，提高自己；第四个想一想，避免失误……

有的战士说，刘仁福指导员早上第一个到操场，晚上最后一个睡觉。

有的战士则说，刘指导员和大家打成一片，战士生产，他送肥料，战士拉车，他推车，战士编草鞋，他也来参加；战士补衣服，他也缝两针；战士学习，他和大家一起学习。炊事班做菜，他也会去拣菜。

有的战士说，刘指导员的威信很高，战士很敬佩他，敬重他。像谈恋爱这样属个人隐私的事，都和他讲，未婚妻来信，也给他看。

有的则说，刘指导员很严肃，交办的任务战士都会去做，对他有敬畏感。他也很爱护战士很关心战士，给战士倒开水。战士家里有困难，他发动战友捐款为他们解决燃眉之急。

有的则举例说，一次，刘指导员了解到战士周金来的亲人去世，就给他请好了假，还和别的干部一起给周金来凑了十几元钱，帮助他回家解决困难，并安慰他说："一个人的困难就是大家的困难，大家的欢乐就是个人的幸福。"这一番话像长了翅膀，飞遍了连队。后来，五班长窦照玉听说班里战士张勋年母亲生病了，悄悄用张勋年的名义，给他家寄去了10元钱。张勋年接到家里来信，莫名其妙，打听了好多人，才弄清是班长给寄的。这件事，在班里战士张振才的脑子里扎下了根，张振才当了班长后，也背着战士包正华，给他家寄去了10元钱，解决一时急需……

最容易成功、最受人尊敬的人，往往就是以亲切和蔼的态度给人好感的人。大家对刘仁福指导员的尊重和赞扬，让王经文感到了接力棒的重量。连队互帮互助的风尚和友爱精神，让王经文感受到八连指战员的心，似乎都维系在温暖的阳光之中。

10. 一位又一位长期服役的"老兵"

八连的老战士要复员了，新战士李祖根从老战士吴岳生手中接过了一个工具箱。这个工具箱，是吴岳生用捡来的废木料做的，然后买来了小锯和钉子放在里面，修楼梯，修木凳，修床板，花了不少钱，司务长要给他报销，吴岳生说："报销就要花国家的钱，好钢要用在刀刃上，国家的钱要用到建设上。"

李祖根1959年入伍，他郑重地接过工具箱，吴岳生叮咛道："我们国家还是贫穷的，要想很快强大起来，不再受人欺侮，我们就要节约。我们国家人口多，一人节约一分钱，加起来就多了。"

李祖根用工具箱修水桶、修篮球架、修鼓风机、做粪车。8月里的一个中午，天气异常闷热，连队的拉粪车坏了，李祖根一声不吭，钻进大粪车里去修理，不怕闷、热、臭，一干就是四五十分钟，捣鼓了好半天，终于把车修好了……他还给工具箱增添了新工具，开辟了新业务：补鞋。

李祖根是江苏常熟人，这里本是富裕的鱼米之乡，退伍后，他却主动要求去江西大峒山矿区做矿工，把艰苦奋斗的精神带到矿山。食堂大灶用煤量大，他带领食堂工人给旧灶"改头换面"，每个月能节约原煤五六吨；看见坏掉的阀门，他修复起来；节假日到伙房帮厨，洗菜、做饭、养猪；还在宿舍前面摆开理发摊，帮矿工理发；从赤脚医生培训班学习回来，矿工和家属有病了，李祖根随叫随到，送医送药。李祖根被评为江西省工业战线的劳动模范，成为中共第10届、11届中央候补委员。李祖根虽然离开了部队，但传承了八连的传统，使艰苦奋斗的精神在矿区闪光。

在八连，这只源自老战士吴岳生手中的补鞋箱，经过李祖根传承光大，孕育了八连的一个传家宝。这个补鞋箱也成为了八连的一个"兵"，一个永不退役的"老兵"。

还有一位"老兵"，名叫针线包。1949年进城的时候，张继宝把针线放在充满战火气味的小背包里，带进了上海，他一空下来，总爱缝缝补补，战士们看他这样干，就跟着学，自己的生活自己料理，慢慢地很多人都有了针线包。

战士张继岳刚来八连，第一次穿着补过的衬衣去看戏，一个女同志坐在他的后面，张继岳觉得很不好意思，很没有面子。他的这种虚荣心很快被八连缝缝补补的精神和氛围熔化了，他拿起针线，学着老战士的样子，衬衣破了一补再补，到年底，衬衣补了28个补丁，还照常穿着。

1961年，又一茬老战士复员时，有人提议，把赠送针线包作为向新战友交班的礼物。从此，老兵复员时，都要精心缝制一个针线包，留给新战友作纪念，要他们"一条线，一根针，和红军战士心连心"。

战士孙世明在八连四年，一到假日，不是出城去侍弄菜地，就是在屋里读书学习，缝缝衣服，补补袜子。一次，母亲从乡下来看望儿子，老人家看到儿子包袱里有崭新的军装，也有补过的袜子，就问道："孩子，这是你自己补的吗？"孙世明笑着点点头。

母亲说："做得对！到了大地方，可别忘了解放前受的苦，那时候妈妈会做针线，可哪有布给你们做呀，只能打草鞋给你们兄弟几个穿！现在衣服破了，可别忘了咱们会补啊！"孙世明三年来一直保持军人本色，连年被评为五好战士。

一次野营训练，战士任中日在跳壕沟时，军裤撕了一道大口子，晚饭后，他盘腿坐在灯下补裤子，房东老太太见了问："妈妈教的？"任中日微笑着摇摇头，老太太又问道："上面不发新的？"任中日转身从背包里取出白衬衣、绿军装、灰袜子，一一摆在老太太面前……

在永远的"老兵"行列里，还有一个位置，属于理发箱。

二班长顾炳仁，入伍前是个理发师，入伍后被分配在一个炮连当战士，那时，他常帮助一同入伍的战友们理发，理了一些日子，觉得这是个不可承受之轻：帮人理吧，耽误休息和学习，不帮人理吧，得罪人。正在左右为难之际，他被调入八连，不想再"暴露"自己的理发手艺了。

八连的义务理发员叫张振才，他看大家出去理发，不但花钱，而且浪费时间，就向连长请求当业余理发员。连长问他入伍前会不会理发，张振才说："不会可以学嘛，路是人走出来的。"他利用中午时间，跑老远到某部队理发室学理发，连长告诉他，学理发可以坐车去，回来报销车费，张振才仍然风里来雨里去，不花公费分文。学了一个多月，连队买了一套理发工具，找了间空房子，张振才当起了义务理发员。连队住得分散，他还要跑很多地方去给战友理发。张振才刚学手艺，技艺并不纯熟，但是为了省钱、省时间，战友们还是请他理发。有的战友背后议论："咱连有个理发老师傅就好了。"顾炳仁听在耳里，依然保守着自己的秘密。

没过几天，连队组织学习毛泽东《为人民服务》的文章："我们都是来自五湖四海，为了一个共同的目标，走到一起来了……一切革命队伍的人都要互相关心，互相爱护，互相帮助。"领袖的教诲使顾炳仁的思想受到极大的震动，他几个晚上睡不着，思想有了转变，主动向全连公开了自己的理发手艺，开始为战友理发，坚持三年，还为连队培养了12个义务理发员。战友们都说，顾炳仁理发，比在大理发店里理得还舒服、爽快。

有多大本事，就尽多少本分。补鞋箱、针线包、理发箱，这一位又一位长期服役的"老兵"，从历史走向未来，似乎在唱着军歌，迈着正步，行进在绚烂的霓虹灯下。它们是历史注视人们的目光，使八连的战士受到洗礼；它们是军人写给未来的答卷，将蕴藏在心灵深处的军人之光绽放于喧嚣的浮世，八连人的品质更加纯洁而光亮，军人的步伐更加坚定而雄壮……

致敬，给这些永不退役的"老兵"，给这些无言而歌唱的军中一员……

11. 王震："你们发扬了南泥湾精神！"

王经文担任指导员之时，中国遇上大面积的连年旱灾，这场数十年未遇的旱灾始于1959年，降水稀少，不少河流断流，很多水库干枯，干裂的大地裂开一道道深约4至5寸的伤口，人畜吃水困难……加上蒋介石正妄想"反攻大陆"，在1961年的春天里，可谓是天灾人祸。

上海市场上的蔬菜供应十分紧张，人民群众的生活比较困难。

连队党支部及时提出"群众有困难，我们怎么办？"的问题，组织全连官兵讨论，大家一致表示，积极发展农副业生产，支援国家的市场供应，新战士王宝兴还让家里捎来了各种各样的菜籽。

在上海找一块生产地很不容易，那时候，菜地对于八连来说就是珍宝，就是财富。六班辛辛苦苦开了几块零散的地，后来连队决定把这些小块菜地划给当地生产队，六班含着眼泪，非常不舍……

后来，战士顾永良在飞机场的角落里找到了几块很小的地，征得有关单位同意后，他们搬走石头，割掉杂草，开垦出菜园。官兵们一面精心耕种，提高蔬菜产量；一面开垦荒地，扩大种菜面积。

九班找到的是一块废弃房基地，他们足足花了两个月的休息时间，在火热的阳光下清除砖瓦，把土壤翻上来，战士们个个汗流浃背，在这块荒地上，第一次播下了菜种。

连队驻在市区，离龙华机场有10公里路，每次战士们都是起早摸黑，徒步前往。为了避免白天拉粪车影响行人，战士们半夜拉起粪车就走，还说："要吃鱼就得下海，要改善生活就得多生产……"这一年，全连收获蔬菜9万多斤。这些找菜地的士兵，这些种菜的士兵，这些拉粪车的士兵……在田野上迎来了晨曦，迎来了闪着露珠的丰收。

他们的蔬菜来得如此不易，但在初春的市场上，当蔬菜供应青黄不接的时候，大家把外面的老叶子剥下来留给自己吃，把鲜嫩的菜心送到徐汇区天平菜场，支援市场供应。上海市领导得知这件事后，对连队这种爱人民、为人民的精神，连声赞扬。

这一天，开国上将、国家农垦部部长王震便衣简从，走进了淮海中路1632号八连驻地。

"我是一个老兵，来看看你们。"老将军笑容满面。

1941年3月，王震带领八路军三五九旅来到距延安45公里外的南泥湾，在那片荒草丛生、荆棘遍野、野兽出没的荒凉之地，描绘出了一幅豪放而又令人振奋的垦荒画卷。

那时候，抗日烽火燃烧正炽，侵华日军将矛头指向八路军，实行"铁路为柱、公路为链、碉堡为锁"的"囚笼政策"，给八路军造成极大的物资匮乏局面，正如毛泽东所说："我们曾经弄到几乎没有衣穿，没有油吃、没有纸、没有菜、战士没有鞋袜，在冬天没有被盖……"

自己动手，丰衣足食。毛泽东率先垂范，在杨家岭的住地亲手开辟了一片荒地，种上辣椒、西红柿等蔬菜；周恩来成了纺线能手；朱德背着箩筐到处拾粪积肥。王震带领官兵背着枪支、铁锹和种子，走进南泥湾，用自己的双手和汗水，将荒无人烟的南泥湾变成了"到处是庄稼，遍地是牛羊"的陕北好江南。

南泥湾，如同一道熊熊燃烧的火炬，护送红色延安走过黎明前的黑暗。

八连到郊区拓荒生产的消息，让这位昔日的垦荒英雄，再次回到那激情燃烧的岁月。王震回忆起当年在南泥湾生产的那一幕幕情景，一切宛若就在昨天；张继宝则向王震汇报了连队到龙华、江湾搞生产的一个个故事，两人愉快地交谈着，话题不离蔬菜和猪。一个多小时过去了，老将军要走了，留下一句话："你们发扬了南泥湾精神，我很高兴！"

12. "永远做个战斗队！"

这一年，为了提高部队士气，全军开展了"两忆三查"思想教育运动，上级要求在八连进行警备区和警备团的先行试点，拟通过此次教育活动，提高战士思想，激发战士斗志，更好地完成警卫任务，还要准备打仗，要求八连摸出一套经验来。

八连走出营区，到上海国棉二厂请老工人回忆当年资本家、工头压迫剥削工人，以及顾正红烈士与之斗争的英勇事迹；又请上海"育婴堂"孤儿的幸存者，讲述帝国主义育婴堂里那些活着与死亡、挣扎与屈辱的疼痛记忆……

王经文又带着连队来到外滩接受教育，请黄浦公园里面的园艺老人讲过去的故事。黄浦公园解放以前叫外滩公园，建成于19世纪60年代。孙中山1924年在一次演说中曾说过："上海的黄浦滩和北四川路那两个公园，我们中国人至今都是不能进去。在那些公园的门口，并挂一块牌说：狗同中国人不许入。"那时这块"华人与狗不得入内"标牌成为中国人往昔岁月的屈辱象征。战士们听了，义愤填膺，帝国主义欺辱中国人的故事，燃烧着战士的心灵。

连队还赶到虹桥公社参加生产，有的战士以前曾经给地主放过牛，吃不饱，穿不暖，冬天穿着破棉袄……看到上海新农村的变化，深有感触！

王经文初到八连了解连队情况时，已经慢慢熟悉战士了。他专门派人把战士陶友清家的被子取过来，在连队进行展览，忆苦思甜。陶友清一家三代人讨饭为生，解放前他家里只有几样东西：一个讨饭的篮子，一个讨饭的碗，还有一个是打狗的棍子，三样东西保留了三代，一床被子盖了三代人。

陶友清一边回忆，一边挽起自己的裤腿给大家看，他的腿上有被狗咬伤的伤疤。另外一个战士周金来，他的腿上也被地主的狗咬伤过。两人把腿放在凳子上，给大家看，全场的战士都为他们难过，有的低头抽泣……

上文提到过的代指导员丛志良是山东人，家里很穷，他报名参军前，家里一顿饭也吃不上。当时一斗米十升，丛志良家借了半升米烧稀饭，送他参军。他母亲心里舍不得，一边吃，一边哭，泪水全掉在碗里面。

丛志良临去参军时，他母亲翻箱倒柜，摸出五毛钱递给他。丛志良赶到集市上去，用两毛钱买了练习本和一根铅笔，准备用来学文化，剩下的三毛钱，回来又还给了母亲。

原来，解放之前有那么多人吃过旧社会的苦，经历过饥荒，挨受过饥饿……通过"两忆三查"思想教育，连队战士的思想得到了升华，没有一个战士要求组织来照顾。听说蒋介石妄想反攻大陆，大家都积极地写了请战书。

王经文又跟大家谈起那些去援疆的战士。1959年，八连接到上级命令，选拔战士去新疆、海南等地，去到那遥远广阔的戈壁荒漠，去到那依然荒凉的苍茫海岛，用铁锹、镐头和犁耙在亘古的土地上劳作，让这片土地换作更美好的人间。

一开始，连队干部心里都没底，私下琢磨：战士们大多数来自江南鱼米之乡，要奔赴艰苦的克拉玛依、五指山等地，他们会愿意吗？一番研究讨论后，连首长都坚信八连的战士有觉悟，有激情，国家的事，不容推辞。果然，消息传出后，即将退伍的老战士们积极响应，纷纷报名。老战士张智发，在家乡已经娶妻生子，也知道家属不可能跟着去支边，但仍然报名坚决要去。他说："艰苦的地方，总得有人去。我们要热爱祖国的每一寸土地，党的需要，就是党员的志愿……"由于名额有限，竞争激烈，连队从实际考虑，最终没有批准张智发的申请。为此，张智发难过了好一阵子。

老战士黄陆伍即将于下一年2月退伍，组织上打算安排他到上海一家钢铁厂工作。听说海南开发需要人，黄陆伍认定自己应该到最艰苦的地方去创业。于是，连写两份请战书，火热滚烫的语言，感动了连队党支部，他的请求被批准了。这一晚，黄陆伍辗转难眠：连长传下来的针线包，一起在南京路顶过"香风"的战友们……这一切永难忘怀。可是，再过两天就要离开情逾骨肉的战友了，黄陆伍越想越觉得难过。他爬起床来，想看一看熟睡的战友，但光线很暗，看不清楚，然后，他又拿起战友们送的笔记本，贴在胸前，心潮起伏。

第二天，起床号一响，黄陆伍跑到老指导员刘仁福面前请求任务："指导员，我今天上午办好退伍手续，晚上7点到9点的岗，希望还能让我去站。"刘仁福说："你明天一早就要乘车出发，晚上整理整理行装吧，岗哨问题连部已经作了安排。"黄陆伍一听急了："行装没有什么好整理的，我希望连首长给我站好最后一班岗的机会。"

这一晚，各班举行老战士欢送会，战友们围在一起促膝谈心，道不尽的情谊，说不完的勉励。老指导员刘仁福和黄陆伍单独谈了很久，嘱咐道："要保持八连战士的本色，为开发海南，发展祖国的橡胶事业作贡献！"黄陆伍想起家里有一次遇上困难，刘仁福悄悄寄去了十几元钱。此刻，他踌躇满志："请指导员放心，我决不辜负领导和战友们的期望，让八连的传统之花盛开在五指山下。"迎着凛冽的寒风，黄陆伍精神抖擞地在南京路上站完了最后一班岗……

这次教育活动，使全连指战员群情激昂，八连的政治工作又上了一个新台阶。

这天，王经文接到通知，到警备区政治部去汇报工作。王经文向警备区政治部的副主任谈了连队的情况，谈了连队的好人好事，并举了例子，说连队有个战士邵金城，江苏南通来的高中生城市兵，当时在部队里还是很稀罕的，他的理想是当卫生员、文书，当干部。为了锻炼他，连队分配他到龙华生产组去养猪。一开始他很难为情，给同学写信说现在的工作是"军事秘密"。在生产组，白天挑粪挑水，老战士干重活，让他干轻活。晚上，老战士带着他在煤油灯下学习，讲过去南泥湾大生产，为国家分担困难，邵金城很受感动，思想有了转变……

2013年9月28日，在长宁区中心医院，医生刚给王经文检查好身体，我在病床边采访王老，一谈起好八连的经历，他似乎忘记了身体的疲累……

那时候，王经文经常写日记。1963年3月27日的一篇日记里，他写道："一个真正成熟的老练的革命战士，不仅要在困难面前经得起考验，不动摇，有足够的信心，在工作中受到挫折、领导批评时，要经得起考验；而且在受到上级表扬、受到人们赞扬的时候，也要经得起考验，保持清醒的头脑，不骄不躁……严格地自我批评，处处看到不足，看到自己的缺点和薄弱环节，更加努力，扎扎实实地做好自己的工作。千万不要骄傲，荣誉是党领导的结果，是人民对我们鼓励的结果。千万不要骄傲，这只是万里长征走完了第一步。"

来上海10多年了，他还盖着10年前发的那床黄被子，一直用一个旧肥皂箱子装衣服。他在日记中说：要把艰苦奋斗的光荣传统发扬光大，一代一代传下去，就要靠干部，首先是我自己。指导员要处处做表率，在艰苦奋斗方面要作模范，要尽量想办法，使国家给自己负担少一点，为国家贡献大一点，多一点……

在1963年4月6日的一篇日记中，他以火车头来比喻自己肩上的职责："火车头力量大，如果它不去挂车厢，力量再大也起不了作用。要发挥火车头的作用，就要把车厢带起来。我们的工作不也是像火车头一样吗？一个人本事再大，能力很强，水平很高，但不去发动群众，带动群众，工作是完不成的。一个好的战士，一个好的党员就应该像火车头一样，多挂几节车厢，多带领群众去做好工作……"

1963年4月7日的一篇日记，谈到了他们那一代人的人生价值观："累有两种累，一种是像过去在旧社会给地主资本家干活儿的累，累折了腰，累断了骨，分享不到劳动成果，是非常痛苦的。而今天的累，是为了劳动人民，越累工作成绩就越大，越累劳动果实就越多，越累自己的享受就会随着整个社会享受的增多而多起来。因此，这种累是非常愉快的，也是非常幸福的……"

给战士帮助时，他感到的是一种快乐。1963年3月6日的日记中写道："今天，易桂生同志家里来了一封信，说母亲有病，生活有困难，自己又没有多少钱……战士的困难，就是我的困难，应该为他承担一分困难，哪怕是一点。因此，我把留下的20元伙食费到邮局给易桂生同志家寄了去。寄去以后，为自己能给战士分担一点困难，感到愉快、幸福……"

那是属于他们那个时代的真诚，属于他们那个时代的幸福，现在似乎变得珍稀了！

我印象特别深刻的，还有王经文在病房里说的一句话，他说，我们当时就是要让八连"永远做个战斗队！"那时，你能感受到他心里始终流淌着那个时代所赋予的激情——那是对人民解放军、对"南京路上好八连"的炽热情感，如同火山熔岩，炽烈而澎湃。

13. "沈西蒙啊，你要留下买路钱……"

1960年夏天，在蒋介石反攻大陆的叫嚣声中，国防部副部长、南京军区司令员许世友带领机关干部，来到浙江海防前线考察。

两年前的10月，上将许世友下连队当兵，当时毛泽东在北戴河指出："我看所有的'长'——军长、师长等，都至少当一个月的兵……有些过去当过兵的现在多年不当兵了，再去当一下。"许世友头戴船形帽,身穿士兵服,带领30多名机关干部,来到浙江舟山海防前线下连队当兵,当时"临汾旅"某部正在此地海训,许世友和机关干部在某团步兵六连当了一名"上等兵",与士兵同吃、同住、同劳动、同操练、同娱乐。一次,攀登绝壁训练时,许世友趁大家不注意,也抓起绳子攀登起来,并最终顺利登顶。班务会上,班长批评许世友不该冒险攀爬。许世友说:"我接受班长的批评。但要说明一点:你批评是正确的,我锻炼一下也是需要的。我来当兵,绝不当特殊兵。"

这一次,许世友带上机关干部,就是想让他们到连队体验生活,南京军区文化部副部长、剧作家沈西蒙同行。

考察结束返回时路过上海,许世友一行住在沧州饭店。一天,上海警备区司令员王必成前去看望许世友,并请吃便饭。

王必成,湖北麻城人,与许世友邻村,两个人一起参加过1927年麻城地区的农民运动和黄麻起义,一起参加红四方面军。1953年王必成还参加了抗美援朝战争,1955年回国,被授予中将军衔,并担任上海警备区司令员。王必成看起来像个文弱教师,但善打大仗,打硬仗,从不打"滑头仗",和许世友一样,是一员赫赫有名的战将,一到战场,令敌胆寒。

王必成平时不善辞令,但一说话,往往掷地有声。席间,他向许世友敬过酒之后,又端着酒杯走到沈西蒙面前,让他把酒端起来,然后说道:"你把这杯酒喝下去!"

沈西蒙深知王必成的脾气,二话不说,一仰头把杯中酒灌下肚去。王必成露出满意的眼神,随即也仰头喝下了杯中酒,一脸严肃地说:"沈西蒙啊,你要留下买路钱……"

沈西蒙一听,两眼怔怔地望着王必成,不知如何回答。

王必成接着正色道:"你钱也不多,留不起,那就算了,但是你要帮我们做件事。你知道吗?上海有个好八连,你是文化部长,写了不少好戏,也要为好八连写个戏啊。"

那时"好八连"尚未被正式授予称号,但《解放日报》对八连事迹的报道,"好八连"已经叫开了。

沈西蒙一听，原来是醉翁之意不在酒啊！于是回答道："司令讲了，我坚决执行；但我有个条件，得安排我到八连去蹲一段时间。"

王必成闻言笑了，对沈西蒙说："这个容易，你什么时候准备去，我就带你去。"

沈西蒙是上海人，了解南京路，他的大哥沈孟先是中共地下党员，参加过"五卅"反帝爱国运动。沈西蒙受哥哥影响，幼时即接触鲁迅、茅盾、柔石等进步作家的作品，向往革命，后来参加了新四军，在战火纷飞的年代里，开始抗日救亡戏剧创作，从战争洪流中搜集素材，创作了一批有影响的作品。1951年，沈西蒙创作话剧《战线》，受到广大指战员的欢迎，后来与人合作将之改编成电影《南征北战》，成为银幕上的红色经典。此后，他去朝鲜战场慰问志愿军，并为此创作了话剧《杨根思》。

回南京休整没几天，沈西蒙就重返上海，剃了光头，背上背包，蹬上草鞋，住到八连一班，和战士们一起站岗、放哨，与战士一起拉大粪，摸爬滚打在一起……这之后，前线话剧团的漠雁接受任务也来到了八连，报道八连事迹的"第一人"吕兴臣也受命参与，三人在八连体验生活，一住就是40多天，对于八连战士在特殊条件下的思想和生活有了切身感受，并积累了许多"使人发笑而又令人深思的趣闻"。比如有一位战士命令人力车上的胖乘客下来拉瘦车夫，有一位副连长用仅有的津贴买了一双花袜子，并带头学会了跳交际舞等等，许许多多生动的故事，为剧本注入了强大的生命力……

沈西蒙后来撰文回忆说：和"好八连"战士生活的过程，就是接受教育、改造思想、理解生活、搜集材料的过程。吸吮了生活的乳汁，获得了丰富的营养，产下的"婴儿"才不会先天不足。

在回忆中，沈西蒙称三个人日夜切磋，进行了一番"打铁"、"炮轰"的过程。

1961年9月，苏州裕社，沈西蒙闭门谢客一个月，执笔写出了话剧《霓虹灯下的哨兵》初稿。

话剧作为一门文学艺术，必须具有尖锐、激烈的戏剧冲突和严谨的结构，以刻画人物、反映现实生活，可以说矛盾冲突是话剧的生命，如同血液推动着剧情的展开。沈西蒙在八连当兵，体察到战士的崇高思想感情，也觉察到了解放初期的一些不良现象。写作过程中，他既要把握好这部戏的主题思想，又要表现矛盾冲突的尺度，颇费了一番脑筋，事后证明这些矛盾冲突的设置是全剧的亮点，最初却遇到了麻烦。

剧本交给话剧团彩排时，有人说："这是一株毒草！"

原来，在话剧里，新战士童阿男与出身资产阶级家庭的林媛媛谈情说爱，并公然出走；排长陈喜经不起"香风"熏染，丢掉了山东老区带来的土布袜子，要与乡下妻子春妮分手；老战士赵大大不安心在南京路站岗，申请去前方打仗。电影中赵大大的扮演者袁岳后来分析角色心理时说："当时，部队有很多战士想不通，当兵应该冲锋陷阵，为什么要在繁华的都市街道上站哨，踟蹰？上海战役打完了，我们作战部队在这里守卫城市算什么？部队就要往前冲，消灭敌人。难道是我们打得不好，还是怎么回事儿，要我们站马路？这一辈子没有站过马路……"

在当时有些人认为，这些情节描写了部队的阴暗面，是给八连抹黑，给解放军抹黑，不能上演！

成功，往往伴随着柳暗花明疑无路的风险，剧本踩进了一片思想的"雷区"，排练停了下来！有关领导还下了一道命令：《霓》剧稿本不许外传。

14. 周恩来："你们送来了一台好戏！"

一天，苦闷中的沈西蒙见到了从北京来的张颖和凤子。

张颖，时任中国戏剧家协会书记处书记、《剧本》主编。她曾经长期担任周恩来的文化秘书，熟悉文艺界人士，与沈西蒙、漠雁等人也常有来往。凤子则身兼戏剧家、作家、表演艺术家于一身。

1961年6月，在文艺界的一次会议上，周恩来强调文艺工作要民主，要符合艺术规律，反对"五子登科"——反对套框子、挖根子、抓辫子、扣帽子和打棍子，文艺界的空间得到了极大的开拓。

中国戏剧家协会为此准备召开一个创作会议，推动话剧等文艺创作，满足群众文化生活的需求。但当时适逢困难时期，食品匮乏，全国性会议必须得到国务院的特别批准。张颖与外交家丈夫章文晋曾经都是周恩来的老部下，她有可能直接找到周总理批准会议，所以她负责筹办。经总理办公室主任安排，张颖去了中南海紫光阁舞会找周恩来。张颖从来没参加过中南海的舞会，那天晚上，她硬着头皮前去，大约晚八点到了紫光阁，看见朱老总、刘少奇、周恩来等首长都在那里了，她悄悄躲在一个角落，等待机会找周总理请示。

不一会儿，周恩来发现了张颖，提高嗓门叫道：从来没有在舞会上见到你呀，一定有事吧！张颖走到周恩来面前，有点不好意思地告诉总理，希望召开一个全国剧本创作会议。

经周恩来安排，决定在广州召开此次全国创作会议。后来，周恩来又指示要先做好调查研究，了解全国各地作家的创作情况，派几个小组到东南、华南、东北、西北等地去了解情况。就这样，张颖和凤子来到了南京。张颖询问南京军区前线话剧团的创作情况，沈西蒙只作了一般介绍。最后，才神秘地说："我倒是写了个剧本，但是写得不好，已经被军区政治部枪毙了。"

张颖一听，说："拿给我们看看嘛！"

沈西蒙有些不情愿地说道："剧本已经枪毙了，说是毒草，领导也要求保密，不好给你们看！"

这时，一旁的前线话剧团编剧刘川插话道："其实剧本已经排练过了，是审查时被禁的。"

张颖和凤子一听，颇感惊异，也更感兴趣了。

张颖对沈西蒙说："你把剧本给我们看看，我们也会替你保密的，对什么人都不说，给我们看一晚上，明天就还给你总可以吧！"

当晚，张颖和凤子连夜把剧本初稿看完，第二天一清早，两人谈起剧本，认为写出了"南京路上好八连"中几个非常鲜活的人物形象，其中有的矛盾冲突也写得很生动。两人不约而同地认为这是一个比较成功的好剧本，为什么会禁演呢？吃完早饭，张颖和凤子又找到沈西蒙。

沈西蒙告诉两人：领导认为剧本描写的军队干部和士兵都有缺陷，给解放军的脸上抹了黑，歪曲了人民军队的形象。

张颖回到北京后，把剧本的情况向周恩来作了汇报。周恩来听后感到既吃惊，又可笑，特别把张颖带到时任副总理的陈毅办公室，讲了这件事，并开玩笑说："难道我们的干部都是铁打的，没有思想感情吗？陈老总啊，你管的部队了不起啊，连个排长都不允许有缺点，难怪作家叫苦啊。"

陈毅一听，也生气道："真是乱弹琴，一个娃娃子排长，就那样了不起？一点毛病都不许有？我看这种瞎指挥硬是要不得！怪不得人家知识分子满腹牢骚！"

1963年1月，周恩来到上海，正巧上海在举行华东话剧汇演，上海市委领导邀请周恩来看话剧，沈西蒙被从南京召来，安排坐在周恩来身边。演出结束后，周恩来看了看表，对沈西蒙说："今天晚了，来不及座谈了。这样吧，明天你们跟我一起到苏州去，到那里再谈。"

第二天，沈西蒙等人登上周恩来的专列，在列车上就谈起了话剧的创作，周总理认真地听着，不时插话，气氛非常活跃。最后，周恩来把目光转向沈西蒙问道："你编了一个什么戏呀？"

沈西蒙愣了一下，心想，莫非总理已知道了《霓虹灯下的哨兵》？忙回答道："总理，我写了一个话剧。"

周恩来似乎对这个话剧的情况已相当了解，说："有问题不要紧，拿出来看看。"

沈西蒙向周恩来汇报了自己深入八连体验生活以及在创作中遇到的各种问题。

周恩来听了，说："这个戏可以拿出来给大家看看是好是坏，不要一下子作结论。开始不足，看后还可以修改，改好了就是了嘛！"

沈西蒙又从陈喜、童阿男等剧中人物谈起，介绍剧本突破了真人真事的局限，大胆展开内部矛盾激化冲突的情况。

在苏州，周恩来就话剧人物创作谈了自己的看法，还举例《霓虹灯下的哨兵》说："戏已经写出来了，还是让演一演、看一看嘛；

是不是到北京来演一演、看一看呢？"

沈西蒙听了，顿觉一股暖流涌入心间……

回到南京后，沈西蒙传达了周恩来的讲话，剧组人员无不为之欢欣鼓舞！

周恩来的关怀，使剧本"起死回生"。

沈西蒙对剧本进行了修改，在增添幽默、欢乐的气氛之后，有关领导作出了"内部征求意见演出"的决定，剧本获得了内部演出的"许可证"，得以进行试排。剧名则由《南京路进行曲》先后改为《霓虹灯下遭遇战》、《霓虹灯下的奇兵》，前线话剧团排演中，正式定名为《霓虹灯下的哨兵》。

在内部演出中，许世友看后，称赞这个戏很活跃。但由于基本情节没变，仍有领导不大满意，认为该剧有"毒草"之嫌，希望能"拿"掉某场戏……《霓虹灯下的哨兵》依然没有获得公开演出的机会。

转机出现在2月16日，江南春寒料峭时节，从北京传来了一个好消息：中央军委总政治部来令，调前线话剧团赴北京演出《霓虹灯下的哨兵》！剧组一片欢呼。

事实上，这件事影响深远。王经文在病床上回忆时，就将《霓虹灯下的哨兵》进京演出，称为1963年八连发生的十件大事之一。

原来，周恩来关心《霓虹灯下的哨兵》的消息，很快传到了总政，总政文化部有关领导听了，立刻向总政治部副主任肖华汇报。肖华正式通知南京军区，话剧《霓虹灯下的哨兵》即刻赴京演出。

2月20日，话剧《霓虹灯下的哨兵》在总政排演场为全军政工会议进行了首场演出。剧中的春妮由陶玉玲扮演，她是镇江人，此前已在前线话剧团演出过很多作品，也与春妮的质朴气质相接近。从战争硝烟中走过来的袁岳、刘鸿声等演员分别饰演赵大大和老班长，他们能把握剧中人物的心理轨迹。此前，他们同时走进南京路，体验过八连的生活，对剧中的故事有着亲身的感受！

肖华看完，拍手叫好。

随后，肖华又邀请中央军委秘书长、总参谋长罗瑞卿看。罗瑞卿看完，称赞这是多年来难得的一台好戏，还对沈西蒙说："沈西蒙啊，你是在走钢丝啊，往左边倾一点不行，往右边斜一点也不行，走得不错……"

周恩来和邓颖超观看的时候，剧组既是惊喜，又是紧张。那天，周恩来很早就赶到总参礼堂，演员在台上演得充满激情，非常流畅，这使沈西蒙长长地松了一口气。

落幕后，周恩来与邓颖超等中央领导走上舞台，与演职员们热情握手，周恩来称赞说："你们给首都人民送来了一台好戏！"

15. 邓颖超："我和总理的粮票没那么多！"

《霓虹灯下的哨兵》登上北京的舞台，在首都各界引起了不小的轰动。

周恩来虽然日理万机，还是陪同外宾等先后看了数次，并亲自打招呼让中宣部和文化部的领导以及戏剧界名人周扬、田汉、夏衍、曹禺、老舍等观看。

据说有一次演出，第二幕闭幕时，突然有人在台下问："同志们，这个戏好不好啊？"全场说："好。"演员袁岳在台上听见后，有些不理解，谢幕后，他问中央警卫局的战士，刚才谁在讲话？

中央警卫局的战士说："周总理。"

2月28日晚，周恩来主持召集文化部负责人和首都文艺界人士举行座谈会。在座谈会上，周恩来慷慨陈词："不是有人说现代戏不好写吗？话剧《霓虹灯下的哨兵》说明了什么问题？说明戏剧反映现实生活很精彩，戏也很好看，说明只要反映了人民内部矛盾、军队内部矛盾，能够正确处理好这些矛盾，就是好戏！"

周恩来还与剧组推心置腹，谈意见，提建议，提到很多细节：像剧中赵大大捡到卷发女人丢的钱包要立即送还，阿香给赵大大送衬衣，不符合阿香的形象，这个情节要删掉。女特务曲曼丽不要穿一身裙服，最好改穿工装裤，再朴素一些，化装上不能妖里妖气，一出场就让人看出她是坏人。阿飞的外形，不要太外在，要伪装才能骗住人。

春妮的扮演者陶玉玲，1949年14岁时参加革命，演出了春妮的可爱。周恩来以一种关切的语气问陶玉玲："春妮，你念的那封信写得好，念得也好，很使人感动，但是我来问问你，春妮是什么文化程度？"

陶玉玲回答说："总理，是小学文化程度！"

周恩来又以商量的口吻跟大家说："春妮给指导员信中有一句话，'你和我两小无猜'，大家说，这个词是不是太文气，不口语化，可不可以改一改啊？"

大家都为总理看得这么仔细而感动。

陶玉玲想了想说："那就改成'从小在一块'好吗？"

周恩来一听，说："对，这就很好嘛！"

周恩来还要求剧组迎难而上，把剧中复杂的内部矛盾处理得更准确、更尖锐、更有戏剧效果和说服力，最后，他谦虚地说："这些意见不成熟，仅供你们参考。是否改，如何改，由作家、艺术家们自己定。"

《霓》剧这次进京公演，经过周恩来等人的建议作了修改，在思想性和艺术性上有了很大提高，观众好评如潮，轰动一时，前线话剧团创造了在北京7天连演9场的纪录，演员的嗓子都哑了，剧场达到一票难求的程度，海军的几十位将军到北京开会，专门给总政打报告要票。

1963年5月12日，新华社记者在报道中写道："80多天来，他们为首都各界演出73场，观众达11万多人次……演出的第一场起，场场满座，剧场售票处门前买票的队伍常常排出几十米以外。北京电视台应观众请求，多次转播他们的演出实况，以满足买不到票的观众能在电视屏幕上欣赏演出。"

仅靠一个前线话剧团演出，能够看到此剧的观众毕竟有限，于是军委做出决定，全军各剧团都要演出这部戏。这期间，全国100多个剧团都在演出《霓虹灯下的哨兵》，它就像一股旋风，红遍了大江南北，甚至红到了国外，朝鲜、越南等国也把这部话剧搬上了舞台。

4月2日晚，周恩来请剧组到西花厅做客，祝贺他们演出成功。陈毅布衣布鞋最后一个姗姗走来，周恩来说："虚席以待！"让陈毅在正中沙发坐下，接着说道："陈老总啊，今天在座的都是你的老部下，他们演了个好戏，这都是你陈老总培养领导有方啊。"

陈毅马上对周恩来拱手道："对不起，我不敢沾这个光，这都是总理领导关心的结果。"

周恩来笑了："你有不可推卸的责任！"

最后，周恩来还要陈毅再评价一下《霓虹灯下的哨兵》，陈毅说："我没啥子说的。"又指指沈西蒙，"要说的，已经跟他说了。"原来陈毅已嘱咐过沈西蒙：对《霓》剧叫"好"的人多，不要满足，要精益求精。

周恩来说道："那你再说给大家听听嘛。"

"天外还有天嘛！"陈毅说着，一笑，"我肚皮饿了，开饭吧！"

刚刚度过了三年困难时期，经济形势好转了，国家总理请的还是便饭。

吃饭时，邓颖超站起来说："今天总理和我请大家吃一顿便饭，都是一些家常菜，青菜是我和总理种的，肉是我用工资去买的，鱼是中南海打捞的，这是请吃饭，不要大家付钱。但是按规定，我和总理的粮票没那么多！现在粮食定量，很抱歉，要请大家每人交3两粮票。"

听了邓颖超这一席话，大家激动得热泪盈眶，哽咽得说不出话来，国家总理处处以身作则，连粮票这点小事，都不搞特殊化，大家从总理身上深深地感受到伟大的人格魅力，又一次受到了勤俭节约、艰苦奋斗精神的感染。

再一次谈起这出话剧时，周恩来说道："我是要拿着你们的戏，去打仗的！"

大家都有些不太明白周恩来的意思，都看着总理。周恩来笑道："文艺界有的同志问我，什么叫革命现代戏？让我给他们树两个样子，让他们学习。现在你们给了我最好的实例，所以我是拿你们的戏去打仗了。"

大家一听，都笑了，争相给周恩来、邓颖超敬酒。

饭后，周恩来提出要把这部红色经典搬上银幕，还特别关照：拍电影用演话剧的原套人马，一句台词不能改，一个演员不能换。

在剧中扮演老班长的刘鸿声后来回忆："在今天看来，原汁原味地把一部话剧搬上大银幕有些奇怪，毕竟话剧和电影还是有着很大区别的。但是，无论是话剧还是电影，《霓虹灯下的哨兵》都从根本上表现出了人民军队的本色，因此至今看来仍富有非常强的感染力。"

1964年初，由八一电影制片厂的王苹任导演，沈西蒙任编剧的电影《霓虹灯下的哨兵》在南京路实地完成拍摄，并在全国公映。

"霓虹灯下的哨兵"走进了千家万户，南京路上的八连故事走进了千家万户！

16. "两颗精神原子弹开花了……"

《霓虹灯下的哨兵》正在热演，刘仁福和王经文悄然来到了北京，住进《解放军报》招待所。他们这次的任务是向总政和《解放军报》汇报工作，这也是王经文所说的1963年的十件大事之一。

这年年初，解放军总参谋长兼军委秘书长罗瑞卿指示《解放军报》，要大力宣传全军的重大先进典型。军报经过研究，提出报道驻南京路的上海警备区某部八连，认为在当时国家经济还十分困难的形势下，八连的艰苦奋斗精神有着重大意义。

军报领导同意了报道计划，随即派记者来到南京路采访八连，听取刘仁福、王经文和连队战士的情况介绍，但是写出来的报道可能是不够生动，总政没通过。

3月初，为了进一步提升报道的内涵，军报特意请来了刘仁福和王经文。第二天，两人匆匆赶到《解放军报》会议室，到了一看，堪称是大阵仗，在场的有18名记者，8名编辑，还有一位大校副总编。

大校首先发言说，根据总政的指示，要把八连作为重大典型进行宣传。这两位指导员都是勤俭节约、艰苦奋斗精神的实践者，是八连的活字典、资料库，你们不要太紧张，现在先听老指导员汇报。

刘仁福和王经文详细介绍了八连的事迹，在场的编辑和记者都是精兵强将，一旦发现一个闪光点，就顺藤摸瓜地问，一个上午很快过去了，下午又继续讨论，整整一天，说了八个小时。

结束前，大校副总编做了总结并明确分工：记者组写通讯报道，文化组写小故事，编辑组写社论……然后要求这些编辑记者讨论研究报道八连的通讯、故事和社论。

第二天，大家讨论研究，认为八连最宝贵、最光彩照人之处，就是进驻上海14年来，一直坚持实践毛泽东"务必使同志们继续地保持谦虚谨慎、不骄、不躁的作风，务必使同志们继续地保持艰苦奋斗的作风"的精神，这正是八连身处闹市、一尘不染、代代相传的真谛所在。

然后军报的编辑和记者逐字逐句地修改，刘仁福和王经文把握事实和细节的真实性。

据王经文回忆，"像打仗一样，两天两夜，连续作战，我们参与讨论修改全过程，体会到记者编辑真辛苦！"

1963年3月30日，《解放军报》头版刊发了这篇通讯，王经文至今记得题目叫《艰苦作风 代代相传》，同时还刊发了社论《务必保持艰苦奋斗的作风》。《人民日报》《光明日报》等中央几家大报同时全文刊登这篇通讯，中央人民广播电台进行了全文广播。

文化组采写的《"好八连"的故事说不完》一文，共汇集了反映八连干部战士精神风貌的40篇小故事，长达1万多字，《解放军报》用四个整版的版面刊登，许多中央和省市级报纸也转载了。

在军报社论中有一段话，诠释了八连传承的精神内涵："能不能艰苦奋斗，是一个人、一个阶级、一个民族有没有志气，有没有生命力，有没有希望的标志。八连同志们的思想面貌是伟大的。他们所关注的，不是个人的、眼前的利益，而是人民的、长远的利益。他们所追求的，不是物质上的享受，而是精神上的崇高……"

周恩来先听了中央人民广播电台的广播，就吩咐邓颖超打电话给《解放军报》社值班主任："总理刚才听了好八连事迹的广播，很好。报纸印出来没有，总理正急着看哩！"

报社领导立即派专人将凌晨刚印出来的《解放军报》送到中南海。

总参谋长罗瑞卿看了报道，对《解放军报》一位领导感慨地说："好八连就是好，全军多一些这样的连队，我这个总长就好当了！"

全军了解了好八连，全国人民也都了解了好八连。好八连艰苦奋斗的精神如同春风化雨，洒在人们心上。

《解放军报》的那位大校副总编后来说，好八连是继雷锋之后涌现的又一个重大典型，雷锋和好八连的宣传，就像两颗精神原子弹在神州大地上开出璀璨之花，给人以鼓舞……

1956年4月25日，毛泽东曾经指出："中国不但要有更多的飞机和大炮，而且还要有原子弹。在今天世界上，我们要不受人欺负，就不能没有这个东西……"

8年之后，1964年10月，我国第一颗原子弹爆炸成功，巨大的蘑菇云在戈壁荒漠上腾空而起，中华民族的自信心也在全国人民的欢呼声中腾飞而起，得到极大振奋。

那一声"中国巨响"，燃烧着无数人的青春岁月；那一声"中国巨响"，将激动与喜悦传遍整个中国大地；那一声"中国巨响"，让人们沉浸在欢腾的海洋中；那一声"中国巨响"，令全世界瞩目，树立了中国走向复兴道路上的不朽丰碑……

60年代初期，国家虽然度过了三年困难时期，但依然举步维艰，走在一段艰辛的路途上，人民急需要精神动力和精神偶像，雷锋和八连，如同原子弹一样，点燃了人们的激情。1962年牺牲的雷锋，以他始终如一、全心全意为人民服务的精神，在1963年3月5日毛泽东作出"向雷锋同志学习"的题词之后，迅速成为全国人民心目中的英雄楷模。"南京路上好八连"的光辉形象，又把令人振奋的阳光洒在祖国大地上，艰苦奋斗、奋发图强之火在这片古老的土地上熊熊燃起……

信念，是浮世不败的精神支柱。信念，是描绘蓝图的五彩画笔。雷锋和好八连是怀着对祖国对民族未来的美好信念而不息地奋斗的典型，他们的事迹，就像研制原子弹的那一群英雄，和那个时代的人民群众一样，在艰辛中，在悲壮中，甚至是在牺牲中，默默地奉献，挺起民族那不屈的脊梁，把巨龙腾飞的景象，描绘得越来越清晰，越来越可以触摸！

4月3日早上8时，刘仁福、王经文走进人民解放军最高政治机关——总政治部办公大楼的会议室，总政治部副主任肖华及总政各二级部的部长到会。

肖华是江西人，17岁主持全军青年工作，并任少共国际师的政委，18岁参加长征，22岁成为八路军的"娃娃司令"，解放战争时期，在我军围困长春之时，他提出"攻心为上，攻城为下，心战为上，兵战为下"的策略，得到中央的肯定，结果国民党守军起义，长春和平解放，1955年被授予上将军衔。肖华文武兼备，军政兼优，而且能诗善文，1964年4月在杭州休养期间，忆及那些在艰苦卓绝的长征路上倒下去的战友，经常夜不能寐，常常夜里从床上爬起来奋笔疾书，激情和泪水湿透纸背，写下了红色经典史诗《长征组歌》，至今仍传唱不衰。

刘仁福和王经文先后汇报了连队在南京路上学习"两个务必"、保持和发扬艰苦奋斗传统的情况，两位指导员都是第一次经历这种场面，但手里没拿小本本，从容陈述，有问必答。

最后，肖华操着浓重的江西口音说道："好八连的事迹和雷锋有很多类似的地方，在一定意义上讲，八连是集体的雷锋！"

雷锋说过，"一个人的生命是有限的，但为人民服务是无限的。我要把有限的生命投入到无限的为人民服务之中去。"雷锋和八连，一个是人民解放军的普通士兵，一个是人民解放军的基层连队，一南一北，传承、激荡着"始终全心全意为人民服务"的宗旨和本色，壮哉，伟哉，这是中国军队永葆活力的强健生命源泉。

中午时分，肖华向刘仁福、王经文等人招招手说："到吃饭时间了，你们跟我走。"

肖华先行一步，刘仁福、王经文等人乘坐另一部车，万万没有想到，一下车，肖华和夫人王新兰已经站在门口，面带微笑迎接他们进屋。

桌上摆着一个汤12个菜，没有酒，看是早有准备。刘仁福和王经文激动得不知所措，都站着不动。肖华见了，笑道："放开点，放开点，就像在自己家里一样。"

等大家都已入座，肖华说道："你们都是八连的功臣，我这个部队的老同志从内心感谢你们！平时你们工作很辛苦，今天为你们改善一下伙食，表达一下我和王新兰同志的一点心意，今天不喝酒，你们放开吃菜。"

肖华指着一盘辣椒炒咸狗肉说，这是老家的菜，然后和夫人不停地劝菜……那时候见到点油荤多难啊，两人渐渐地不再拘束，将菜汤消灭得一干二净。

见此情景，这位爬过雪山、涉过草地、吃过树皮、啃过皮带的老红军，送一行人离开时含泪道："我们军队干部的肚子都亏空成这样，老百姓的生活可想而知了，要树好八连这面旗帜，靠艰苦奋斗精神渡过难关！"

17. 西花厅：一树海棠花下的合影

4月12日，下午，一辆银灰色的轿车缓缓驶入中南海，车内后排坐着一位上尉，他就是刘仁福，轿车沿着中南海红墙一直前行，他全神贯注，丝毫未注意车窗外的景致。

下车时，刘仁福感到每一根神经，如同大海的波浪，都在兴奋地跳动。

那是一个激动人心的日子，王经文因连队忙先回上海了，刘仁福继续留在北京，给总部机关、军事院校等单位作报告，介绍八连的情况。

前一天，《解放军报》突然通知刘仁福，周总理明天要接见他，听取八连情况汇报。那一晚，刘仁福既高兴又紧张，一夜都没睡着。多年后，他激情地回忆道，1963年是八连历史上最辉煌的一年，也是我一生中最荣耀的一年。

原来，周恩来从军事秘书周家鼎处听说八连的前任指导员刘仁福在北京，于是对周家鼎说：过去到上海没去过八连，现在刘仁福来了，我要和他见见！

沿着拾级而上的台阶，刘仁福和陪同的《解放军报》领导，走进周恩来的办公室西花厅，一进门，周恩来就站起来和刘仁福亲切握手。

西花厅在清末宣统年间修建，是一座青砖灰瓦的四合院屋宇，廊柱上已显陈旧的红漆，加上褪色斑驳的雕梁画栋，陈述着这座旧王府建筑群的沧桑。周恩来和邓颖超1949年搬入西花厅，在此居住并办公。

刘仁福坐下后环视四周：一间不到20平方米的房间，有一张大写字台，写字台上压着一块大玻璃板，靠墙有一堵书橱，还有一张条桌，几张有扶手的靠背椅，没有沙发。唯一与办公室气氛不和谐的是一张看上去很陈旧的藤制小躺椅，躺椅上有一条洗得很干净的旧毛巾。周总理的办公室竟然这样简朴，刘仁福至今想起来仍然肃然起敬，他说，那是一个真正的伟人。

这时，邓颖超面带笑容端来一小盘瓜子和糖，一边抓给刘仁福，一边介绍这盘瓜子的来历。刘仁福当时太激动，以至没有听清邓大姐的话，多年之后，他仍觉得那是一个遗憾。

周恩来和刘仁福面对面地坐在两张靠背椅上，共和国的总理和一个连队的指导员相距不到一米。周恩来向来以平易近人的魅力令人折服，那天也一样，几分钟之后，刘仁福一点也不感到局促和紧张了。

在交谈中，周恩来详细询问：连队现在有多少人？多少党员？战士都是哪里人？全连干部战士的文化程度如何？刘仁福一一作了回答。

过了一会儿，邓颖超再一次进屋，端来了水果。事后，秘书周家鼎对当时在场的《解放军报》的一位副总编说：总理的客人，邓大姐两次进屋端送糖点水果，是非常少见的。

这时谈到了话剧《霓虹灯下的哨兵》，总理跟刘仁福介绍说：我已经看过几次了。然后突然问："陈喜是怎么回事啊？"

刘仁福说："连队有那么个排长，结婚不久要离婚。"

周恩来哦一声，又问："童阿男这个人物呢？"

刘仁福回答说："连队有个战士叫童新根，是个孤儿，来到部队后思想有些问题，以后进步很快！"

周恩来换了个话题，问道："抗美援朝连队参加了吗？"

刘仁福说："去了一个人，是司务长。"

不知不觉中，两人谈了一个多小时。

就要分手的时候，周恩来勉励说：八连的工作做得很好，八连的宣传对全国很有意义。希望八连的同志，继承和发扬我党我军艰苦奋斗的光荣传统……

刘仁福站起来，怀着无限敬意向周恩来敬军礼。

周恩来笑道："不要急嘛，还要合影留念。"就在长条桌前，随行的《解放军报》记者迅速按下了快门。

周恩来和邓颖超还特地把刘仁福送出西花厅。

在门口，周恩来兴致勃勃，说："再照一张吧。"

说着，把刘仁福拉到他与邓颖超中间，数人一字排开，站在室外一株海棠花树下的方石板路上留影，周恩来由衷地微笑着，邓颖超脚上穿的是一双布鞋，这幅珍贵的照片，刘仁福一直珍藏着！

他也一直记得，当时那一树海棠花，正开得无比的灿烂……

18. "南京路上好八连"命名

1963年4月25日，国防部发布命令，授予上海警备区警备团三营八连以"南京路上好八连"的光荣称号。国防部在命令中指出，希望八连同志务必谦虚、谨慎、不骄、不躁，永远保持劳动人民勤劳勇敢的本色。

这是新中国成立14年来，第一次给一个和平年代的连队命名。

5月5日，在福州路老市府的大礼堂，南京军区、上海市委和上海警备区联合举办授旗授衔仪式，国防部副部长兼南京军区司令员许世友出席。

一年前，夏末的一天，一辆灰绿色的北京野战吉普车，停在了淮海路八连驻地的红房子前面，车上下来一位军人，领章上三颗星星，闪耀如钻。

这是许世友第一次走进八连驻地，来之前，他没有通知上海警备区，一进连队，径自奔向伙房。此时，炊事班长许金龙正站在刚揭了盖的大锅前，双手用力握着一把大锅铲，在锅里搅着。

"来首长了。"有个炊事员看到许世友的肩章，喊了一声。

许世友走到锅台前，看见满满一大锅热气腾腾的冬瓜稀饭，问道："这样能吃饱吗？"

许金龙忙放下锅铲，啪的一个立正："报告首长，能吃饱。"

许金龙是江苏常熟人，1959年3月入伍。他当兵的愿望极为迫切，报名参军时，当地政府和接兵干部觉得他父亲去世早，与母亲和妹妹相依为命，家里就一个男孩子，不同意他报名。许金龙划破手指，写了份血书："我要参军"，又缠着母亲找接兵干部求情，终获同意参加体检。分到好八连后，许金龙连年被评为五好战士。3年后，代表八连参加南京军区手枪射击比武时，他以3发30环的成绩，勇夺全军区第一。现在，面对眼前这位人称"猛张飞"的刚烈上将许世友，许金龙多多少少有一些紧张。

许世友看看许金龙，没再说话，一把抢过锅铲，双手抡起来在锅里搅拌了一番，大声说道："放屁，这么稀，怎么能吃饱？"

这时，连长张继宝和指导员王经文接到哨兵报告，赶到了伙房，两名中尉站在上将面前。

许世友责问道："中午怎么吃稀饭？"

"报告首长，中午吃了稀饭可以午休，晚上战士要站几个小时岗，晚上才吃干饭。"

"国家粮食困难，也要保证战士吃饱，不然怎么有力气站岗放哨。"

饭抬到了食堂，许世友跟在后面，连队开饭了，他一桌一桌问过去："吃得饱吗？"

"报告首长，吃得饱。"战士大声回答。

"你们骗人嘛。"许世友一桌一桌"骂"过去，然后沉默下来。王经文和张继宝异口同声说道："首长，到连部坐坐吧。"

"不了，你们就是砸锅卖铁，也要让战士吃好吃饱……"甩下这一句话，许世友大步流星走出食堂，登上吉普车走了。风风火火来，风风火火去，这就是传奇上将的风格。

授旗授衔仪式这一天，连队杀了一头猪，岗哨轮流换，大家都去参加大会。在会议上，国防部副部长兼南京军区司令员许世友宣布命令，把一面大红旗交给八连代表张继宝、王经文，许世友只说了四个字："不准抹黑。"

这句话字字千钧，连队感到巨大的压力，也感到巨大的荣誉使命感。

授衔仪式同样简单神圣，前任连长刘裕民和前任指导员刘仁福被提前从上尉军衔提升为大尉军衔，现任指导员王经文、连长张继宝则和原代理指导员丛志良由中尉提前晋升为上尉，对于军人来说，提前晋衔是无上的荣耀。

刘裕民1924年生，山东文登县人，他1946年7月入伍，八连的前身辎重连组建时就到了这个连队，从当战士到班长、排长、连长，在八连干了整整13年。也正因为他当过八连连长，后来每次遇到艰巨任务，领导总是对他说：刘裕民你去吧，因为你是好八连连长。这句话无形中成了刘裕民军旅生涯的导向，不断改变着他的人生轨迹。

1956年，刘裕民担任八连连长，与指导员刘仁福搭档。两个人是山东老乡，配合一直很好，相处3年从来没有闹过不愉快。刘裕民对部队管理很严格，发现不良倾向从不放过，批评起来毫不留情。曾在他手下当过班长的亲家，20年后两家的儿女结婚时，打趣说："老刘呀，那时我们就怕你点名，你一点名，我就两腿发抖。"

刘仁福则善于做思想工作，每次刘裕民批评了人，刘仁福总是及时做好疏导工作，而且每次都做得很到位，很得法，刘裕民私底下对刘仁福既尊重又佩服，在亲密合作中，两人结下了深厚的情谊。

那时候，连队干部的心都很齐，大家都注意以身作则。刘仁福有一件洋布军装舍不得穿，后来被拿出去展览，常年用一只肥皂箱装衣服。刘裕民同样克勤克俭，几乎把所有的积蓄都寄给了从小含辛茹苦把他拉扯大的嫂子，身边的一只针线包，也一直保存着。有一次，刘裕民家属来队，战士黄德胜军裤扯开了个口子，想叫嫂子补一下。谁知道黄德胜一推开门，见连长夫人正坐在床上纳鞋底，连长则坐在小凳上补衬衣，一下觉得很不好意思，转身要走。刘裕民抢上一步，拉住他：不要紧，我刚入伍时也不会补，是老同志教的。说着拿起裤子就补起来，后来黄德胜也学会了补衣服。

1959年，远在安徽白毛岭农场的十连作风出现滑坡，一天，团首长突然把刘裕民叫去：裕民你去吧，因为你是好八连连长，组织上相信你能干好。刘裕民知道白毛岭很艰苦，但怕苦怕累在八连是最见不得人的丑事。八连战士就是要做一块砖，东西南北任党搬。

一个灰沉沉的早晨，刘裕民告别繁华的南京路，来到了偏僻贫困的白毛岭。当时的白毛岭方圆几十里不见村庄，漫山遍野都是野草，时常有野兽出没。十连120人分管6000名劳改犯，分布在团山、横盘山、飞龙岗3个点，最远的与连部相距10公里。干部战士住的是草棚，用几根毛竹撑起来，盖上一点草就住上一个班。吃的主食是玉米、大豆、山芋。犯人还常越狱。在这种情况下，八连艰苦奋斗的传统派上了大用场。

刘裕民一开始就集中全连进行思想作风整顿，讲八连的好传统、好作风，接着，发动官兵自力更生，开荒地，种水稻，养家禽，逐步改善了生活。

为了防止犯人逃跑，刘裕民一夜起来多次查哨，经常组织各种演练。一次他听说几个犯人密谋越狱，就想了个法子，抽调几名神枪手，在犯人劳动的地方插上靶子，一部分人打靶子，一部分人报靶。报靶的战士故意大喊大叫：连长，又是10环。吓得犯人再也不敢轻举妄动。很快，连队各方面建设出现新的转机，年终被上级评为先进连队。3年后，当农场要移交给安徽省时，省里多次要刘裕民带连队留下，警备区不同意，把连队调了回来。

今天，刘裕民自调离八连后和指导员刘仁福第一次相逢了，这两个刚刚晋衔的大尉含着眼泪紧紧地拥抱在一起，急切地询问对方的一切，仿佛久别重逢的兄弟……

"南京路上好八连"，只有七个字，但是改变了无数人的生命轨迹！ 1964年的夏天，领导突然把刘裕民叫过去："组织上要调人到西郊担任警卫队的副队长，保卫毛主席，你当过好八连连长，你去吧！"1966年，上海虹桥国际机场即将对外第一次开放，一天，正在某团任副参谋长的刘裕民，突然又被领导叫过去："组织上准备派个干部去虹桥机场任边防检查站副站长，裕民，你去吧！"这次一听说要跟外国人打交道，刘裕民急了：我没有文化，不会外语，不是叫我去看西洋景，出洋相吗？

领导见状，说道："没有文化怕什么，你去最合适！你做过'南京路上好八连'的连长，你在金钱美女面前都不动摇，我们就要你这样立场坚定的人去把这个关。"听了这席话，刘裕民热血沸腾，再也无法推托了。必须得去，因为"好八连"这几个字，已经融入生命的血脉……

19. 罗瑞卿："一双猛虎那就更加厉害了"

淮海中路1632号，1963年6月15日上午，来了一部军车。

连队的哨兵一看，军车前一面大红旗，再一看军牌号码，知道是一个大人物来了。

这时候，八连的战士正在红瓦小楼前的水泥球场上训练，大家只见从车上走出一个大个子，身材魁梧，肩章上有四颗闪闪的星星，原来是国务院副总理、总参谋长罗瑞卿大将。

那时"好八连事迹展览"正在上海展览中心展出，这是八连事迹第一次大规模展览，展览在上海引起轰动，广大市民踊跃参观，被王经文视为1963年八连十件大事之一。罗瑞卿视察完东南沿海战备情况回到上海，住在延安饭店，即驱车前往上海展览中心观看展览。展览中心原名中苏友好大厦，位于哈同花园旧址，1955年仿照俄罗斯圣彼得堡海军部大厦中央塔楼建造，属俄罗斯古典主义风格建筑，其外观宏伟壮丽，尖顶直指苍穹，颇有克里姆林宫之风范，曾长期作为上海市人大和上海市政协的会议地点。罗瑞卿观看完事迹展览，没有通知任何方面，专车直接开到了八连驻地。

全体立正，敬礼，罗瑞卿也回以军礼，然后向连首长指示说，你们继续训练！

他走到操场中间，问一个新兵："看肩章，你还是新兵，叫什么名字？"

新兵高声回答："报告首长，我叫吕双虎。"

罗瑞卿一听，说道："你的名字厉害呀，一只猛虎厉害，一双猛虎那就更加厉害了。你们八连身居闹市，如果军事训练更好，那就是如虎添翼，就像两只猛虎一样了。"罗瑞卿以战士的名字鼓励大家，又说得非常巧妙，让人觉得这个大将特别平易近人。

他又走到一个新战士面前，问道："你叫什么名字？"

"报告首长，我叫沈贵金。"

罗瑞卿说道："你的名字更好，毛泽东思想贵似金，优秀传统贵似金！"

这时，他走到了一个老战士面前，问："你老家是哪里啊？"

老战士说道："报告首长，我老家是南通！"

老战士浓重的南通口音，罗瑞卿没太听清，就问："你是南通，还是南充？南通是长江的下游，我是南充的，在长江的上游四川，我们共饮一江水，我们亲如亲兄弟！"这样一来，他和战士的距离一下子拉近了。

罗瑞卿又到连队俱乐部看了看，文书拿来一支笔请他题词，他挥笔写下了"谦虚谨慎，戒骄戒躁"8个大字。

这时，全连官兵在俱乐部外集合好了，罗瑞卿走出来，在热烈掌声中向大家讲话："今天我来看望你们，你们的事情办得很好……党称赞你们，军委称赞你们，上海市和全国人民也都称赞你们，国防部正式命名你们为'南京路上好八连'，并且号召全军都向你们学习，这都是因为什么呢？就是因为你们听党的话，坚持党的立场，坚守干部队伍的作风，坚持了人民解放军的光荣传统，并且发扬起来，不管在什么情况下都不动摇……你们艰苦朴素的作风很突出，这不是偶然的，为什么能够身居闹市，一尘不染呢？为什么能够顶得住'香风'臭气袭击呢？就是由于党的光荣传统，人民解放军的光荣传统感染了你们，就是由于在党的领导下，毛泽东思想在你们这里扎了根，开了花，结了果，你们一定要永远牢记'虚心使人进步，骄傲使人落后'，永远保持谦虚谨慎，戒骄戒躁，这样才能使成绩巩固下来，继续前进，才能使我们的颜色永远保持着鲜红夺目，永不褪色，永不变色。"

说到这里，问大家："为什么你们能够成为好八连？你们全体干部和战士，每个人当然都有一份功劳。但功劳首先归于谁？这个问题就要有一个正确的认识。党的八届十中全会公报指出：'我们的国家不愧为伟大的国家，我们的人民不愧为伟大的人民，我们的军队不愧为伟大的军队，我们的党不愧为伟大的党。'所以说，没有一个伟大的国家、伟大的人民、伟大的党，就不可能有一个伟大的军队。同样，如果没有一支伟大的人民军队，取得了革命的胜利，就不可能有你们这个好八连。所以你们要把自己的位置摆对、摆正确。

"刚才在你们连队门口看到贴着一副对联：'山外青山楼外楼，英雄好汉在前头'。你们中间的老战士，要走在前头，在其中起骨干作用。而新战士是这个光荣集体里的新血液，你们的责任是很重的，希望你们能够很快地成为一个坚强的战士。老同志总是要陆续离开连队的，人走了好作风不能失传，这要靠老同志交班交得好，也要靠新战士接班接得好，不仅要把好作风接过来，传下去，保持荣誉，还要不断地增添新的荣誉，要准备超过老同志，后来居上嘛！"

罗瑞卿的视察和讲话，也被王经文列入1963年八连十件大事，使官兵们深受鼓舞，大家常常想起罗瑞卿最后的讲话："全军有成千上万个四好连队和四好单位，好八连是他们中间最突出的一个，是他们的代表，只能代表好，不能代表坏，而且要永远代表下去，不能只代表一时……"

20. 毛泽东《八连颂》：试看天下谁能敌！

这一天，人民解放军建军38周年纪念日。

凌晨时分，深夜工作的毛泽东入睡之前，诗兴勃发，拿起桌上的笔奋力疾书："好八连，天下传。为什么？意志坚。为人民，几十年。拒腐蚀，永不沾。因此叫，好八连。解放军，要学习。全军民，要自立。不怕压，不怕迫。不怕刀，不怕戟。不怕鬼，不怕魅。不怕帝，不怕贼。奇儿女，如松柏。上参天，傲霜雪。纪律好，如坚壁。军事好，如霹雳。政治好，称第一。思想好，能分析。分析好，大有益。益在哪？团结力。军民团结如一人，试看天下谁能敌！"

这首《八连颂》，是毛泽东唯一一次为一个基层连队写下诗作，无疑，八连所承载的人民军队的本色，不仅与毛泽东自身的风格契合，也寄托着他殷切的希望。毛泽东是农民的儿子，他的一生勤俭到极致。延安时期，自己种粮种菜，按规定标准领取伙食费，儿子毛岸英结婚，仅送自穿的旧大衣。新中国成立后，毛泽东十多年里没做过一件新衣，一件睡衣穿了20年，补了又补，一双皮鞋穿了几十年；吃饭时，掉在饭桌上的饭粒，他都要捡起来吃掉，生活极为简朴。八连弘扬艰苦奋斗的精神，令一代伟人无限感慨，无比欣慰。

这一年之前的日子里，朱德、陈云、陈毅等中央领导人纷纷为八连题词。邓小平在6月写下的题词充满激情："一贯保持光荣传统的、保证走向共产主义的、集体的标兵——'南京路上好八连'万岁！"

中央领导人这样赞誉军队，最早是在朝鲜战场上，当时彭德怀曾激情难抑，在电报上写出"三十八军万岁"，喊出了战场上横刀立马的万丈豪情，表达了对三十八军的最高赞誉，作家魏巍在《谁是最可爱的人》中描述的"松骨峰战斗"，就来自于三十八军的勇士们，那些故事震撼了一代又一代人。在松骨峰战斗中，三十八军的一个连队切断美军南撤退路，激战两昼夜，不顾敌疯狂突围，死守阵地，打退美军多次进攻，使敌南北两部相距不到1公里，却始终无法会师……此役，三十八军歼敌1万余人，一举扭转战局，使该军名扬天下。此役之后，彭德怀写完嘉奖电，意犹未尽，又在结尾写下"三十八军万岁"！从此，"万岁军"成为民间对三十八军的专属称谓。

现在，和平的年代里，"南京路上好八连万岁"的称誉，满含激情，就像军歌所唱："向前！向前！向前！我们的队伍向太阳，脚踏着祖国的大地，背负着民族的希望，我们是一支不可战胜的力量。我们是工农的子弟，我们是人民的武装，从无畏惧，绝不屈服，英勇战斗……向前！向前！我们的队伍向太阳……"

连队组织战士们进行讨论，他们觉得称"南京路上好八连万岁"，一方面是讲英雄的勇往直前的中国军魂经得住时间的考验，经得住人间的沧海桑田的考验，终将永放光芒；另一方面，是要求连队把艰苦奋斗的精神一代一代传下去，永不丢失，永远扎根于民族的土壤之上！

当时，新生的人民共和国刚走过14年风雨征程，内忧外患，接踵而至，毛泽东的目光看得更为长远，他需要的不仅仅是给予八连赞誉，而是从中挖掘出体现时代精神的内涵，他必定想起了新中国成立以来的诸多事件……

1950年10月25日，以美国为首的联合国军将战火延至中国东北，明知军事装备比16国联军差距巨大，中国人民志愿军仍然雄赳赳气昂昂跨过鸭绿江，有的战士连棉袄都没有，还坚持在零下40多摄氏度的恶劣环境下作战。美国总统杜鲁门公开扬言要对中国使用原子弹，仍然无法抵挡中华儿女前仆后继，浴血沙场，毛泽东长子毛岸英就是牺牲在美军投下的燃烧弹形成的火海中，那或许是最令毛泽东刻骨铭心的一场战争……

1959年，达赖喇嘛叛逃，受到印度庇护。此后，印度向中国疯狂挑衅，不断制造流血事件，包围我巡逻小组，伏击我运输人员，射击我哨所，侵占我领土，祖国西部边疆一时狼烟四起。此时，中苏关系正在恶化，1959年9月9日，苏联发表了一个偏袒印度、指责中国的声明。10月2日，访华的赫鲁晓夫与毛泽东等中国领导人举行会谈，赫鲁晓夫貌似公正地说："你们应该和印度搞好关系，印度是一个中立国，尼赫鲁是比较开明的，应该团结他，发生中印边境军事冲突是不对的，由于领土争执而发动战争是不值得的。"

一向视领土为血肉的毛泽东怒道："我们的原则是人不犯我，我不犯人，人若犯我，我必犯人。谁要欺负我们，那是不行的。谁都不行。"

印度调兵遣将，集结部队，挑起的武装冲突越演越烈，真是欺人太甚。忍到极点，也就到了火山爆发的时候，1962年10月，毛泽东决定实行自卫反击作战，他说："既然尼赫鲁非打不可，那我们只有奉陪了，来而不往非礼也。"站在巨幅地图前，他沉思良久，忽然指着印军据点大手一挥，高声道："扫了它！"

在短短一个多月时间里，对印反击战迅速取得胜利。此次反击作战，在处于"世界屋脊"的地区进行，地势险峻，气候恶劣，人烟稀少，作战的艰苦性是罕见的。不久，罗瑞卿跟毛泽东汇报战事，说了参战部队一不怕苦二不怕死的情况，毛泽东高兴地说道："过去金兀术说，撼山易，撼岳家军难。我要说，撼山易，撼解放军更难。"充分表达了他对这支军队的激赏。

赫鲁晓夫上一次访华之时，除了谈中印问题，还再次提出在中国设立监视站以及租用旅顺军港的要求，企图在军事上控制中国，中方断然拒绝，中苏关系走上破裂，苏方开始停止对华援助，于1960年撤走所有在华苏联专家，并要求中国偿还所欠债务。加上1959年发生的自然灾害，西方敌对势力对中国进行全面的经济、政治、军事上的封锁，蒋介石计划反攻大陆……年轻的共和国陷于困难境地，面临严峻的挑战。

就在这年建军节的前几天，1963年7月25日，苏联不顾中国的反对，与美、英两国在莫斯科草签了《部分禁止核试验条约》，试图实现三个国家在世界上的"核垄断"，加强核大国进行核讹诈的地位。条约所指对象，正是计划于1964年进行第一颗原子弹爆炸试验的中国，这个条约把毛泽东激怒了。

很明显，在毛泽东的一生中，具有一种几乎是与生俱来的不怕鬼，不信邪的性格特点，他从未对任何东西表示过害怕。50年代末，毛泽东曾经讲过一个不怕鬼的故事，他说："世界上有人怕鬼，也有人不怕鬼……越怕鬼就越有鬼，不怕鬼就没有鬼了。"写作这首《八连颂》时，无疑，当时的国内外情势都纷涌于心头，他那股不怕邪恶、顶天立地、奋勇反击的胆略洋溢于笔下，所以在总结八连艰苦奋斗、拒腐蚀永不沾和全心全意为人民服务的精神时，他既说"全军民、要自立"，接着又说："不怕压，不怕迫。不怕刀，不怕戟。不怕鬼，不怕魅。不怕帝，不怕贼。"一连讲了八个不怕，毛泽东所渴望的整个中华民族自力更生、艰苦奋斗的拼搏精神，毛泽东所信任的任何困难挡不住、任何威胁吓不倒的中华奇儿女的无畏精神，毛泽东身上所具有的那种举世无敌的敢于斗争、敢于胜利的英雄气概，如同黄河激流，一泻千里……

《八连颂》，不仅仅是对"南京路上好八连"的讴歌，更是对强大民族精神的有力展示，正是有了这种精神的支撑，在极端困难条件下，中国人民"不怕压，不怕迫。不怕刀，不怕戟。不怕鬼，不怕魅。不怕帝，不怕贼"，自力更生，艰苦奋斗，战胜了困难；勇于亮剑，敢于胜利，相继取得了抗美援朝和对印自卫战争的全面胜利；同时，举全国之力，研制出了原子弹……

《八连颂》，不仅仅是对军民团结如一人的有力倡导，也是反腐倡廉的一次精神昭示。团结就是大局，团结就是力量，中国人民解放军全心全意为人民服务，始终把人民的利益放在第一位，因而深受人民热爱，做到了军民团结如一人，从而一往无胜。同时，毛泽东深刻洞悉党和人民政权面临腐蚀的现实危险，对此，时刻保持高度警惕，早在党的七届二中全会上，毛泽东就明确提出"两个务必"，务必继续地保持谦虚谨慎、艰苦奋斗的作风。现在，通过《八连颂》提出"拒腐蚀，永不沾"，是毛泽东对全党发出的又一次告诫。

毛泽东熟读历史，清楚地知道，历代王朝基本上都是由于统治集团自身腐败、不思进取导致衰亡。因此他历来对贪污、腐败嫉恶如仇，对新中国成立初期刘青山、张子善等贪腐分子痛心疾首，他曾经斩钉截铁说："我们共产党不是明朝的崇祯，我们决不会腐败到那种程度。不过，谁要搞腐败那一套，我毛泽东就割谁的脑袋！我毛泽东若是搞腐败，人民就割我毛泽东的脑袋！"这种"割脑袋"反腐败的态度，赢得了新中国的清正廉明。

但是，毛泽东也曾经说过："可能有这样一些共产党人，他们是不曾被拿枪的敌人征服过的，他们在这些敌人面前不愧英雄的称号，但是经不起人们用糖衣裹着的炮弹的攻击，他们在糖衣炮弹面前要打败仗。"改革开放以来，少数党员、领导干部信念动摇、思想滑坡、道德沦丧、以权谋私、贪腐成风，极大地败坏了党的形象……

一位老八连人曾经说过，"金钱不是万能的，金钱只是改善生活的基础，但带不来快乐。为什么新形势下我们一些领导干部，在金钱、权力和美女面前，把握不住自己，经不起权势、金钱和美色诱惑，给我们的党和部队抹黑？归根结蒂，还是没有保持过去优良的作风，没有把共产党人艰苦奋斗、谦虚谨慎的精神传承下来。今天读来，《八连颂》依然具有警醒作用，依然值得学习。"

人民网强国论坛上，有一位网友留言说："希望中纪委的所有纪检人员，像'南京路上好八连'一样拒腐蚀永不沾，永远保持本色，坚持不懈反贪反腐，净化社会，取信于民！"或许这正是《八连颂》长远生命所在！

21. "我们应该唱学习雷锋好榜样"

"好八连，八连好，八连红旗举得高……"

这一年里，街道里弄、工厂一线、电台广播，到处都在传唱着这首《人人歌唱好八连》的歌曲，不亚于多年之后大街小巷播放港台流行歌曲的情景。有时候听到广播里响起这熟悉的旋律，八连战士也会跟着节拍哼唱。

这一年，雪片般的信件，从全国各地飞过来，飞到上海这片大陆与大海交汇的地方，飞到南京路这条走过百年沧桑的中华第一商业街上……

这一年里，一个个接踵而至的荣誉，一件件轰动全国的大事，在八连的部分官兵中洋溢着一种踌躇满志的味道。

全连召开大会，王经文慷慨激昂，开宗明义："我们的荣誉是忠诚祖国，忠诚人民。'南京路上好八连'这个巨大荣誉是人民创造的，我们要珍惜这个荣誉，但是有的同志却不注意珍惜。别人唱'好八连'，是人民赞扬八连，我们有的同志也跟着唱，这不是自我表扬吗？我们不能自己唱'好八连'，我们不能说自己是'好八连'，别人唱'好八连，八连好'，我们就唱'学习雷锋好榜样'，唱'接过雷锋的枪'嘛……"

连队的文书有一次出墙报，写了很多来自地方的感谢信、表扬信，报头上写着"贺信展览"。王经文看见了，就叫文书改掉，换成"巨大的鼓舞，有力的鞭策"。

有个战士给家里写了一封信，在信封的落款上写着"寄自南京路上好八连"，多少有点自我炫耀的情绪。王经文在全连大会上，没有指名道姓，但说："我们八连同志，应该谦虚谨慎，不能自称好八连，部队写信，要么就写代号，要么就写地址……"

谦虚谨慎，不骄不躁。这就是"南京路上好八连"与雷锋所共同追寻的那一道曙光，这就是以家国情怀为己任的民族蓝图中最纯净的那一抹亮彩！这就是"南京路上好八连"与雷锋所共同维系的那一脉激流，这就是在困难岁月里引领着人们向上、向善、向前奋进的中国力量！壮哉，伟哉，这就是永远谦虚谨慎、也永远敢于胜利的中国军人……

2013年11月8日，笔者一行驱车从上海赶往南通，从高速路下来，找到邵金城告诉我们的道路，看见了小区林立的楼群，结果不得其门而入，只得绕了几圈。在家中接受采访时，邵金城笑道，当时王经文指导员说的那个信封落款写"南京路上好八连"的战士就是我。

邵金城1943年出生，是江苏南通人，光着屁股长大的农家苦孩子。1961年，上海警备区警备团到南通征兵，这一次征兵有个特点，全部征在校的学生，是义务兵役制的第一批学生兵。

邵金城的两个哥哥都当过兵，大哥1952年参加抗美援朝，后来一踏上回国的路程，又根据国家需要，到新疆去了；二哥仍在部队服役。按照家里的这个情况，从南通市第二中学毕业的邵金城那时完全可以留在家里，但他渴望当兵。

一方面，当时国家遇上前所未有的三年困难时期，邵金城心想部队的情况可能比较好一点。另一方面，蒋介石正妄想反攻大陆，美国特务在我国东南沿海一线不停搞破坏，中印关系也比较紧张，邵金城觉得要保卫国家领土不被侵略，只有参军。穿上军装，离开故土南通，来到上海，邵金城成为警备团五连的新战士。那之后，邵金城在部队一干就是25年，其中有19年与"南京路上好八连"紧密联系在一起。

1962年，邵金城从五连调到八连，"南京路上好八连"命名后，他心情无比激动，写了封信给家里报喜。邵金城的这封信，上午交到连里，通信员把信交给王经文。下午，王经文就找邵金城谈话，他拿着邵金城的信，指指信封右下角"寄自南京路上好八连"的字样问道："为何要这样写？"

邵金城答道："从全国各地寄到连队来的信都这样写，所以我就……"

"小邵啊，八连好不好，应由全国人民来评价，作为八连的战士，怎能自称'好八连'呢？你要牢牢记住谦虚谨慎的传统啊。我建议你把信封重写一下，和其他同志一样，就写部队代号吧。"一席话说得邵金城面红耳赤，以后的日子里，他都说"我们八连"。

八连的思想工作如同水银泻地，做得非常细致，连队的老战士对新兵思想也很关心。当时邵金城的班长李祖根，1959年的兵，是连队工具箱的主人，长年给连队修修补补，全连公认的好班长，李祖根也跟邵金城谈话说：这事不怪你，我作为班长也有责任，是我没有把连队不允许用"南京路上好八连"的自称告诉你……

干部干部，先干一步。在八连，干部对自己要求非常严格，要求战士做到的，干部首先做到，要求战士不做的，干部坚决不做。

干部与战士吃、穿都一样，从不侵占战士利益，家属临时来队就餐，每天登记，走时交费。干部浑身散发着责任心和荣誉感，王经文常说："上级叫我来八连工作，是对我最大的信任，也是最大的光荣。如果不尽自己的力量好好工作，就对不起党，对不起人民。"

凡是在八连工作的干部都是铁了心眼：为连队争光，为前辈争气。连队的执勤哨位分散在数个点上，早上出操以后，干部就下到班排，与战士们一起操课，抽空找战士谈心了解情况。晚饭后干部在连部碰头，交流一天的情况，晚上十点钟再到各执勤点查哨，一查就是两三个小时："眼睛一睁，忙到三更。"长年累月，刮风下雨，天寒地冻，始终坚持。

干部一心扑在工作上，就很少顾得上家。王经文家在农村，经常一年忙到头顾不上休假，家属也长期不来连队。有一年安排他回安徽老家探亲，他还抽时间走访了5个战士家庭。

一次，副指导员盛根铨3岁的儿子不慎从二楼摔下来，造成脑震荡。他家属陪孩子住在医院里一个月，盛根铨只在晚上抽时间去看过两次。

副指导员石作金妻子怀孕后，怕影响工作，石作金没对连队任何人说，妻子临产前，石作金把她送去解放第85医院，一星期后抽出时间再去医院时，小孩出生已经4天了。护士在一旁不停地责怪石作金："为什么不早点来看看、管管？"石作金看见别的产妇床前摆满了吃的东西，自己妻子的床头前，什么都没有。石作金一进来，只见妻子两眼泪汪汪的。

把妻儿从医院接回来，大家才知道石作金做了爸爸。连队经委会专门开会研究，这才给补助了两斤红糖。

比金子更贵重的，是人的精神。这是真正在八连闪光的名言，这是所有八连人铭记在心的座右铭。八连首任指导员张成志得知连队获得国防部的荣誉命名时，他和多少人一样激动得彻夜难眠。张成志1951年6月含泪告别自己的连队，调到骑兵营担任副教导员。数年后调到江西九江、上饶等地任兵役局政委，一直干到1961年转业，到上海航海仪器厂任党委副书记。授旗仪式当天，他专程回到八连，动情地给干部战士讲述连队的历史，讲述连队艰苦奋斗的传统，讲述连队拒腐蚀永不沾的故事……他要求连队的新一代在巨大荣誉面前，永远记住毛主席讲的"两个务必"，把艰苦奋斗的传家宝一代一代传下去。

这位老八连人不断地拓展着艰苦奋斗的阵地，这一年，他又一次离开上海，来到四川万县，支援内地建设，把艰苦奋斗的传统带到这里，播种在这片崎岖的山区。他和第一批援建人肩扛行李，攀登"难于上青天"的蜀道山间梯级，奔赴创业地。

轰隆，轰隆，开山筑路的炸药点响了，回声袅绕在四面的山谷里……张成志头戴草帽，身穿汗衫短裤，不停地挥动铁铲，往筐子里装着石碴。汗水浸透衣衫，被太阳烤干，烤干了又湿。尘土，汗渍，盐霜，把白汗衫染成了花汗衫。

打洞库时，张成志身背铁锤，手持钢钎，叮叮当当，向岩石开战。那些日子里，他成天待在工地上，废寝忘食，短短6个月，从把第一批建筑材料由码头扛到基地起，用双手修筑了一条通向外面世界的公路，用双手盖成了一幢幢库房，用双手建成了缆车道。那是精神世界的力量所筑成的奇迹！那是好八连精神在祖国大地上的一次漫延、伸展……

"好八连，八连好，八连的作风真正好，勤俭朴素过日月，艰苦奋斗传家宝。八连好啊八连好，八连作风真正好，八连作风真正好。"这首歌唱八连的歌曲，继续唱响在大街小巷里。而在八连，和风漫卷，红旗永远飘扬在最高处，飘扬在离阳光最近的地方……

22. 毛泽东："童阿男你不能走啊……"

1963年11月29日，秋天，北京的枫叶都红了。

南京军区前线话剧团又一次进京，这次他们将走进中南海，演出地点是怀仁堂，为毛泽东专场演出《霓虹灯下的哨兵》。

怀仁堂是中南海主要建筑之一，位于毛泽东原住处丰泽园东北。八国联军侵华时，清朝光绪帝所建的仪銮殿被焚毁，后来慈禧在旧址上重建了一处宫殿，袁世凯将其改名为怀仁堂。1949年第一届中国人民政治协商会议在此召开，开国大典后，怀仁堂曾一度成为中央政府礼堂，1955年，还在此举行了隆重的中国人民解放军授勋仪式。正式演出前，公安部部长谢富治来到后台通知剧团：毛主席在戏开幕前要与沈西蒙见面。在总政文化部领导的陪同下，沈西蒙来到休息室。

晚上8时许，休息室里，肖华向毛泽东介绍沈西蒙，毛泽东从沙发上站起来，同沈西蒙握了握手，说："听说你们演了个好戏，写'南京路上好八连'的，我今天来看。"

毛泽东接过肖华递过来的节目单，爽朗地笑道："哦，叫《霓虹灯下的哨兵》，就是上海嘛。"作为诗人与哲学家，毛泽东和沈西蒙谈起了戏剧与音乐。交谈了几分钟，戏就要开幕了。大家步入观众席，沈西蒙被安排坐在毛泽东的左手边。

戏刚开场，毛泽东就不断地向沈西蒙询问台上出现的各种人物，很关心剧中人的命运。随着剧情的发展变化，毛泽东不时发出朗朗的笑声，可以看出来，他看得很入神。

这时，剧情发展到战士童阿男受连长鲁大成批评去国际饭店吃饭，童阿男反问道："为什么去不得？解放了，平等了，有钱人去得，为什么我去不得？"

鲁大成说道："嗬，还一大套呢！好吧，你去得。国际饭店、咖啡馆、跳舞厅，你都去得！你呀，再这样胡闹下去怎么配穿这套军装……"

童阿男愕然道："怎么，不要我了？开除了？"脱下军装就准备走人。

毛泽东拿着一支香烟的手，指着舞台上的童阿男，着急地轻声说："童阿男你不能走啊，你要走了，就是当逃兵了！"此时此刻，他被一位普通解放军战士的命运所打动了。

沈西蒙马上告诉毛泽东："不会。后边指导员还要做思想工作，把他接回来。"

戏一幕一幕地演出，帷幕一次次开启又拉上，邓颖超几乎成为舞台监督，从观众席来到后台，叮咛演员们："不要慌，不要紧张，把话说慢点，让主席听清楚。"

当剧情发展到指导员和连长决定把童阿男追回来时，毛泽东完全入戏了，连声说道："这个好，好。"

把童阿男找回来后，连队开了欢迎会，并请老工人讲三次武装起义，这时候老班长把童阿男的军装洗干净了，捧给他："要穿上它一辈子。"

毛泽东连连说："好，演得好。"

此时此刻，一旁的沈西蒙看见，一代伟人用手在脸上轻轻地抹着眼泪。毛泽东对基层官兵历来有着非常深厚的感情，电影《难忘的战斗》中放映解放军进城时，据说他也曾经看得泪如泉涌……这就是一代伟人，有着既鲜明又深沉的情感，所以他才能写下："寂寞嫦娥舒广袖，万里长空且为忠魂舞。忽报人间曾伏虎，泪飞顿作倾盆雨。"这样既豪放又深致的辞章。

当大学生罗克文被特务打伤，童阿男主动到医院来献血，毛泽东轻轻鼓起掌来。

戏中有一个情节，排长陈喜到上海后把旧袜子丢了，毛泽东说："问题就出在这里。"最后，排长陈喜准备参加抗美援朝，并表示一定要在战斗中立功，行前向春妮作自我批评，请春妮谅解。这时，毛泽东又连连点头、鼓掌。

演出持续了近3个小时，演出结束后，毛泽东径直走上舞台，与大家一一握手，并在台上来回走了好几遍，边走边说："连长、赵大大，还有老班长，演得好。"

演员们根据事先安排好的位置，快速整理好队伍，毛泽东与大家一起合影留念。镁光灯闪完之后，毛泽东回头望了望站在身后的刘鸿声，又伸过手来，并连声说："好、好、好。"饰演老班长的刘鸿声被这意外的情况蒙住了，不知说什么好，连忙伸出双手紧紧地握住毛泽东的手。多年以后，家里有客人到访，谈到当时的这一幕时，刘鸿声的妻子就会笑道："我家老刘这辈子就数这点最风光，最得意。"

1947年，刘鸿声16岁时参军，班长经常对战士们说："打仗的时候跟着我，保证没错。"训练时几百号人在一个大操场上，班长让刘鸿声等人带两个粪筐，收操后背两筐粪给房东。当时的班长给刘鸿声留下了深刻的印象，因此在剧中，老班长这个角色虽然着墨不多，但却被他演得浑厚而朴实、幽默而深沉。

毛泽东又把手伸向沈西蒙，说："这个故事写得好，导得好，演得好。那是因为你们长期在部队，深入部队生活，熟悉部队生活。可见要想写好戏、演好戏，就得深入生活，熟悉社会。不熟悉工农兵不行，不熟悉社会各阶层的人，也是写不好、演不好的！这个戏要多演，让更多人看！"

23.许世友："要打仗，你们一块去！"

安徽滁州磨盘山，距上海400公里，是滁州西部重要屏障，长江与淮河的分水岭。欧阳修在《醉翁亭记》中第一句话说"环滁皆山也"，环绕滁州的众山之中，就有磨盘山。清代安徽文学家戴名世在《乙亥北行日记》上说："过磨盘山，山势峻峭，重叠盘曲，故名；为滁之要害地。"

抗日战争时期，新四军曾在磨盘山一带抗击日军，回击国民党军的挑衅，当时日军进犯巢南根据地招致惨败，采用"以华治华"的诡计，为国民党军留下一个缺口，让国民党军来消灭新四军。新四军指战员写下血书，"誓与磨盘山共存亡"，获得磨盘山大捷。此地现设有南京军区综合训练基地，常见硝烟弥漫、尘土飞扬，战士们满身泥浆或尘土，在此举行作战演习。

1964年3月20日，八连拉出上海，奔赴磨盘山山区，在此集中进行军事训练。出发之前，连队全体官兵在军旗下宣誓："宁愿脱掉一层皮，宁愿掉下几斤肉，也要练好硬功夫。"

八连身居上海闹市，多年来担任市委、市政府、华东局的警卫任务，还担任过毛泽东、周恩来等领导人到上海的安全保卫任务。由于驻地长期没有训练场地，军事训练、军事技术是连队最明显的薄弱点。连队党支部感觉到国家和军委给了八连这么多荣誉，既是非常荣耀的事情，又感到八连在军事上还有很多欠缺。上一年秋天，南京军区杜平政委来八连考察时，党支部汇报了这个事情，主动申请加强军事训练。现在，许世友司令员和杜平政委特别把八连安排到了磨盘山，让他们在山区里捧打捧打。

到山区之前，连长杨万玉带连队在南汇参加警备区一个农场的农田水利建设，连队的任务是修筑拦水闸，这是一块硬骨头，土方工程量大，闸基要挖4米多深。第一天刚挖到1米深，地下水就涌了出来。连队把工地作为实践艰苦奋斗精神的战场，不怕脏，不怕苦。没有抽水机，大家就跳到水里干，每天都超额完成上级规定的土方量，最后提前完成了施工任务。劳动回来未作休整，就拉到安徽山区，暂编在全军有名的"临汾旅"建制内。

杨万玉以前喜欢抽烟、喝酒，磨盘山前不着村后不着店，也没有什么供销社、代销店，杨万玉身上带的两包烟抽完了，没处去买，烟没得抽了，酒没得喝了，杨万玉感觉浑身难受，就对王经文说："我想把烟戒了。"

杨万玉是山东平远县人，1932年出生，17岁时在淮海战役的炮火中参军入伍，当过卫生员，医生助理。因为十四五岁时到私塾念了两年书，解放后，杨万玉到北京防化兵学院学习防化专业。国防部给连队命名后不久，老连长张继宝到南京步校学习，上级考虑到杨万玉上过军校，当过团作训股参谋，又当了4年防化连连长，就让杨万玉接任了八连连长。

说者无心，听者有意，王经文正在寻思怎样进一步搞好连队艰苦奋斗教育，一下子就抓住了这件事，对杨万玉说："老伙计，你这个想法好，我支持你个人戒烟，一来可以节约钱，二来也有利于健康和卫生，一举两得。你看怎么样？"

见杨万玉点了头，王经文当晚就在连务会上说了这件事。他说："连长刚才郑重宣布，从今天起他戒烟了，烟酒全部戒掉，这是一件大好事。当前国家困难还不少，我提议，把戒烟作为我们军人支援国家克服困难的一件实事，作为连队艰苦奋斗勤俭节约的一项内容，大家说，行不行？"

在接受笔者采访时，杨万玉笑道："我被王经文这么一说，感到不好意思了，我说戒掉，本来是带有玩笑性质的，不抽，是因为没烟抽，那时候，烟酒可都是重点供应的产品啊。"那时，杨万玉已有了近10年的抽烟史，戒起来挺难受的。身为连长，又不能吃零食，每当烟瘾上来，就找卫生员要两粒仁丹含在嘴里，半个月下来，杨万玉记得，在8月1日建军节那天，自己还真的戒了烟，连队的戒烟活动也传了下来。

人生重要的是以强大的意志和毅力战胜自己。

在磨盘山，流传着一个民谣："磨盘山，十八怪，老母猪，扎腰带，三个蚊子一碟菜，五个老鼠一麻袋……"这次驻训，使连队又经受了一次考验。磨盘山周围虽然没有特别高昂的山峰，但群山密集，连绵起伏，出门就是山，住的是清一色的土坯垒的茅草屋，又低又矮，又暗又潮，睡的是土炕，没有自来水，没有电，一到晚上，熄了土制的煤油灯，黑得伸手不见五指，昼夜温差大，吃的是粳米，里面掺杂着沙子、碎石，连队的训练就在这样的环境里展开。

磨盘山下的大柳镇，六十军大部分驻军于此。司务长葛传义被称为连队的红管家，他每天四五点钟起床，走30多里山路到池河镇去买菜。当时连队有人问，你为什么不在大柳买菜，跑去池河？原来大柳镇驻军部队太多，老百姓常常买不到菜。葛传义说：我少买一份，老百姓就多买一些。当时，葛传义一根扁担两只筐，每周去池河镇两三次，每次来回走70多里路，挑回几十斤蔬菜。一年下来，崎岖山路上，挑了几万斤的菜和粮，走了8000里路，大家给他称赞走了一个小长征……

生活上的困难，可以克服；训练上，和当地的"临汾旅"部队相比，有很大差距，令连队着急。当时连队刚换装，编制也改变了。在市区是三三制，三个排九个班，到磨盘山以后，野战编制，四个排十六个班。武器也换了，在市区主要是手枪，冲锋枪；到山区则换成步枪、轻机枪、重机枪、冲锋枪，干部也做了调整，一切都在适应。王传友一直记得连长杨万玉治军的严格，那时的一个关于豆芽的比喻："你看你们一个一个站的，弯腰的弯腰，偏头的偏头，和豆芽有什么两样？"

当时"临汾旅"搞战术演习，上山下山，能跑能跳，行走自如，八连的干部战士走惯了大马路，在山上走路磕磕绊绊。八连和临汾旅的一个连搞对抗，八连的子弹还没装上，人家已经把靶子打掉了。这是来到磨盘山后的第一个下马威，全连都觉得丢脸：临汾旅的确是我军一支能征善战的拳头部队。

1948年4月，在徐向前指挥的临汾战役中，晋冀鲁豫野战军八纵二十三旅猛打猛冲，一举夺取临汾主要屏障东关，徐向前接到报告后，极为兴奋，高兴地说："东关攻克，让参战部队大睡3天！"又说，"有二十三旅，我也可以安稳地睡一会儿觉了！"

临汾城是晋南军事重镇，据说当年李自成兵临城下，屡攻不克，气得将盔甲挂在树上，拍马而去。此时的临汾城更是被阎锡山经营成"铜墙铁壁"，阎锡山因此叫嚣：共军插翅也休想飞进临汾。

二十三旅通过坑道作业埋设炸药，将城墙炸开两个缺口，突入临汾，夺得战役的胜利。挖掘坑道时，战士们赤身露体、以膝代脚，许多人双膝肉皮磨破，仍然匍匐向前挖掘……毛泽东闻讯特别发来电报：临汾战役，取得攻城经验，是一个很有意义的大胜利。战后，徐向前亲手将一面绣有"光荣的临汾旅"的锦旗授予二十三旅，于是"临汾旅"闻名全军。

1949年全军整编，八纵改称中国人民解放军第六十军，曾入朝参战。回国后，驻防安徽。所属一七九师即"临汾旅"，1958年许世友率机关干部下连当兵，就是在浙江宁波进行海滩登陆训练的"临汾旅"某部。多年以后的1971年，"临汾旅"开始担负迎外表演任务，向世界展示中国军人威武、文明、胜利之师的良好形象，展示中国军人精湛的军事技能、顽强的战斗作风，成为"中国陆军窗口"。

上磨盘山之前，许世友、杜平交代：八连就交给你们六十军了，你们六十军要给管好。

当时，中国对印反击战刚结束不久，中苏关系紧张，许世友转头又对八连说："要是打仗，你们一块去，你们不要想八连不去，没有这回事！"

24. 上将连长，中将指导员

苍山如聚，红旗漫卷。军事训练，如火如荼地开展。

投弹是连队的弱项，平均30米都不到，投得最远的一位南通籍战士，45米，就被称为连队一枝花了。为了练投弹，大家站在烈日下，迎着风投，反复练习动作，常常是上午一身汗，下午又是一身汗，站立的地方，很快就变成了一片湿地。

为了增加力量，战士就用绳子练臂力，每次练投弹回来，筷子都拿不动了。一班战士张绪考腿部拉伤，不能训练，他就跪在地上，用绳子练投弹的要领，等腿伤好了，绳子也拉断了。

平时多流汗，战时少流血。老百姓常说，练武的，拳不离手；唱戏的，曲不离口；当兵的，就得天天苦练，不练就会后退。八连人训练不甘落后，晴天一身汗，雨天一身泥。投弹成绩很快上来了，连队的一个标兵投到78米远，在军区拿了个第一。

"虽然从实战来讲，手榴弹投这么远没有必要，在空中就爆炸了。但这说明，艰苦奋斗的精神，带到训练场上来了。"采访中，王传友的话透着务实。事实上，八连是一个务实的连队，刘仁福、王经文两任指导员也以务实著称。大跃进时期，割青草喂猪也要比一比量多量少。刘仁福、王经文常跟连队说：割多少就是多少，不能虚报。这也是八连的底色。

在磨盘山，每个月连队半天休息，大家帮着炊事班打柴。山上死树多，三排的几个战士在水沟旁砍了一棵倒在水沟里没有死的树，被王经文狠狠批了一顿。

"成绩不讲，跑不了。问题不讲，不得了。"这是王经文的口头禅，他觉得练打赢的关键问题也要讲务实精神，实事求是，看到连队的缺点，知道连队的短板，才知道如何弥补。

到了冬天，一片茫茫雪野，连队就把雪地当作沙场，身影飞奔处，雪花飞溅。战士们个个被冻得双手开裂，但杀声阵阵，练出血性。

晚上，同样奋战。远处的山林间，闪出一道道绿光。原来山上狼很多，连队刚到时，"临汾旅"杀猪，送来的猪肉放到伙房里，晚上就被狼偷走了。而一声声凄厉的狼嚎，让王传友跌回到从前的某个瞬间。

王传友是安徽滁州来安县人，父亲是共产党地下交通员，一次执行任务时不幸被捕牺牲，当时王传友只有4岁。为了躲避追捕，母亲带着王传友兄姐四人出外逃荒，流离失所，这位日后的共和国将军在底层辛酸苦难的沼泽里跋涉！这年冬天，冰雪封冻，冰雨袭人，王传友冻得直打哆嗦，母亲拉着他来到一个地主家的过道上避雨。刚刚扶着墙根，大门"叭"的一声打开，地主婆牵着一条黑色狼狗奔出门来，对着母子恶狠狠地叫骂道："要饭的，快滚，快滚！"

只见那条大黑狗龇牙咧嘴，目露凶光，高声地吠叫着……无情的世态，黑暗的岁月，驱赶着母子俩又奔上凄风苦雨的路途，前方何处才有温暖，前方何处可见光明？

终于等到全国解放，人民解放军带来温暖的阳光，底层人民的尊严如同被压迫的弹簧陡然弹起，高高挺立。那时，少年王传友似乎看见了前方那沸腾的铜炊，在熊熊燃烧的大火中，它喷着赤热的水汽；"人民解放军"这几个字眼，深深地镌刻进记忆和梦想。这梦想和记忆，引领着王传友迈向自己的军旅生涯，走向上海南京路，走向"南京路上好八连"。

回到滁州的山山水水，王传友担任排长已经四年，他1958年入伍，走进上海警备区某营通信排担任通信员。童年的苦涩如同一头豹子，在背后追赶，追赶着他去无限地靠近太阳的温暖，他时时能感受到那豹子的喘息声，追赶着他不断超越，在新兵中崭露头角，在人民解放军的队伍里勇毅前行。1962年，王传友调到八连，成为一名排长，从此，他的生命和八连连结在一起。

刚进山一个多月，就是"南京路上好八连"命名一周年纪念日，军区在山沟里举行大会，许世友和杜平专程从南京赶来，先听汇报，检查了班排。而后，许世友钻入茅草屋，一个班一个班地看，还摸着床铺挨个儿问战士，晚上睡得冷不冷，吃得饱不饱？最后，走到伙房时，看到有一面墙倒了一块，没有修起来，许世友发火了："你们这是搞临时观念，我是叫你们在这里久住的，马上修起来。"

"临汾旅"成立了一个小组，帮助八连训练。带八连的营长是蒙古族人，战斗模范；团长则是射击学院毕业，射击技术高明，枪声一起，枪枪十环，他把"武林秘诀"悉数教给八连。师长姚晓程住到八连，风雨无阻，跟着八连的战士一块练。

当时连用机枪刚装备八连，机枪连发是一个技术活，一个点射最好两发，如果一个点射五六发，消耗就太大了。机枪班的班长邵金城跟着姚晓程学习机枪连发，从瞄准到呼吸，姚晓程一招一式地教，邵金城一门心思地学，终于做到了人枪合一。

2014年5月5日，王传友在家中接受笔者采访时，多次提道："在磨盘山驻训，六十军付出了心血，从他们的军长、政委、师长、政委，到团长、政委，营长、教导员，那时候都到八连蹲点，跟我们一起训练。虽然六十军现在撤编了，'临汾旅'还在，他们为八连做出的贡献，这个要浓墨重彩地写。"

全连组织学习《八连颂》，克服困难，下定决心，不怕牺牲，宛若霹雳，闪耀山间。部队服装都是布的，不耐磨，在山石沙土丛林里爬几个来回就破了。鞋子也是这样，解放鞋根本就不够穿，打的草鞋更不济事，有的战士鞋底穿掉了，就赤脚在山上跑。练射击时，枪上拖五块砖，练臂力。每一个星期，全连进行一次小拉练，晚上出去，早上回来，在外用早餐。每个月进行一次中拉练，周一出去，下个周一回来。余下的两个星期，全部野外训练。

苦练出硬功，半年练下来，官兵们都脱了一层皮，掉了几斤肉，如同鲁迅所言"骨肉碰钝了锋刃，血液浇灭了烟焰"，体能上去了，训练成绩栏里的红箭头一直往上升，也敢和其他连队对抗了。

在山区，炊事班很少烧煤，都是上山打柴、割草，空闲时就参加训练。炊事班有个饲养员陆冲林，养猪的，也练成了特等神枪手，全连的特等射手一共有80多人。当时《人民日报》有一个报道，"南京路上好八连"在南京路上过得硬，在山区也过得硬。就这样一年下来，八连个个练得黑不溜秋，从干部开始，全连评了七十几个"小老虎"，干部、班长都成为四会教练员。从磨盘山下来，上级突然下达紧急演习任务，传有一股"匪特"在阳澄湖南岸登陆，企图袭击苏州，下令八连从苏州快速奔赴阳澄湖阻击。八连一番突袭，实弹射击完成95%及格率，全歼了"敌特"。

马上，就要参加南京军区军事训练尖子连大比武了，军区和六十军领导对八连格外关心。

比武前，要出发了。许世友、杜平带着机关干部又来了。

"那一天是那一年当中最苦的一天，我们翻过磨盘山搬到二营的地方，搬了一天。结果下午，许司令杜政委带着人到了，临时要抽查一个排的射击、刺杀，抽考一个班的投弹，当时已经是下午两点钟，连队一天翻山搬家，都很累了。团里宣布，今天就不走了。军区首长抽查，你们好好考……"王传友似乎又回到了磨盘山的那些日子里。

抽考结果，许世友很满意。他手一挥："大家一起来拍个照嘛。"战士们背着枪，和许世友、杜平一起合影，这张照片现在收藏在连史馆里。拍好照，许世友一声令下："出发！"

大家都傻眼了。

干部没准备，战士也没准备，炊事班连出发的干粮也没有准备。从驻地到滁州，有100多里路。晚上六时出发，刚走了三分之一的路程，干粮就吃完了。这时有人说，前面有近道，翻过一座山，就到了。连队翻山过去，只见一座大水库，波光潋滟，哪里走得过去？又翻山回到马路上，本来不休息还可以再走。结果连队说休息，一休息就起不来，走不动了，人仰马翻，疲惫不堪。走到滁州，已经是早上七时。

在湖州的军区大比武，八连取得投弹、射击、干部手枪、炊事班夜行军、对刺等多个项目的优良成绩。从那一年直到现在，八连的军事训练成绩一直排名在警备区前列。

磨盘山驻训，仿佛把八连的干部战士重新投入熔炉里炼了一回，一个个脱胎换骨，王传友、邵金城等人后来相继走上连首长岗位，王传友在一年之后的1965年担任了八连指导员。

　　回到南京路，八连依然是那支八连，是继续勤俭节约、艰苦奋斗的八连；八连又已经不是原来军事训练薄弱的那支连队了，而是一群精武尖兵。

　　在磨盘山驻训期间，南京军区举办集训班，军区司令员许世友当了八连集训班的连长，政委杜平当指导员，杜政委专门把王经文叫到跟前，面对面地谈，叙说自己以前当连首长的经历。

　　集训班上，许世友大咧咧地说："我当连队干部时，一是打仗不怕死，工作跑在头里；二是依靠十几个骨干；三是平时和大家交朋友，玩，掰手腕，摔跤。"

　　多年之后，"南京路上好八连"命名40周年纪念大会，与会的上将刘华清说："你们不要忘记，你们连队集训班还有个上将连长，中将指导员！"

25. "不要找我们党支部，党支部回家了"

　　磨盘山上，连队在到处找水。

　　原来，驻地门口有个水塘，战士用桶打来水，用明矾沉淀一下，就可以使用了。连日的干旱，水塘干裂成一道道伤口。湖泊、河流也干涸了。对于当地老百姓、驻地附近羊场的工人来说，吃水成了问题，八连也只能借兄弟连的车出去拉水。

　　一定要找水，这是生命的源泉。邵金城是全连找水的带头人。那时，连队种蔬菜已有好几年的时间，1962年底，连里决定成立生产组，让全连十大标兵之一的顾永良做生产队长。顾永良文化不高，但是各个方面都很出色，他提出来：我去可以的，但是要邵金城跟我去！

　　高中生邵金城有文化，能吃苦，连队同意让他到生产组锻炼一段时间。顾永良就去对邵金城说，你跟我去搞生产。

养猪种菜搞生产，劳动非常苦，邵金城内心觉得浪费人才，体力上也有些吃不消，但是又必须执行命令，只好对家里保密，写信给家里说我在部队修地球。

在生产组，看见顾永良拉粪车，邵金城不好意思，浑身军装笔挺，还要拉粪车？再说来参军，也不是为了拉粪车啊……顾永良说，拉粪车也是干革命。30多亩地，40多头肥猪，几个人天天到菜场去拉菜皮，到湖里捞水草，猪养壮了，人养瘦了。菜种出来了，人晒黑了。有一次，邵金城拉着一车菜从生产组回连队，路上遇到几个小孩，叫他解放军黑叔叔，这话对他刺激很大，回到生产组就垂头丧气。

邵金城的情绪波动，被反映到连队。王经文特别鼓励邵金城，你有点文化，学生兵要到艰苦的地方去努力锻炼，在艰苦的环境当中努力成长。在生产组干了一年时间，种出了一车又一车蔬菜，养出了一头又一头大肥猪，人变得又黑又瘦，邵金城和顾永良被评为五好战士，顾永良见人就说邵金城这个同志能吃苦。

那时邵金城还写诗，他在日记上写道："晒黑脸皮，练红了心，一颗红心为革命；磨破肩膀，增加了劲，一股干劲为人民。"青春燃烧在军营，青春燃烧在偏僻的山区驻训里。这就是八连这么多年沉淀下来的深厚底蕴，它来自一个个平凡生命的心灵深处。

这种艰苦奋斗精神的深厚底蕴，也弥漫在全连的上空，慢慢地潜入每一个战士的心底。它有如一种化学物质，在不同的条件下会产生不同的化学反应。在上海，在南京路上，从1949年解放进城到1963年国防部命名，这种底蕴散发出来的就是艰苦朴素、勤俭节约的内涵，尽量让自己对国家的贡献大一点，国家对自己的负担小一点……

到了环境更加艰苦的山区，又一段艰苦奋斗历程开始了，一不怕苦、二不怕死的吃苦精神，如同水银，既披沥到生活上，更披沥到训练场上，抬起战斗力的阶梯。因为八连从战争年代走过来，从战火硝烟中走过来，是一支能打硬仗的连队，应该时刻做好打仗准备，军事素质不过硬是不行的。毛泽东的《八连颂》，他老人家不仅强调思想政治好，还说要"军事好，如霹雳"。

十班负责携带连用机枪，每个人负重数十斤，是全连携带武器最重的一个班，邵金城带领全班在山林间突击……战士们长期站岗放哨，参加军事训练相对比较少，普遍军事素质差，体质也不好，别的班很多战士都跟不上训练。邵金城的这个班，有几个军事素质相对比较弱的战士，是连队特意调过来由邵金城带的，在邵金城的带教下，一个战士都没有掉队，还连年被评为先进班。训练投手榴弹，一般都投三四十米，邵金城投54米。还扛着机枪跑500米，然后射击，打的是起落靶，靶子先倒放地上，突然之间竖起来，必须在竖起来的一瞬间命中，一枪致命。

可是怎么去找水？去山沟里挖井，一锹一锹地挖，一次一次失败了。怎么没水？邵金城搞了个调查研究，根据水往低处流的原理，找到了羊场附近，那里处于山脚下，土地潮湿，他们就利用团员活动日在羊场山脚下挖了一口井，再挖，上面是一层土，下面是沙石，一直挖到有石头的地方，一直挖到三五米深，泉水如久别重逢的亲人，钻涌出来。

挖井的艰苦溶解在泉水中，满脸满身的泥土也溶解在泉水中……

在八连，有几个关于水井的故事。上海用水虽然不是大问题，但夏季用水高峰，也常常告急。连队命名之前，有位炊事班长陈海荣，带着炊事班的战士在营房前打出了一口井，之后，又捡来砖块和石子，砌了一个井台，从井中取水用来洗衣、洗菜，节约自来水，这是八连的第一口井。

节约一滴水的故事，源头就在这里。一次，杜平政委到连队检查，看到战士们用小木桶打水，洗衣服、洗菜、洗脸，觉得很好，这个精神值得提倡，后来连队就又打出了一口井。八连营区的两口井，像两只大眼睛，注视着这群苦中作乐的士兵。

而在磨盘山区，这第三口井中泉水如注，似乎有着喜庆的颜色，汩汩的泉水声，似乎像是庆祝的爆竹声声，这一次，全连高兴得大呼小叫，声音响彻山林，惊起一群飞鸟！

这口井挖好以后，连队留给附近的老百姓使用。王经文、杨万玉为这个事情专门表扬说邵金城真不简单，为他申请记三等功。

1965年，南京军区国庆观礼分给上海警备区两个名额，其中一个名额给了好八连，叫谁去呢？经过全连十三个班推荐，最后决定邵金城代表连队去北京参加国庆观礼。全军对"南京路上好八连"非常尊重，非常关心，在北京国庆观礼期间，重大活动派代表，都指派邵金城，在北京，邵金城三次见到毛泽东等中央领导人。第一次是9月30日，全军国庆观礼代表派一部分人参加国庆宴会，地点在人民大会堂。邵金城得以参加，这一次巧，毛泽东、刘少奇、周恩来、朱德、邓小平、董必武都到了。毛泽东与西哈努克等外宾坐第一桌，邵金城坐第六桌，就在毛泽东旁边，靠得很近。在宴会上的一个多小时里，毛泽东和西哈努克亲王有谈有笑，邵金城回忆，"当时和大家一起都在看毛主席，哪里顾得上吃饭……"

第二天，10月1日国庆观礼，邵金城在观礼台上，再一次看见天安门城楼上的毛泽东等中央领导人。10日，毛泽东接见国庆观礼代表，邵金城的位置按军区排在较后面，后来把雷锋班班长和八连班长还有一些战斗英雄，安排到第二排，就在毛泽东、朱德、董必武的椅子后面。

毛泽东带头走进来，代表们热烈鼓掌，掌声如雷，毛泽东向大家挥手，走到位置上之后，转过身来，面对着后排的雷锋班班长和邵金城。随后，工作人员向毛泽东介绍出席代表，当介绍到邵金城是"南京路上好八连"的班长时，毛泽东伸出手来，向他点点头，微微一笑，邵金城紧紧握住毛泽东的手，眼眶噙满泪水……在上海，邵金城参观过党的"一大"会议旧址，现在能亲眼见到毛泽东和董必武这两位党的一大代表，历史的风云似乎就在眼前激荡。

国庆观礼回来之后没有多久，邵金城被提为排长。每个连队战士的素质总是参差不齐的，因邵金城带兵有方，连里常常有意把一些有这样那样毛病的战士调到邵金城的排，让他带，三年里，他两次被评为四好排长，1967年还立了三等功。

1969年12月，王传友从指导员岗位调任警备团政治处副主任。

半年前，他前往北京参加党的"九大"。会议期间，周恩来参加华东组讨论，向王传友询问了八连的工作学习情况。并在大会主席台上，为毛泽东介绍王传友：这是"南京路上好八连"的指导员。毛泽东握住王传友的手问道：你叫什么名字？什么地方人？担任什么职务，多大岁数了？连队现在执行什么任务？连队建设得怎么样？王传友一一作了回答，记者、作家们纷纷找他采访。王传友上调后，王振华接任指导员，邵金城则担任了副指导员。隔年10月，王振华转任连长，邵金城提拔为指导员。连队批准邵金城结婚，这个婚结得浪漫，当时上海警备区召开党代会，邵金城没有参加，还是被选上警备区党委委员，本来请假一个月结婚，他闻讯待了七八天时间，赶紧回到连队。

这里面还有个趣闻，一天有位记者到连队采访，问哨位上的新战士："你们好八连党支部在哪里？"新战士答道："你不要找我们党支部，党支部回家了。"原来，连队指导员在战士心目中位置很重要，作为指导员你就是党的代表，既是连队干部，又是连队战士的依靠，新战士把邵金城当作是党支部本身了。邵金城回来以后，这个记者又来采访，还开玩笑说："邵金城，你们党支部回来了？"

结婚后，邵金城做了四年指导员，这期间一次没有回过家，只是爱人到部队来过两次，一次不超过三天。连队完成很多大任务、训练、武装泅渡，还到南汇、崇明搞生产，在动乱的年代里，邵金城和王振华搭档，连队没有出一点事故。

"我当八连指导员，光荣，不仅把连队当作自己的家，还要倍加爱护。没有这个心，你是做不好的。我们连队有个猪棚坏了，我父亲是木工，当时50多岁了，我写信叫他来给连队免费修猪棚，父亲带着我二哥待了一个月，把猪棚修好了。可以说，家可以不要，八连这个家不能不要，而且还要为这个家干得劲头十足……"邵金城的感慨，道出了八连人的军旅状态。其中酸甜苦辣，种种的人间滋味，何足道哉。

26. 村民在蓄水池边写上了"爱民井"三个醒目的大字

这一年，连队来到江苏宜兴一个叫前三村的村子驻训。

宜兴地处江苏南部，古称阳羡，以这片大地上的五彩泥土烧制出来的陶瓷，灿然生辉，遂成为有名的陶都，堪与景德镇媲美。

连长王振华是安徽合肥人，生于1940年，家在农村，始终梦想着做一名军人，那个时代，除了军人，神马都是浮云。王振华因为读过初中，公社准备叫他当副业主任，思来想去，王振华还是决定入伍，从新兵连下来，分到警备团九连。1965年，调到八连担任副指导员，此后一直到1975年，在八连工作了十年时间，先后担任过指导员和连长。

在八连，王振华获得了不少荣誉，也受到过不少挫折，荣誉背后是道不尽的艰辛。"在八连十年，'苦'字当头。1971年部队拉出去搞野营拉练，不煮饭，不烧菜，只能吃压缩饼干，一天吃三块，只喝点水。才刚吃了两天，许多战士一见饼干就恶心，一吃下去就呕吐，但大家都说：'这比老红军吃草根好多了！'况且也没有别的东西可吃啊，咬着牙吃了一个月压缩饼干，连队官兵平均瘦了四斤。后来不吃压缩饼干了，有一次吃到鱼的时候，大家把鱼的骨头都吃掉了……"王振华的回忆，百味杂陈。也许在成功与幸福来临之前，加入一定浓度的苦涩，成功之时才能把甜美孕育得更为深厚吧。

第一次到八连，王传友把王振华带到陈列室，讲了三句话：一、进了八连的门，就是八连的人；二、要为八连争光；三、八连人不要忘记自己是八连的兵，要为八连创造荣誉。那一晚，王振华失眠了，翻来覆去，睡不着，心中想的只有一个念头，八连的艰苦奋斗到底体现在什么地方，艰苦朴素又体现在什么地方？怎么样才能做好八连的工作？想着想着，连史室的一点一滴，被串成了一串勤俭节约、艰苦奋斗的闪亮珍珠……

到宜兴拉练，连队经常进行千里野营，连续十几天，每天行军一百多里，途中还有军事演习，大家都绷着一股劲，苦不苦想想长征二万五，累不累想想革命老前辈。拉练最长的一次，全连一天跑了165里路，从宜兴的前三村走到平望。不光是士兵，大多数的干部脚上也都起泡了。

一天，连队冒雨强行军，一个17岁的战士跟着大家走了130多里，休息时，他把背包拉下来，嚎啕大哭："早知道这样，我就不来当兵了。"王振华给他讲八连在战争年代连续行军40多天的故事，就这样，这名全连年纪最小的战士把最后几十里当作磨练意志的硬仗来打，紧跟队伍继续前进，战友要夺他的背包，他紧紧拽着背包带，踏着泥泞，大步向前。

拿得起的人，处处都是担当。长途行军，一到宿营地，大家都想倒地睡上一觉，可是不行，连队的干部还得走到战士们中间，替战士挑脚上的水泡，找战士聊一聊，鼓舞士气。等战士全部安顿下来，才能睡下。邵金城要求干部说："什么是关键时刻，这就是关键时刻。关键时刻，战士最需要干部的关心，需要温暖。"一个月下来，全连行程达2000多公里，没有一名战士掉队，没有一名战士违纪，是温暖和八连的连魂在支撑着他们。

接下来，全连将进行武装泅渡，当时连队有许多"旱鸭子"，要在一周时间内，使全连战士达到身背4枚手榴弹、携一支冲锋枪，泅渡两三公里，谈何容易？王振华和邵金城每天早晨7点多钟带领大家下水，一天训练8个小时，旱鸭子个个成了蛟龙。武装泅渡那天，连队拉到淀山湖，140人团结互助，奋斗拼搏，无一人掉队，全部准时安全抵达终点。

这时候的八连，不仅战斗力工程显山露水，灵魂工程依旧闪耀。在宜兴，生活条件很艰苦，连队驻训的村子，用水要翻山越岭到太湖去挑，村里的老太太跑三公里的路，才能挑到一担水，不然就只能用雨天积在泥塘里的脏水了。

王振华特别擅长顺口溜，张嘴就冒出几个土得掉渣的"四六句"："苦不苦，想想红军二万五；累不累，想想革命老前辈。"他有一个口头语："干。"为人民服务应该想人民所想，急人民所急。八连不能光给他们打扫卫生，还应该给他们解决吃水难的问题。

王振华领着人在村中考察，勘察周围的地形，见四面环山，打井不可能，又到处找水源，终于发现山上有一眼泉水，便提出为村民引水下山，全连一致赞成。每天训练之余，全连上山背石头，不久扛了一大堆石料，又派人买来水泥。两个星期以后，一个深2米、直径15米的圆形蓄水池砌成了，山上的泉水一路奔流，积成一汪碧池，清可见底，宛若明镜，可以供给附近3个小村子用水。这是八连打出来的又一口井。

村民们十分感动，用油漆在蓄水池边写上"爱民井"三个醒目的大字。清甜的泉水，溢向水桶，溢向水缸，溢向村民的生活，溢向干涸的心田……

27. "我永远是八连的一名老兵"

长江激流奔涌千里，大浪淘沙，其势宛若游龙；大海惊涛拍岸，卷起千堆雪，气吞万里似虎。在崇明这片土地上，长江与大海激荡、涌动、冲击，水冲刷、沙堆积，历经1300多年，沧海桑田的奇观，托起若沉若浮的沙与石、土与尘，形成了崇明这个世界上最大的河口冲积岛，其南北短，东西长，形如春蚕，漫溢着浓郁的水分和天然的绿意，又有如一只古老的贝壳所吐露出来的珍珠，闪耀着水的灵性。在崇明最东端，可见远处江水与海水交界，江水黄、海水蓝，如两龙相搏，形成"水格分涛"的壮丽景观。崇明史称瀛洲，李白在《梦游天姥吟留别》一诗中，咏叹海上漂浮不定的瀛洲仙境："海客谈瀛洲，烟涛微茫信难求"。此地素有"长江锁钥、瀛海岩疆"之称，并且至今仍然在不断地扩展、"生长"。

1973年，八连的数十名官兵第一次踏上崇明岛，来到了富民军垦农场。王振华这时30多岁，孩子生病了，家属打电话给他，但是部队要出发，他义无反顾跟着部队踏上了征程……

天若有情天亦老，人间正道是沧桑。25年前，在炮火与硝烟中，八连随解放大军横跨长江，今天，在水鸟的啼鸣声中，他们再一次渡过长江，天翻地覆慨而慷，江山如此多娇！

他们此次的目的地是富民军垦农场，1960年，上海开始大规模围垦崇明的滩涂荒地，向大海要土地，让荒滩变良田，以解决老百姓的吃饭问题。上海警备区的将军们放眼长江入海口，他们的目光也盯住了崇明岛上的几千亩荒滩野地，如同死死盯住即将攻克的一个山头，一个阵地，又如同看见了未来农业那一轮绿色的太阳，将在这片充满希望的沃野上横空出世，冉冉升起，宏图在将军们的心中铁划银钩，慢慢成形……

1960年，上海警备区的4000多名官兵雄赳赳气昂昂，乘着渡船，跨过天堑长江，开上崇明岛，"白浪茫茫与海连，平沙浩浩四无边"，在漫漫的荒滩上，支起千余顶野战帐篷，如同在大地上种出了一片绿色的"灌木林"！

在此，他们带来的只有最原始落后的工具如锄头、镰刀与铁锹，割下芦苇铺在地上当作草铺，再加上一床薄被，就开始了一段艰辛与荣耀共享的垦荒岁月。

在此，他们每顿就着缺油少盐的大白菜，或者干脆就是咸菜、萝卜干和酱瓜，有时连咸菜也吃不上，只好蘸酱油吞咽米饭，实在饿得不行了，很多人抓起满地爬行的蟛蜞充饥，蟛蜞是崇明特产，人们满嘴嚼的都是血泡。最艰苦的还是每天喝荒滩上的"咸浑水"，不少人喝得拉稀，多半人喝得患上了浮肿病，劳作时摇摇晃晃如同风中的芦苇，饥饿与艰辛如同荒漠，似乎永无止境。

在此，他们带来的激情只有与祖国共命运的意志，在成群蚊子如同轰炸机似的叮咬中，人人浑身被叮满了疙瘩，奇痒难熬，他们如同万里长江所携带的泥沙一般，天还未亮透，就向着荒滩进军，每天忍着饥挨着饿，从鸡叫干到"鬼叫"。

在此，他们割下芦苇，筑起抵御海浪的堤坝，挖出十几条用于灌溉的河道，植下抵挡风沙的树苗，翻耕出种粮种棉的土地，很多人的手上和肩膀上磨出了泡，磨破了皮，肩膀上磨破的血肉与衣服粘在一起，一挑上扁担，疼得人们直掉眼泪……无数的艰辛过去，他们围圈了4000多亩田地。

这渗透过垦荒者血与汗的田地，这渗透过垦荒者苦与痛的田地，由于上千年来被海水所侵袭，实乃含盐分较高的碱性土壤，插下去的水稻，长成一个金黄的秋天，然而却是稀薄的金黄，当年亩产200来斤稻谷……然而，这毕竟是属于上海警备区自己的农场，这毕竟承担着减轻国家负担的希冀，因此它被取名"富民"。

垦荒的岁月已经过去13年了，八连官兵乘着军用卡车，一路不停直奔长江岸边的码头，乘船登岛，来到富民农场。连队住进水田旁边苇草铺顶的营房，开始了轰轰烈烈的大生产。

与此同时，上海市区的八连营部，另一个"战斗"也打响了。这一年，正是"南京路上好八连"命名10周年，警备区决定为八连筹建连史馆，韩灿民被调入筹建组，承担起连史的搜集和整理工作。韩灿民是杭州萧山人，来自警备区守备二师某炮连。这一年，韩灿民在上海图书馆待了一个月，肚子饿了啃块干粮，工作晚了干脆在图书馆里过夜，搜集到了十几年来报纸、书籍上报道过的八连资料，并全部翻拍，印成照片，保留起来。他还北上山东、西奔四川、南下海南，寻觅八连的干部战士退伍后的人生轨迹，以写地方志的严谨态度，采写和整理了365位老八连人，将他们的事迹结集成一册《他们来自好八连》的报告文学，这是最珍贵的资料，最真实的记录。聚是一团火，散是满天星，分散在祖国各地的老八连人以熠熠的风采，编织出了一个闪耀的星空。

40多年后，韩灿民仍然记得，去海南采访种植橡胶的黄陆伍时，吃尽了苦头。先乘火车到广东，然后乘船渡过琼州海峡，碧蓝的大海，在风中鼓动猛烈刺激的气息，而船在风浪中颠簸，带来剧烈的晕船反应，把韩灿民折磨得恶心呕吐，连胃里的黄水也倒了出来。船一靠岸，他脸色苍白，拖着疲惫的身子，赶了几十公里崎岖不平的山路，找到黄陆伍的住地。晚上，在昏暗的煤油灯下，韩灿民和黄陆伍在守林屋中彻夜交谈……第二天，韩灿民看见屋外的橡胶林，如同士兵般整齐划一生长在这片大地上，虽然知道那是为了割胶方便而如此排列种植，却依然令他想到那似乎是一群老兵在等待着检阅，风过处，林涛喧响如同军歌的铿锵，心中便生了万分的敬意……

那时黄陆伍来到海南已经十多年了，当初种下的胶苗已经长成郁郁葱葱的橡树林。这是属于热带雨林中的黄金植被，从橡胶木划开的伤口里，白金般的白色树脂会滴下，因此被称为"会哭的树"。在那样物质贫乏的年代里，这种会哭的树，生发出柔软而坚实的橡胶工业，推动当地经济的发展，为这片大地带来了希望和财富，正如八连在那样的时代里释放出积极向上的精神之光，为人们释放了一种向上的光芒与温暖。

如同远方海岛上的黄陆伍守望八连魂如同守望一片越长越茂密的长青林一样，在四川万县，在崇明岛上，也有一条条"崭新"的砺刃之路，行走着一批批铁骨铮铮的八连人。

1972年的春天，远在四川万县的张成志，曾托人带给好八连一双自己打制的草鞋，并捎话说："让我们在不同的岗位上一起走革命的路！"同时捎来的还有几株桉树苗，来人说，"这些四川品种的桉树苗，生命力顽强，它落到哪里就在哪里长，十年八年就成林……"

它落在哪里，就在哪里扎根生长，生长出一股蓬勃的生命力，这不就是八连人的象征嘛！

春天，不是季节，而是内心；风雨，不是天象，而是锤炼；沧桑，不是自然，而是财富！在富民农场，他们每人承包一亩地，80多人承包了90亩地。四排十一班班长段修惠，是山东滕州人，这时候还代理着排长。他来自农村，了解耕作，田地里放水、排管、浇灌、打农药、除草，样样精通，所以由他带领大家作田地管理。连队的四个排还进行比赛，大家凌晨一点半就起床去拔秧，累得眼睛都睁不开，但战士的积极性辽阔如田野，坚定如磐石。大家拼着命干，将八连人的激情、血性都放大到如同荒野般的广阔极致。晴天，荒滩上的风沙在衣服上沾满灰尘；雨天，淤泥把衣服溅成了"泥水制服"，干了一年，他们种植了小麦、油菜、蚕豆和水稻。秋天时，空中群鸟翩翩南归，岛上芦花漫卷似雪，他们种下的水稻亩产1056斤，几乎是最初开垦时的5倍，在此，从他们的手中捧出了一个沉甸甸的秋天，丰盈了部队的米袋子。

问苍茫大地，谁主沉浮？就是这样一群军人，他们是祖国命运的支撑者，是民族不屈的脊梁。从山沟沟走向繁华的南京路，他们拒腐蚀而不沾。从繁华的南京路走向偏僻的磨盘山区，走向宜兴贫穷的小山村，走向崇明这一片田野，军人的血性和勇毅，如同燃烧的星盏，闪闪发光。

在此，遍地英雄下夕烟，不会种田的官兵，成了田野上地地道道的"农民"，当他们回到南京路上，脸上多了沧桑，手中多了老茧，心中多了一股坚毅。

在此，王振华与富民农场结缘，多年之后，他将又一次离开家人，在这片孤岛上用艰辛创下辉煌！

他担任富民农场场长时，一次和几名战士外出办事，误了吃饭时间。他领着大家一条马路一条马路地跑，一个弄堂一个弄堂地穿。"到底把我们往哪里带？"大家都纳闷了。跑了老半天，王振华在一家小吃店门前停住了，招呼大家进去就餐，每人吃了一碗只花一角钱的阳春面。战士们以为连长"爱吃阳春面"，其实只因为阳春面是最便宜、又能吃饱肚皮的一种大众面食，王振华就是为了给公家省下几个钱而已。

要突围，就要在细微处比别人做得更好。在八连任干部整10年，留给王振华的烙印，就是艰苦奋斗的精神深入到了骨髓；留给王振华的生活，忙得和家人几个月见不上一面，忙得老婆孩子得了一身病，儿子出生17天就得了败血症，为了给儿子治病，欠下2800元的债，这笔债直到1987年才还清……

孔子说："仁者不忧，知者不惑，勇者不惧。"而王振华不悔，他在日记中端端正正地写下了一行字："我永远是八连的一名老兵。"

28. "我看着毛主席的遗体,眼泪就夺眶而出……"

公元1976年，那是让心跳加速的一年，也是心跳似乎变慢的一年。

1月8日，北京，周恩来逝世，带走了20世纪伟人中所独有的那一份儒雅。

3月8日，东北吉林落下一场极为罕见的陨石雨，一个巨大的火球从天而降，在半空中燃烧爆炸，火星撞地球般的巨大轰鸣久久回荡，随之3000多块陨石"君临"大地，气势冠盖千古，最大的一块陨石呈棕黑色，上面覆满气印，重约3000斤，堪称"世界陨石之最"。陨石雨造成的震动堪比地震，这些陨石是写满宇宙信息的信件，写满太阳系起源的秘密，是宇宙之珍奇，有的人觉得那是远方的问候，有的人觉得那是天崩地裂的征兆……

7月6日，北京，战功卓著的总司令朱德以90高龄逝世。

7月28日，唐山，7.8级大地震，大自然无情的巨臂在人间以废墟奏上了一曲凄婉的哀歌，深深地震动着每一个中国人的神经，它在心灵上造成的余震将持续无数年……

9月9日，北京，毛泽东与世长辞。这天中午，广播电台反复播放"下午3时有重要广播"的消息。下午3点整，在哀乐声中，全国各地广播电台同时沉痛宣告："毛主席因病情恶化，医治无效，于1976年9月9日零时10分在北京逝世！"消息传出，举世震惊，举国上下一片悲哀！

这一年丙辰龙年，飞龙在天，周恩来、朱德、毛泽东这三位共和国的最主要缔造者相继去世，哀乐持续在这一年的春天、夏天和秋天。9月18日，毛泽东追悼大会上，当天安门广场的国旗缓缓下降到一半，那时候多少人的心跳似乎也变慢了，一声一声，清晰可闻，泪如雨下；那时候多少人心怀着恐惧，觉得胸前似有千钧之石压着。

10月，粉碎"四人帮"，持续十年的"文化大革命"结束，人们的心脏必定在加速跳动，急欲吐出心中藏了很久的那一声呐喊！

历史的进程不会是一条永恒的直线，而是有着它自己波澜壮阔的曲折与起伏。1976年，难以忍耐的阵痛与不可阻挡的新生，相伴而来。

在八连的连史上，这一年也有一件很微小的事情，但此后却改变了一个人的命运，也感动了一代又一代人。那天，七班班长陈士凯和战士殷春安到蕃瓜弄小学上辅导课，发现有个学生胡红根，由于3岁发高烧得了小儿麻痹症，导致残疾，13岁才上小学，那一年已经18岁了。陈士凯和殷春安看胡红根行动不便，就把他背到四楼的教室，又背下来，送回家。"谢谢好八连叔叔！"胡红根高兴地喊，那以后，陈士凯每周去两次蕃瓜弄，背胡红根上学……八连官兵成了胡红根一辈子的"亲人",结下了几十年的真挚情缘。一件小事,也许只是波澜壮阔的宏观历史格局的一个小小支点,它如同一面透镜,聚焦着太阳的光芒。

2013年12月26日,在纪念毛泽东同志诞辰120周年纪念大会上,习近平总书记说:"年轻的毛泽东同志,'书生意气,挥斥方遒。指点江山,激扬文字',既有'问苍茫大地,谁主沉浮'的仰天长问,又有'到中流击水,浪遏飞舟'的浩然壮气。"这种高迈的精神气质,也突出地烙印在毛泽东亲手缔造的人民解放军的身上。

"为有牺牲多壮志,敢教日月换新天。"这支具有一往无前精神、能压倒一切敌人而决不被敌人所屈服的人民军队,在抗美援朝战争中,将以美国人为首的联合国军痛击一番。多年以后,尝尽痛苦滋味的美国人发出哀叹:不怕中国军队现代化,就怕中国军队毛泽东思想化。中华民族要自立自强,中国梦要完美实现,不能丢掉毛泽东思想。今天,国家更加繁荣富强,老百姓对毛泽东的感情依旧纯朴,参观北京毛主席纪念堂和韶山毛主席旧居的人山人海,可资见证。因为人民懂得,繁荣和富强既是改革开放带来的,也是毛泽东那一代领导人打下的坚实基础。毛泽东在《八连颂》上早已说过:"军民团结如一人,试看天下谁能敌。"人民解放军将始终携带着毛泽东赋予其血液之中的这一股强大生命力,一往无前。

时间回到1967年10月,井冈山的峰峦叠嶂、葱郁林木之间,走来了一群军人,此时距1927年毛泽东率秋收起义的工农革命军登上井冈山,时光恰好过去40年。"南京路上好八连"、广州"钢八连"、沈阳"红九连",还有雷锋班、欧阳海班……共和国威武之师的英模阵容,全部汇聚在井冈山上。王传友带着八连的标兵陆冲林、范守安也来到了这里。

"红米饭,南瓜汤,秋茄子,味好香,餐餐吃得精打光。干稻草,软又黄,金丝被儿盖身上,不怕北风和大雪,暖暖和和入梦乡。"这是井冈山红军生活异常艰苦的真实写照,也是红军战士乐观向上的英雄交响。五大哨口,毛泽东旧居,红军营房,朱德和红军战士挑粮走过的小路,以及路边的荷树……历史曾从此走向前方,历史曾在此写下英雄的篇章。

从井冈山回来，王传友带上了几样东西，一双老红军送的草鞋，一棵荷树，一本《星星之火，可以燎原》，一只大南瓜。现今，一只根据原样复制的南瓜，摆放连史室里。从井冈山传承下来的勤俭节约、艰苦奋斗传统，如大江大海，滔滔不绝，涌流在八连的血脉里，已经构成八连的连魂，艰苦奋斗的精神之火在熊熊地燎原……

自鸦片战争以来，中国人长期怀抱有一种在悲怆中奋起、又在失败中悲怆的民族情绪，只有到了毛泽东这一代中国人，才从残酷的现实中杀出了一条迎接光明的血路。谁也不能不承认，历史之翼再沉重，中华民族依然龙腾虎跃。只要从我们这个民族我们这个国家的利益出发，就不能忘怀毛泽东等老一辈革命家的伟大之处，他们经历磨难、痛苦之后形成的坚韧和自信，永远是我们民族情怀的底色。

前往井冈山之前，组织安排王传友带领八连的十几个干部战士入住一家工厂，宣传毛泽东思想，稳定人心，促进生产。厂里安排住厂部，王传友和战士商量，不能住厂部，住到了金工车间。这个车间最脏最苦，当时造反派从这个车间出来得多，要促进生产，就要从最薄弱处着手。金工车间既没有电风扇，更谈不上空调，从6月到10月，最闷热的夏季，一直闷住在仓库。

夏天，迎战高温，战士跟着工人一块烧大炉，汗滴如雨。八连人走到哪里，哪里就会开放出勤俭节约、艰苦奋斗的精神之花来。丢掉的煤渣，有的还可以烧，战士们就把这些煤渣捡回来。工人见了，深受感染，也跟着捡拾。没人知道，这些整天忙得一身汗水的战士，就来自"南京路上好八连"。

1968年开始的三年间，连队到徐汇区帮助一些学校搞军训。在文智中学，学校里的学生用餐时，往往只挖饭盒的中间部分吃，留下很多饭，一丢了事。有位战士彭本启，大家开玩笑地叫他"喷雾剂"，把这些饭挖下来，用开水洗一洗，吃了。《人民日报》的记者来学校采访时，无意中发现了，写了一篇"豆腐干"，登在《人民日报》上。文智中学的校长说，我们过去是私立中学，以前别说上《人民日报》，就是我们上海的报纸，也没人理睬我们，现在我们上了

《人民日报》，这都是因为战士的节约，我们要向他们学习，要勤俭节约……后来，这个学校浪费粮食的现象大大减少。

去华光中学时，战士们听到学生的一个顺口溜："华光华光，打得精光。"这里的桌子椅子门窗没有一个好的，都砸坏了。八连的战士带着工具箱，自己花钱买钉子，把能修的桌椅全部修了起来……在那样一个喧哗、动乱的年代里，八连参加工厂生产、帮助学校军训、远赴崇明农场搞生产，保持了自身的安静与和谐。

毛泽东去世了，中国共产党面临的"赶考"远未结束，"两个务必"的光彩也从未褪色黯淡。要跳出"其兴也勃焉、其亡也忽焉"的历史周期律，需要张开"两个务必"这一双有力的翅膀。因为世界的波诡云谲，时代的严峻挑战，往往是令人无法预测的。要生存，还是被灭亡？这是一个问题。被灭亡，自然可以随波逐流，灯红酒绿，自甘堕落。而要长久地生存，对于我们的党来说，对我们的人民解放军来说，依然需要始终坚持毛泽东的公仆意识和为民情怀，张开"两个务必"的翅膀，掠过硝烟未散的人世。

9月15日，毛泽东追悼会前，戴大喜进京，作为陆海空三军指战员代表为毛主席守灵。

往前七年，共和国即将迎来新中国成立20周年大庆时，连队住在淮海路，靠近高安路。一天，指导员对戴大喜说，你代表八连作为国庆观礼代表去北京，这次去，可以见到毛主席。

那次，在中南海，邓颖超负责军人代表的饮食起居。一天，邓颖超亲临了解大家的生活情况，她问：住得怎么样，吃得还习惯吗？一番话语，令年轻的战士激动万分。

参加完国宴招待会后，第二天要从所有代表中选50人上天安门城楼，戴大喜作为"南京路上好八连"的代表被选上了，临上城楼前，周恩来给大家下任务：你们要保卫毛主席，不能主动和毛主席握手，也不能让其他人挤上来簇拥毛主席，要维持秩序。这一年的国庆庆典没有专门的大阅兵，只有解放军方队和民兵方队列队走过。解放军方队平端步枪，高喊"团结起来，争取更大的胜利"，整齐穿过广场，然后是以当时流行的8个样板戏为主题搭建的彩车……很多参加庆典的人喊着口号、掉着眼泪不走，最后清场的时候，被挤掉的鞋、袜子可以拉一卡车。

一切宛若是在梦中，然而又是那么真实。

那是戴大喜第一次见到毛主席，这次进京，却是参加毛主席的告别仪式，前一次进京是激动，这次却是巨大的悲痛。戴大喜一下飞机，便直奔民族饭店，放下行李，又马不停蹄地来到人民大会堂，治丧委员会派人把他接到毛主席遗体停放厅，在灵堂出口处，刚守灵完毕的郭凤莲等人，眼睛红红的。

灵堂内，哀乐低回，棺罩未来得及罩上，毛泽东遗体躺在水晶棺里，神态安详，身上覆盖着中国共产党党旗，四周摆满鲜花。此时，能清楚地看到他老人家头发稀疏，脸上的老年斑清晰可见，一种疼痛紧紧地揪住心灵。

30多年过去了，戴大喜依旧记得当时的情景："那是追悼会的前一天，毛主席遗体还在大会堂，我们排成一队，向毛主席遗体鞠躬，当时我是排在最后，前面是大庆油田的代表。我看着毛主席的遗体，刚鞠下躬去，眼泪就夺眶而出……"

18日下午3时，毛泽东追悼会在天安门广场隆重举行，毛泽东巨幅遗像前，常青松柏簇拥，花圈一层层摆放。人们臂戴黑纱，迈着沉重的步履，从四面八方来到天安门广场，追悼一代伟人。

回到上海后，戴大喜这样告诉战友："我这一生能够代表连队，在毛主席生前受到他的接见，在他身后又能亲临送行，别无遗憾。"话未说完，已是泪水盈眶。

29.《霓虹灯下的哨兵》又排演了

天安门广场，毛主席纪念堂巍然挺立。

这座纪念堂，砌着来自珠穆朗玛峰的石头，砌着来自大渡河旁的枣红色花岗，浇灌了台湾海峡的海水，雕刻着象征江山永存的万年青。

1977年，吴金荣作为"南京路上好八连"和上海警备区的代表来到北京，走进毛泽东纪念堂，瞻仰毛泽东遗容。

吴金荣是江苏靖江人，1948年出生。他家在农村，父母种地维生。1966年，18岁的吴金荣要去体检当兵，父母不同意，因为他的两个妹妹和一个弟弟还小，而他已经是劳动力了。三年后，吴金荣又奔去体检了，由于各项素质优秀，征兵的连长到家里做父母的思想工作，吴金荣坚持要当兵，凭借着一股执着和坚持，感动了大队支书，最后说服父母，走进八连。在连队，他做过炊事员，到龙华种过菜，每周六周日和大家一起去拉粪车，当时连队有十辆拉粪车，都去拉粪，没有一个人觉得难为情。

南汇，上海陆地与茫茫东海交汇的又一个地区，长江河口的淤泥堆积之地，广袤的湿地滩涂慢慢形成，鸟类的天堂慢慢筑就，这是一片候鸟春向北飞、秋往南迁的生命线，芦花飞舞，鸥鸟翔动，美景如画……南汇外三灶就在这片芦苇丛生的东滩，一片空旷寂静，能听见浩渺的东海，隔着漫长的海堤，在东边涌动不息，那狂猛的空气中带有大海那独特的腥味。这一年，吴金荣和连队在两次野外千里行军之后，来到外三灶，与兄弟部队一起围垦造田。

芦苇在风中摇曳，而根系在烂泥之中交错。兄弟部队在拼搏，八连人简直就是在拼命。战士们用面盆挖出芦苇滩上的烂泥，可是这些烂泥沾在筐上很难倒掉，他们就用一米多长的包袱布垫在筐里。冬天水面上结了冰，战士们卷起裤腿，跳下去挖，锋利的芦苇根，将大多数战士的鞋子都戳出了破洞，可是每个新兵都只有一双鞋，大家只能赤脚干，于是锋利的芦苇根又将大多数战士的脚上、腿上戳划出一道道血口，鲜血滴落在泥水中，溅不起一丝痕迹，只有钻骨、揪心的疼痛。此时没有条件包扎，只能咬着牙让冷得刺骨的水把伤口冻结，有时冻得失去了知觉，被芦苇根戳破了也感觉不到痛……此后很多人都落下风湿性关节炎，终身疼痛，但此时，这些钢铁炼成的战士们没有丝毫怨言，他们拼了命地干，拼了命地坚守在"火线"上。持续的紧张劳动中，每天浸在泥水里劳动十多个小时，挑起上百斤的担子往返奔走，人人肩膀肿起，没有一个人歇息，兄弟部队都赞叹："这帮家伙在霓虹灯下是英雄好汉，千里行军像长了飞毛腿，围海造田又练出了铁肩膀！"

在八连的字典上，战士们再一次写下了一往无前的记忆，写下了超越自我、挑战极限的勇气。他们和兄弟部队一起把芦苇滩改造成了庄稼地，又在庄稼地上修出机耕路和排灌渠，当船从市区运来大粪，战士们还得卸大粪，站成一排传递粪桶，把整船大粪卸下来，人人浑身发臭！有时，团里会派来防化车，扎起大帐篷，让大家洗个淋浴，仿佛那是自天地初开时的第一次沐浴，喜悦在无尽地喷洒！而嘹亮的战歌，伴着海风，远远地传递出去……

1977年年初，中央军委发布命令，号召全军向"硬骨头六连"学习，中华大地上的军人闻鼓而起，将重新演绎中国军人所必备的铁血传奇。此时，《霓虹灯下的哨兵》又排演了，南京军区指派前线话剧团到上海演出，上海警备区调了两个汽车连，把全上海的部队拉到上海警备区礼堂观看演出，那时每天有几十辆汽车拉着部队进城，宛若又是解放时的盛况……

6月，鲜花开遍公园和原野，吴金荣走马上任，担任连长。学习驻军杭州的"硬骨头六连"，是当时的一项重大任务。"硬骨头六连"诞生于1939年的抗日烽火中，由14名走过长征路的老红军为根底组建而成，当时作为八路军一二〇师的一把尖刀，转战华北、西北战场，以敢于冲锋陷阵、敢于刺刀见红的血性，威震敌胆。1946年12月5日，毛泽东在延安机场检阅为保卫边区立下赫赫战功的部队，这支连队曾挺立其间。该连历经抗日战争、解放战争、抗美援朝战争的腥风血雨，用刺刀杀出"硬骨头"的英名，涌现出了10多名战斗英雄，毛泽东所称誉的"这个军队具有一往无前的精神，它要压倒一切敌人，而决不被敌人所屈服"的精神，也被这个连队发挥到极致。1964年1月，在"南京路上好八连"命名半年之后，该连被国防部授予"硬骨头六连"称号。

"硬骨头六连硬在哪？硬在刺刀见红，杀出威风，千锤百炼战旗红……"战歌将硬骨雄风直遏行云。

粉碎"四人帮"时，一度有人认为，八连在上海这个"四人帮"的老巢，不可能没有牵连。事实上，粉碎"四人帮"之后，叶剑英元帅曾问南京军区副司令员兼上海警备区司令员周纯麟，"南京路上好八连"和"四人帮"有没有牵连？

周纯麟答道："四人帮"是想拉拢八连，没有拉拢动。周纯麟在十年动乱中，极力保持警备区部队的稳定，深受赏识和信任。

叶剑英说道：那就好！那就好！

虽然如此，报纸上、广播上，八连的报道少了，士气还是受到了一些影响，向"硬骨头六连"学习就处于这样一个背景之下。警备区决定组织班以上干部，由团里领导带队，到"硬骨头六连"学习一个月，连长跟连长学，指导员跟指导员学，班长跟班长学……

世界上最远的距离，是什么？世界上最远的距离，莫过于有一片风景，就在身旁，你却从未向它走近。八连的二十来个干部在杭州，没有去过一次西湖，一个月里就沉浸在"硬骨头六连"里，每天跟着他们一起生活，学习他们的军事训练。

使你疲惫的并非远方的高山，而是你鞋里面的一粒沙子；使你疲于应付的并非世间的困难，而在于你是否拥有足够的智慧，所以打铁先要自身硬。从杭州回来，八连开展军事大练兵，轰轰烈烈，每天三个小时思想教育，其他时间就是训练，每周训练三到五次的武装越野，和营里军事素质过硬的六连举行对抗比赛，把连队的军事训练搞了上去。

吴金荣当了一年的连长，调到九连去了，他牢记自己是八连出来的人，在九连多次荣立三等功。吴金荣觉得，是八连这座大熔炉的锤炼，使自己超越了自我。他原来比较胖，在八连时单杠双杠完成不了，他就把单杠双杠放在门口，大家一起练。跳木马时，裤子都破了，屁股摩擦得发红，依然坚持。回忆起当时的情形，吴金荣略带自豪地笑道："有一次跳木马，我的腰都闪了，但是我是八连人，必须得坚持，还是要去跳……"

30. 回到与阳光比翼的轨道

从杭州学习"硬骨头六连"回来后不久，团政委把团政治处的韩灿民找来，告诉他："组织决定让你做八连指导员。"说着，提了几个要求，"第一点，要加强部队的思想教育，从干部做起，肃清'四人帮'的影响；第二点，连队不能脱离上级党委，必须坚持党指挥枪的原则，这一点始终不能改变，要确保党指挥军队；第三点，要总结教训，以前犯过的错误，绝不能再犯；第四点，要加强党支部的建设，要大力培养骨干；第五点，要恢复传统，加强连队光荣传统教育，新战士来了，要对他们进行连队历史的教育；第六点，向硬骨头六连学习，加强军事训练。"韩灿民后来笑称这六点为"六字真诀"、"六脉神剑"！

谈话最后，王传友看着韩灿民，命令道："你去之后，要夹紧尾巴做人。"

回忆起当时的情况，韩灿民直言不讳："实事求是地讲，八连也走过曲折的道路。那时候存在四个方面的问题，第一个，连队的光荣传统、艰苦奋斗精神有所淡化，'两个务必'有所淡忘，战士中间出现了小打小闹，还有丢钱的现象，有一个战士把其他班战士的球鞋偷偷放到包里；第二个，在干部中间，有的人组织观念有些淡化；第三个，连队大块的时间去搞政治教育，军事素质下降了；第四个，部队的思想也一度出现波折，电视报纸上对八连的报道也少了，外出介绍经验的也少了，作报告的也少了，赞扬声也少了，大家都在想，好八连怎么了？战士干部程度不同地出现困惑！"

在八连工作的几年时间里，八连的精髓已随着长期的连史收集、整理和解说，悄然植入心中，韩灿民深知老前辈留下的传统有多少价值。多年以后，转业到地方，工作再忙，韩灿民依然保持着收集、整理八连资料的老习惯，他说："有些东西是不能用时间来衡量的，有些事情是什么也挡不住的……"那些东西，那些事情，有关于人的品质、人的价值，有关于军人的尊严、军人的信仰，并不随着时间的消逝而消磨。

韩灿民知道，八连指导员向来是连队的标杆，他感到一种责任，一种义务，一种巨大的压力。他牢记六字真诀，首先从自己做起，从干部抓起。连队又开始到龙华搞生产了，养猪、种菜，韩灿民身先士卒，他在外面借了粪车，穿着草鞋，早上一早带人去徐家汇装粪，一天跑两趟。

春节前夕，连队到上海火车北站执勤，帮助维护秩序，干部战士都住在客车上，照规定晚上是不能请假外出的。有个副指导员找了个上海女朋友，晚上只是和司务长打了个招呼，竟然不请假就出去了，而且当晚没有回来。第二天，在火车上当场开了一个支委会，对副指导员提出批评，狠抓作风。

韩灿民原来在炮兵部队，长期做宣传组织工作，军事素质有差距，手榴弹只能扔28米，内心很着急。这时他看到有个叫殷春安的班长，把业余时间、节假日全都贴了进去，带着自己的班不分白天黑夜地训练，站墙角、靠墙壁练军姿，一站一靠就是两个小时；举哑铃、拉臂力器、做俯卧撑，战士累得连筷子也提不起来。班长殷春安每次还要比别人多做几个回合，一个晚上出枪刺杀竟然练了500次，被战士们称作"拼命三郎"。连队有个新战士年龄小，体力差，"投弹二十五，打靶不用糊，木马擦屁股"，殷春安硬是把这个新战士要到了自己班，早晨，在晨露雾气里，带着这个新战士长跑；中午，烈日炎炎，知了声声，又钉在训练场摸爬滚打，一招一式地练，年底这名新战士成为连队的训练标兵。韩灿民看在眼里，也开始狠练，不久连队进行武装越野，韩灿民跑出了21分钟的优秀成绩，在90多个人中排名前列，军事素质和全连一起有了大幅提高。

下半年，全军在南京进行军事比武，其中一个项目是手榴弹投掷，八连六班的班长柏正才投了82米，获得全军第二名。柏正才刚进连队时体质羸弱，投弹训练总是落后，为了提高成绩，每晚熄灯后他就到驻地边的树林里苦练臂力，常常练到深夜，练到手臂肿起来，练到韧带被拉伤，没等全好就接着练，练成了霹雳般的闪光……

通过一年的奋斗，1978年参加南京军区先进代表会议，连队被记集体二等功。八连回到了自己正确的轨道上，这是一条光辉的轨道，一条与阳光比翼的轨道。

第三章　攻坚·与阳光比翼

1992年,"让南京路成为世界著名商业街"的璀璨蓝图已经绘成,南京路改造工程大会战的序幕随即揭开,一条高起点、高品位的南京路,将随即展现在世人面前。

八连得到这一消息,主动请缨。誓师大会上,指导员李晓明代表全连官兵宣誓:一定要打好南京路改造工程大会战这一仗。

这天深夜,暴雨如注,协大祥公司副经理张相民出门查看施工区,借助闪电,一幕场景映入眼帘:雨水中,劳累了一天的官兵们裹着雨衣,背靠着居民的房檐,一个紧挨着一个睡着了。张相民不忍再看下去,找到指导员,话还没出口,眼泪直往下掉:"指导员,快下个命令让战士们进屋吧!"争执声惊醒了隔壁的阿伯、阿婆,他们走出家门,也不多言,拉起睡眼惺忪的战士就往家走……

当时在场的黄浦区委副书记顾家宁动情地说:"上海解放时,我还是小姑娘,亲眼见过解放军露宿街头。现在我头上都有白发了,想不到我们的解放军还和当年一个样!"

31. "我曾是八连的兵，我举过八连的旗！"

1978年姗姗来迟，也许就是因为来得迟，所以也来得隆重，给历史刻下了浓重、深沉的一笔。

12月，越南宣布将我西沙群岛、南沙群岛等岛屿纳入其版图，在国内大规模反华，在边境挑起武装冲突，打伤我边民，推倒我界碑，蚕食我边境……

中华民族历来善于隐忍，也勇于迎接任何挑战。有位将军曾经撰文说："我们中国，纵有千古，横有八荒。有上古三代之郅治，有秦皇汉武之雄杰，有唐诗宋词之璀璨，有康乾时代之隆盛。有'入世'的儒家，追寻人与社会和谐，有'出世'的道家，探求人与自然和谐，有'遁世'的佛家，构筑人与内心和谐。我们生于斯、长于斯，血脉相传，不绝如缕。她既是我们的国，也是我们的家。她有许多不尽如我意的地方，我可以骂，可以怨，但却绝不容任何外人染指。对于敢来犯者，军人必以一往无前的胆气与豪气，痛击来敌。"远自西汉，名将陈汤曾说过："犯我强汉者，虽远必诛！"开国领袖毛泽东也说过："人不犯我，我不犯人；人若犯我，我必犯人。"这就是中国人自古以来的家国忠诚。集结号已经吹响，这年年底，20多万解放大军在中越边境严阵以待，只等一声令下……

12月，太平洋两岸，中美两国发表建交公报。多少年之后，中国与美国这两个国家，如同太平洋波涛浩渺的波浪，一边对抗一边合作，推动着世界前进的巨轮。

但是，让我们把目光再一次回到那年的夏天。

5月的一个上午，警备团政委找到段修惠，说组织上准备提拔他当八连的连长，段修惠说："政委，我干不了啊。"

"你为什么觉得自己干不了？"

谦虚的人喜欢拿望远镜看自己的优点，拿放大镜看自己的缺点，段修惠说：我文化水平低，想问题不周全，也不会说话，会给人带来不好的感觉。连长作为连队的代言人，要有敏捷的思维，我怕自己会让大家失望。这一年，段修惠已经在八连工作了8年。

段修惠1951年出生于山东滕州，这里是鲁班和墨子的故乡，取泉水腾涌之意命名，此处离铁道游击队故乡微山湖不远。2013年11月，笔者来到滕州，抽空参观了鲁班纪念馆和墨子纪念馆，第二天前往微山湖一游，碧波荡漾，枯荷嶙峋，耳边似乎响起了那熟悉的旋律："西边的太阳快要落山了，微山湖上静悄悄。弹起我心爱的土琵琶，唱起那动人的歌谣……"

1970年10月，在这片洋溢着革命浪漫主义情结的土地上，段修惠和152名滕州新兵参军入伍，来到上海警备团，新兵下连时，16名滕州籍战士分到八连。当兵之前，段修惠是大队的团支部委员，刚刚入了党，公社的书记想把他留下来当公社青年干部，对他说，你不要去当兵，还不如待在家里当干部。段修惠琢磨了两天三夜，心想等我当好兵再说吧，如果当不好兵，回来再做干部……在八连这个特定的环境，这个人人向往的地方，寻找着与自己生命最契合的轨迹。

1973年，段修惠和八连一起来到崇明岛，他把连长王振华视作自己的启蒙老师："我觉得王振华处理事情很到位，那年他孩子生病了，但是连队马上要出发去崇明，他没回家，带着连队就出发了……八连有一个很大的特点，就是思想工作做得很到位，不是暴风骤雨地做，而是和风细雨地做，战士们服软不服硬。我记得前一任连长很能干，很直爽，也很实在，但是他待人接物，缺少细节。比如说，上下楼梯，你上楼我下楼的时候，他从来不打招呼，有一次遇到一个领导上楼梯，他也不打招呼，战士们也有时候不服他。但是王振华就像阿庆嫂，很会找战士谈心，常常和战士一谈就是半天时间，大家都信服他……"

八连有一些约定俗成的东西，譬如长年坚持"自己有一套，才往八连调"，要担任八连的干部不是一件容易的事。段修惠军事素质好，做思想工作也有着墨子那种"兼爱非攻"的味道，成为重点培养对象。1975年，从班长提为排长，1977年担任副连长，在团里领导带领下，去杭州硬骨头六连学习了一个月，回来以后，连队拉到南汇的外三灶进行野营训练，技术上不行，就更加要吃苦，因为时间如同一张网，你撒在哪里，收获就在哪里，1978年5月，段修惠担任连长，与指导员韩灿民搭档。

这年年底，连队又一次奉命赴南汇围海造田，零下5摄氏度的冬天，肆虐的海风如同在大地上吹送刀子，人站在荒滩上被冻得瑟瑟发抖。困难，从来都为勇者准备；超越，历来都是强者称雄。官兵干到后来，热气腾腾，只穿背心短裤……

"我奉行的格言，就是好好做事，好好做人。别人都说八连是军队的领头鹰、排头兵，作为连首长，就是扛红旗的旗手，那么这个旗杆就要举得高！"段修惠说道。

时代开放的巨流，开始揳入中国，八连该往何处去？继续穿草鞋在马路上巡逻？继续用纸糊的信封寄信？还是继续认为"镜子照一照，无产阶级思想全跑掉"？还是坚持认为只有过"苦行僧"般的生活才是艰苦奋斗？

很多人都在思考着，当时军事训练日渐加重，有人提议要给连队买个缝纫机。有人赞成，有人反对。赞成的认为，买了缝纫机，可以节省时间，投入训练。反对的认为，买缝纫机，等于是丢掉了连队的老传统，是历史的罪人……最后连队党支部委员举手表决，四比三通过——紧张的训练生活中，连队干部战士的衣裤常常磨破，单靠针线包一针一针地缝补，既费时间又不美观，为此应该买缝纫机。连队历史上的第一台缝纫机，走进了八连营房，从针线包到缝纫机，这是一个突破，是紧跟时代步伐的一次思想解放。

思想的闸门打开了，接着就会出现流向问题。没过多久，有的战士悄悄地把针线包扔进了垃圾箱：有了缝纫机，还要针线包干什么？

韩灿民和段修惠组织全连官兵开展了热烈的讨论，讨论结果，形成共识，传统是一定历史条件下的产物，其中蕴含的精华具有强大的生命力。对待传统，必须坚持辩证发展的观点和实事求是的态度，过时的，应该舍弃，有价值的，必须坚守。部队经常外出野营拉练、执行任务，缝纫机不方便携带，衣服破了，还是要用针线包。因此，买了缝纫机，不能丢了针线包，针线包的精神要永远发扬。如果说不买缝纫机，是逆时代而行，会被时代所抛弃；那么买了缝纫机就丢掉仍然具有使用价值的针线包，就是丢掉了艰苦朴素的精神，必然会在这个物欲横流的时代吃败仗。作为中国军人永不言败，所以必须坚守艰苦奋斗的精神，坚守这不屈的钢筋铁骨……

时代激流摧枯拉朽，势不可挡，八连的思想工作也出现了不少新问题。当时入党开始按比例了，而且规定必须要上军校以后才能提干，有些战士包括有些优秀班长，思想上就有压力了。在这样比较难的思想工作状态中，段修惠的工作办法就是抓典型，抓进步。在八连，指导员就得有这样两项本领：说话让人提神；做事让人感动！"我给他们做思想工作，当干部是事业的需要，都是为人民服务，你们一定要正确对待。如果在部队当不了干部，回到地方上也可以当干部。"

这一年，战争的序幕，悄悄地掀开了。1979年2月17日凌晨4时，对越自卫还击战打响，东线许世友与西线杨得志两名骁勇善战的上将，指挥我军向越南发起还击……八连干部战士纷纷上交血书，没有任何的恐惧感，有一百多人自愿报名，其中有一个战士是孤儿，拿了白色的毛巾，在上面写血书，表示一定要上前线，连队不同意让他去，但是这名战士坚决要去，最后连队组织了三批人参加，共推荐了36个人，这些人回来后，有五个人提干。

韩灿民上调营副教导员后，段修惠由连长转任指导员。"在生命的长河中，我到了八连，当过连长，又当过指导员，对此我很自傲……"

夏天，气温高达40摄氏度。连队开展进攻训练，段修惠组织连队连续72小时的野营拉练，最后昏倒在训练场上，战士们含泪把他抬到医院，他在病床上躺了几天，又偷偷跑回连队。

军事好，如霹雳。全连的军事素质狂飙猛进，就连兼任军械员的文书杨寿华，也把自己练成了一道霹雳。他文武一肩挑，白天忙文书的工作，晚上关起门来练各种武器的原理和分解结合，手掌、虎口都磨出了血泡，磨破了皮，掌握了手枪、步枪、冲锋枪、机枪和400火箭筒的分解结合。11月警备区组织军械员比武，规定在蒙眼的情况下，把混在一起的5种武器部件进行结合，杨寿华对几种武器部件了然于胸，比赛中出手如闪电，夺得了警备团个人第一名，警备区的个人第三名……

1979年4月，中央军委顾问、上将王建安慰问对越自卫还击作战部队归来，经过广东、福建、浙江、上海等地，检查驻军工作来到八连时，先听连队干部汇报，然后参观了营地、养猪场和连史室。此前在杭州，王建安检查一个英模单位时，发现养猪场把兄弟连养的猪赶过来充数，弄虚作假，勃然大怒。这次看完八连，王建安跟连队说："我回去以后，还是要向军委汇报，八连还是好八连，连史馆和军事训练搞得好的，还是八连……好八连还是要宣传！"

段修惠离开八连后，辗转多个岗位，于1986年12月转业回到滕州，段修惠万分感叹："改革开放之后，糖衣炮弹是很厉害的。我们这些离开八连的人，虽然军装脱掉了，大家都穿便装了，不会吸烟的学会了吸烟，不会做生意的也开始做生意，不会喝酒也开始喝酒，唯一不变的就是，我做过八连的兵，我举过八连的旗，思想不能褪色！"

32. 战士丢了个馒头

段修惠上调后，八连同时迎来了新连长杨俊林、新指导员袁贤祥，巧合的是，这两位搭档都是安徽人。

杨俊林的父亲参加过抗美援朝战争，闪亮的军徽对于杨俊林来说，是一种至高无上的仰望，也是一次追寻父辈足迹的征程。来到八连后，杨俊林很快成为连队的军事尖子，从杭州学习"硬骨头六连"回来，在团里的比武中，杨俊林投弹达到71米，而一般人只能投出三四十米。他上升的步伐也如同投弹，从班长到排长到连长，只用了两年的时间。

1979年12月，连队到南汇围垦造田。冬天，天很冷，提一筐土到车上，淤泥都粘在筐里，杨俊林想了个办法，用床单围淤泥……

连队提前完成任务，但是上面说你们把床单弄坏了，要节约啊！

八连的人，只能干好，不能干坏，杨俊林和袁贤祥配合默契。每个星期都搞武装越野，每天跑五公里的路，比赛时，只有最后一个战士通过，才算完成任务。有战士训练跟不上，其中一个城市兵受到杨俊林一顿痛批，产生低落情绪，说要自杀。他觉得跟不上，比不上，没有面子。指导员袁贤祥赶紧找这个新战士谈话。

袁贤祥1952年出生，在家里是老大，很多活都是他干的，当初要当兵，母亲不同意。初到八连，连长王振华对袁贤祥的要求很严格，不仅教他怎么做事，还教他怎么做人，砺刃之路，既艰难，也荣耀。

在八连，连首长以身作则是第一要务。晚上进行夜间射击，常常找不到靶心，杨俊林就在晚上加班，开小灶。跑5公里时有的战士通不过，杨俊林就把战士的枪背过来，常常跑在前面……有一次吃饭，有个战士丢了个馒头，杨俊林集合全连，把馒头拿过来，用开水冲洗一下，当着战士的面吃了下去。

丢馒头的战士不以为然：连长你这样的做法是不对的，如果这个馒头是脏的，吃下去有病菌，看病又要花钱，医药费可比这个馒头更贵了……

这件事引起了轩然大波，八连的干部陷入了苦恼和困惑：连队的某些做法，在今天已明显行不通了，不变没有出路。但是好八连的传统若在我们身上丢了，砸了，对不起连队的老同志啊。连队又一次开展讨论，艰苦朴素的精神应该怎么发扬？真诚的讨论，朴素的心声，在连队产生了共鸣……

这一年班子进行调整，领导找袁贤祥谈话，准备调他到四团炮营当教导员，让连长项忠接替他的位置，万事俱备，只欠东风，就等待着一道正式命令。

1984年8月2日，杨尚昆来到了八连。上级领导叫袁贤祥回连队，介绍八连的情况。杨尚昆问了一个问题，好八连战士的学历问题，高中比例有多少？

战士的高中比例是70%，两用人才是56%。袁贤祥凭记忆作答。

杨尚昆把这个事情记住了，他到南京军区开会时说，好八连高中比例达到70%，很好。后来这件事就在军区简报上登出来了。这其实是犯了一个大错误，袁贤祥把两个比例倒过来，说错了。因为他当时有半年时间不在连队，名义上他还是指导员，指导员是八连的当家人，当然得由你介绍情况啊，临时的任务，袁贤祥把数字记反了。这样警备区只好将错就错，搞了一个速成班，将高中比例补上去，补到70%。这个事情对袁贤祥影响很大，教导员没当成。也有人为袁贤祥打抱不平，这毕竟是口头汇报，人非圣贤，孰能无过？

　　未曾失意的人，不懂人生。未曾失落的人，不懂珍惜。未曾失利的人，不懂过程。未曾失望的人，不懂理想。人生是由经纬两条线组成的，所以也得把握两个原则：在微观上问心无愧，在宏观上高瞻远瞩。只有这样，才能把潜能发挥到最大，让生命充实到极致。袁贤祥说："这件事对我是一个教训，它告诉我一个道理，当领导还没有让你换岗位的时候，你一定要在岗位上扎扎实实地干到底。在岗位上一天，就在岗位上干好一天。在这个岗位上干一天，就要把关一天……"

33. "你们两个上校怎么跑来跟我们挤车挤船？"

　　无尽的碧涛，在拍打崇明。东海上升起的曦光，在抚慰崇明。

　　这年初春，王振华带着一纸调令，时隔8年之后，又一次来到这里，来到富民农场，从守备团副团长转任农场场长。与王振华搭档担任农场政委的高荣华是安徽人，同样是警备区一位响当当的人物。

　　再一次踏上已拥有6000多亩地的富民农场，王振华怎么也想不到，迎接自己的情景会是满目的破落：20年前围垦时建造的营房，门扇破烂，屋顶漏雨；打开屋内的那台黑白电视机，唰唰的声音中，满屏幕的雪花无尽地飘洒，也往人的心中飘洒下阴郁与冷清，飘洒下凄风苦雨；唯一的一台收割机破得令人心生怜悯，几乎舍不得用它；两辆俄罗斯高尔基厂生产的嘎斯汽车，开出去一跑，吱嘎作响，此时全场300多人仿佛霜打过的茄子，有的人没事就往农场酒厂跑，灌上酒厂产的"富民大曲"，钱也不付，就各奔各家，整日沉醉、潦倒于酒精的麻醉之中，谁也不顾酒厂年年亏产。到猪栏里去，副业队养的猪瘦得宛若老鼠，据说连饲料钱都挣不回来。再到粮仓一看，空荡荡的，唯有硕鼠结队穿行，一问，才知道农场一直种植水稻，秧插下去，收成全看天意，上一年粮食亩产只有500来斤，连职工都养不起了。农场迎接王振华和高荣华的第一餐饭，菜就不够吃，一问，炊事员回答说：没钱上镇上买去。守着几千亩地，不种菜，吃菜还要去镇上买，农场已经成为上海警备区的沉重包袱。

空旷的田野，早先围垦时种植的苦楝树，在初春的寒风里摇曳，似乎是在苦苦地挣扎，又似乎是在苦苦地等候……这时候的富民农场，与"富"不搭界，不结缘，却穷到了底，穷到草木之处！富民农场激情燃烧的青春哪里去了？它为何如此的苍凉、阴郁？

农场的人沮丧地说：这个农场没救，你们来了，就算带着军令状，也回天无术。

真正的中国军人从来不怕鬼不信邪，这一夜，简陋的场部办公室里亮起了灯光，王振华和高荣华召集党委一班人开会，灯光一亮亮到大半夜，亮到富民人的心中。

第二天，在全场大会上，王振华宣布：富民农场一定要在我们手上变个样儿！

春天，第一把火在清理淤塞河沟上烧起来了。喊破嗓子，不如做出样子。王振华挽起裤管带头往沟里跳了下去，高荣华也跟着跳下去，仅仅只是一跳，所有的动员都得到了落实，干部战士都跟着跳，岛上的初春三月，风冷水寒，人人冻得脸都紫了，没一人有怨言，实在冻得受不了了，就喝口富民大曲暖暖身子，富有江情海韵的大曲味，飘散开去，使得疲软无力的空气，似乎也精神起来！

从此，农场的干部战士发现，王振华和高荣华每天总是最早出工，最晚收工，两个人天天泡在水田里，农场的土地上种下了蔬菜、小麦，又种下了水稻、植下了树木……

夏天，麦收时节，天气突然转阴，高荣华带一部分人在地里抢收抢运，王振华带一部分人将麦子突击进库。18万斤的麦子，每一麻包150斤，王振华带人扛了30个小时，硬是一粒麦子没泡汤，凌晨三点回到场部，两人累得相互说不出一句话来，默默地就着咸菜喝了两盅老酒躺下了。

秋天，种下的水稻大丰收了，王振华白天和大家一起抢割，晚饭后撂下饭碗，就跑到田里扛起100多斤重的稻捆，跑到三里远的打谷场上，一晚上要跑10来趟，田野上，长长的队伍悄无声息地劳作，月光洒下的清辉，移动着人影……田里的稻子全部抢收回来，颗粒归仓，仓库都塞满了，心胸也被幸福填满了！

王振华和高荣华又带着人挖起了鱼塘，数九寒天，水田和小河上都结了层冰，大家脱掉鞋袜，卷起裤腿，一帮人苦干数天，挖出了一口口鱼塘，就像打磨出一面面铜镜，掘开了一扇扇希望的窗……

王振华和高荣华把自己沉浸在农场里，常常一个多月才能回一趟上海看看家人，每次回家总是挤公共汽车，从来不动用场里的那辆破吉普。两人老挤公共汽车，认识的老百姓就犯疑惑，问他们："你们都是上校了，怎么连个小车也没有，还跑来跟我们挤车挤船？"后来他们再出去就不穿军装了，军装穿在了心中，军徽烙印在灵魂里！

善良是心灵的光彩，慈悲是生命的丰盈，奋斗是成就的底色。这一年，农场夺得丰收，赢利8万元，除夕夜的富民农场家属院里，洋溢着多年未见的欢乐气氛，初战告捷，旷野上的苦楝树也丰盈、挺拔起来了，让人隐隐觉得脚下的这片土地陡然之间又变得暖和、温馨起来。

农场的工业也陆续风风火火地办起来，十几个人的"富民农场塑化厂"挂牌了，这是富民农场建场二十多年来第一个工业实体，一年下来盈利五六万，不仅效益高，还解决了部分随军家属的就业，如同喷薄的日出，在富民农场上挥洒着军人的智慧与光芒。

随后挂牌的富民农场制药厂、制鞋厂、电器厂等6个小厂子，连年翻番增值，富民农场每年收益近100万元，农场饭堂险些揭不开锅的窘迫日子，一去不复返了。

然而，场部依旧还是围垦时期盖起来的青砖平房，场部办公室一直到很多年之后才配装电风扇；上级机关来个人，还是那台破吉普车咣当咣当地去接送，场领导去上海也照样一脸汗一身灰地挤公共汽车上码头……

富民农场已经度过了最艰难的岁月，迎来了真正的富实，背地里难免有些人嘀咕，说王场长太抠门了。

王振华说："首先可以肯定不是为了分给大伙儿去花掉，我们富民人现在谈享受还为时过早，我们以前没有条件不追求，现在有了条件不能过头；我觉得工作上要讲究再讲究，生活上要简单再简单；我就看不惯那种挣多少花多少的少爷作风，打死也看不惯。你们知道我曾经是'南京路上好八连'的连长、指导员，'南京路上好八连'艰苦奋斗的精神一万年以后也不能丢，走到哪里我都要大讲这种精神，发扬这种精神。"

不久，一纸调令又将王振华调到南汇农场。农场没有树，有人提议请民工种，王振华说："那要花多少钱？人生不怕苦，就怕懒！"他带着大家种了7000多棵树，南汇农场嘉木葱茏，绿树成荫，成为又一道风景，几年艰辛备尝的苦干，南汇农场一跃跨入南京军区先进农场的行列。

外单位的一个通信兵到农场埋电缆、修电话，十几天里，总是看见一位上校和大家一起泡在水里泥里，便向人打听上校的来路，得知是"南京路上好八连"的老指导员、老连长时，长叹一声："以前对好八连的故事总是半信半疑，现在看到王场长，不得不相信世界上真有'好八连精神'的真实存在！"

这一年，王振华带了个战士到成都联系业务，有的客户热情相邀："你们住酒店，钱我们来出。"王振华执意不肯。这时，两人路过一家宾馆，招牌上写着每人每天25元，战士见天色已晚，说："场长，我们就住这家吧，25元，也不贵。"王振华一声不吭，带着战士东走西问，找到一家小旅馆，每人住一晚只要9元。

农场的干部战士到上海市区办事，王振华总是尽可能安排到自己家吃饭，给农场省钱，为了怕战士吃不饱，家里还特意买了几个大碗，干部战士来多了不好意思，王振华对大家说："在外面吃顿饭，几个人要百把元，在我家吃，10多元足够了，这点钱我还是花得起的……"

"轻财足以聚人，律己足以服人，量宽足以得人，身先足以率人。"农场的干部战士干劲更大了。在海风吹拂下，富民农场和南汇农场美丽胜昔！在好八连精神的滋养中，有一种简朴的品质于这庸俗的世间蓬勃地生长着……

34. "特80"一代的冲击

1983年春节，一场简单、朴实的婚礼，正在八连驻地袅绕的乐声中进行。新郎官是副指导员殷春安，他胸扎大红花，心中欢乐与愧疚并存。新娘子风尘仆仆乘坐火车、搭乘汽车，揣着一纸家乡证明来到上海，殷春安却不能给她更好的条件，连队那间简陋的招待所被收拾出来作了他们的洞房，窗子和门扇透着冷风，蚊帐是从营房股借来的，一块又一块的补丁上，贴着大红囍字，但是新娘子没有一句怨言，嫁给八连的人，在艰苦的条件中，自有一种与众不同的骄傲。

在外滩人潮如织的情人墙边，在人民广场璀璨的霓虹灯下……蜜月还没有度完，殷春安就跟新婚妻子商量："要不，你先回家吧。连队正在上海站执行春运任务，我工作太忙，没法照顾你！"

"嗯，那你跟我回去一趟吧，回去看看父母。"

"大家都在忙任务，这个时候我实在抽不开身啊！你先回去，等我有空了，一定回去看你和父母。"

新婚妻子孤零零地走了，殷春安甚至都没送她到火车站。她没埋怨他，她知道，作为军人，作为八连的一分子，殷春安为了连队顾不上她；她知道，殷春安的脾气秉性：在八连这个大熔炉里，他从班长到提干，总是拼劲当头，在工作上从不服输，也许女人就喜欢男人这股劲头？

殷春安是安徽人，1956年出生，父亲是当地的干部，母亲在家种田。高中毕业时，面前有两条路，一条路是回乡，一条路就是当兵。男儿何不带吴钩？无论古今，血性男儿一直怀揣着一个军旅梦，听说上海来征兵，他没有跟父母商量，自作主张报了名，体检合格后，才告诉父母。

1974年12月18日，殷春安跟一群新兵乘着军车来到上海，他以为到大上海当兵，就会看到繁华的景象，没想到军车越开越远，一路上只看到昏暗的路灯，看到郊区的营房，根本没看到繁华的景象，这样到了大场军营，经过三个月的新兵训练，分到八连。

殷春安小时候看到过《霓虹灯下的哨兵》画册，有两个印象深刻的细节，一个就是战士捡到一分钱交给指导员，还有一个就是战士在国际饭店门口执勤时，有一个风骚的女郎去纠缠战士，这个战士训斥那个女的，女人搔首弄姿地尴尬地走开了……那时候，殷春安觉得八连很遥远，大上海也很遥远。

到了八连，不能用香皂，不能用香脂，不追求生活的享受，始终保持艰苦朴素的作风，始终传承我党我军艰苦奋斗的优良传统，不变色，不变质，不褪色，全心全意为人民服务，作为从农村出来的战士，对草鞋、针线包、纸糊信封这三件宝，自然有着天然的亲近感。殷春安记得，那时连长教战士们打草鞋，打好以后，把草鞋当作凉鞋来穿。

1978年殷春安担任了四排排长，四排在八连一度比较弱，一个班长是营部下来的，军事技术不硬；一个班长患过病，体力跟不上。全排3个班长兵龄还都比殷春安长，这排里的工作怎么容易做呢？

"火车跑得快，全靠车头带"。要带好全排，先要当好"排头兵"。只有当好排头兵，才能把工作做精做细，把全排拧成一股绳。平时，殷春安和战士打成一片，想方设法为他们解疙瘩；无论干什么工作，他总是抢在前头，组织训练，他因人而异，力求提高训练质量。

妻子还是女朋友时来队，殷春安写信让她捎些家乡的蜂蜜来，女友以为心上人训练苦，需要补补身子，赶紧托人买了两瓶，千里迢迢拎到营房。但殷春安转手就送给了患过病的班长。看到殷春安消瘦的面容，女友不高兴了。殷春安笑笑说："他有病，身体虚弱，正需要东西补补身子。我胃口好，一顿能吃6个大馒头。不信，吃给你看。"说完，拿起馒头啃起来。女朋友一下子被他逗乐了。

训练场上，殷春安一身作训服，匍匐在沙地上，那敏捷标准的战术动作，如同一只下山的猛虎，让战士们心悦诚服。人非草木，孰能无情？四排战士一个个干劲十足，训练十分刻苦，年终军事考核，四排得了4个第一。

这年殷春安进入南昌陆军学院学习，毕业后，组织上找他谈话，想把他调到机关工作。他说："我是八连的兵，是八连培养了我，还是让我回到八连吧！"回八连当了副指导员，尽管连队生活苦，但他心里充满欢乐，感到坦然。

1982年，石家庄举行军民共建表彰活动，中央下发军民共建的决定，于是警备区政治部副主任来到八连，跟连队干部说：好八连应该是南京路的好八连，现在中央有政治上的要求，我们应该重返南京路。

于是，殷春安带着一部分战士，找到黄浦区的武装部，商量下来之后，决定在南京路和街道建立共建单位，从此和云中居委建立了联系，照顾孤老，为群众理发，修鞋。从那以后，这个共建活动，三十多年坚持下来了。"我在好八连，个人最大的收获，就是直接参与了南京路文明一条街的行动。"殷春安意犹未尽。

妻子怀孕了，剧烈的妊娠反应简直要了她的命，两腿浮肿，四肢无力，走路几乎要人扶。那时，她多么渴望殷春安回来看她一眼，和她说上几句贴心话。信发出了一封又一封，就是没见到他的人影。她开始恨他，骂他。直到孩子落下地，还是没盼到他的身影。多年以后，妻子还不时嗔怪："你知道我怀孩子时是怎么受罪吗？你不配做爸爸……"

1984年10月，殷春安担任指导员，连队调到了警备区司令部，营地在常德路。

20世纪80年代，黄金分割，泥沙俱下。从国家来说，正是改革开放初期，新事物蓬勃兴起，譬如当时电子表流行，有的沿海省份的战士戴着走私的电子表过来，因为这些兵相对难管、难带，被称作"特80"。特80是苏联研制的一种坦克，说起特80坦克的来源，那还得说说1969年中苏边境对峙的时候，苏联在中苏边境装备了一种坦克，这种坦克的型号叫作特62，是当时世界上最先进的主战坦克，横冲直撞，很难打，曾被誉为苏军"陆战之王"，此后1976年苏联又在特62的基础上，研制出了特80，广泛出口。于是连队把这些难带难管的战士叫特80，颇有一番意味，他们中有的在家还做过生意，当时部队只有6块钱津贴，他们觉得反差太大，感到失衡，还有少数一些私营业主的孩子，他们也出来当兵，但目标模糊，对部队艰苦紧张的生活很不适应。

原来部队提干，都是从战士里选拔。到了80年代，更多的提拔机会给了正规学院毕业的大学生，当兵少了提干路……不少人思想有很大波动。殷春安感觉带这些兵很难，少数战士不服从管理，你叫他们不要戴电子表，他们偏戴电子表，而且还戴假冒的名表。新兵训练时，有的还拿着闹钟，夏天很热，他们就假装身体不舒服，逃避训练。因嫌食堂的饭菜不好吃，吃面条的时候把面条倒掉，吃馒头的时候，剩下的馒头就扔了。这种情况以前虽然也发生过，但只是个别的。

节约一滴水、一寸布、一分钱，这是八连的传统，这种传统，要从小事做起。但是他们丢了这种传统思想，满脑子改革开放带来的所谓"新思维"，崇尚不负责任的自由，追求新潮与反叛……同时，他们又似乎是在一片荒山野岭之中，山重水复，无路可寻。

随着战士的变化，思想的变化，工作方法也要随着变化。一方面，抓军事训练，提高军事素质；另外一方面，加强对战士进行思想政治教育。以老带新，打牢新兵思想基础。全军组织两用人才培训班，连队就请了黄浦区一所中学的副校长来给战士上语文课。

这一年，外地公安部门给八连发来一个函，有个战士小汪，当兵之前和几个小伙伴一起抢了生产大队的3000多斤粮票，现在案子破了，公安部门希望把这个小汪押送回去处理。殷春安调查发现这个战士到部队后表现很好，应该是年纪小，是初犯那样的错误，如果押送回去，可能就毁了一个年轻人，一个家，如果留在部队，则可能就会转化，后来帮助这个战士走上了正路。

人生的道路并非都是宽阔平坦的，往往会遇到荆棘、岔道，经受考验。1985年全军整编，八连5个连队干部有4个提拔，殷春安成了编外干部。有人劝他：你是编外干部，还不趁早回家活动一下向后转？在部队再苦干也是白搭。

是走是留？殷春安失眠了，往事一幕幕地从脑海掠过，他舍不得离开八连，舍不得脱下这身军装。他依然热爱军营，人编外，心不编外。后来，组织上把他调往善后办工作，殷春安一如既往地扑在工作上，凭着那股拼劲，把善后办搞得红红火火，不久，调到二营担任营长。二营是个新组建的单位，人员来自警备区8个单位，官兵思想情况比较复杂；营里还有不少大龄干部，身体有病，工作不安心。当年，全团要进行军事大比武，殷春安利用部队到外三灶驻训的机会，强化训练，他住在班排，和战士同吃同住同操课，每个战术动作亲自示范，很快二营拧成一股绳，当年被评为管理教育先进单位。殷春安呢，晒成了"黑金刚"，瘦了十多斤。

"我觉得我从八连出来以后，不管是工作还是生活，不管是职务高低还是权力大小，总是计算着过日子，能够少花就少花，能够不用就不用，真正做到精打细算，尽量做到少花钱多办事。我的家里人都批评我说，都什么年代了，还这么节约。"

"实际上八连的精神已经印到我的骨子里面了，这种传统教育，影响了一代又一代人。我虽然离开了八连，但八连的精神始终扎根在我的心里，让我养成了良好的生活习惯。在工作中生活中，始终自觉以八连的精神要求自己，唯恐玷污八连的形象……"

35. 有一个老人，要把骨灰盒放到八连去……

1984年10月1日，天安门广场，盛大的国庆阅兵典礼上，中国力量再一次澎湃登场。连长项忠来到北京，代表"南京路上好八连"参加国庆观礼，这是八连代表第四次参加观礼。

20世纪80年代，那是意气风发、指点江山的年代，经历过那个时代的人，多年以后依然沉浸在那美好而自由的岁月之流里，沉浸在"年轻的朋友来相会"的美妙歌声中，沉浸在"面朝大海，春暖花开"的诗歌梦境里面，记忆如根，拔不出来……

雄壮的阅兵式之后，游行队伍上场，"团结起来，振兴中华"的呼喊声，似乎往热血里投入了火，沸腾，奔涌。

这时，经过天安门广场东侧华表的一个方阵，举起一面横幅"小平您好！"那四个大字，书写在4张绿色的大纸上面，再用订书机钉在床单上……简单与无意之间，这面横幅创造了历史，随后这张照片传遍了全世界。

小平您好！简单的四个字，释放出中国汉字的力与美。力度在于，这是民族的致敬；美妙在于，这是民众的呼声，尊敬与亲切，尽在其中。项忠见证了这个历史时刻。

项忠1956年出生于浙江永康，1974年应征入伍到上海。他母亲是村里书记，当过浙江省的党代表、劳动模范，虽然母亲的文化程度不高，口才很好，新兵启程时，母亲作为新兵家属代表在全县发言，让项忠感受到一份沉甸甸的希望……

走进好八连的连史馆，项忠第一次看到传说中的针线包、草鞋和纸糊信封，简简单单的三件物品，它不是定格，也不是尘封，而是在无声地诉说着八连历久弥新的底色。

1978年，项忠考入军校，毕业后回到八连，担任二排的排长，5年后担任连长。那是充满红色意志的天地向着五彩缤纷的世界转折的历史时期，转折的磨砺，新生的阵痛，在八连突出地上演着，连队的种种规矩——不准照镜子、不准用香皂、不准穿毛衣和尼龙袜、不准拍彩照等等，与时代的开放浪潮激烈地冲突着。连队那些"吃一点喝一点，都是资产阶级思想的瞄准点"、"镜子照一照，无产阶级思想全跑掉"的信条，越来越遭受到抵触与质疑……

一方面，干部们不敢穿发的皮鞋，怕穿了皮鞋丢掉草鞋精神，战士们对伙食有意见不提，怕吃好的会丢掉咸菜精神，大伙儿不唱抒情的歌曲，怕唱弱革命意志。另一方面，战士们悄悄地用起了高档的"美加净"牙膏、香味芬芳的护肤品……

好八连该到放开步子的时候了。1984年2月，中央军委副主席杨尚昆来到八连，详细听取连队情况的汇报。在连部会议室，他一针见血地指出："'左'的东西害死人，要摒弃左的那一套。毛主席不是说过嘛，要实事求是！邓小平同志也讲过，一切按辩证法办事！老百姓也有句话讲：'经是好经，让下面的歪嘴和尚念歪了。'你们要把好八连的好传统传下去，不能当歪嘴和尚，要把经念正。"

连队干部坐下来认真反思，老指导员刘仁福、王经文、王传友也都来到连队，和大家一起探讨，连队干部领悟到：和谐的才是最美的，在改革开放的年代，八连勤俭节约、艰苦奋斗的传统要奏出新的乐章。

新的活力注入好八连的传统之中。连队购置了彩电、缝纫机、电风扇，餐桌上的花样增多了，根据条令规定和邮政规范的要求，官兵们不再穿草鞋、不再用纸糊信封了，但草鞋精神，节约"五个一"的做法以及传家宝"三箱一包"（补鞋箱、木工箱、理发箱和针线包），仍然一代一代往下传。官兵们既注意生活俭朴，更注重奋斗、开拓，建功立业；既注意经常为人民群众做好事，又积极为改革和建设事业作贡献；既注意思想教育，又注意培养人才。

回顾这段历程，项忠深有感触："我们连队从'左'的影响中挣脱出来，并不是要抛弃连队的好传统。恰恰相反，我们是在更深的层次上、更高的起点上把握艰苦奋斗传统的精神实质，更好地发扬这个传统。不管时代怎么变，好八连不怕困难、为国分忧、自强不息、奋发向上的奋斗之歌，是永远不会消沉的。"

八连为民服务、无私奉献的真诚之歌，也是永远不会低落的。八连在人民心目中，永远是至高无上的，那时甚至还有一个老人，跟后代交代说，以后走了，把骨灰盒放到八连去。

1985年12月，项忠接到团部打来的电话，告诉他已被任命为教导大队一中队队长，要他4天内即去新单位报到。当时，妻子正好来队度假，小孩患有严重的哮喘，闹得几宵未睡好觉。项忠劝妻子马上回家乡，妻子不愿意："我随你一起去报到吧。"

"初到新单位，拖儿带女的，像啥样？"项忠不松口。

"要么，就在连队多住几天，待孩子病好了再回去。"妻子请求说。

"那怎么行呢，军令如山呀！"第二天一早，项忠把妻儿送上返乡的火车，他看见，妻子的眼中，泪水在打转。

36. 许世友："叫家属也来，一起照！"

中越边境，战火时不时燃烧，硝烟在南部山林里如同鸥鸟不时升腾。

1985年，八连司务长吴卫平来到了战争最前沿，出发的时候，吴卫平记得，许世友为大家送行，这位出生入死的将军跟大家说："你们就要上去打仗了，我就告诉你们一个秘诀。"对越自卫还击战打响之时，许世友已是古稀之年，他剑指南疆，气吞万里。此刻，老将军顿了一顿，看着大家，一字一句地说道："打仗不要怕，越怕越容易死！"似乎要把这句话刻进每一个人的脑中。

《霓虹灯下的哨兵》里，陈喜、赵大大、童阿男雄赳赳、气昂昂，跨过鸭绿江，走向抗美援朝的最前线，但那毕竟是艺术的虚构，现在八连人真正来到了战争第一线。虽然身在城市，但他们没有丢掉能打仗、打胜仗的准备和气魄。

写了遗书，上了战场，似乎也没有什么可怕的，也许确实有过害怕，但一踩上这片被战火焚烧的土地，恐惧不知为何，莫名地灰飞烟灭了。

吴卫平一家都是军人，父亲是南下干部，姐姐和姐夫在济南军区服役，弟弟也是军人，防化连的战士。这个家的魂整个就安顿在军营中，安顿在军徽和猎猎招展的军旗下。

"男儿何不带吴钩"，如一位将军所说，真正的男人，都有从军报国志向，"功名只从马上取，真是英雄一丈夫"，"但使龙城飞将在，不教胡马度阴山"；也都有驰骋疆场梦想，时刻做好"会挽雕弓如满月，西北望，射天狼"的准备；更有一种"捐躯赴国难，视死忽如归"的男儿气节。

吴卫平1978年入伍到八连，3年后提干，做了司务长，上前线时还没有结婚，他对未婚妻隐瞒了消息，只偷偷告诉了姐姐一人。悄悄地去，后来，悄悄地回来。

在前线，白天没有战事，战士们就在战壕里修战壕，晚上有时扔颗手榴弹出去，也没有什么动静，四周静悄悄的，山林中的动物似乎也为战争而沉默。

那时实行轮战制，7月30日晚上，月光如镜，前线的战士和兄弟部队进行交接。吴卫平跟着大家往下跑，接防的战士一排一排往上跑……刚刚交接完，战火又点燃了。吴卫平去了几个月，一个仗都没打，接防部队一上去就打仗了，震耳欲聋的炮火，震动着耳鼓，震动着山野，也震动着渴望战斗的心。

谁也不知道，战斗什么时候发生。谁也不知道，战斗有多么残酷。原来部队埋雷训练，都是象征性地埋，如同埋一只野狗。只有在正式的前线，通过埋雷和排雷，才知道战场的残酷……回来以后，吴卫平提为连长，连队参加了两项重大工程，一个是黄浦江的饮水工程，还有一个是华亭宾馆工程建设，他带着连队像在战场上一样干。

黄浦江是长江入海前最后一条支流，上海现代风情的摇篮。它将上海分割成浦西与浦东，一边是百国建筑博览，一边是现代建筑风范；与此同时，它在孕育上海的崛起与壮阔时，也接纳了上海的重负与使命。

关于黄浦江的开凿，与战国时期著名的四君子楚令尹黄歇有关，当时上海是黄歇领地，他来到此处，带领百姓疏浚治理黄浦江，使之向北流入长江，从此大江两岸，不怕旱涝，安居乐业。后来黄歇被封为春申君，黄浦江又名春申江，上海也因此被称为申城。

黄浦江的脐带通向丰盈的淀山湖，淀山湖的脐带又通向浩瀚的太湖，造成黄浦江江水充沛，静水流深，水质优良，成为上海市供水的主要来源，当时自来水水源98%取自黄浦江中下游。在现代工业和城市发展面前，它同样无法避免地承担起众多河流的苦涩命运，大量未经处理的生活污水和工业废水排入黄浦江，水质逐年恶化，引水工程1985年开工建设，取水点上移到黄浦江上游。

这是上海市的重点工程，也是当时国内最大的城市供水工程。为了确保工程做到优质快速，八连也被派到引水工程工地。他们仍然奋战在工地上，有时一天劳动10多个小时，个个成了泥人。当时工地上只有一个自来水龙头，八连自己不用，让给工人们用。他们找到两口废弃的水井，把污水清除后，一直用井水。工地上有一个锅炉，八连干部战士把烧好的开水让给工人们用，工人们深为感动。吴卫平至今记得，饮水工程的管道很大，就像地道，可以骑自行车，给人留下深刻的印象。

在华亭宾馆工程建设工地，八连分成三班倒，负责整个大楼的清扫和安装设备，工人都叫吴卫平队长，以为这是一支施工队，不知道其实是一支在军内赫赫有名的连队。

八连是靠"两个务必"精神起家的，吴卫平感觉当连长压力很大，这个连长不好当，人怕出名嘛，不该去的地方，坚决不去，家里人都说他太死板了。转业到地方后，吴卫平依然低调。"这和我在八连受到的十多年教育有关，这叫退伍不褪色。在地方，我负责经济开发区，经济开发区是经济犯罪的重灾区，我这个工作这个位置会经受很大的诱惑，容易犯经济罪，假如我没有八连这段经历，我可能也会犯错误。好在八连改变了我的工作和生活，让我一直保持做人的底线，一个就是艰苦奋斗，一个就是谦虚谨慎，人家都说我做事雷厉风行，为人正派，我觉得这是最大的赞誉。家里看电视，我只看军事题材的电视，女儿经常要换频道，那简直要人命。"

吴卫平永远记得1985年10月22日，许世友将军去世的消息传到八连，战友们都含着泪水，这时他才听说了许世友将军来看望连队的故事。

那是春天里的3月11日，一辆面包车停在上海警备区大院的门前，中央顾问委员会副主任许世友，被医生们扶下了车。这位来上海看病的一代名将，在生命的最后时刻，在身体极度虚弱的情况下，却执意要来八连。因为他曾代表国防部亲自将"南京路上好八连"这面闪闪发光的锦旗授予好八连，他希望这面旗帜永远不褪色。这是这位著名战将生前关心看望的最后一个连队。

老将军给全连官兵讲起了故事："现在条件好了，我们那时肉搏战，手榴弹一扔，一冒烟，就冲上去，大刀挥砍……"

讲了半个小时后，老将军又环顾四周："时间不多了，照相，照相！连队有没有家属？叫家属也来，一起照！"

临行前，许世友上将再一次面对八连官兵说："我身体不好，也许是我最后一次来看望你们了。希望你们永远要记住：艰苦奋斗、拒腐蚀、永不沾和全心全意为人民服务的精神，你们一定要一代一代传下去！"八连官兵万万没想到的是，这成了许将军对八连官兵的遗嘱！

37. 龙柏饭店前的泪水

上海西郊，数十亩森林花园之中，掩映着一座楼高6层的欧洲蒙莎式建筑，这就是龙柏饭店。饭店既有欧陆式的阔大草坪、各式风格的别墅群，还兼具中国江南的小桥流水、亭榭台阁，四周千余棵名贵树木谱写着世外桃源式的幽静，带来一份截然不同于钢铁丛林的惬意与安享，开业以来，这里吸引了众多海外客人。

1987年冬天，八连奉命来到这处勾画出大都市立体风情的野外楼阁，不是为了参观，不是为了居住，而是奉命来此清理饭店环河淤泥。这条河解放后一直没有清理过，河中的淤泥深处达1.5米，浅处也有半米深，不仅无法养鱼，而且散发出臭味，严重影响整个饭店的环境。这一工程，龙柏饭店曾以几十万元招标，准备承包给一家施工队，因为河在树林中，施工机械进不去，施工队嫌钱少活苦，没人愿干。为了摔打八连，让连队新一代在实践中继承发扬艰苦奋斗的好传统，警备区经常给连队担子，让八连去完成一些急难险重的任务，这次又是一纸命令，把八连派到了龙柏饭店。领导问连队一个月能不能干完，八连回答说20天保证拿下来。

那年夏天，连队刚长途拉练到外三灶参加警备区比武。在烤人的烈日下全副武装徒步行军，衣衫全被汗水浸湿，就像刚从水里捞上来一样，有的战士体力不支，身体强壮的就自觉发扬互助精神，帮助拿背包、扛枪，甚至挽着走。刚到目的地，还没来得及喘口气，警备区又考八连的队列训练。当时，许多人脚上起泡，十分疲劳，但全连精神振奋，动作刚劲利索，一举夺得队列训练第一名。紧接着，又进行5公里越野比赛。大家咬紧牙关，顽强拼搏，互相鼓励，互相帮助，夺得这项目团体第一，之后，又夺得连进攻战术第一。

龙柏饭店准备让八连吃住在饭店里，八连谢绝了，联系在离工地一公里远的通信站空余仓库住下来。当时正是数九寒天，西北风呼呼地吹着，河面上结着冰，他们抽干了水，陈年淤泥陷到人的大腿处。刚上任不久的指导员贾天余一看这阵势，脱下棉衣，喊声"看我的"，第一个跳进淤泥里，跳到烂泥没膝的河中，甩开膀子干起来。烂泥太稀，铁锹用不上，就用脸盆端、用铁桶提。

贾天余这年10月刚从华东师范大学进修归来，一纸命令使他成为八连指导员。上任第一天，他像历年入伍的新兵一样，被带到连史室，传统的光芒顿时让他的眼光亮起来，血热起来。

贾天余是浙江东阳人，自幼父母双亲离开人间，他和妻子算是青梅竹马，从小一起长大，妻子过门后独自撑起了这个家。那时村里既没有自来水，也没有煤气灶，吃水要去井里挑，烧柴要上山里砍。村里山虽多，山脚下的柴早砍光了。贾天余的妻子每次上山就得小半天，砍百十斤柴，一步一步踩着山路挑回家。1985年7月，妻子临产前，自己挺着大肚子爬上公共汽车去县人民医院生产。5天后，又自己抱着孩子悄悄地乘车回到家里。整个月子里，都是自己照料自己……忠义难两全，贾天余把心血都抛洒在部队里了。

到了八连，贾天余发现干部有个口头语"看我的"，在任务面前，总是冲在最前面。训练是连队的中心工作，贾天余跟班训练一课不落，他心想，要让战士看你的，就得让战士有看的。他刺杀获得过警备区比武第三名，手榴弹出手就是70米开外，器械、单兵战术都是强项，"行家一出手，就知有没有。"一天训练下来，战士们对他这个"外来户"指导员就有了好印象，有的还悄悄地找他拜师学艺。有时军事干部忙不过来，他也上军事课，当教练员，和战士们摸爬滚打在一起……

连队来到龙柏饭店，人人都玩命地干，每天早晨天一亮，先破冰，然后就站在冰冷刺骨的淤泥里，用水桶提，用脸盆端，一桶一桶、一盆一盆地把河中的淤泥弄上去，运出去。为了抢速度，全连人均吃饭只用五分钟，饭碗一放，又跳到河里接着干，一直干到天黑，三餐饭都在工地上吃。一天下来，从干部到每个战士，脸上身上都溅上了腥臭的稀泥。

有些干部战士感冒发烧，仍然坚持干。战士罗斌有关节炎，连队干部劝他在岸上运淤泥，他不肯，非要到烂泥中挖土不可，一天下来，四肢酸痛，班长劝他休息一天，他说：大家都这么辛苦，我怎么能不去呢？

贾天余当时犯了胃病，饭都吃不下，有时喝点面汤还呕吐，但他咬牙挺着。干部的带头作用胜过千言万语的说教，有的战士流着泪叫他不要干了。龙柏饭店总经理闻讯也赶来相劝，还为他准备了一间客房，要他上去休息，贾天余谢绝了。

就这样，原定一个月的任务，八连20天就完成了。住在饭店里的外宾，身着呢大衣，站在玻璃窗内，惊奇地看着这些中国军人劳动的场面，一边拍照，一边直向大家跷起大拇指。锦江集团专门把职员拉到河边，现场进行艰苦奋斗教育，有些女服务员感动得泪水盈眶。锦江集团总经理说："连队干部战士的脏衣服我们包了，当晚洗好，当晚烘干。"保证干部战士第二天不穿潮湿的衣服。龙柏饭店的澡堂也全天对连队开放，饭店一些干部职工受八连精神的感染，利用休息时间与他们一起干，主动参加清理河道，经过全连官兵大干苦干，这条河清理得干干净净。

汗水在这里挥洒，泪水在这里交织，感动在这里汇聚。连队有几个上海兵，父母听说儿子在龙柏饭店劳动很辛苦，专程来看望，见了心疼得直掉泪……

38. 女儿的生日和连队命名纪念日

李春铭刚从军校毕业7天，就从上海警备区来到了老山前线。李春铭是参加自卫还击战的又一个老八连人，1979年11月，一个车皮把刚刚穿上军装的400名茅山子弟拉到大上海，新兵连的训练结束，李春铭幸运地被分到八连，这里的干部、党员、班长个个往头里站，拣重担挑，全连团结拼搏，虎虎生风。李春铭深受感染，"有第一不拿第二"，两年后当了班长，由此开启了他人生中一段精彩的"铁血旅程"。

1982年，李春铭被推荐考进南京陆军学校，一年后，学校抽调优秀学员担任首批从地方高校招收的学员班班长，李春铭被选上了。有人说：80年代的大学生，难带。李春铭坚信，运用八连的传统，一定能带好。

隆冬时节，李春铭带着12名大学生，进山区长途拉练。顶着凛冽刺骨的寒风，他背着背包扛着枪，精神抖擞，走在前边。到了山上，一场大风雪把他们困住了，四顾茫茫，杳无人迹，走没法走，住没处住。在这冰天雪地里露营，人冻得受不了，啃点干粮充饥，也驱不走多少直往骨头缝里钻的寒气。大学生有谁吃过这种苦，受过这种罪？有的觉得已到生死关头，表情里透出沉重，言语中带着悲壮。李春铭勉励大家：只要有信心，就一定能战胜艰难险阻。

他一会儿给大家讲几个八连传统小故事，一会儿领着大家唱那底蕴沉厚、气遏行云的《长征组歌》："雪皑皑，野茫茫，高原寒，炊断粮。红军都是钢铁汉，千锤百炼不怕难……"熬过漫长的三天三夜，到了第四天，果然"炊断粮"了。李春铭乘着风雪势头减弱的当口，带着大家向山下撤。上山容易下山难。眼下，更是走一步都费劲。大学生们走不动了，李春铭也疲乏无力。

队伍中最瘦弱的是胡啸南，李春铭把他的背包、枪支都加在自己身上。大学生们看他始终乐呵呵的样子，歇息的时候，向他提了个问题："班长，你是'南京路上好八连'来的，你认为什么是幸福、快乐？"

李春铭让大家先说说自己的看法，有的说是有个好的职业，有的说是有个称心的家庭，有的说是有个优裕的生活条件，有的说是功成名就……

李春铭说：你们说的都有道理。我们连的战友大都认为，为人民的事业不懈地拼搏奋斗，当别人需要帮助的时候伸出温暖的手，这就是快乐；而幸福，则莫过于看到我们为之奋斗的事业取得成功，我们的付出使人们生活得更美好……

回到军校，大家都累得东倒西歪，李春铭放下背包第一件事就是挨个儿给大学生们脱鞋，烫脚，挑水泡。后来，这批大学生星散各地，有的已远渡大洋，还常常给李春铭写信，打电话，感谢他帮助他们迈出了军旅生活乃至整个人生的第一步。

从军校毕业，李春铭分配到摩托九连当排长，刚去7天，中央军委命令南京军区抽调部队到老山前线轮战，团政委就找他谈话，李春铭说，作为党员，我无条件服从。

李春铭的父亲是新四军离休干部，在茅山革命根据地参加过抗日战争，母亲是老师。父亲组织观念很强，做人老老实实，给李春铭留下很深的印象。父亲担任看守所所长时，有一次人家送一包烟给他，父亲就把人赶出去了。

13岁时，李春铭长得瘦瘦小小，一天，他看见村子里有一只船撞到桥墩上去，他就把这个船拖住，送到水上派出所。到了高中毕业时，父亲在一家化肥厂当保卫科科长，他本来可以给李春铭安排工作，却让李春铭自己奋斗……

入伍后，大家都以为肯吃苦的李春铭是个农村兵，都说这个农村来的新兵不简单。后来，母亲来看他，大家才知道李春铭其实是城镇兵。

在老山前线，部队在边境搞临战模拟训练，每天早晨负重奔行

10公里，背包里放着大石头，李春铭一直咬牙坚持。从早到晚轮番苦练射击、投弹、战术，强化身体素质、军事素质，磨练意志、作风。前线温差大，白天很热，晚上要裹被子，李春铭当时是机枪手，守卫通往越南的小道，每天住在猫耳洞里，打过三次防御战斗，这段日子对他来说永生难忘。

一次团里组织干部扛弹药箱爬山比赛，下山距终点还有40多米，他熊猫式抱着弹药箱，从遍布短树茬子的山坡上滚下来，右腿被扎破一个一厘米多深的洞，鲜血直流。结果，他夺得了没有金牌的金牌。至今，他腿上还有一块黑黑的伤疤。他说："在战场上，为了赢得胜利，就要不惜牺牲。手段往往就是目的。我是八连出来的兵，什么时候都不能装'熊'。"

战前，与他谈了多年的女朋友负心"吹灯"，他大度地回信说声"再见"，义无反顾地上了前线。中国军人，从来都不缺乏真正的勇士，他们以血性向世界证明：中国军人就像一把有灵魂的剑，剑锋克敌制胜，剑柄无限忠诚。

他独守一个阵地，在距敌仅五六十米的阴暗潮湿的猫耳洞里，生活、战斗了三个月。阵地上奇缺水，他没有刷过一次牙，没有洗过一次脸，更谈不上洗澡了，身上长了虱子，皮肤都烂掉了。在猫耳洞，成天与毒虫、老鼠和蛇为伴，上阵地才半个月，脸上毒虫叮咬，浑身长满血虱，皮肤全抓破了，结满血痂。敌人没日没夜地炮袭，频繁地发动进攻。他死守阵地，有天晚上一个人打了6箱子弹，把敌人打得龟缩回去。

"醉卧沙场君莫笑，古来征战几人回。"出征疆场，面对生死，军人展现出豪情，展现出英勇，无畏。在前线，李春铭给八连写了一封信，告诉全连战友：无论走到哪里，无论在什么险恶的环境里，我都会记住自己是八连出来的兵，都会发扬连队的光荣传统，给连队增光。

1986年初，李春铭回到警备团，先到九连，后来又到八连担任副连长，他带领战士改土种菜，5亩多地葱绿一片。12月，全连赴长江口参加国防工事维修，李春铭代理连长。在那些滴水成冰的日子，战士们回宿营点吃午饭了，他留在海堤看工具，把东西一样样收拢放好，就拿起块铁砂皮，擦拭冷得烙人的坑道防护门上的铁锈。砌墙时，工具不够用，他以手代泥刀……

刚从前线回来，李春铭很不适应，睡觉的时候一直穿鞋子，因为他在猫耳洞里，一直是穿着鞋子睡觉，从来没有脱过鞋子，回来要脱鞋子睡觉就不习惯了。春节的时候，家里小区放鞭炮，李春铭会突然从床上跳下来，以为还在前线，还在打仗，典型的战争综合征。

1988年李春铭再一次从九连回到八连，担任连长。李春铭认为八连人要有政治敏感性，一举一动，就代表着解放军，代表着"南京路上好八连"，在连队里，要求战士做到的，作为连长必须做到，他在老山前线是抽烟的，回到八连就不抽了。

这一年大年三十的下午，战士们刚洗好澡，换上了一身干干净净的衣服，包好了饺子，准备要过年了，这时天忽然变了，李春铭听说云峰剧场外面有80吨水泥，要搬到室内，天正要下雨，民工都回去了，就算花钱也请不到民工。

李春铭立即向副营长请战：让我们连去干。转过身来对战士说，跟我走。带着三四十个干部战士跳上一辆卡车，直奔云峰剧场。到地方一下车，战士们蜂拥而上，不顾刚洗过澡，身上还干干净净，大家雨披也不披，口罩也不戴，抓起水泥袋就往肩上扛，1小时45分钟就扛完了800多包水泥，散装水泥也装袋码好，把地上扫得干干净净……这时，李春铭来队的父母和妻子伸着脖子望了半天，不知他到哪儿去了。

连队到南汇海边外三灶驻训，在轻武器射击训练中，经过一段沼泽地，里面有一摊牛粪水，很脏，战士见了，都绕着沼泽走过去。李春铭开会回来，听说了这件事情，马上赶到现场，当时他穿着一双新皮鞋，鞋子也没脱，从二班长手里接过一把冲锋枪，当着全连的面蹚着牛粪水，向前冲过去，做完这个示范动作，李春铭对战士说了一句话："训练场就是战场，在战场上，你不蹚过去，那就意味着战死……"战士们皱着的眉头舒展开了，个个如下山猛虎。

作为连长，作为连队的主官，要善于做思想工作，要了解战士，关心战士，要和他们多交流。李春铭不会唱歌，为了组织大家唱歌，他带头学起了《小芳》，把歌词写在黑板上，唱得非常激情，战士们都被感染了。

有一年休假，李春铭没回家，带了一大堆的东西到浙江走访战士的父母。浙江人都非常好客，李春铭每到一户人家，他们都会煮三个鸡蛋，要他吃掉，不吃他们就不高兴。这一个上午，李春铭跑了六七户人家，结果吃了二十多个鸡蛋……战士的父母都非常高兴，叫李春铭带上特产回部队，给他们儿子。回到部队，战士们拿到特产，知道连长去看望了自己的父母，都非常激动，有的战士拿着特产，还悄悄掉泪。

李春铭生过胃窦炎，常备有胃药，战士潘贵荣平时不怎么要求上进，一次听说他的妈妈生胃病，李春铭把自己的胃药寄给他妈妈。八连的战士们非常懂得感恩，李春铭和他们建立起深厚的友情，感情很深。潘贵荣渐渐转变了，暴躁的脾气也改掉了，还在日记中写道：连长不能忘。

上海籍新兵赵智义17岁跨进八连的大门，虽然是入伍了，但感觉没有离开家，因为连队和家近在咫尺，站在连队宿舍楼的窗口，可以望见自己家的窗口，灯光摇曳时，父母的身影就在灯光下走来走去。

这一年，父母已经60来岁了，中年得子的夫妇俩向来把赵智义视为掌上明珠，从小娇生惯养，赵智义在家我行我素，父母都担心他入伍后，吃不了那种苦。

1988年一个傍晚，连队向江苏浏河方向拉练，一夜全副武装行军50公里。这对从没吃过苦头的赵智义来说，就是一次漫漫长征。他扛着40火箭筒，不到10公里，已经气喘吁吁，满头大汗，班长要替他，赵智义说："不要，今天不锻炼，以后怎么办？"走着走着，越来越艰难，脚板上一溜都是水泡，赵智义执意不上卫生队的收容车，在战友的携扶下，一瘸一拐，坚持走到终点。连队到新锦江饭店工地义务劳动，清除建筑垃圾，玻璃纤维和尘土四处飞扬，眼睛被刺得睁不开，身上更是阵阵酸痛，赵智义和大家一起苦干了一个月。

咫尺就是天涯，到了晚上，赵智义常常站在那扇能看见家的窗口前，默默地站着。

1989年中秋节，连长李春铭特地安排让赵智义晚上回家与父母共度佳节，第二天归队。

晚上八点多钟，李春铭端着枪，在岗哨前替战士们站岗，突然看见赵智义的父母朝连部走来，忙热情地招呼："大叔大婶，您二老怎么来了？智义今晚不是回家陪你们过节了吗？"

这一说，把两位老人说蒙了，赵智义的母亲说："智义没回家啊。"

原来老两口以为儿子在家门口当兵，一定会回来过节。母亲一大早就拎着篮子上菜场，忙乎了一天，做了一桌赵智义喜欢的菜，就等着一家团聚。老两口等啊等，菜等凉了，还不见儿子的影。等到八点多，两位老人实在沉不住气了，是儿子今晚有什么要紧事，还是身体不舒服？这么想着，就到八连过来看看动静。

李春铭马上叫人把赵智义找来："你们排长没跟你说，让你今晚回家过节，陪陪老人？"

"排长早对我说了，是我自己不回去的。"

"为什么？"

"连长，我们班里有3个新战友，离家远，过节想家，我该留下来和他们一起过节。"

说着，赵智义转头对父母说："爸妈，你们回去吧，连里过节安排得很好。连长指导员他们都没好好过节，替我们战士站岗，让我们看电视、娱乐，我和大家在一起，很开心。"

一路砺刃，一路感动。这个任性孩子到了部队，变得懂事了，晓得关心战友了。听着儿子这一番话，赵智义父母眼里闪烁着泪花……

1989年4月25日，好八连命名纪念日这一天，李春铭的女儿出生了，他把这当作一种特殊的缘分。妻子临产前，他本准备休假回家照顾。这时，连队刚好接到一项任务，他推迟了10天回去，在返家的列车上，他甜滋滋地想，按日子，妻子该生了，回家就能见到小宝贝，当爸爸了。谁知到了家，妻子还没动静，到4月25日，孩子才呱呱坠地。

"你看，是缘分吧，女儿的生日都不用记，和连队命名纪念日同一天，我一辈子也不会忘记的。"

39. "排长，你老是一个人躲在储藏室不好"

这年4月，八连的老指导员又一次住到了连队，这次他是为了新任指导员舒乐炎而来。

那一年，舒乐炎刚担任指导员，缺乏上政治课的经验，压力很大，上讲台都有点紧张。第一次上政治课，面对全连一百多名战士，一时不知从何讲起。一直关注着八连的连队老领导得知情况，住到连队对舒乐炎进行传帮带，从如何用好活教材做到以事明理，到如何掌握战士的情绪，调动大家的积极性，一招一式地指导帮助。每次上课前，亲自帮舒乐炎修改备课提纲，课堂上，他像普通战士一样坐在下面专注地听，不时地记，课后还进行讲评，舒乐炎感受到老指导员的关心，也感受到了八连这支连队的特殊性。

舒乐炎，江西上饶人，18岁高中毕业到部队。当时，舒乐炎的高考成绩距录取线相差三分，他准备读高复班，继续向大学冲刺，高复班都已经联系好了，这时上海警备区干部来到了上饶招兵，舒乐炎听同学说警备区在大上海，我们去看看吧，几个同学一起参加了体检。

乡政府武装部的人问他们：上海警备区有支"南京路上好八连"你们听到过嘛，这可是一支鼎鼎大名的连队，毛主席都给它写过诗的。接着又神秘地说，你们知道南京路上风吹过都是香的嘛，你们想去当兵，要体检合格才能去。舒乐炎只在书上看到过八连的故事，听武装部的人这么一鼓动，情绪更激昂了，四五个同学一起报名，结果只有舒乐炎一个人体检合格。

1981年10月，舒乐炎离开上饶，来到上海，从新兵连分到警备二师。两年后，考取南京汤山炮兵学院。说来也是有趣，这所学院与八连似乎颇有些相似性，学院前身是华东野战军特纵特科学校，1947年在山东沂水县成立。南京解放时，特校进驻南京汤山原国民党军炮校旧址，其址位于汤山温泉胜地，人称汤山炮兵学院。1985年7月刚毕业，命运再一次垂青于他，9月又到南昌陆军学院上学，毕业后，恰值八连需要干部，舒乐炎就被挑选到八连，担任二排排长。

舒乐炎到八连报到时，感到万分幸运，一方面，八连是先进连队。另一方面，自己是一个军校毕业的干部了。他万万想不到，刚调到八连，就被两位战士教育了一通。舒乐炎笑着回忆："要是没有经历过那件事，我也许不会有今天。"

连队每个排都有一个储藏室，因为二排排长此前缺编，排长的办公桌就暂时放在储藏室。可能是在军校养成的习惯，舒乐炎喜欢清静，到任后没有把办公桌搬回集体宿舍，平时休息，经常一个人关在储藏室内看看书，写点东西。没想到，刚过一星期，排里的两名战士就找到了舒乐炎，舒乐炎一看，一个是四班长刘少阳，一个是五班长孙彬，两人都是党员。他们开门见山："排长，你把办公桌放在储藏室不好，咱们的老排长可不是这样的。你老是一个人躲在储藏室，怎么了解战士，怎么开展工作？"舒乐炎觉得自己的脸都红到了脖子根，你们两个班长，还教育起排长来了，他心里非常不舒服。

人生若是坎坷，叫做经历。若是精彩，叫做美好。那天晚上，舒乐炎翻来覆去思考了一夜，终于想通了。他们的话虽然有些刺耳，但句句在理：战士干吗要管排长的"闲事"？还不是为了连队建设，还不是为了我这个排长好吗？

第二天一早，舒乐炎自己把办公桌搬回集体宿舍，还主动在排里作了自我批评，并注意在工作和生活中与战士们打成一片。慢慢地，他与战士关系融洽了。两年后，1989年3月，舒乐炎从排长直接提拔为指导员，他从内心里感激这两位战友。

"面对社会的非议，人必须要有一种精神。要有动力，要有做人的底线，面对诱惑永不改变。"舒乐炎谈起在八连的经历时，万分感慨。

一个人的品位高低，往往和身边的朋友相关联。和什么样的人在一起，就会有什么样的人生：和勤奋的人在一起，就不会懒惰；和积极的人在一起，就不会消沉；和鞭策你的人在一起，就不会落伍。八连内部的氛围很好，战士们相互关心。舒乐炎做排长的时候，李春铭就是连长。两人搭档后，李春铭总是时时提醒舒乐炎，舒乐炎一直把李春铭当作自己的良师益友。

在八连的连史上，这一时期，又写上了非常浓墨重彩的一笔，中央领导一次次走进八连驻地。1989年4月，时任中央军委委员、解放军总政治部主任杨白冰上将到八连视察，近些年里，军委的领导很少到连队视察了，杨白冰来八连听取了汇报，使八连人再一次深受鼓舞。

8月，刚刚担任党中央总书记的江泽民来上海考察工作，尽管日程安排得很紧，他仍惦记着八连，说："工作再忙，也要看看好八连。"冒着酷暑，江泽民走进八连驻地。看到战士们睡的依旧是20世纪50年代配发的双层床，得知连队会议室里摆放的长条木凳已经使用了近40年，江泽民称赞说："艰苦奋斗是我党我军的传家宝，不论形势怎样发展，任务如何变化，艰苦奋斗的本色都不能变。"

"形势发展了，连队的好传统也要随之而发展。这样才能更好地坚持下去，发扬光大。生活上的艰苦朴素是艰苦奋斗的一个重要内容，今天仍需要大力提倡，但这决不意味着安贫守穷。希望好八连发扬艰苦创业精神，不断改善连队的物质文化生活。"江泽民语重心长。

军人是国家的中流砥柱，是和平的钢铁长城。在这年的夏天，军人们为了国家的安宁在承受着牺牲和磨难……

重庆北路29弄1号的居民蒋杏翠从电视中看到新闻，写了一封慰问信，连同节省的1000元钱寄给了部队。不久，部队首长回了封信，还寄来一张证书。这件事被区政府、街道办事处、里委知道了，大家纷纷来看望这位老人。

原来蒋杏翠是浙江镇海人，从小命苦，16岁父亲死了，17岁结了婚，跟丈夫到上海打工。25岁时，丈夫不幸早逝，她只能流落街头。解放后，政府安排蒋杏翠进了集体合作社，当了一名绣花工，她将患病的弟弟从老家带到上海，弟弟被安排送到技校学习，后来到汽车修配厂工作。1953年，蒋杏翠进上海绣品三厂当职工，因为弟弟患有先天性恐惧症，不愿见人，更不爱讲话，她为了照顾弟弟，没有再结婚。这是一个重情重义的老人，对国家和军队的感恩之情一直深深地藏在她的心底。

人心就像一个容器，装的快乐多了，郁闷自然就少；装的简单多了，纠结自然就少；装的满足多了，痛苦自然就少；装的理解多了，矛盾自然就少。那时军人的内心渴望着理解和信任，当八连听到蒋杏翠的故事后，感受到了人民的这一份支持，他们深受感动，倍加珍惜。李春铭和舒乐炎专程带着水果、糕点，赶去看望蒋杏翠，并对她说，以后每个礼拜三，都要派战士过来照顾她。

八连战士一到，就打扫卫生，给蒋杏翠老人买米、买煤，看过道比较暗，就买来电线，在过道安上电灯。蒋杏翠住的是阁楼，战士发现下雨天，雨会从窗户飘进来，他们就买来石棉瓦，搭了个雨棚。听说蒋杏翠的弟弟住在南无锡路一间房子里，八连战士也过去看望他，想着法子与他交谈，时间一长，他像变了一个人似的，与战士聊起来没完没了。冬天里，八连送来自己种的白菜，热天里送来西瓜。逢年过节，送来蛋糕、水果，还请她和弟弟到连队吃饭。老战士退伍前，都赶来看望她，有些八连战士退伍之后来上海办事，也特地去看望。每次看他们离开，把八连战士当作亲骨肉的蒋杏翠眼泪就止不住淌下来……

八连的战士来得多了，左右邻居都夸她孤老太太有福气，蒋杏翠心里就像灌了蜜一样甜。

"军民团结如一人，试看天下谁能敌？"对人民的深厚情感，为军人赢得尊严和信任，更加受到国家领导人的关注。

1990年4月18日下午，总理李鹏也来到了八连，在展览室观看了事迹展览，又来到战士宿舍、连队伙房，询问战士们的学习、工作和生活情况，勉励战士们："希望你们努力学习，发扬艰苦奋斗的光荣传统。"在连部办公室，李鹏挥笔题词："学习'南京路上好八连'，艰苦奋斗，拒腐防变。"

和八连官兵合影留念后，李鹏说道：在改革开放的新的历史条件下，希望你们继续保持和发扬艰苦奋斗的光荣传统，努力提高政治觉悟、军事素质和文化素质，做人民的好战士……

这一年，全国学雷锋表彰代表会议，舒乐炎作为军队代表，在中南海向江泽民、李鹏等中央政治局常委作了八连学雷锋的报告，这是舒乐炎个人的骄傲，也是八连无上的荣耀。从北京回来以后，舒乐炎作为南京军区报告团的成员，向全军区作了"南京路上好八连的传统"的报告。

10月，国庆观礼活动，在100名军队代表、100名劳模代表、100名少数民族代表中，舒乐炎代表八连名列其中，受到江泽民、杨尚昆的接见。

为了工作，舒乐炎3次推迟婚期。就在国庆观礼前，舒乐炎准备办婚礼，家中把请帖都发出去了，有的亲戚从哈尔滨赶到了江西上饶。因上级临时决定派他到北京开会，舒乐炎与家里商量，把婚期推迟到1991年元旦。

"正准备回家完婚，上级把我调任到二旅当教导员。刚到新单位，总不能背包一放就请假吧？我又把婚期推迟到五一劳动节。说来也巧，快到劳动节前，正准备递交请假报告，有两名干部家中遇到了急事，把方便让给别人，把困难留给自己，这是八连的传统，我又把婚期推到1992年元旦。后来还是旅首长一定要我休假，我才回去结了婚……"

"我觉得回忆像画面，八连是我人生辉煌的时刻。我感觉在八连接受教育，为走好每一步打下了坚实的思想基础。我觉得这一辈子很不简单，别人很羡慕。我一步一个脚印，先后在四个营级单位做教导员。若没有在八连的经验，也没有自己的今天。我可以自豪地说，我是八连的人，要为八连争光。

"在生活上我很节约，工作上踏踏实实。离开部队以后，遇到挫折，奋发向上，我从刘仁福老指导员身上看到了一个老兵的风采。那次在连队吃早饭，刘仁福牙齿不好，炒毛豆，咬不动。他把一部分毛豆给人家，自己留了一点，全部吃掉了。老首长的传统不是挂在嘴巴上，而是体现在行动上。我一直牢记自己是好八连的兵，要勤勤恳恳工作，堂堂正正做人，做个明白人。绝对不辜负八连，不辜负老前辈的教育、期望。"舒乐炎沉浸在深深的回忆中！

40. 磨难与青春同行

王冲是侦察兵出身，原在某师侦察连服役，1984年参加过对越自卫还击战，在前沿阵地，侦察地域距敌军最近只有6米远。一次战斗前夕，为了摸清敌人的工事、兵力和火器配置，趁着大年初一，王冲带领侦察班前去侦察绘图。在观察位置上，先后有9名战士被敌人的狙击手射杀，付出血的代价后，完成了侦察任务。血与火的考验，使王冲真正体会到，什么叫"平时多流汗，战时少流血"。

王冲是江苏张家港人，1981年参军，当时19岁。从战场上归来后，被保送到南京陆军学校，成了这个学校撤编前的"末期学员"。院校训练给他留下了深刻的印象，也打下了指挥的基础，毕业后组织上分配他到八连当副连长、连长。

"为什么八连这么有名？最关键的一点，是时刻想着为老百姓谋利益，在困难面前冲在第一线。我觉得八连做到了这两点，在和平年代，八连始终坚持为人民服务，这是最可贵的。"在杭州，在波光潋滟的西湖边，王冲给此次采访定了个基调。

"上个世纪60年代，相继命名了上海警备区的'南京路上好八连'，杭州的'硬骨头六连'，还有广州军区的'钢九连'。当时为什么命名这些连队？一方面有国际背景，与苏联的关系很紧张，西方又有封锁；另一方面，60年代，国家集中精力搞了原子弹等几个关系国家命运的重大工程，老百姓生活比较贫穷，物质匮乏，国家需要有一点信仰，有一点精神上的坚持，当时，工业学大庆，农业学大寨，军事上也要有自己的榜样嘛，所以就命名这三个连队。毛主席的《八连颂》是写给八连的，其实也是写给全军部队，写给全国人民的：'军民团结如一人，试看天下谁能敌？'这种气魄，这种自强不息的信心，很能鼓舞人……可以说八连也没有辜负这样的期待。"

外面的世界很精彩，其实营房内部也有无奈。八连作为部队的一个基础作战单位，这么多年来，在南京路上生根、成长，把上海当作第二故乡，积极参加重大工程建设、车站执勤，为人民服务，时刻保持着清醒的头脑。

"八连是驻城市的部队，外面的人以为战士们会很舒服，其实不然。如果是驻在郊区的部队，可能非常清苦，寂寞，可是满眼青山绿水。驻在城市里，到处繁华，可是跑出去，商场，舞厅，处处诱惑……要永葆文明之师、威武之师的形象，确实不容易。八连做的事情，都是实实在在的。比如说，上海有些著名重点工程，八连都参与了，其实这是一个没有硝烟的战场，八连赢得了信任。"

王冲记得，当时有一个江西籍的战士，父亲是酒厂的厂长，很有钱。一次，父亲要过来探望，但这名战士没有答应，因为连队要参加演习。这名战士和父亲打了个招呼，跟着连队出去演习了。

八连作为军队的一面旗帜，不仅十分重视搞好训练，而且养猪种菜，支援地方，把南泥湾"自力更生"的精神发扬光大，也很好地实践了为人民服务的精神。八连人不抽烟，不喝酒，至少是没有公开抽烟的。干部调离岗位，从来不搞迎来送往，也没有请客现象。这些都不是说着玩的，是真正做出来的。一是一，二是二，真正做得彻底。在长期血与火的熔炼与锻造中培育出来的精神，始终沿着时代的目光向上，气势如虹。

八连常年驻守在繁华的闹市区，最头疼的事是没有训练场地，活人不叫尿憋死，大家想出了"螺蛳壳里做道场"的办法。毕竟，仗可以千日不打，兵不可一日不练。军人不精武，不算尽义务。真正的军人，总是渴望从疆场上凯旋，这渴望催促着他们练成一击制胜的素养。

"什么叫素养？没有素养，不自立。台上很迷人，台下很落寞。"谈到这里，王冲自问自答，似乎又在训练场地上跟八连的战士们训话。

军人的素养，源自于他们都曾经梦想着成为一名将军，然后在军营的熔炉里一次又一次熔铸，当一个好兵成为他们一生的追求，而在精神和灵魂上，他们永远像一个指挥千军万马的将军，心无旁骛，激情迸发，勇于亮剑。

营区训练场地只有几十米，练习射击瞄准距离不够。王冲就和警备区作训处联系，从仓库里领来缩小靶，让连队小木匠用机关废弃的旧材料做好一根根只有正常制式靶五分之一大的靶杆，用来训练。有时靶纸领不到，就叫文书依样复制，保证排训练时都有这种缩小靶。等到战士掌握了射击要领，就将连队拉到野外靶场，按制式靶子预习半天，接着就打实弹。瞄过缩小靶后再瞄制式靶，特别过瘾，几乎每个战士都发挥得很好，还培养了一批神枪手，战士陈振旭参加南京军区第四届青年军体运动会，获军用枪射击第四名。

进行擒拿格斗训练，人家在草坪上，八连就在水泥地上训练。每次训练下来，都摔得浑身疼痛……

小宇宙，燃烧吧，发光吧！硝烟虽已散尽，但这支以血性创造传奇的人民军队，其猛虎之气依然贲张。

没有标准的投弹场，八连就从基本功练起。连队买了一些麻绳，战士们还拿出背包带，拴在围墙的钢筋上，按投弹要领，练挥臂动作，可苦了那一根根钢筋，拉弯了，再拉直，拉直了，再拉弯。最后麻绳全部被磨断，全连共拉断了17根麻绳。

1990年，连队临时住在常德路营房，只有饭堂前的一个篮球场可供训练。练投弹，不能投远，水泥地又怕砸，王冲和几个训练骨干琢磨了一番，想出一个办法，用破麻袋片和废旧棉纱，把教练手榴弹的弹体部分包起来，练习投准。投准有一定基础后，王冲又四处联系场地，让战士们练投远。市西中学、上海市第一师范学校都满口答应，并聘请连队干部战士定期给学生上德育课。这样，每逢星期天，八连就可以到这两所学校的大操场上放开手脚练一番。团里组织投弹考核，全连取得了平均48.5米的优秀成绩。

住在市区，武装越野也成了难题。大上海市区无"野"可越，而且不便携带武器装备上街。八连就自制了80米的障碍跑道，还改练徒手或负重长跑。上海上班一般都是9点钟，部队起床时，不少过惯了夜生活的上海人，大都还沉浸在梦境中。因此，连队每次练长跑都不喊口号。可是部队训练讲究士气，士气高昂不高昂，精神饱满不饱满，就听队列中口号喊得响不响。一开始，战士们感到沉默的训练，缺少了一点阳刚气。天长日久，也就习惯了，把劲头憋在心里使在腿上，跑得更快。征得上级同意，八连将作息时间也作了适当调整，早晨，提前半小时起床，趁车流量少，进行负重长跑；中午，增长午休时间；晚上，推迟半小时熄灯，以班为单位，组织五公里徒手长跑。就这样，连队长跑成绩渐渐上去了。

八连的连长不好当，王冲认准一个理：教育训练应摆在战略位置，而不"略占"位置；教育训练是连队的工作中心，一定要时刻牢记心中；军队的基础在士兵，当连长的，就是要把连队的每一个士兵教活练精，不干出点名堂，对不起连队的老一辈，对不起连队的后来人，也对不起自己。带头去做，带头往前冲，这是人民军队的传统，指挥员首先是战斗员，身先士卒，冲锋在前！

军人就应该像狮子一样勇猛无畏，像骆驼一样富有耐力。连队藏书4000多册，王冲把有关的军事书籍学习了一遍，又每周跑一趟军事书店，见到好书，再贵也咬咬牙买回来。机关作训部门的资料室也是常去的地方，能借就借，《外军军事学术研究》，王冲借阅了近百册；《太平洋战争史》《孙子兵法》更是读过无数遍。还有军事译丛，中外军事家的传记，也读了不少。

中国军人素以英勇善战闻名于世，这种威名既是靠无数英雄部队、英雄官兵打出来的，他们的英雄壮举，凝成了我军攻无不克、战无不胜的鲜明特质，连对手都为之折服。这种威名也是因为我们的军人善于学习战争、准备战争而积淀出来的，作为军人就应该天天都为打赢战争做准备，不希望有战，但决不能无备，时刻绷紧打仗这根弦，才能在关键时刻冲得上、打得赢。

1991年，伊拉克入侵科威特，王冲根据自己掌握的有关资料，在连里开办了海湾战争讲座，从"海湾地区战云密布"、"海湾战争爆发的由来"，讲到"从海湾战争的高科技性看现代战争中的以劣胜优"。海湾战争的炮火雷鸣般从电视屏幕上传来，呼啸的炮弹肆意搅动着远方的大地，也牵动着八连官兵的神经。

在一份资料中，王冲看到外军跨越障碍训练最长的达3000米，对提高士兵的耐力、爆发力和抗劳累能力很有好处。他对此做了些研究论证，对连队越障训练动了点小手术。执行训练大纲上跨越400米障碍的内容、要求不变，在前面加上携带武器跑400米，再做仰卧起坐，后面再加上从障碍场跑向打靶场的200米，然后进行射击训练，有效地提高了战士的体力……

连队官兵说连长是个"训练迷"，王冲说，当连长的不迷训练怎么行？八连的老连长们抓训练都有一手，可惜有的一时见不着，没法去请教。前任连长李春铭同在一个团，王冲一有空就往他那里跑，向他请教，两人一谈起来没完没了。

刀锋在这里磨砺出锋芒，这期间，八连出了很多训练标兵。战士谢红星在新兵连是长跑冠军，曾在一个多月里把五公里越野的成绩缩短了10分钟。下到八连后，第一次参加五公里越野，谢红星铆足劲儿跑，还是没进入前三名。老班长鼓励他：你刚当兵能跑这样快，很不简单。那几个老兵哪个不是跑过"万里长征"，才有今天。和他们比，你是初升的太阳，大有潜力。

军人要无愧于时代无愧于祖国，那就注定着永远为了战胜而活着。为了能打仗，打胜仗，八连的兵就是能吃别人不能吃的苦，敢走别人不敢走的路。谢红星盯着连里的几个长跑尖子，不仅把每次训练都当作比赛，憋着一口气去冲去拼，而且偷偷吃"小灶"，每天晚上在营区里练长跑，还尽量多背东西多负重，就这样一年苦练下来了。

这一年年初，团里搞大比武，当时谢红星因病刚出院，身体有点虚。王冲叫他先休息休息，不要参加训练，更不要说去参加比武了。谢红星找到负责长跑组的副指导员，跟着大家一起练。第一次跑到最后1000米时，身体实在不听话，跑不动了，谢红星坚持走了回来。团里比武，上，还是不上？谢红星心里直打鼓。思前想后，决定还是要上。当天晚上，连队最后研究确定名单时，谢红星鼓足勇气找到王冲说，连长，我一定跑得不比别人差，请求参加比武。

第二天，发令枪一响，谢红星就像离弦的箭一样冲了出去。跑着跑着，肚子突然痛起来，身上有劲，就是直不起腰来。谢红星用左手按住肚子，咬咬牙往前跑。痛得忍不住了，就向卫生员要些药棉咬在嘴里，坚持朝前跑。一圈，又一圈……汗水浸进解放鞋，直打滑，谢红星还是一个劲地往前跑。最后冲刺时，谢红星得了第二名，派人送他到医院检查，说是胃疼挛……

1992年3月12日，谢红星代表团里参加上海"雪菲力"杯国际马拉松大赛，谢红星获得了第9名，在参赛的解放军代表队中排名第一，成为团里表彰的爱军精武标兵。参赛前几天，大家都在没日没夜地苦练，谢红星父母亲来上海游览，母亲不慎被一辆出租车撞伤，将母亲安排住进85医院，让嫂子过来照顾，自己又投入到紧张的训练中去。母亲自责地说，她不该在这个时候来上海，让儿子分了心……

这就是利刃，出鞘处，锋芒闪耀。这就是拳头，挥舞时，威武无边！这就是军人，奋斗着，却也有无数的挂念。他们眷恋亲情，但绝不容许军人的忠诚有丝毫的减色。这就是军人浓烈似火的情怀，军魂刚烈，内心也是一样柔软。

班长陈振旭来自红土地江西波阳，3个哥哥都当过兵，全家对部队的感情很深。1989年8月的一天，陈振旭收到大哥的来信，说母亲已经在6月病故，第一次离开母亲，竟成了永别，陈振旭暗自垂泪。想起母亲在世的时候，每次来信都让他安心服役，不要顾及家里，连她生病都一字没提……陈振旭把悲痛埋在心里，把母亲的遗愿刻在心上，以百倍的热情投入到训练中去。

为了参加南京军区比赛，陈振旭被选进了警备区代表队，四个多月的集训，陈振旭两次差点被刷下来。强化训练中，陈振旭把弱项跪姿射击当作自己的主攻点，别人跪10分钟，他就跪半小时，别人晚上休息，他还继续练，走起路来脚疼痛难忍，简直成了个跛子。长时间地跪，不间断地练，熟能生巧，一直练到枪成为身体一部分的时候就稳了。一次，他跪了49分钟，枪成了身体的一部分，而腿却似乎成了身外之物，麻木了，看到腿而感觉不到它的存在。

残酷与青春同行，而军人以血性和胆识，赢得至高的尊严。很快，陈振旭从替补升为主力，在军区青年运动会上，以30发子弹228环的成绩，夺得了军用枪射击比赛第4名。比赛结束，陈振旭因伤住院。老兵马上要退伍了，等到出院的时候，恐怕就该退伍了，陈振旭心里空落落的……

41. "你是好八连的首长吧，请帮个忙……"

1991年4月25日，中央军委在上海召开好八连命名28周年纪念大会，邓小平为即将出版的《南京路上好八连》一书题写了书名，全连感到无限的幸福，也感到很高的荣誉：八连血脉里流动的艰苦奋斗的精神依然有力地激荡。

这天，中午时分，八连值班室内的电话响了。副连长卢普友一抓起电话，话筒里就传来一个急促的声音："你是好八连的首长吧，有件事想麻烦你们，请帮个忙，帮个忙……"

这个电话是江西省运输总公司一位工作人员程秀媛打来的，她前几天途经上海，住在江苏路的一家为民旅社，在回江西的火车上发现结婚戒指不见了，找遍行李，仍然不见戒指，她急得哭了。戒指是不是遗忘在旅社了？程秀媛怀着最后一丝希望，渴望马上回到上海，回到那家旅社……正在这时，火车上播出《新闻联播》节目，"南京路上好八连"纪念大会的消息和先进事迹的长篇通讯，打动了程秀媛，也许他们可以帮助自己。一到南昌，她马上就给八连打来了电话。

卢普友当即和通信员一起骑自行车找到为民旅社，一位女服务员听了介绍，带着卢普友两人到程秀媛住过的301房间寻找……

在旅社，卢普友和通信员把床单、被子翻遍了，茶几、沙发四周找遍了，床头柜、写字台也看了又看，都没有，卢普友拿起扫把，弯下腰清扫床底，不一会儿，一个两边雕着龙和凤，中央呈梅花状的金戒指被扫了出来。当程秀媛得知戒指找到的消息后，激动得连声道谢。

怎么把金戒指交给程秀媛呢？从邮局寄去，这类物品不太方便；请程秀媛专程来取吧，路途遥远，也不方便。卢普友决定趁不久后的探家机会面交，利用在南昌转车的3个半小时间隙，卢普友赶到程秀媛家，递上戒指，程秀媛夫妇又惊又喜，让座，沏茶，递烟，削水果……卢普友只喝了口茶水便起身告辞，程秀媛夫妇一定要用车送他到火车站，还使劲往他口袋里塞50块钱，卢普友好不容易婉言谢绝，只听见身后传来一声赞叹：不愧是好八连的人。

不愧是好八连的人。不愧是中国的军人。

卢普友毕业于南昌陆军学院，曾在自卫还击战前沿，担任过半年的见习排长。那时，猫耳洞距敌阵地只有13米，洞中蛇、老鼠、蚊子很多。有一次夜间，一条茶杯粗的蛇从卢普友身上爬过去，一阵冷飕飕的感觉，还闻到一股很腥的怪味，令人难受得直想吐……长期住在洞里，只有少得可怜的水，根本无法洗澡、刷牙。难得从猫耳洞里出来一次，仿佛是进入另一个世界，只觉得眼发花、头发昏，人似乎是站在一条随着大浪颠簸的船上，人也站不稳了。有时到山下去背几壶水，要走几里路程，不仅路难走，一不小心还会踩上敌方埋下的地雷……

到八连后，卢普友常外出介绍连队情况。不到一年时间，应邀为群众做了60多场报告。所到之处，人民群众对好八连的敬佩之情，深深感染了卢普友。在安徽的芜湖、滁县、马鞍山等地，每次报告会总是座无虚席，很多地方的领导都对卢普友说："大家对听报告这样热心，是近十年来不多见的。"电视、报纸纷纷报道，卢普友走在大街上，会有人认出他来，还不时有人要求签名留念。

在战争前线，艰苦奋斗也许是无法改变的抉择，是赢得胜利的精神利器。然而在和平、繁华的国际大都市里，在乱花迷惑众人眼的商品大潮中，依然保持艰苦奋斗，军人所经受的考验也许比战争更为复杂。卢普友更深刻地体会到了八连的价值和意义。一次长途拉练，卢普友突然得了急性肠胃炎，指导员、连长都叫他坐车，卢普友到附近医院打了一针，稍好一些，就继续行军，一直坚持到底，到了驻地，发现有块空菜地，野草长得很高，放下背包，就忍着病痛，和战士们一起锄草、种菜。

1990年元旦，卢普友赴北京参加双拥晚会，见到了"雷锋班"班长、天安门护旗中队中队长、"百色起义团"政委、神仙湾哨所指导员等英模单位的代表，和中央领导合影留念时，卢普友和"雷锋班"班长被安排站在最中央，紧靠江泽民、杨尚昆座位后面。

会议期间，当时的总政治部副主任于永波专门在住处接见卢普友，说这次来的先进单位不少，你要虚心地向他们学习，把会议精神带回去，把连队建设搞得更好。

神仙湾哨所的先进事迹，给卢普友留下了深刻的印象。神仙湾位于喀喇昆仑山，海拔5800米，视野里一片雪白，严重缺氧，战士们常年生活在"生命禁区"里。刚上哨所的时候，战士们头痛得用背包带子扎也没用。在这样恶劣的条件下，神仙湾哨所的官兵不畏艰难，无私奉献，出色地完成保卫祖国边疆的神圣使命。这是一个具有传奇色彩的哨所，它的指导员见到卢普友，还谦逊地说：我们所取得的成绩，是学习好八连艰苦奋斗的结果。

艰苦奋斗，这是中国军人朴实的血脉。艰苦奋斗，这是中国军人永远不变的追求。艰苦奋斗，这是中国军人为人民服务的本色。

人民不会忘记这群子弟兵。

又是一年端午节，蒋杏翠给战士包了百来个粽子，请个年轻人送过去，战士们都在午睡，送粽子的人将粽子放在桌上，悄悄地走了。连队吃了粽子，又给老人送去几十斤大米。军民原本就是一家。

老战士就要退伍了，蒋杏翠赶到火车站去送他们，因为事先没联系好，误了时间，从下午3点多一直等到5点多，也没见八连的队伍，蒋杏翠心里失落落地回到家。连队有个叫李长柏的战士考取军校，蒋杏翠买了两盒水果糖赶过去，李长柏怎么也不肯收，蒋杏翠急了，眼泪都快流出来了……

42.冲锋,在太浦河工地

特大的雷暴雨,把上海的一条条大街小巷浸泡在雨水里,最深处积水达1米多,无数"扎着辫子"的电车停驶在路上,大批工厂、仓库、商店、学校、农田遭淹,数十万居民家中进水……

这一天是1991年8月7日,经历这一场暴雨的人,应该记得那一天的惊心动魄。那是上世纪90年代一场数十年不遇的特大雷暴雨,这场暴雨不仅降雨强度大,降雨范围广,而且与天文高潮相随,部分内河出现创造历史新纪录的危急高水位,松江、金山、青浦等区还遭受龙卷风袭击,造成解放以来上海市区暴雨最大灾害。

同一天,强暴雨袭击了江苏和安徽,造成江淮和太湖流域严重涝灾,大地一片茫茫水域。

9月5日,又一场特大暴雨降临上海等华东地区,江淮和太湖流域再次告急。一个多月后,国务院决定对淮河和太湖流域进行大规模治理,太浦河工程是其中的骨干工程,包括江苏、浙江、上海等地工程。

人民军队总是以时不我待的紧迫感,不负这个伟大时代所托。11月5日,上海市太浦河工程总指挥部挂牌,这天凌晨6时30分,上海警备区、上海武警部队的700名官兵进驻工地,构筑河堤样板段,打响了太浦河水利工程的"第一炮"。

太浦河乃数十年间人工开挖天然湖荡连接而成,因沟通太湖和黄浦江而得名,是太湖流域的重要河流,也是上海市西南部的大河,流经江、浙、沪三个省市。太浦河工程既可在排洪期作为太湖的骨干泄洪河道,也可以在枯水期成为太湖向黄浦江补水的骨干河道。八连三次奋战在工地上,在15多公里长的太浦河大堤,八连官兵挥洒着军人的智慧和力量,构筑起坚固的堤岸,出生于改革开放时代的年轻军人,依然葆有中国军人特有的勇气和激情。

早在六七月间,为给水位超过警戒线的太湖泄洪,蕰藻浜和淀浦河水闸相继打开,而后红旗塘坝、钱盛荡坝基相继被炸开,滔滔洪水穿闸而过，青浦区首当其冲，农田和乡村遭遇水淹。7月7日清晨，八连与"叶挺团"、"淞沪战役功臣连"等上海警备区和上海武警部队的数千名官兵奔赴抗洪第一线练塘镇和莲盛乡，为青浦抗洪救灾立下赫赫战功。

当时二排长陈新智正准备在上海举行婚礼，双方父母都从外地赶来了。晚上电视台播出了警备区领导请战的消息，陈新智意识到部队就要去执行抗洪救灾任务了。他立即找连长、指导员要求取消假期，参加抗洪："婚期可以推迟，抗洪救灾刻不容缓。"害怕双方父母和未婚妻不同意，陈新智先斩后奏，次日凌晨不辞而别，跟随部队奔赴灾区，家里人都急坏了，怎么半天不见踪影，电话打到连队，留守战士说：陈排长凌晨已随部队抗洪救灾去了！

现在，八连再上太浦河工地，构筑河堤样板段。八连负责的是第11号样板段，三面环水，正面是太浦河，左侧是太浦河的一条支流，右侧是一个篮球场大小的水塘，土方量很大。取土区域是一片小树林，树根交错，土质坚硬，作业十分不便。面对这块"硬骨头"，全连官兵个个摩拳擦掌，奋勇争先。为防止大堤滑坡，必须先把右侧水塘里的积水淘干，水草除尽，淤泥清空，劳动量可想而知。

"下！"一声命令，官兵穿着短裤、背心，纷纷跳进积水中，用脸盆舀水。水不深，但淤泥很厚，有七八十厘米，两条腿陷在其中不能动弹，在淤泥里站得久了，两条腿都麻木了，但大家头上都热气腾腾，连队的其他人则在远处装草袋，运土，垒草袋，穿梭似的来回奔跑。

水舀干了，开始用脸盆一盆一盆装稀泥往外倒，然后用铁锹一铲一铲往外甩，臂甩肿了，腰扭酸了，手上磨出了血泡。夜幕降临，起冷风了，连长、指导员怕大家冻出毛病，劝官兵明天再干，大家都说：今天非干完不可。那一幕幕惊心动魄的铁血画面，无限地释放这支英雄连队的勇敢与智慧、责任与担当，晚上8点钟终于完成了清除淤泥的任务。

连队司务长汪学海的家乡安徽凤阳，7月就被洪水淹了，庄稼颗粒无收，他没有及时回去看一下，就参加了抗洪救灾。这次参加太浦河决战前，汪学海的妻子和小孩来连队探望，汪学海把妻儿送上归程，自己上了工地，每天安排好连队伙食后，还到工地干上几个小时，并说：以后有机会到太浦河，走在大堤上，心里头才会踏实一点。

文书蔡波出发前头皮碰伤缝了3针，到工地上稍用点力，伤口就裂开似的疼痛，他浑然不顾，戴着纱布在水中一泡就是几个小时。

八连在样板堤上干出了样板速度，原计划10天完成的工程只用了一半时间。11月9日，太浦河工程总指挥部对11号样板段进行质量初验，各项技术指标全部合格，八连修筑的这段河堤被总指挥部评为优质样板工程。

11月20日，总理李鹏乘一艘机动小船缓缓驶近太浦河北岸，健步跨上高高的太浦河样板堤前，对上海警备区司令员和武警上海总队总队长说："人民解放军和武警部队在抗洪救灾中为人民立了功，希望你们在兴修水利中再立新功！"随后李鹏走下堤岸挥锹铲土，还和八连指导员李晓明握了握手。初冬的阳光洒落在太浦河两岸，也洒落在八连人的心中。

12月5日凌晨5时，天没有一丝光亮，八连第三次踏上太浦河工程工地，进驻莲盛乡龚潭村，参加工程决战。迎接八连官兵的又是一场恶战，正面取土段恰好是一块茭白地，土质又烂又黏，推土机才推了两趟，就深深陷了下去。尽管这样，连队仍向团首长保证：一定保质保量按时完成任务。

每天凌晨5时，八连就到达工地，午饭在工地吃，干到晚上7时才下工地，每天要比兄弟连队多干3个小时。由于雨水的浸泡，八连开辟的两条通路土质太软，手推车常常陷下去，即使垫上草袋也不顶用，往往一辆车要四个人才能抬上去。重重困难，更激起八连官兵的斗志。深夜，在呜呜的寒风中，已经奋战了18个小时的干部战士毫无倦意，车拉、肩挑、背驮，喊着号子奔跑着，耀眼的白炽灯光下一片热气腾腾的景象。团长邵志明不停地挖土装车，营长李丕村也像个小伙肩扛土块在奔跑。八连的战士全都打了光背，弓腰扛起一块块泥土，像背起一捆捆炸药包，一次次地发起冲锋。

古人说，"岂曰无衣，与子同袍"。军人对待敌人，敢于亮剑，勇于取胜。对待战友，则情同手足，在战场上能以命相托，所谓"于生死间，交情乃见"，在平时的工作中你追我赶，生活中相互扶持，也可见战友情深。战士张仕琪是全连个头最矮、年龄最小的"小不点"，出发前战友李长顺关照过他，要量力而行。张仕琪和大家一样地背土，不落一次，返回驻地休息已是凌晨一点半了，连队烧了稀饭，好多人累得都不愿喝一口，脸也不洗就钻进被窝睡过去了。

李长顺把稀饭端到"小不点"铺前，叫醒他："吃一点吧。"

"不想吃。"

"明天还要干活呢。"李长顺一口一口地喂给他吃，张仕琪闭着眼睛一口一口往下咽……

三班长邵泗洪被战士们誉为"小铁人"，连队接受任务时，他已经感冒发烧3天，体温达到39.5摄氏度，双唇烧起了水泡。考虑到他身体虚弱，连长王冲让他负责留守。邵泗洪一听急了，再三请战："我是党员，当人民群众需要的时候，我不去参加抗洪救灾，还配做共产党员和八连的兵吗？"

工地上，邵泗洪和大伙一样，一人扛着一百多斤重的草袋往堤坝上送，一趟也不落。背上磨破了皮，衣服粘在肉上，一动衣服就钻心的痛，他像没事似的，咬着牙干。有天上午，扛着扛着，他突然感到头晕，那一百多斤重的草袋像有千斤似的，压得他喘不过气来，他双脚有些不听使唤，背上的草袋和身体往前倾斜，一个趔趄，差点倒下来。他咬紧牙关，上到堤坝半腰，突然眼前一黑，连人带草袋摔倒了。两个战士赶紧扶他到堤坝上休息。卫生员给他量体温，体温39.5摄氏度，一点未退。指导员李晓明心疼地说："你玩命啊？你是怎样坚持下来的哟？"当地的村干部看到这情景，感动得直流泪。一定要用机帆船送他去医院，邵泗洪不肯，说，不要紧，歇一会儿就好了。

是的，极限并非不可超越。

战士卢成斌脚伤未愈，连里安排他留守。他坚决要求上工地，连里只好同意，但规定他只能在炊事班帮忙。炊事班的事做完，卢成斌就挑着开水上了工地，一放下水桶，抓起扁担箩筐，和战友们比赛挑土，看谁挑得快挑得多。在黏滑的茭白地里，他挑着沉沉的担子，一拐一滑地来回奔跑，成了泥人……

还有四分之一的工程量，八连准备一鼓作气干完。这时，取土段开始渗水，泥土太软，填上去肯定影响工程质量，必须另找干土。八连设法借来三条水泥船，到河对岸取来干土。这样，劳动量增加了四五倍，但工程如期完成，工程质量又是样板堤。

多年后，河面宽敞、水质优良的太浦河，将成为太湖供水黄浦江的一支青春力量。夕阳把太浦河南岸染得通红，熟悉的哨音响起，这不是进军的号角，而是凯旋的号角。全连列队，站在用自己的血汗凝聚的大堤上，聆听着红旗村民热烈的掌声！

43. 妻子抱着他嚎啕痛哭

1985年，汪学海21岁，担任八连司务长，当时连队账面上只有2000元家当。一个连队百十来张嘴，这点钱杯水车薪，连队难得改善一下伙食，吃上一顿猪头肉烧豆子，战士们还你让我，我让你……

"要致富，得养猪。"接手的那天晚上，汪学海辗转反侧，想了一夜，第二天他借了3000元钱，带着炊事班几名战士跑到生猪交易市场，一下子买回来70头活蹦乱跳的猪崽，两头嗷嗷叫的母猪。

从那以后，他每天骑着辆三轮车到余姚路菜场，给卖菜的摊位打扫卫生，再把他们剥下的菜帮拉回去养猪。买菜的居民听说了，都跟他说："小伙子，到阿拉弄堂里来，有交关菜帮。""到阿拉单位食堂去，每天的剩菜剩饭老多噢。"

为了让猪吃饱吃好，他自己常饿着肚子捡菜帮，到附近的大宾馆、饭店、工厂倒泔水桶。为了做猪食，常常熬夜到半夜，为了买便宜饲料，跑遍了驻地附近的所有粮店；为了学习养猪窍门，他到地方拜师求教；为了给猪治病，他半夜三更起床，骑着自行车到40公里开外的兽医站请兽医……

母猪下崽了，他把被褥抱到猪圈隔壁潮湿的屋子里，一直陪伴到猪崽能独自吃食。小猪渐渐壮了，他却渐渐瘦了。一年下来，70头猪全部出栏，两头母猪也"争气"生产，连队跃居"万元连"行列。

汪学海理财，向来丁是丁，卯是卯。一次，副连长来了几个同学，加了几个菜。"副连长，中午加的4个菜一共18元3角，你看是付现金，还是在下个月的工资里扣？"客人一走，汪学海就找上了门。副连长一边掏口袋，一边连声说："这就付，这就付。"

连队驻地后面有一棵榆树，榆树下有块草席大的荒地，不知什么时候被汪学海瞄上了，他找来锄头开垦一番，又是种豆，又是种瓜，到了秋天，大榆树上竟爬满了瓜果。

每天下午五时，他都准时到连队附近单位的煤渣堆里去，提着一只小簸箕，把人家当天烧过的煤渣捡回来，做成煤饼回炉，弄得一脸灰。爱人第一次到部队探亲，看到他这副样子时，还以为他帮人家修锅炉呢。

到菜市场买菜，汪学海先要绕菜场转上三四圈，比较来比较去，拣价格公道的买。有时，一些不知情的个体户想拉他做个老主顾，开发票时有意多开点钱，都遭严词拒绝。那些个体户无奈地笑笑："这个当兵的真傻，一个月就那么点津贴，给他好处，还不要。"

汪学海老家在安徽凤阳，年迈多病的父母等着他寄钱回去治病；妻子身子弱，奶水不够，嗷嗷待哺的孩子等着他寄钱回去买奶粉、营养品，他长年累月起早买菜，错过吃早饭时间，又舍不得买个大饼充饥，由此得了胃病，常常疼得他全身冒冷汗……一些亲朋好友忍不住嗔怪他："你究竟为个啥，老婆孩子都不顾，却在连队当火头军。"

军人必须无条件地服从组织的安排，汪学海说："八连需要我，我离不开部队。"当司务长的8年时间里，为了让战士们吃好喝好，欢欢乐乐过年，汪学海春节没有回过一次家。

1991年7月，汪学海老家被洪水冲得一干二净，一家四口张开嘴巴等着他寄钱回去应急，他却把整整半个月的工资掷进街上"给灾区人民募捐"的"募捐箱"里。在今天的社会里，物欲横流，使灵魂变得畸形，使人情黯淡失色，但总是有一股永葆本色的军魂，时时在滋润着社会的肌体，洗礼着人们的灵魂，使得我们的祖国始终强壮。

一天晚上，汪学海妻子突然来队，正巧连队凌晨就要开赴抗洪救灾第一线，指导员劝他留下，他草草安顿下妻子、孩子，第二天一早就随连队出发了。在抗洪第一线，他泡在腿肚深的烂泥里连续摇了4天鼓风机，给战士们做吃做喝，眼睛被烟熏得红丝丝的。有次潮湿的柴点不着，为让战士按时吃饭，他撕掉自己的旧衣服引火。

军人的心也是肉做的。那年9月，他父亲病倒了，怀孕6个月的妻子种田栽菜，养猪喂猪，整天忙得昏天黑地，母亲几次来电催他回去照料一阵子。当时正赶上警备区组织野外训练比赛，他实在脱不开身，等奖杯捧回连队再回家，妻子已经流产。他满脸歉意地站在妻子面前，妻子禁不住抱着他嚎啕痛哭……人非草木，孰能无情。作为一个活生生的人，汪学海有着强烈的敬老之心，爱妻之情。几回梦中思亲人，只有他自己知道。当得知父母身体安好，他能多吃半碗饭，当接到妻子来信，他会一反常态躲进小屋，把每个字都吞进肚里，当夜深人静的时候，他会悄悄地把儿子的照片拿到床头，一个人对着照片哑然失笑！

1992年宋建华接任汪学海，担任司务长。宋建华是江苏大丰人，当时从南昌陆军学院后勤士官训练大队毕业，他家中开办有一个肉松制品厂，效益很好，到八连报到时，他带了一包"阿诗玛"香烟，分发时，却没一个人抽烟，他清晰地感受到了一种精神。

刚到任，他带着一名战士到江苏浏河买猪崽，看见猪崽都吃得圆鼓鼓的，不知撑了多少食，他就先定了20头猪崽，说先去找好车，再回来过秤，其实他是想等一会儿猪崽屙了屎尿能轻些分量，为连队省些钱。过秤后，猪贩子直埋怨："你们起码占了我10公斤的便宜。"开发票时又说，"你们回去可以报销，给你们贵几毛钱，我另外给你们好处费！"宋建华不为所动。

在集市旁找了个小卡车，软磨硬泡砍完价，已是中午十一点半了，早上四点多钟起来，早饭还没吃，就每人吃了一碗一元钱的菜面，司机见了，直在旁边笑："你们也真是，反正吃公家的，吃贵点，吃好点，有什么关系？"

宋建华说："连队生点财不容易，能省、该省的，就得省着花。"战士们都说他学到了汪学海老司务长的抠劲和拼劲。

这一天，宋建华突患急性阑尾炎，被送到医院做了手术，几天后拆线，挤上公共汽车就赶回来，跟着连队到外三灶驻训了几天，刚一到连队，通信员跟他说："你母亲听说你开刀了，特地来看你，听说你在外面训练，担心你刀口，在电话里都哭了。"

第二天早晨，宋建华骑车赶到市里哥哥家，母亲一见，又哭开了，说黑了，瘦了。"没事，八连战士的脸没有一个不晒黑的。"母亲一听，破涕为笑。

吃过午饭，母亲说："我明天早晨就要走了，你留下来陪我逛逛街，说说话吧。"考虑到连队的纪律，考虑到自己管着连队的家当，宋建华决定回连队，母亲也给予了理解，说："你身上有担子，你就回吧，要好好干。"这一回，宋建华眼眶湿润了。

军旅如歌，包含着岁月的洗礼，人生的信念。在没有硝烟的战场上，生命里有眼泪，更有洒遍心灵深处的阳光……

44. "老兵突击队"

曾几何时，上海人流行这样一句话："宁要浦西一张床，不要浦东一间房。"而当南浦大桥于1991年12月1日竣工通车后，全世界的目光，也将被大桥引领着越过黄浦江，引领着凝聚于浦东，这座桥因此一跃而成为浦东大开发的起点。它雄伟的规模，优美的造型，复杂的技术，高难度的施工，在当时位居全国之最的大跨度，在我国桥梁建设史上谱写了罕见的一笔，也熔铸着八连人的心血与汗水。

1990年，南浦大桥建设进入主桥安装的关键时刻，八连来到了大桥建设工地。

南浦大桥当年投资数亿元，是一个重大项目，人们都希望投资下来尽快见效益，有时恨不能今天下任务，明天就见成效，致使工期一再压缩，没有办法，浦东开发和国家建设不能等啊，这就要从大局来理解这个问题，拼命抢时间。

工地上，一支支能征善战的施工单位正在奋战，听说"南京路上好八连"要来和大家一起劳作，都特别高兴，特别欢迎：多少年来八连艰苦奋斗、无私奉献的事迹一直在上海人民中传颂，当时工期紧张，八连的到来使工地上的建设者备受鼓舞。

八连来了，雄壮的歌声来了，钢铁般的战斗力也来了，工地上一片沸腾。

八连来了，不仅仅是"南京路上好八连"这一面旗帜在工地上飘扬，而是代表着艰苦奋斗的万岁连来了，代表着他们正直的品质、强烈的责任感和能打硬仗的精神来了，代表着一股战无不胜的力量在工地上云蒸霞蔚，有如紫气东来……

那一年，八连刚刚在外三灶完成繁重的训练任务，接受命令后，带着训练场上的尘土和疲惫，也带着使命必达的雄心，未进营房，风尘仆仆直奔工地。他们一到工地，背包还未解开，吃住来不及安顿，就到指挥部请战，要任务，抢重担，接着就是召开誓师大会，制定目标，明确任务，分工负责，工作有条有理，战士个个士气高昂，一看就是一支训练有素的队伍，是一支真正干活的队伍，是一支经得起考验、信得过的队伍。对于指挥部的人来说，再重的任务交给八连，都令人放心。

作为第一座横跨黄浦江的世界级水平的大桥，南浦大桥施工技术要求高，劳动强度大，施工条件非常艰苦。八连一上工地，就把一些重活、急活揽了过去。主桥安装急需塔吊吊运材料，指挥部要求在两天内铺设两条各60米长的塔吊轨道，八连斗志昂扬地接受了这个艰巨任务，几十斤重的螺丝包，一人背两包；100来斤重的道木，战士一个人扛起来飞奔；每根长约12米、重约1500公斤的铁轨，战士用手抬到轨道上……就这样，靠人拉背扛，八连搬运了20根铁轨，630根道木，40吨石子，总重约120吨，仅仅用一天的时间，就铺设了两条60米长的铁轨……

这就是"南京路上好八连"，他们敢打硬仗，干起活来有一种拼命精神。哪里有困难，哪里最艰苦，他们就往哪里冲，无论是浦东还是浦西的工地，都洒下了他们的汗水。

一次浦西工地挖土机突然出现故障，开挖基坑任务受阻，听说情况后，八连又向指挥部请求任务。在一无风镐、二无铲车的情况下，干部战士用铁锹刨，用手指扒，用小车拉，一天开挖300多立方米，相当于同样人数工人两三天的工作量。有个战士在紧张的劳动中，手指被石块砸破，血洇透了包扎的纱布，仍坚持轻伤不下火线。工地上的干部职工非常感动，负责主桥安装的上海基础建设公司的工人们纷纷竖起大拇指："南京路上好八连"，果然名不虚传。

在大桥建设工地上，还有一支叫得很响的八连"老兵突击队"。这些老兵马上就要退伍了，临走前自动组织起来，发誓为国家建设，为浦东开发，为上海的未来，再作一份贡献。这支自喻为"老兵敢死队"的战士，处处发扬吃苦耐劳、一马当先的榜样精神，为了抢时间把两台桥面吊机安装好，他们积极配合建桥职工，登上50多米高空的桥面，抢着搬运重约500斤的生铁压块。有个老兵在配合安装40吨垂直升降机时，不慎把腰扭了，新兵要上去顶，他不肯让，工人们上去劝，他含着眼泪说："我们在上海没几天了，就让我们再为上海出点力吧！"

老兵马上就要离开上海，家里的父母、亲戚朋友希望趁这个机会再到上海来看看，这是人之常情，但老兵们怕耽误参加大桥建设，纷纷打电报电话劝说家里亲人不要来。有的老兵家属即使来了，也只是在工地简易招待所安顿一下。整个工地上的建设者，看着老兵在工地上劳动，感受到"南京路上好八连"艰苦奋斗、无私奉献的精神，也如同一座大桥，在黄浦江两岸巍然屹立……

八连带来的是一种力量，一种品格，一种风度，一种胸襟，一种智慧，一种谋略，在平凡的坚守和执着中成就豪迈信念。

11月20日，八连的20名退伍老兵，即将在南浦大桥建设工地走完军旅生涯的最后一站。他们激动不已，给上海市委书记、市长朱镕基写了一封信。"我们在南浦大桥工地给您写这封信，心情就像黄浦江水久久不能平静。离队前夕，我们要以实际行动向第二故乡告别，为开发浦东作一份贡献。我们退伍回到家乡后，要向家乡人民广泛宣传人民军队的优良传统，宣传上海工人艰苦创业的精神，宣传开发浦东的重要意义，并在各自的岗位上为家乡经济的振兴和繁荣贡献自己的力量。"

信送到了朱镕基手中，他立即提笔回了一封信——"'南京路上好八连'的战士们：我收到了你们热情洋溢的来信，十分感谢你们对上海人民的深厚感情和你们为上海建设作出的贡献。你们虽然退伍了，但你们永远是好八连的战士。你们不忘记上海，上海也不会忘记你们……"

建造南浦大桥、杨浦大桥这样世界第一流的大桥，有许多难题过去连想都不敢想，现在要克服它，缺不了铁的纪律、拼搏的作风、艰苦奋斗的精神。八连为什么要来？解放军为什么要来？他们在部队搞训练已经很辛苦了，为什么还要来吃这个苦？这就是一种奉献，这就是人民军队为人民服务的精神，这就是为国家建设贡献心血的力量。八连人对南浦大桥建设作出了巨大贡献，他们无私奉献的精神对大桥建设者给予了巨大的鼓舞和激励，他们是最可信赖的一群战士，这支连队的血脉里，永远流淌着军人的本色和血性。

1991年11月16日，南浦大桥提前一个半月建成，竣工通车的同时，辅助设施也完成了，绿化也完成了，可谓史无前例！时任总理李鹏为南浦大桥竣工典礼剪彩，高度赞扬大桥建设者创造了上海速度，上海水平，上海效益，上海风格……这座刚通车不久的大桥，以螺旋状的引桥盘旋而上，以刚劲挺拔、简洁轻盈的造型凌空飞架于黄浦江，在此可以俯瞰格外壮丽的上海景色，这是上海市区内第一座横跨黄浦江的大桥。入夜时分，灯光璀璨的大桥流光溢彩，灿若星汉，挥洒着上海亮度，上海精彩！

1992年1月31日，上海，凌晨7时，邓小平神采奕奕从自己的专列走下来，这是他此次南巡的最后一站。当时的市委书记吴邦国、市长黄菊前往迎接，邓小平笑着对在场领导说道："我来过年，要看看南浦大桥……"

上一年也是2月份，邓小平曾冒着袭人的寒意，到大桥浦西段建设工地视察，大桥造在南码头的摆渡口，当时桥墩的两边还是煤场，风一刮煤灰飘扬，邓小平就站在浮桥上远远地观看着，巨型吊车正在运送钢梁和桥面板，高空上焊花闪烁，宛若礼花……他当时是否已经想象过大桥的雄姿？

那次，建设指挥部的人给邓小平介绍："年底通车，工人们听到要造这个大桥，不计较报酬，白天黑夜都在干。就希望把这个桥早点建好，这个桥造好以后，只要七分钟就可以从浦东到浦西了。"朱镕基接着说："第二个大桥在下游，至少两个，形成环线，第二个大桥今年开工……"邓小平说道："很高兴。"

现在依然是冬天，上海半空中寒风呼啸，桥面似乎也在轻微摇摆、晃荡，似乎在等待中有了一颗加速跳动的心脏……

车队行驶至大桥中央，邓小平头戴一顶浅灰色鸭舌帽、身着黑呢大衣，从一辆白色面包车上走下来。他踩着大红地毯，走上大桥观光道，朝着浦江、朝着东北方的外滩极目远眺……在这高峻的桥面上，邓小平欣然留影，并由衷地赞叹桥梁具有国际领先水平，真伟大。如果，他知道这里面也有着自己题词赞誉"万岁"的八连作出的贡献，应该会更加高兴吧。

这时候，有人指给他看大桥横梁上镶嵌的"南浦大桥"四个大字，每个字大16平方米，那是邓小平亲笔题写的，他看了看，笑道："看来我为大桥题的字，没有给大桥丢丑。"幽默的话语，引起众人一阵欢快的笑声。

45. 解放军还和当年一个样

繁华、拥挤、万头攒动的南京路，这是与纽约第五大街、巴黎香榭丽舍大街、东京银座、伦敦牛津街齐名的世界一流商业街。

八连回到这里，这次不是驻防，而是参加南京东路改造的建设大会战。

1992年2月18日，元宵佳节，东风夜放花千树，更吹落，星如雨。宝马雕车香满路。凤箫声动，玉壶光转，一夜鱼龙舞，整个城市沉浸在浓郁的节日气氛之中。这天晚上，南京东路来了个大人物，人们惊喜地发现："邓小平来了，邓小平来了！"

那一天，邓小平在市委书记吴邦国、市长黄菊等陪同下，来到上海第一百货商店，乘电梯奔上三楼服装商场。邓小平一走出电梯，眼尖的人立即发现了这个充满能量的小个子，三楼商场立即沸腾起来。

第一百货位于南京东路与西藏中路交汇处，1949年10月成立，是新中国成立后第一家国有百货零售企业，曾被陈毅称为"我们自己的商店"。其址原为1936年开业的远东最大百货商店大新公司，大新公司是当时南京路四大公司之一。大楼规模宏伟，外观用浅黄色瓷砖贴面，颇具中国风味，弧形的大门迎接着十字路口拥来的人流，更有海纳百川的气派。第一百货迁入此处后，其销售规模在全国百货零售业中一直雄踞龙头老大，是名副其实的中华第一店。参观完三楼，正准备离开时，邓小平看见不远处有一个文具柜台，便信步走上前去，家人在一旁说："您就买一点吧。"邓小平选了4盒铅笔和4支口红形橡皮，那是准备送给孙子孙女们的。在电梯里，家人对邓小平说："这可是新中国成立以来您第二次亲自到商场买东西。"问他在店里看到些什么，邓小平幽默地说，"我看到的是一片人噢！"

南京路虽然繁华胜昔，但从30年代以来的60年间，旧有的建筑从未进行过大的改造，危房旧房黯淡了南京路，它已显得有些"老化"了，如同上海活力之墙上，一扇裸露陈旧的窗口。

"让南京路成为世界著名商业街"的改造规划研讨会召开，南京路成为带动上海发展的龙头，璀璨的蓝图已经画成，南京路改造工程大会战的序幕随即揭开，一条高起点、高品位的南京路，将随即展现在世人面前。

首先开工的协大祥商厦工程，按市里最初的规定是在600天内完成。协大祥是1912年创办的中华老字号招牌，其率先实行"足尺加三，真不二价，童叟无欺"的营销策略，生意迅速红火，一时享誉海内外。抗战期间，协大祥进驻南京路，成为南京路上的著名商号。

这条中华第一商业街的含金量实在太高了，提早一天完工，商厦就能多获数万元利润，因此工期最后缩短为280天。承包这一艰巨任务的黄浦区住宅建筑公司，旗下有一支303工程队，在历来的建筑工程中，三天当做一天干，当天工作当天完，因此被称为公司王牌，但缩短超过一半时间的工期，仍然是一个巨大的挑战。

八连得到这一消息，主动请缨。誓师大会上，指导员李晓明代表全连官兵宣誓：一定要打好南京路改造工程大会战这一仗。

李晓明1990年开始担任指导员，是连队的"小课大师"，以敏锐、善教而闻名。一次，他收到六班战士蔡波母亲写来的一封信。信中说：指导员，小波的奶奶去世了，他还不知道。因为，小波自小由他奶奶领养长大，我们怕他受不了……只要他安心工作求上进，我们就放心了……

这天集体学习时，李晓明给战士讲了杨二郎外甥劈山救母的故事，又给大家朗读了《解放军报》上刊登的一对母子不顾家庭困难，一心为了国防的报道，说到这里，李晓明看着大家，嗓音突然提高："类似这样的母亲在我们连队也有。"说着，掏出蔡波母亲的来信。"可敬天下父母心，我们可不能辜负父母的心愿啊！"李晓明的话刚落，台下的蔡波虽然早已经看过信了，还是忍不住失声痛哭……

全连参观上海县马桥乡旗忠村，这是当时的"华东第一村"，村民每户一幢造价10多万元的楼房，既具有现代格调，又颇具欧美风韵，走进农民楼内，地毯、墙纸、吊灯、壁灯，装潢十分讲究。数百幢楼房连片成区，蔚为壮观。村上还建有国际标准的网球馆，田间明沟、阡陌全部用水泥筑就，排灌全部自动化……战士们发出一阵阵赞叹声。

李晓明带着战士走进村民施孝勤家中，一进门，战士们都傻眼了："农民的家竟然如此气派。"李晓明刚和房主施孝勤握过手，这时灵机一动，把施孝勤拉到战士们眼前，对大家说："请大家来看看老施的这双手。"

这是一双裂着口子、长满老茧、粗糙得犹如钢锉般的手。

李晓明的即兴小课就这样开始了。他告诉大家，过去旗忠村是上海的"西伯利亚"，1983年，这个1000多人的村庄，工业利润只有5000元，因为不富裕，村里有很多男青年难于找对象。改革开放给这个村带来了希望，村民们群策群力、起早贪黑地干，1990年村里各项经济年总收入已达3.4亿元，经济实力跃居华东地区村级单位榜首。

富裕来自改革开放和艰苦奋斗，富裕来自中国人自己蹚出来的这条道路，沿着这条道路去努力奋斗，希望就在明天。艰苦奋斗精神虽然是在长期艰苦环境、艰苦斗争中培养起来的，但今天要继续发扬这种精神，决不能回避富裕、繁华，应当让艰苦奋斗精神在富裕、繁华的考验中谱写新的篇章。

现在，参加南京路改造工程，就是为了祖国的繁荣昌盛而奋斗。

黄浦区住宅建筑公司对于"南京路上好八连"非常熟悉，在太浦河水利工地上，两支队伍曾经共同奋战，那时候八连拼命的干劲，令黄浦区住宅建筑公司叹为观止，这次八连的参战，无疑增添了建筑公司的信心。任务虽然异常艰巨，但完成的把握变得不再遥远。

黄浦区委安排八连住区招待所，那里条件好，照顾周到，可八连官兵一致要求不住高级招待所，他们说：我们是来劳动的，不是来享受的。在官兵的再三要求下，八连最后住进工地附近的南京旅社地下室。

3月27日，八连的车队开到工地，立即投入战斗：挖土，搬运钢材、木材，装卸水泥、黄沙……

春天的上海，阴雨连绵，工地边卸下来的一堆槽钢，重300多吨，就码在一个露天粪池上，雨水如注，粪池里的粪水冒上来，溅得槽钢上处处都是，黏糊糊，脏兮兮，看着让人恶心。这些槽钢每根长12米，重400斤，二排长蔡高金带头，第一个跑上去扛，战士们一个接一个，谁也不说一个不字，大家肩扛手抬，有时干脆用胳膊抱住槽钢慢慢移动，身上沾得星星点点都是粪便，但是没人停一停……

这些槽钢要搬上六七米高的地方，最前面的人要悬空踩着架起来的槽钢走，比较危险，李晓明就抢着抬最前面，他那些日子既要忙连队事务，又要忙着参加劳动，休息不好，一双眼睛红红的，一次冲淋浴，冲着冲着就睡着了。

阴雨更给施工带来未曾预想的困难，尤其险难的是，由于商厦地基周围的强大压力，导致北面的居民房发生倾斜，西面的丝绸公司也出现不均匀的沉降。在这种情况下，八连官兵与建筑公司共担风险，必须快速打牢地基。

晚上施工挖土，怕汽车影响居民休息，大家宁愿多吃些苦，多跑几趟，用小板车把土运到马路上装上卡车。装车时，掉在地上的泥土，和着雨水，混成泥浆，天亮之前，大家就用水把马路冲得清清爽爽。换班下来的人回宿营地，队伍在前面走，几个老兵在后面拿着扫帚扫，把踩脏的南京路扫得干干净净。

八连官兵与303工程队的工人一道，冒着风雨，昼夜奋战，果断采取压面注浆法，保持周围的地下水不流动，原计划需要两个月才能完工的地下工程，15天就拿了下来。

当时的黄浦区建设局局长陈希安数次走到协大祥商厦工地，他看见303工程队的工人，因劳累跪倒在地上，可还是继续在干活，很是感动，问道："为什么要这么拼命干？"

工人指着另一边的八连战士："他们怎么干，我们就得怎么干！"

战士们实在太累了，到了用餐时间，刚一休息就倒下了，饭都不想吃。可是一干起活来，又如下山猛虎，势不可挡。陈局长激动得难以自制，回去将看到的情景告诉局机关的干部："什么叫做拼搏，大家到协大祥工地去看看八连的战士，看看住宅公司的职工，就知道拼搏的真正含义了！"

4月3日，时任市委书记吴邦国专程到协大祥商厦工地，看望正在这里日夜奋战的八连官兵和公司职工，吴邦国握住八连连长王冲、指导员李晓明的手深情地说："子弟兵为上海建设出力流汗，上海人民不会忘记你们！"

凌晨两三点钟了，施工还在进行，这是施工最紧、最困的时候。雨不停地下，气氛更显紧张，地下积水很深，八连的战士穿着雨衣，挖泥更加费力。加上工地就在这一片弹丸之地展开，全连人聚在一起，工作难以展开，官兵们就分成两班，轮流上。他们干得满身是汗，一停下来浑身冷飕飕的。下来歇息的战士们实在是太疲倦了，就靠在工地旁边的香粉弄过道两侧，一些战士抱着铁锹在墙根下就睡着了。

附近东华旅社的经理听说了，穿着短裤就急急赶来，见到这一幕，似乎又看到了上海解放时成排成排的解放军官兵睡在街上的情景，感动万分，跑到雨中非要拉战士到旅社大厅休息，战士们说不能去，去了会把旅社地板弄脏，也会影响旅客休息……

这天深夜，暴雨如注，协大祥公司副经理张相民出门查看施工区，借助闪电，一幕场景映入眼帘：雨水中，劳累了一天的官兵们裹着雨衣，背靠着居民的房檐，一个紧挨着一个睡着了。张相民不忍再看下去，找到指导员，话还没出口，眼泪直往下掉："指导员，快下个命令让战士们进屋吧！"争执声惊醒了隔壁的阿伯、阿婆，他们走出家门，也不多言，拉起睡眼惺忪的战士就往家走……

当时在场的黄浦区委副书记顾家宁动情地说："上海解放时，我还是小姑娘，亲眼见过解放军露宿街头。现在我头上都有白发了，想不到我们的解放军还和当年一个样！"

黄浦区干部群众听说八连在这里，纷纷送来热汤、包子，八连让给建筑公司员工，建筑公司员工又让给干部战士，就这么推来让去，汤凉了，包子冷了，也没人肯先动。

住宅公司的员工都受到感染，303工程队有一位后勤职工畲福祥，34岁了，经人介绍认识了一个女朋友，约好星期六晚上第二次见面。当时，在去还是不去赴会的问题上，畲福祥犹豫了。自己年纪不小了，请个假去赴会，领导会理解他允许他，但这就会影响当晚给八连送点心。八连没日没夜地奋战，不求回报，战士们图什么？图的是对人民的忠诚，对挑战的无畏，对责任的担当。

"我不能走。"畲福祥最终没有赴会，晚上按时给战士送来点心。后来姑娘怪小畲失信，竟然敢放鸽子，声明他们之间不再来往。住宅公司工会得知这一情况，派人出面向姑娘做了解释，姑娘了解情况后，马上消除了误会，几次去工地帮忙，与小畲一道给八连干部战士送点心。

　　八连完成了最艰巨的协大祥商厦地下工程之后，来不及休息，又转移到上海市第一医药商店的地下改造工程。原第一医药商店位于南京东路616号，至今已有59年历史。此次将改扩建一座7层楼的现代化医药大厦，地下工程面临着和协大祥商厦同样的困境，八连又一次啃下了这块硬骨头。

　　由于地下工程的提前完成，协大祥商厦、第一医药商店这两大改造工程都实现了当年拆迁、当年建造、当年竣工、当年营业的目标，创造了旧房拆迁工程的"上海速度"，11月份，两家商场先后试营业时，八连部分干部战士作为特邀贵宾参加了典礼。

　　参加过这次改建的很多人最难以忘记的还是5月27日，那天，八连官兵完成第一批施工任务，就要启程回营区了。

　　黄浦区委和住宅建筑公司举办了地下工程完工庆祝会，区委、住宅公司、协大祥商厦、第一医药商店两三百名干部职工为八连送行，大家依依惜别。八连的干部战士都说，南京路哺育了八连，上海人民哺育了八连，八连为南京路做一份应有的贡献，得到的是人民母爱般的关怀。

　　在会上，负责施工的住宅公司副经理金建新，回忆起地下工程施工的艰难过程，失声痛哭："我很少有过像今天这样激动，好八连的同志确确实实是用特殊材料制成的，是好八连给了我们'技术生命'、'工程生命'，是他们的精神鼓舞了我们战胜困难的勇气，是他们的干劲带动了全体职工去拼搏，好八连，我将终生难忘！"

　　这就是"南京路上好八连"，他们把人民军队传承不衰的艰苦奋斗精神和为人民服务的信仰，凝结在南京路绚烂崛起的新的繁华里……

　　在场的人都流泪了，住宅公司总经理陈华断断续续地说："以后好八连的战士，愿留在上海的，有多少，我们公司要多少。"说着话，已经泣不成声。

　　汽车徐徐开动，书记、经理、职工、老人、妇女、孩子，恋恋不舍地为八连送行，许多人眼圈都是红红的，八连很多战士的泪水也默默地流了下来……

46. 参建上海博物馆

施豪杰1970年出生，父母给他起名豪杰，期望他长大能干一番事业，他长得果然也是一副英雄好汉的体魄，在中学时别人就讲他是一块"当兵的料"。

施豪杰的舅舅是一名海军军官，每次走亲戚到舅舅家，看到墙面上挂着的舅舅穿军装的照片，施豪杰就觉得非常的威武，非常的潇洒，养成他从小就对军人的崇拜，喜欢解放军，常常幻想有一天自己长大以后去当兵，穿着军装的样子。

1987年，临近高考时，南昌陆军学院到施豪杰所在的高中选人，他们看到施豪杰身材高大，体阔肩宽，说这个小子将来是当军官的料，就想把他招进去。照施豪杰的分数，可以考江苏省的重点院校，他回去就给父母亲说了这个事情，父亲说好的，但母亲不舍得。施豪杰也在犹豫不决当中，心想，我去当兵的话，就照顾不到父母了。等预考考完了，施豪杰迟迟没填志愿。

南昌陆军学院招生的老师说，我们学校好，你进来以后，可以把你的才能展示出来。施豪杰就回去做母亲的思想工作，后来报考南昌陆军学院，读了四年本科。

南昌是中国人民解放军的诞生地，是八一军旗第一次升起的英雄城。唐王勃《滕王阁序》中，称誉南昌"襟三江而带五湖，控蛮荆而引瓯越。物华天宝，龙光射牛斗之墟；人杰地灵……俊采星驰。"南昌陆军学院前身为成立于1949年的华中军政大学江西分校，几经改名，1986年正式改为现名，是一所培养部队基层指挥军官的院校。施豪杰进学院以后，觉得非常艰苦，每天要进行体能训练。高中时，他最多跑过1000米，到了陆军学院，早上、下午、晚上都要跑，每天平均五公里。还要背着杠铃和手榴弹跑，南昌的夏天是个火炉，非常热，必须坚持训练，而且必须准时准点，还要搞生产，养猪，挑大粪，挖鱼塘……

教导员跟大家说，天将降大任于斯人，必将劳其筋骨……施豪杰就咬咬牙挺住了，只是晚上在被窝里偷偷抹眼泪。

在陆军学院学习，施豪杰看到南京军区《人民前线》报，上面有"南京路上好八连"的报道，施豪杰就对同学们说："如果我能够分到好八连，我就要做到连长！"那时没人想得到，施豪杰这句开玩笑的话，后来竟然真的实现了。

1991年7月，施豪杰从军校毕业后到八连所在团的一营三连当排长，一营营长李春铭是好八连的老连长，从他身上，施豪杰第一次感受到了八连的烙印。

施豪杰政治素质高，又具备文艺特长，自身形象好。当时八连正好缺个排长，1992年3月30日那天，就被八连挑过去了。团里的政治处主任周永安找施豪杰谈话，谈什么内容呢？第一，就是好八连的要求是很高的，你进去以后，要学习好八连的优良传统，要深刻理解好八连精神的内涵，做好八连的传人。第二，作为排长，要以身作则，不管做什么事情，都要做在前面。第三，要发挥自己的特长，活跃好八连的文化生活。

临走前，李春铭营长找到施豪杰："要当好一个八连的排长是很不容易的，你要特别注意3点，第一是处处身先士卒，不管大事小事都得干；第二是要把战士的冷暖放在心上，和他们心贴心；再就是过好名利关，在涉及个人利益的问题上要经受住考验。"施豪杰把它作为克服自身弱点的3帖"保健药"。

当时，连队正参加南京路协大祥商厦的改建工程施工。到连队第一天，施豪杰把背包往宿舍一放，床铺也没铺，就直接上了工地。在三连时，连队搞基础训练，施豪杰只在现场转转看看。到了八连后，他记得李春铭的话，像其他干部一样，处处身先士卒，和战士们干在一起。

在南京路上施工，黄浦区的领导一再强调，施工不能出一点点问题，八连当然更是丝毫不敢马虎。挖地下工程的时候，没有机械，只有一台挖土机，可场地小，没办法挖。八连揽下了最艰苦的工作，日夜分两班工作……正是4月，寒意未尽，施豪杰和几个战士带头跳进了泥塘坑，大家都觉得，这个新来的排长，和八连的人没什么两样。

施豪杰原来抽烟很凶，一天一包，怎么也戒不掉。到八连后，看到大家都不抽烟，就硬逼着自己在一个星期内戒掉了烟。施豪杰自我感觉：这样做，标准够高了吧。没想到，有件事却深深地触动了施豪杰。一次吃饭时，他打开蒸饭盒，有粒米掉到了桌上。施豪杰没在意，刚吃一口饭，坐在身边的一个老战士，默不作声地把这粒米饭捡起来吃了。此时无声胜有声，施豪杰受到了震动。

排里有4名来自单亲家庭的战士，缺少父爱或母爱，和别的战士相比，少了一份家庭的温暖。施豪杰对这4名战士格外关照，像亲兄弟一样对待他们，弥补他们所失去的那部分亲情。三班战士孟凡良父亲很早过世，自小由他大哥拉扯大，文化低，动作协调性差，军事训练老跟不上，施豪杰就常常带着他打篮球，练军体。孟凡良的大哥来队，连队没地方住，施豪杰就带着几名战士帮着找房间，借床铺，陪他和孟凡良一起吃饭。孟凡良的大哥感激地说："有你这样的干部带着，我放心了。"一班战士王洪军，是位失去母亲的战士，身体单薄，容易生病。施豪杰留心观察，问寒问暖，他身体不舒服了，就催着他到医院去看，他跑了几次医院，来回要花点车钱，施豪杰一边对他说，别愁钱的事，身体要紧，一边塞给他路费……

不久，施豪杰探家，父亲正患胸膜炎住院，母亲上班，他既要照料父亲，又要管家里的几分地，忙了几天。在一家公司当经理的姨夫劝他："你怎么到好八连去，辛辛苦苦图个啥？家乡这几年发展很快，还是趁早回来吧！"

施豪杰的一些高中同学，有的当了经理，有的当了厂长助理，气派得很。团里和施豪杰一起下连的9个本科生，也有4个调进了机关。有人对他说："你能写会唱，进机关没问题。"可施豪杰觉得在八连更能锻炼人，就是现在调他走，也舍不得走。

他对姨夫说："组织上把我放在八连，我不干出点成绩来，怎么交代呢？"

探家赶回连队已是深夜十一点多，第二天一大早就上了操场。李春铭营长给他的3帖"保健药"，果然贴出了奇效。1993年，施豪杰被提拔为八连的副指导员，来年担任连长。四年之后，又担任了指导员，是八连历史上少数几位担任过连长和指导员两个岗位的连首长。

这一年，上海人民的老市长、八连的老首长陈毅的铜像，在外滩南京东路路口落成。这尊坐北朝南的陈毅像，高5.6米，以青铜浇注，底座高3.5米，以红色磨光花岗石砌成，基座正面镌刻着"陈毅"、"1901—1972"的字样。铜像再现了陈毅视察工作时的微笑神态，他一手叉腰，将外套挽在臂间，在青铜语言中，儒将的风度、诗人的风范，展露无遗。

一个世纪之前，这里是英国驻华总督巴夏礼的纪念铜像，陈毅铜像在此昂然矗立，也意味着一个苦难与辉煌的民族再一次昂然矗立。

陈毅铜像南面，有一个内圆外方的现代化喷水池，节假日时，水池底部的彩色光源不停变换，照射在随声音喷射而起的水柱身上，那水柱时高时低，辉映出红、黄、蓝、绿的光束，更显得陈毅广场和外滩的瑰丽。那以后，每年8月26日，陈毅市长生日前后，铜像前总有市民献上鲜花，也献上了上海这座城市对老市长的深情。

铜像站立在这里，似乎在注视浦江两岸建筑所托起的那一片天空，似乎在注视着"南京路上好八连"这支老部队历久弥新的历程。老市长有知，这支部队本色依然，该会无比的欣慰吧。

那时八连还住在市区，连队的军事训练方面，单杠、双杠比较强，因为场地小，比较好开展；但是射击、障碍比较弱。施豪杰到了连里面以后，首先要求加强军事训练。毛主席说过，军事好，如霹雳。作为八连，军事怎能不过硬？

施豪杰抓的第一件事就是拓展训练场地，连队地方小，打靶就放在部队对面的同仁医院，靶子放在楼顶，距离可以拉长，练习瞄准。还向团里申请，到大场驻训，大场地方大。在体能方面，施豪杰着重抓锻炼腿部、腹部、背部的力量。墙内开花，墙外香。八连还和三连、六连进行比赛，主动挑战，进行比武。这样一年训练下来，在警备区组织的考核当中，连队获得了第二名，1995年获得第一名，这种传统一直沿袭到现在，保持得很好。

1994年，上海博物馆新馆的建设进入紧张时刻，八连指战员的身影又出现在建设工地。上海博物馆新馆位于人民广场中轴线南侧，隔着广场，与市政府大厦相互呼应。博物馆的大理石全部从西班牙进口，一块大理石就一百多斤，有的还重达两三百斤，八连接受的第一个任务就是搬运大理石，官兵们把一百多斤的石板背在背上，从楼梯爬上去。苦才是人生，痛才是经历，累才是工作，舍才是得到，做才是拥有。当时的劳动强度非常大，大家都穿着迷彩服，有的战士的肩膀都磨破了，迷彩服上洇出血迹……

时任上海市委书记黄菊到工地视察，他说，你们为上海市建设做出了这么大的贡献，上海人民会感谢你们的。连长施豪杰说，作为人民的子弟兵，这是我们应该做的。

新馆建设完工了，圆形的屋顶，高高拱起的上部弧线，方正的基座，宛如一尊中国古代的青铜器，正如设计者邢同和先生所说的，诠释着"天圆地方"的中国哲学寓意："体现了中国传统的宇宙观，展示了一种天地均衡之美，上下五千年时空循环升华之力。'天圆地方'组合，创造了圆形放射与方形基座和谐交融的新颖造型，带来了特有的空间轮廓，给人以回眸历史、追寻文化的联想，引发人们对形象与技术碰撞后产生的建筑文化魅力的关注、憧憬。"陈毅所书的"上海博物馆"几个大字，典雅而雄浑。上海博物馆屹立于人民广场上，"南京路上好八连"的汗水，再一次渗透在城市的记忆里。

连队住在市区，要经得住各种诱惑，始终成为作风优良的部队。施豪杰狠抓部队教育管理，进行条令、条例的学习，教育官兵都要成为八连的一分子，只有增添光彩的责任，不能有抹黑的事情发生。遇到诱惑，要善于抵制住诱惑。春运时，八连到火车站执勤。有的人就让连队的官兵代买车票，说给你几百块钱，八连的官兵不为所动，如同一个雕塑，站在寒风中。火车站地处三区交界，从火车站到战士住的地方有一两里路，这条小路是有名的发廊街，常有一些穿着暴露的女人，出来拉客，官兵都能抵得住发廊女的诱惑。

有一次黄浦区旅游节，有人到八连贩卖假黄金，被抓住了。这个人说，给你们两千块钱，把我放了。八连的官兵说不行，就把他送到了派出所。

"我觉得，我担任八连的连长、指导员，为我后面的立身做人打下了好基础。进了八连的门，就是八连的人。出了八连的门，还是八连的人。这对我是影响终身的。我一直清廉务实，严于律己，秉公办事，不做谋取私利的事情。"施豪杰在上海大学接受采访时，心中激荡着的似乎还是八连的那一股本色。

为建设南京东路步行街，八连又一次主动请战："我们本来就叫'南京路上好八连'，我们应该为南京路上做点贡献。"八连住进浙江路上的黄浦区商职校教室里，当时学校放假，教室都空着，自己做饭吃，齐心协力，日夜奋战，最重要、最需要的活，都是八连在干，最后提前完成了任务。

那时候，施豪杰的胃不大好，劳累以后常常胃疼，云中居民区党总支书记朱慧娟看见施豪杰脸色不好，就问他，指导员你怎么了？身体不好，应该找医生看看。

在一茬茬八连官兵眼中，"朱大姐"的亲切称呼一直在八连官兵口中流传，饱含一份生动感情。这次，朱慧娟帮施豪杰找了一位中医，到中药店买了药，每天亲自熬好药，下午三四点送到工地上，给他喝药。上海人民对八连的感情不是抽象的，而是具体的、实在的、生动的。这份感情，从未黯淡……

"人民把解放军当成兄弟来看，对八连特别关心爱护，这虽然只是一件小事情，但你会觉得人民对你这么好，我们应该回报社会，回报人民……"

47. "请收下连队的传统。"

元宵佳节，满城璀璨。

"我拓宽空间，将生命延长/上海是我攀援而上的东方脊梁。"

在1992年上海市的"元宵赛诗会"上，副指导员许方勇朗诵了自己原创的诗歌《上海速度》，摘得诗会桂冠。如诗中所说，沿着上海这座东方脊梁，八连的本色在延长，八连的血脉在延长，八连的生命也在怒放中延长……

许方勇生于1968年，父亲是县纪委书记，母亲是医生，姐姐也做医生，妹妹、妹夫也是医生，家里大半壁江山都是从医，母亲希望许方勇高中毕业以后报考医学院。

许方勇心中则有另一方颜色，另一片天空。他的一个哥哥是军人，在西安空军工程学院工作。每次哥哥回家，戴着军帽，穿着笔挺的军装，非常英武，许方勇就有了当兵的想法。高考时，他没有和父亲说，也没和母亲说，就报考了南昌陆军学院。得知消息后，母亲完全不同意，已经有一个儿子当兵了，另外一个儿子又当兵，谁来照顾父母？但是军人的梦想，已经燃烧，如何能够浇灭……

1989年，四年的军校学习之后，许方勇被分配到上海，来到特种警备营。来年年初，到八连任三排长。他完全没有想到，八连的战士给他来了一个"下马威"。

有一次，训练休息时，许方勇拿出自己的手绢，组织全排做"丢手绢"游戏，几轮玩下来，手绢搞得很脏，还裂开了一个口子，游戏一结束，许方勇随手把手绢扔了。万万没想到，第二天这块手绢又回到了许方勇的桌上，而且洗得干干净净，叠得方方正正，破裂处缝得很密实，还绣了一朵梅花，不仔细看的话，还以为是原来就有的。手绢下面还有一张字条，上面工工整整地写着："尊敬的排长，请收下连队的传统。"

八连的战士就是不一般啊，许方勇心里很惭愧，这种刻骨铭心的感觉，深深地刺痛了他。水的清澈，不是因为它不含杂质，而是在于懂得沉淀。人之勇毅，不是因为没有悲伤，而是知耻而后勇继续前行。

根据上级安排，这一年8月至10月，连队到东海边的外三灶驻训。外三灶原本是海滩，比较荒凉，有些人把它戏称为"上海的北大荒"。

接到任务后，许方勇心想，这么热的天气，到这么艰苦的地方强化训练，很可能有些战士吃不消，他建议连队在训练中改善生活，调动战士的积极性。没想到，到了外三灶，许方勇发现这个担心根本就是多余的。全连官兵冒着酷暑全副武装行军，不仅没有叫苦叫累，没有中途掉队，每个班还坚持带上劳动工具，一到驻训点就利用训练间隙开荒种菜。没几天，开出不少菜地，一个多月后，连队种的蔬菜自给有余，还给同来训练的兄弟单位送了不少。驻训结束时，连队将开垦出的生产地连同的蔬菜，移交给前来接替的连队……那一畦碧绿的蔬菜，挤走了许方勇心中那一方略显荒凉的角落。

1991年11月，许方勇去浙江奉化接兵。那天，他临时决定到一个新兵家中家访，为了赶时间，许方勇和乡武装部长开着摩托车，天气很冷，坐在摩托车上，冷风飕飕，直钻入衣内，到达新兵家时，许方勇已经冻得发抖，嘴唇都青了。家访结束准备返回时，乡武装部长对新兵家长说：这位同志穿的衣服太少了，你们借件衣服给他穿吧。

许方勇当时确实感到冷，就借了新兵的一件羊毛衫穿在身上。回到招待所，他托人把羊毛衫还给了这位新兵。没想到，过了两天，这位新兵的父亲专程给他送来一件新的羊毛衫，还连声说："对不起，请您原谅。"

许方勇挺纳闷，忙问是怎么回事。新兵的家长结结巴巴，说出了原委。原来，许方勇托人把借的羊毛衫送还后，新兵的家长以为他嫌弃毛衣是旧的，还担心他生气，在亲友的"开导"下，特地买了件新的，给他送过来。得知事情经过，许方勇连忙说："大叔，你们想到哪里去了，借东西要还，这是部队的纪律，每个军人都必须遵守。在我冷的时候，你们借衣服给我穿，我感激还来不及，生哪门子气呢？这件羊毛衫我绝对不能收，请拿回去吧。"可不管怎么说，这位新兵的父亲一定要把羊毛衫留下，并说是出厂价，挺便宜。

最后，许方勇收下羊毛衫，按发票上的价格付给这位新兵的父亲50元钱。许方勇就这样莫名其妙地买了一件羊毛衫，虽然挺便宜，但根本用不上，部队的绒衣棉衣够穿的了。后来，这件羊毛衫被他拿回家孝敬母亲了。

许方勇多才多艺，不仅有写作功底，而且还会画漫画。担任副指导员后，他用漫画的形式，把宣传内容和连队实际结合在一起，再贴到小黑板上，弘扬正气，批评不良现象。漫画的内容主要围绕艰苦奋斗精神，譬如花钱，用漫画提出请君三思而后花。连队老兵到老区参观走访，拍有照片，许方勇在照片旁，画上一幅漫画，给战士授课。有趣的形式，使许方勇在警备区的授课评比中获得了第一名。

周六的时候，官兵到厨房帮忙。有的战士就把菜皮扔在一边，恰好被施豪杰看见了，就进行严肃的批评，那天是3月28日，许方勇提议成立一个传统反思日，每月28日进行反思教育，让战士牢固树立艰苦奋斗的作风。

安徽战士李峰家里是开厂的，条件优越，到了部队以后，各方面都不适应。虽然部队的伙食条件挺好的，但是他还整天苦着脸，到外面买零食吃。在反思教育日上，连队安排老兵带这个新战士，让他用一个本子，每天记录开销。春节的时候，李峰用存下来的津贴，买了两双保暖鞋寄回家中，改变了衣来伸手、饭来张口的作风。父母拿到保暖鞋，几乎不敢相信自己的眼睛……

这天，许方勇收到黑龙江哈尔滨市纺织厂一位女工的信，信上说独生子患有晕厥病，久治不愈，心中很着急，前不久刚从广告上看到上海生产一种新药，但不知道生产厂家的地址，他们在上海没有熟人，请八连帮助打听一下在什么地方可以邮购这种药，需要多少钱。人家肯定是实在没有办法才来找八连帮忙的，这也是人民群众对八连的信任，可不能让人家失望。许方勇心想，治病如救火，耽误不得。他当天就到医药公司打听，得知有这种药时，用自己的钱买了两瓶，回到连队做了一个木盒子，包装好，写了一封慰问信，连同发票一起寄去了。

这期间，许方勇收到4封外地群众要求帮助联系购买物品的信，都是这样处理，最后货款都如数寄了回来，还附上一封感谢信。那天，许方勇和通信员一起到邮局去取购物款，正巧，邮局门口正搞"有奖募捐"，营业员与许方勇熟悉，对他半是推销半是开玩笑地说："副指导员，来，试试你的手气。"

许方勇说行啊，就捐了两元钱。随手拿了一张奖券，打开一看，竟然得了一个夏普牌的袖珍式收录机。在场人都说，你们好八连的人，做好事有好报，好人有好运气。

军人的价值并不在于运气，而在于他谱写了怎样的军旅生涯。1994年，许方勇接任指导员，与连长施豪杰搭档。

"我做了两年指导员，觉得八连确实是大熔炉、大学校，造就了很多人。而上海人民的关心，造就了八连。我们参加南新亚酒店改造工程劳动的时候，战士抬着很重的钢筋，让云中居委的袁祥英妈妈知道了，就自己亲手缝了棉的垫肩，送给战士。孤老太太蒋杏翠和弟弟相依为命，中秋时给连队送来了粽子。人民献我一片心，我还人民一片情，八连和上海这座城市和上海人民，已经熔铸在一起了……"

有一首诗说："我与这大楼一起成长／让世纪的高度刻上肩膀／我与这道路一起宽敞／宽敞成壮美的时代胸膛／我与这霓虹灯一起闪耀／把灿烂送给那大街小巷／我与这江水一起激荡／鼓动着风帆奔向远方／啊，你的歌声里有我的骄傲／我的步伐里有你的力量／你的锦绣图画描绘了我的理想／我的威武雄姿镌刻着你的富强……"刻画了这种关系。

一次，许方勇和一班长陈晓春代表连队去深圳，应邀参加武警"沙头角模范中队"的庆功大会。这个中队人称"中英街卫士"，自1969年3月以来，该中队一直驻守在沙头角镇。中英街就是沙头角镇一条长约250米、宽4米的百年老街，以横跨整条街的中线为界，一边是深圳，一边是香港，成为大陆与香港的分界线，因其"一街两制"闻名海内外。该中队驻守在深圳与香港接壤的最前沿，驻守在"酒绿灯红"的社会环境中，坚持发扬艰苦奋斗的军人传统，拒腐蚀，永不沾，见财不贪，见利不图，见色不迷，因此被誉为中英街上的"钢铁长城"、"新一代霓虹灯下的哨兵"。此次去，给他们带点什么礼物好呢？有的提议送锦旗，有的提议送块匾，有的提议送点上海的土特产……

许方勇想，艰苦奋斗是八连的传统，人家邀请八连参加庆功大会，就是看重八连是一个有着艰苦奋斗传统的连队，给他们纪念品，既要有纪念意义，又要符合艰苦奋斗精神。许方勇建议送一只理发箱。大家齐声说好。

箱子是连队小木工做的，里面放一套理发工具，外面油漆好，写上"'南京路上好八连'赠"8个字，许方勇就带着这个理发箱乘飞机前往深圳。

机场过安检时，安检员根本不相信现在还有人带理发工具去深圳，打开仔细检查了一遍，看看里面究竟有什么"名堂"，当看到确实只有理发工具，并且得知是"南京路上好八连"军人时，这位安检员连忙起立，恭恭敬敬地行了一个礼。

到了深圳，"沙头角模范中队"的官兵见到礼物，都说这代表了"南京路上好八连"的传统，很贵重，很有意义。通过一只小小的理发箱，中国军队中一南一北的两支"霓虹灯下的哨兵"，以艰苦奋斗精神相互砥砺。

48. "再过几个月我们就有自己的孩子了"

春节前夕，上海火车站。

三三两两的执勤军人，在寒风中，在春运的狂潮里，巍然挺立。

2月4日，大年三十。这天晚上，八连按计划将结束执勤返回驻地，上海警备区政委来到了这里。他发现在创纪录的旅客流量高峰面前，旅客秩序良好，一问才知这跟八连的执勤是分不开的。临时决定，八连继续在上海火车站执勤，消息传出，铁路员工一片欢腾。

那一年的大年夜，连长朱清杰没顾得上与远道前来探亲的妻子团聚，指导员施豪杰顾不上看看刚出生3个多月的孩子，送走这天的最后一批旅客，新年的钟声就要敲响了……

朱清杰是山东人，1989年3月入伍到福建泉州，分到侦察连，做了两年的侦察兵后考入石家庄陆军学院侦察大队。毕业之前，他拿着纪念册找队长留言，队长就留了一句话："艰苦奋斗多磨练，布衣勤学好八连"。那时队长刚到上海警备区参观过，朱清杰意识到自己可能分到上海警备区来。他小时候就听说过"好八连"，但具体情况不清楚。1993年7月份，果然分到上海警备区特警团三营任排长，来年分到八连，一年后担任了副连长。其间还曾被分到警卫连当指导员，1997年7月，回到八连当连长。

八连的民主生活会、作风建设跟其他连不一样，都是硬碰硬，批评时往往单刀直入，让人冒汗。朱清杰感觉这很不一样。生活会上，除了谈工作，还有作风养成，什么都谈。譬如朱清杰抽烟，到了八连，慢慢就戒了。

1999年5月8日，中国驻南联盟使馆被北约飞机轰炸，馆舍严重毁坏，三名中国记者牺牲，中国人的愤怒、中国人的爱国主义热情被点燃，同时点燃的还有中国军人心中的血性，军事训练的热潮掀起。

"到八连工作，光荣，但当主官以后，压力也大。军事训练这一块，压力更大。当时八连驻地，一个小院，训练条件非常差。警备区对八连的要求特别高，每年都要参加警备区的考核，当时考虑怎么解决这个问题。我们想了两个办法，第一，是外出驻训，到野外去，到团本部去。通过驻训，打牢我们训练基础。三个月的驻训期，主要采取基础训练，专业训练，战术演练，来磨练部队的意志。第二，在愚园路连部期间，不驻训的时候，螺蛳壳里做道场，积极开展科技练兵，来提高我们训练质量，我们搞科技练兵在全军也可以说是率先一步。"在宝山区武装部的一间办公室里，朱清杰娓娓道来，平静，淡定，又充满自信。

钉子都是不断下沉，别总想着冒尖，下沉、夯实基础，自然突破。

"东方欲晓，莫道君行早。踏遍青山人未老，风景这边独好。"科技练兵当然要改进训练方法，清晨的上海，天色早早放亮，然而车流比较少，行人也比较少，八连就利用这段时间进行长跑，晚上，再加班进行体能训练。连队对每个战士建立体质训练档案，根据不同战士的素质情况，进行分类，制订标准。各个年度的兵素质不一样，各个战士的素质也不一样，连队把战士分成三级，一级属于尖兵，二级属于较优秀的兵，三级是要重点提升的士兵。把课目分成一到七类，投弹、射击、短跑……每个月进行一次讲评，然后看战士逐年提高的程度。这种科学训练的目的，就是缩小第三级的人数，壮大第二级第一级，使用升级过关法。通过这个方法，鼓励大家体能训练的热情。每到半年，从精神上、物质上进行奖励，不断提高训练质量。

八连的信念是一个共同的信念，八连的强大是一种恒久的强大，通过一茬又一茬八连官兵的努力，铸得更牢，因而成为更为有力、更为持久的钢铁脊梁。

"那时候八连还是步兵连，现在是特战连，换句话说是转型了，武器装备更新了，训练内容当然要拓展。这方面八连也是走在前面，每次到警备团看特战训练，都是八连在练，八连在训练上是不甘人后的……"

八连注重从点点滴滴做起，譬如现在实行的"光盘"运动，在八连很早就有了，不允许剩饭剩菜，必须把盘子都吃光。八连特别讲究干部的表率作用，早上的体能训练，有时朱清杰没参加，有人就给他指出来，你作为连长也要亲自参加。从此出操也好，体能训练也好，朱清杰总跑在前面，这个就是表率。

还有的战士，跟朱清杰提出来："连长，你点名时间太长。"说他批评太多。那时每天晚上点名，讲评工作。朱清杰对战士的训练很焦急，批评多，表扬激励少。朱清杰当时还想不通，不批怎么行？但是从战士角度来说，光批评是不够的。批评和表扬，要相辅相成。严是对的，但是该严的严，该柔的柔，要刚柔相济，以人为本。朱清杰理解了战士的想法，有时自己可能讲评没讲到点子上，讲评应该有话则长，无话则短，不要大家集合在一起，啰嗦。

"在其他连队，这是不敢谈的。有的连队，士兵对连首长很害怕。八连没有这种情况。八连官兵一致，战士有胆识，敢批评连长，这对工作的改进，对自己修养的改进，都有帮助。"朱清杰很是感慨。后来大家觉得朱清杰幽默了，讲评时，大家都听得进去了。

时间，流逝，在岁月的更替里。时间，凝固，在难舍的记忆中。在世纪广场的大型景观雕像之上，糅合了古典与现代、东方与西方之美的雕塑与建筑，以它们深邃而又流畅、凝重而又秀美的线条，诉说着历史的变迁……

1998年底，世纪广场入口一座以日晷为原型设计的大型景观雕塑"东方之光"，正以它无形的目光，注视着广场西侧，那里有一处工地，正在轰隆隆作响。那是上海科技馆的建设工地。

广袤的宇宙，繁星闪烁；辽阔的蓝海，波涛汹涌；深邃的大地，神秘莫测……我们整个的星球、太阳、宇宙，充满无限的神秘感，吸引着人类不断地去探索，去创造前所未有的梦想。沐浴着人类探索与梦想的光辉，上海科技馆这座科普殿堂正在脚手架上，冉冉升起。

工程还在推进之中，距2001年10月APEC领导人非正式会议在这里隆重登场还有一年时间，上海市政府将其列为市政建设的"一号工程"，规定在2001年3月底必须完工。紧张的工期，告急的收尾工程，繁重的任务，将能征善战的"南京路上好八连"再一次召唤到这一重大工程的工地上。

八连这时刚从野外驻训归来，接到上级命令后，连长朱清杰和指导员公举东带领官兵，征尘未洗就赶往工地，与工人师傅并肩劳动，搬运建筑材料，铺设管道电缆。高空作业架上，初冬的上海，天空晴朗，视线更为辽远，只见远处建筑如峰如浪，远远地围聚。身穿绿军装、头戴黄色安全帽的八连官兵，如同阳光的一部分，如同蓝天的一部分，闪耀夺目。

又是老兵退伍时节，30多名即将脱去军装的老兵组成突击队，哪里任务重，哪里就有他们的身影，和连队的所有战士一起，夜以继日奋战在工程攻坚阶段的第一线。劳动的第一天，老战士郑波在搬运钢管时，脚板不小心被铁钉扎破，鲜血浸透了鞋袜，他只是跑到卫生员那儿简单清洗包扎了一下，便悄悄溜回工地。战友们劝他休息，郑波说："这恐怕是我最后一次参加上海建设了，还是让我多干点吧！"

这天，朱清杰在晾衣场上发现了一只血迹未洗净的手套，查了半天也没人承认，让当日的连值日员调查，才揭开了一个"秘密"。原来，连队到昏暗的地下室清理建筑垃圾，由于室内密不透风，扫把一动，灰尘四起。两小时后，九班战士方胜突然感到鼻孔涌出一股热流，他下意识地用手揩了几下，待他走出地下室时，发现手套上已是血迹斑斑，原来，由于吸入的尘土太多，鼻腔引起反应出血，方胜悄悄将手套塞进了口袋。

一天下午，二班长黎帮刚带领战士清运建筑垃圾，发现有不少废旧的钢筋头和砖块，战士们找来两只箩筐，分类将其拣出来，有的同志手指被锋利的金属物划出血口，仍然不放过每件可再利用的物资。战士们的一举一动正巧被施工队长看见，他立即召集周围的工人开了一次别开生面的现场会，对指导员公举东说："感谢八连给我们上了很好的一课！"

得知建筑工人理发和缝补比较困难，八连在工地上成立了"为民服务小组"，顾不上白天施工的劳累，利用晚饭后难得的休息时间，为工人们义务理发、补鞋、量血压，使原本冷清的工人宿舍区成了"闹市区"。在理发座位前，第24代理发箱的主人、战士杨小兵手中的推子"咔嚓、咔嚓"响个不停，身旁围满了工人……

科技馆终于建成投入使用，从远处看去，建筑线条流畅，西低东高的不对称设计，高耸的立柱、巨幅的玻璃幕墙，嵌入式的铝合金构杆玻璃球体，赋予整个建筑以动静皆宜的凝固旋律，在太阳光的映照下仿佛一只腾飞的金鹏，在世纪广场西侧，它与金茂大厦、东方明珠塔遥遥相望，给浦东新区又增添了一处标志性城市景观，给八连异常艰苦漫长的砺刃跋涉作出崭新的见证。

到八连的干部，从八连出来的干部，能力有大有小，但形象作风，言行举止，永远都是一流。八连出来的人往往受人关注，因而也养成了善于自我约束的习惯，就是时刻提醒自己，要做好。同时，八连干部的分工协作，互相提醒，做得很出色。毕竟任何单位都有组织，班子成员的协作是做好工作的前提，到八连工作过的人，不论以后到什么单位，身处哪个岗位，都有很强的协作意识。因为八连管理干部有一套，就是养成干部的敬畏感，让大家始终想着下面的一百多双眼睛在盯着。连队有一个好的做法，年终给干部"画像"。干部坐在下面，战士到台上，给干部点评。对干部的思想工作、形象问题，通过群众来提意见，这是八连的一个传统。一些新来的干部有抽烟的习惯，因为八连是无烟连，就偷偷地抽。熄灯以后，有的排长盘坐在蚊帐里面抽烟，以为比较隐匿，战士就说排长不该抽烟。八连这个大熔炉始终坚不可摧，因为它是由自觉而过硬的士兵群体作为连队基石的。

每月20日的为民服务、到云中居委为老人服务、除夕和老人一起守岁，已经成为八连的一个规定、一种几十年不衰的精神传承。除夕守岁，八连起码去一个排，把老人集中在一起，陪着他们放鞭炮，和居委干部一起清扫垃圾，多年以来，战士换了一茬又一茬，始终和居委会的老人保持着很深的感情。

朱清杰和胡红根认识多年，似乎成为了"战友"，知道他在家里很寂寞，每到一个新的单位，朱清杰都把胡红根接过来看一看。胡红根身体不太好，骑一个三轮车出行，每次朱清杰给他打电话，都让他注意安全。

这是一个重情重义的山东大汉，然而生命总有太多刻骨铭心的时刻，军人总是忠义难全。1994年，朱清杰与妻子倪信娟结婚。倪信娟因为特别喜欢孩子，选择就读师范大学，毕业后在山东临沂做一名普通的中学老师。结婚两年后，倪信娟怀孕了。从怀孕的那一天开始，她就不停想象着孩子未来的情景，规划培养孩子的计划。

1997年夏天，倪信娟在家里刚忙完家务，准备歇一歇，也许是操劳过度，也许是天气太炎热，意外发生了。眼看着血从裤管里面流出，身边却没人照顾，倪信娟只好自己跑到邻居家去喊人。被送进医院后，疼痛使她昏迷了过去。当从死亡边缘清醒过来时，倪信娟发现，鲜血依然伴随着疼痛在流。而医生告诉她，她再也不能有自己的孩子了，而她是那么喜欢孩子……泪水涌出，模糊了视线。

"如果他在身边的话，意外一定不会发生，再过几个月我们就有自己的孩子了。"倪信娟浑身虚弱躺在床上，依然不敢相信、不能相信医生的话。怕朱清杰不能安心工作，同父母商量以后，倪信娟没有把这件事告诉他，默默承受着一切。

一个国家、一个民族的前进步伐中，军人的责任必将越来越繁重，这也意味军人家属付出一些牺牲在所难免。但是，无数的军人家属再苦再累，依然不离不弃，因为她们相信，一个对国家和军队使命有着高度责任感的军人必然是可靠的；一个勇于承担责任、忘我奉献的优秀军人，身上所具备的品质必然是家庭坚实的黏合剂。

一个月后，朱清杰回到山东，倪信娟站起身来晃晃悠悠地去迎接，到门口时忍不住用手撑住了门框，朱清杰看见眼前如此憔悴的妻子差点没认出来，冲上前去抓住她的手，这时妻子已经泪流满面……

第四章　砺刃·世纪大跨越

2011年3月，上级一纸命令，八连成为驻沪部队首批特种作战分队，这些巡逻放哨的哨兵，将磨砺成为城市作战的特战尖刀。

兵无常势，水无常形。能因敌变化而取胜者，谓之神。故五行无常胜，四时无常位，日有短长，月有死生。万物皆处于流变状态，强军梦路上的雄壮转身，也是军人魂魄的再一次熔铸。

如今，团比武中许多连队主官放话：谁在对抗中赢八连，年底优先评"优秀士兵"！

八连，已成为一把硬邦邦的"尖刀"，一支战无不胜的特战先锋队。

49. "我是一棵小草,春天来了,就会发芽"

时间进入21世纪,风云激荡之间,八连人引以为豪的老传统,也在承受着时代的冲刷。

2000年的夏天,烈日炎炎,驻地中学30多名师生来八连过军营一日,中午与官兵一同就餐。100多号人挤在一个饭堂里,就一个电扇在转动,闷热难当。

有的同学问:"你们就不能安个空调吗?"

一位战士回答:"空调倒是有过,进口彩电、冰箱也有过,都是上海市有关部门赠给我们的,可连队都转赠给了贫困地区和希望小学。"

有人说过这样一句话,走进"好八连",你仿佛感觉到空气中都弥漫着艰苦奋斗的气息。

这天,指导员公举东听到老战士反映:"有新兵在训练前抹防晒霜。"八连人向来都是"掉皮掉肉不掉队",如今居然用护肤品,这岂不是要把艰苦奋斗的本色给抹掉了?

这名老战士建议:"这种思想长毛的表现,得好好管管!"

原来这年连队在野外驻训,早操之后洗漱,有的战士一边洗一边从口袋里掏出个跟牙膏一样的东西,挤到手里再涂在脸上,抹一抹,干部检查卫生的时候也发现了这些洗面奶。夏天训练,日照时间比较长,活动身体的时候,有的战士就从口袋里面拿出了"小武器"来,挤一点在手上,搓一搓,再把它涂在脸上,后来一问,用的是防晒霜……过去八连明确要求不买高级的化妆品,不买不必要的生活用品,洗面奶、防晒霜也作为高档的用品来看待。公举东马上意识到,这并不是偶然的问题。新的时代,新的变量,如何正确对待连队的传统?

连队党支部组织全连官兵坐下来,把工作生活中的困惑一个个地列出来,一个半月的讨论,全连官兵列出了27个问题:

八连多年来规定,津贴费存款不少于80%才能评先进,许多战士平时几乎不敢用钱，甚至还有人让家里寄钱来存入"小银行"，这是否算弄虚作假？

有战士出外执行公务，半路上到麦当劳吃了个汉堡，回到连队受到了批评，战士觉得很委屈，这是否矫枉过正？

八连过去习惯在饭前、睡前搞小练兵，这种训练办法是否科学，要不要坚持？

战士站岗回来，肚子饿了，能不能吃方便面，能不能吃夜宵？

过去的很多制度做法，是不是坚持。时代在变化，我们怎么样坚守传统，又与时俱进？组织讨论，结果很快就分成两种意见，大家就开始讲了。有的讲，我们连队是靠艰苦奋斗起家的，艰苦奋斗是传家宝，洗面奶、防晒霜是不能用的，用了我看就是传统的叛逆者；有的讲，爱美之心人皆有之，地方青年能用，我们为什么不能用，再一个太阳一晒，我皮肤都黑了，我觉得能用。大家你一言我一语，来来回回，争得很激烈。

对于新生事物和正当需求，不能看成是思想问题，不能把合理的消费看成是大手大脚，不能把自己追求个人价值的实现，简单地看成是动机不纯。逐一讨论之下，战士们取得了共识：艰苦奋斗精神永远具有催人奋进的力量，但不应该像"供品"一般只是供起来瞻仰。提倡勤俭节约是应该的，但是要摆脱形式主义，不适应时代发展的做法，不应再坚持，存款多少从此与评先进彻底脱钩，外出办事赶时间，允许坐空调车，脚肿了确实不宜再参训不必坚持……夏天开赴海训场时，为了防止官兵们的皮肤被烈日灼伤，每个战士都领到了连队发下来的一瓶防晒霜。

八连精神是什么，讲谦虚谨慎，讲艰苦奋斗，如果再进一步讲呢，假如有个守财奴像西方文学家笔下的葛朗台一样，那为自己去艰苦奋斗还感人吗？为什么《霓虹灯下的哨兵》那么感动人呢？所感动的是他为别人考虑问题，本质上就是我们党强调的全心全意为人民服务，艰苦奋斗是为人民，进一步讲，就是我们传承什么？就是传承精神，精神是不朽的，而具体的做法是在一定历史条件下形成的，随着时代发展会变化，既然精神不朽，传承的是精神，既要强调生活上的朴素，又要注重工作上的进取；既要强调踏实苦干，又要注重讲科学求实效；既要提倡勤俭节约，又要注重引导合理消费；既要反对贪图享乐，又要注重物质文化生活质量的提高，弘扬艰苦奋斗精神有了更加广阔的空间，他们走进"一大"会址、参观龙华烈士陵园，缅怀先烈追求真理、勇于献身的壮丽人生……

连队建设的一个重要着眼点就是要与时代同步，提高士兵的综合素质，在黄浦区的支持下，八连有了三十多台电脑，建立了图书馆，草鞋、自糊信封被请进了连队荣誉室，装有各类书籍的学习包和储存各类数字化信息的U盘成了官兵们随身携带的好伴侣；在信息技术方面，得到了提高。过去节约一分钱、一粒米、一滴水、一张纸和一度电的"五个一"，发展成了新的"五个一点"：日常消费花一点、文化学习用一点、孝敬父母寄一点、希望工程捐一点以及自己备用存一点。勤俭节约、艰苦奋斗不是当苦行僧，而是该省的一分不花，该花的一分不省，生活就此打开了一种清新。

是非明了，观念清了，连队党支部欣喜地发现，战士们继承传统的意识更强了。一次，公举东打开意见箱，发现5元钱和一张没有署名的字条，上面写着"连经委会：我浪费了自来水，补交水费5元"。原来，战士滕远健晚上执勤下岗洗漱后，用过的水龙头怎么也关不紧。他找来铁丝和布条缠上，水滴还是"滴答"着。小滕很不安，第二天就买来皮垫把龙头修好，并悄悄补交了水费。

"优良传统不是静止不变的雕塑，而是奔腾向前的河流！"这是公举东的名言。

公举东1971年出生于山东临沂，父母是农民，1991年从临沂教育学院毕业后，留在校组织人事处。那一年，海湾战争爆发。1月17日，伊拉克首都巴格达，一架架电子战飞机担负空中开路先锋迅捷掠过，大地一片静默，随后，隐形轰炸机和战略轰炸机密如云群，发动了陨石雨般震慑人心的突袭……美国人的众多高科技武器横空出世，随着电视新闻图像的传播，这些隐形飞机、"爱国者"导弹等武器，迅速成为了全世界关注的"明星"。

这是人类所经历的第一场真正意义的现代高科技战争，一个崭新的军事时代随之降临，它仿佛是战争之神的得意之作，带来了极大的震撼，也引发了数千里之外的中国军人对未来战争的形态、模式、特点进行深入的思考、研究。

这场战争也让无数的年轻人血脉贲张，重新描绘起自己的梦想和道路。公举东家乡临沂是革命老区，他从小就听到很多战争故事，他的祖辈在抗日战争中打过鬼子，为新中国的解放负过伤流过血，当海湾战争改变战场的空间，描绘出一个未知的世界时，他决定继承父辈为国报效的志愿，去触碰那个空间的边界。

1992年，公举东入伍来到上海。他原来认为上海是个五光十色、流光溢彩的城市。那天晚上抵达上海时，乘着一部解放牌的卡车，公举东至今记得有很浓重的油烟味，路灯都看不清。大卡车开到大场马家营，当时还没有房子，搭的是帐篷。帐篷后面是猪圈，前面也是猪圈，一个帐篷住八个人，头上就是一个大灯泡，12月的天很冷，猪圈的气味扑过来，臭气冲天。公举东翻来覆去睡不着，心想自己本来属猪，结果跑到这个前面是猪圈后面也是猪圈的地方来，根本就是受罪。

第二天，又是一个下马威——五公里跑，背着背包、手榴弹，公举东再一次感觉到了当兵的辛苦，根本跑不过人家。他以前在临沂，虽然是个小地方，没有上海名气大，但也算一个古城，西汉时期就建城了，文明程度也比较高，怎么一下子来到马家营这么破落的地方？更苦的是训练太难了，大学生士兵跟农村、厂矿出来的士兵，在体力上本来就有差距，那时国家还没有从大学生中征兵的政策，部队的地方大学生士兵寥寥无几，公举东有些想不开。但是有些人天生就是当兵的，要当好兵，首先要过好"苦"这一关。作为军人，没有好的体能怎么行？能跑，能走，才能打，这是军人最基本的素质。为了练这个五公里跑，公举东比人家起得早，并且用沙袋绑在腿上。做单双杠，一般是五个及格，他达不到，引体向上，也上不去，臂力不够，他就做俯卧撑，练臂力腹肌，最后练到做100多个引体向上，突破了军区最高纪录。训练大纲并没有要求这样，这就是为了吃苦，就是要过"苦"这一关。咬一咬牙，也就挺过去了。

新兵连结束，分到八连，那天车子开在路上，两边的景色越来越繁华，路越走越好，一股自豪感油然而生。

当时连队战士文化程度普遍不高，公举东作为一个大学生士兵，就显得突出。1994年5月他担任了副班长。在班里发挥自己做思想工作的长处，连里有些怕苦怕累、不能正确对待荣誉、家庭有困难闹情绪的战士，公举东主动要求放到自己的班来。当时有个江苏溧阳的新兵葛云俊，家里很富裕，有七辆豪华摩托车，来到八连后，葛云俊开始打起了退堂鼓，一次训练时，他脚扭伤了。训练一天下来，解放鞋都是臭的，公举东毫不在乎，帮他洗脚按摩，改变了葛云俊……

时间过得很快，马上要退伍了。公举东就到南京路买了件衣服，准备回家。指导员舒乐炎找他谈话，说优秀的班长比较少，能不能留下来再干一年。革命战士是块砖，哪里需要哪里搬。1996年，公举东带的班荣获二等功。

"我觉得自己是一棵小草，虽然不起眼，但踩不烂，春天来了，就会发芽。"采访时，公举东一脸谦虚，"当时自己思想很单纯，也很容易满足，你想想抗美援朝，很多中国士兵前仆后继，当兵的人就应该有一种坚定的信念，觉悟一旦启发了，就有了彻底性。"

1997年，公举东提为排长，后来担任五连指导员，2000年5月，回到八连当指导员。当时南区军区政治部主任李继松参加全国人大会议，介绍了公举东的故事，大家都感到大学生应该当兵，我们的军队需要有文化的军人，大学生也需要到部队来锻炼，军队是个大熔炉，在这里熔炼一番，人生观、价值观、理想观都会得到改变，国家意识会得到增加，这是国家需要与人才需要的一次完美契合。2001年，国务院、中央军委颁布《征兵工作条例》，首次明确规定，征兵扩大到大学生。

上海，是一个不断创新与进取的城市。"南京路上好八连"把上海当作学习的大课堂，不断从中汲取丰富的营养，使得官兵们实践艰苦奋斗精神有了更加广阔的空间。但是，艰苦奋斗不是为吃苦而吃苦，而是为过上好日子不断吃苦奋斗的过程。生活条件好了，八连要求自己在会过好日子上下功夫。"既要苦身体，更要苦脑子。"这是新世纪八连人的座右铭。公举东说，"我们要随着时代的发展不断找到艰苦奋斗的新载体，具体到当前，就是要吃读书之苦，成才之苦，创业之苦！"攻克难关，争创一流，努力塑造学习型连队、知识型军人、奋斗型人才。

刚进城的时候，八连担负的任务是城市防卫，负责华东局和上海市领导机关的警卫任务以及南京路、西藏路等四十条马路的巡逻任务，现在任务已经发生了很大变化，过去是半训单位，现在是全训单位，中心工作就是训练。艰苦奋斗必须体现在训练场上，让刻苦训练、磨砺成为一种生活方式，成为一种行为习惯，成为官兵学习成才的保障，八连官兵养成了这么几股劲，就是在训练场上有跟自己过不去的较劲，永不服输的拼劲，跟作战对手抢时间比速度的急劲，倒也要往前倒的冲劲……

战士郑震入伍前只有初中文化，他从报刊上得知美国运用高技术手段成功击溃了某国电脑黑客的攻击，便开始痴迷上电脑，把所学到的知识用于连队科技练兵，带领战友自行开发并研制了"蓝军资料速查系统"，有效地提高了网上练兵的针对性和有效性。

班长陶永丰安徽芜湖人，素质比较过硬，组织上两次报他直接提干，因种种原因没有提成，女朋友也分手了。连队干部及时同他促膝谈心，并为他提供施展才华的机会，使他坚信榜上无名、脚下有路。服役7年，陶永丰面临退伍的问题，他说他相信经过在八连的磨练，一定能在社会上找到自己的位置；毕竟当兵只是一阵子的事，而做人是一辈子的事；他不能因为自己的目标没能实现而自暴自弃，那样等于否定了自己："有形的价值虽然没有体现，但无形的进步每时每刻都在继续，而无形的进步往往比有形的价值更为重要。"

与兄弟连队一样，八连的兵没挑没选，都是统分的，但只要在这个集体里锻造过，那就一定过得硬。2000年新兵下连第一天，浙江义乌籍新战士骆良红带来了4只大皮箱。小骆的举动引起班长黎邦刚的注意："这是什么东西？"

"生活用品。"骆良红答道。按规定，新兵刚下连，连队要对携带物品进行点验。黎班长打开皮箱一看，里面装着成捆的新袜子、新内衣。"带这么多干什么？"黎邦刚感到困惑。

"我不会洗衣服，只好多带点一次性的衣物换着用，过段时间家里还会寄来。"骆良红的父母经营着一家资产丰厚的服装公司，家庭生活条件优越。好家伙，洗次脚扔双袜子，洗次澡丢套内衣，这是八连战士的作风吗？

几天后，黎班长检查洗漱间发现，一只盆子里泡的衣服都发霉了还没洗，一问是骆良红的，黎邦刚把他叫来，不顾气味难闻，自己撩起衣袖搓了起来，边洗边给骆良红讲洗衣要领。骆良红外衣纽扣掉了，黎邦刚拿起针线，传授缝补技巧，还给他讲连队老战士勤俭节约、艰苦朴素的故事。打那以后，骆良红像变了个人，生活克勤克俭，工作埋头苦干，当年就被连队评为"艰苦奋斗标兵"，后来被保送上军校深造。

七班的战士陶涛也一直渴望报考军校，公举东常为他进行文化辅导，班里的战友帮他出公差、站哨，让他去团里高复班复习。这天晚饭后，陶涛接到母亲的一个电话，他的父亲患鼻癌两个多月了，为看病家里欠了3万多元债，现在家里无路可走了。母亲哭着说道："娘也不想打这个电话，但总怕你爹万一撑不住走了，娘没法向你交代啊。"陶涛失声痛哭，在电话里喊："娘，你叫爹等着我。"马上就准备请假回家。公举东和江成玖极力劝说，陶涛的情绪才稍微稳定。第二天，八连在驻地的60多名官兵捐出了6000多元，每人还写了一句鼓励的话给陶涛。陶涛父亲的病得到救治，有了好转，南昌陆军学院的录取通知单也飞来了……

在八连，砺刃之路，广阔无边，前途无限。

50. 集结在这座城市的筋骨和灵魂之中

2003年4月25日，"来了，来了，好八连来了。"临近中午时分，云中居委"拥军弄"迎来了"南京路上好八连"的官兵，与八连有着几十年深厚感情的云中居民，在这里为"霓虹灯下的哨兵"举行特殊的生日面宴，庆祝连队命名40周年。一个个大桌子在弄堂里一字排开，长期受八连官兵关心照顾的云中居委的孤老们，把一碗碗热气腾腾、散发着阵阵清香的生日面，端到官兵面前。早就搬迁到外区居住的原云中居委党支部书记袁祥英妈妈，也特地赶来为八连过生日。热烈的掌声响起，云中居委党支部书记朱慧娟，请袁祥英妈妈和公举东共同切开专门准备的大蛋糕，阵阵清香，阵阵笑语，社区居民送来的一篮"枣子莲心"，摆在一旁，那是"好八连与人民群众永远心连心"的见证！

转眼已是6月，连长江成玖接到几个电话，电话那头是虹桥某派出所民警王兴东："江连长，我是看'好八连'的书、唱'好八连'的歌长大的，我想带上爱人和孩子到八连受受教育，看看你们怎么出操、训练……"电话那头一次比一次恳切的声音，清晰地标示出军队在上海人民心目中的位置，让江成玖深深地感受到榜样的分量。

在霓虹闪烁的南京路上，在繁华如斯的大上海，八连抵制着种种诱惑，始终坚持着理想和信念。每天，和这座城市一起不断前行；每天，和身边的那些百姓一起不懈奋进。勤俭节约、艰苦奋斗对他们来说，既是永远传承的光荣传统，也是昂扬奋进的时代精神。寒暑假里这些渴望参观连队的电话，连队干部每年都要接到近百个，那是一种对信念的仰望，对军魂的追寻。

江成玖1973年出生于安徽，18岁应征入伍，这个从山村走出来的山里娃子，用青春为军旅生涯描绘出明亮的一笔，在八连先后担任文书、班长，1995年考入南昌陆军学院，之后历任团政治处组织干事、宣传干事，2002年调回八连任连长，两年后转任指导员，成为连队历史上又一位担任连首长双岗位的风云人物。

"喊破嗓子不如做出样子"，江成玖担任连长以来，从未休过一次假，训练中身先士卒，五公里武装越野，他还主动为战士背上武器。江成玖黝黑的脸庞上透着刚毅，性格中又不乏稳健开拓、温情细致的情怀："我常想，连队就是一个家，党组织把连队交给我们，战士父母把孩子托付给我们，作为连队的主官，就应该把战士当亲人，想方设法多给他们温暖和关爱。"

战士张桂林大三时入伍，期望在部队里学到一门技术，为未来的职业生涯积累"资本"。他有绘画特长，喜欢独来独往，在战友眼中有些"恃才自傲"，团支书让他利用课余时间出板报，他认为"侵占战士个人利益"；排长请他为战士补习文化知识，他推托"学习要靠自己"。因入伍学技术的愿望落空，张桂林情绪更是变得急躁，夜里站岗时与战友发生争执，受到营里批评，战友埋怨他损害了连队的荣誉，张桂林心灰意冷，深感对不起连队，对战友说：那就平平淡淡混两年走人吧！

连队干部看在眼里，并没有放弃他。一次，上海一些书画家到八连过"军营一日"，连队派张桂林接待，他在画家指导下画了一幅《独钓寒江雪》，第二天见报了。自己这两把"刷子"能见报，主要还是因为八连威望高，张桂林觉得有些愧疚了。

这天张桂林生日，江成玖亲自书写了贺卡，当张桂林在战友面前念出贺卡上的句子"连队是我家，成长靠大家，没你不成家"时，眼眶红了。立正，敬礼，大声宣誓："我再也不会给连队丢脸。"军人的承诺，坚如磐石。在随后的海训中，善于游泳的张桂林带出了8名海训尖子，回报了指导员的殷殷关怀，也展示着军人的血性。

战士梁昌红家境贫苦，祖祖辈辈生活在江西一个偏远山村，父母长年在外打工，他从小就缺乏管束，初中没毕业就加入了打工行列。入伍到八连，来到上海这个繁华都市，梁昌红非常珍惜这次难得的机会，平时训练刻苦，从不叫苦叫累，敢于与其他战士比拼，军事素质一直排在连队的前列，但他还是很不适应。学习课上，他"坐不住、听不进"，笔记记不下来，心得又不会写，每次干部检查笔记本，或者参加军民共建活动时，他就紧张得直冒虚汗，不敢和别人交谈，总是默默地躲在角落，连头都不敢抬，不到一个月，自卑的梁昌红就要求调离八连。

"你经历过打工磨砺，有吃苦的精神，在训练场上敢于争先，摸爬滚打从不含糊，说明你想上进，只要你自己再使一下劲，大家再奋力拉你一把，很快就能赶上。"梁昌红的心事，江成玖摸得很清楚，也点燃了他的希望。江成玖为他量体裁衣制订计划，让排长、班长、文化高的战士做他的"文化教员"，提高文化知识，让他主持饭堂小广播，安排他读书读报，推荐他参加体会交流，锻炼口才，增长见识……梁昌红退伍后，凭借在八连积累的素质，在省城南昌开了面粉加工厂，年收入20多万元。

80后大学生张有振入伍来到八连，第二天全连集合，给连队菜地拔草。"一天之计在于晨"，怎么到了部队还与菜地打交道？现实与理想的差距怎么这么大？张有振困惑了，难道这就是自己曾经向往的部队生活？

这天，在大学相恋4年的女友给张有振打来电话，劝他与部队解约回地方工作，原来与张有振同时入伍的一名校友交了违约金后退出了部队，女友给张有振的银行卡里打了一万元钱，让他也去交违约金。

张有振和女友双学士学位毕业后，浙江省某市公安局答应破例同时录用两人，张有振与公安局解约到部队，女友也不得不回到济宁老家当了一名中学老师，张有振感到无助，苦恼。

这天，指导员公举东讲述了自己大学毕业来到八连的故事，张有振看到了自己的军旅轨迹。不久，女友打来电话，最后问张有振到底回不回去，张有振说："我们分手吧，我的理想在军营，我舍不得这身军装。"到军校培训一年后，张有振回到八连，那里有一个排长的空缺等待着他。2004年7月1日，张有振报到第一天，江成玖让他先当一个月的兵，第二个月当副班长，第三个月当班长，先熟悉战斗班的情况。难道经过一年的军校锻炼，还不是一名合格的兵吗？张有振心中不解。

"想出彩的给机会，有梦想的能圆梦。"这是八连培养人才、塑造人才的理念，也是他们保持长期先进、全面过硬的源头活水。成功的连队没有失败的兵，一个月后，张有振表现出色，提前完成了当兵锻炼任务，带领三排成为全连的标杆。这就是八连的非凡之处，这就是八连《爱兵公约》的成就：不让一个战士掉队、不让一个战士自卑、不让一个战士泄气、不让一个战士寒心、不让一个战士有劲用不上、不让一个战士有理无处讲……

2003年4月，连队被南京军区记集体一等功。5月5日，江成玖的故事，以《军歌嘹亮》为题，登上中央电视台《东方时空》。十几年的军旅生涯，江成玖获得过南京军区首届"东线尖兵"、"小老虎"干部标兵、上海警备区"一级神枪手"等等星光闪耀的荣誉，他就如同一颗启明星，闪光在东方天际。

8月的一天凌晨，一艘停泊在黄浦江吴泾码头上的万吨油轮遭到碰撞，85吨原油泄漏，黄浦江浦西段江岸8公里水域、滩涂及岸线遭到严重污染……哪里最需要就出现在哪里，哪里最艰险就奋战在哪里。

八连主动请战清污，在战斗中，官兵冲在污染最严重、水域最深的地带，泡在油污中割水草、吸原油、装泥袋，大家的皮肤被刺激得奇痒无比，一片一片起疙瘩，有的像被马蜂蜇了似的，满脸肿得通红，眼睛都睁不开，大家全然不顾，坚持每天清晨6时下水，晚上7时上岸，经过3天连续奋战，先后清除沾油水草80余吨、含油废弃物和污泥百余吨，擦除了数公里岸壁及水中建筑上的油污。

为了这个城市的美丽，为了这个城市的美好，八连人的心中似乎有一道天生的契约，使他们在关键时刻，发挥出最强大的战斗力。

2004年6月14日，第一个"世界献血日"，闵行区七宝镇乐购大卖场旁，江成玖第一个走进申城首座路边采血屋。红色的钢架，弧线形的屋顶，透明的落地玻璃窗，走进采血屋20多平方米的场地，正面白色墙壁上醒目地写着几个鲜红的大字"奉献、安全、健康"，数张玻璃桌靠窗而立，面前是柔软的办公椅，一字排开的躺椅，供献完血的志愿者休息的沙发，冷柜、洗手盆和镜子……这座路边采血屋，为上海这座城市文明带来新的氛围，江成玖对于献血并不陌生，8年前，他就是申城最早的无偿献血队伍中的一员了。

2005年11月，上海铁路南站建设工地，数十名八连官兵身穿迷彩服，肩背水壶挎包，又一次拉开了支持上海重大建设工程施工劳动的序幕。上海铁路南站被称为21世纪上海的南大门，将于2006年春天全面投入使用，工地上还堆放着建材、建筑垃圾等需要清理，广场平台还有多处坑坑洼洼需要填补，时间紧急，八连又一次主动请缨，在铁路主站、北广场等近万平方米的工地上，完成场地平整、平台回填、建材搬运等多项任务，在义务劳动中，学习上海、融入上海、服务上海、奉献上海。

工地上有一处深12米的地下通风井，由于排水系统没有完成，井口狭窄，施工机器无法下去，加上建筑垃圾堆积，比较难清理，施工单位心急如焚。正准备撤回的八连官兵听说后，纷纷要求留下来继续作业。班长苏宝刚主动请缨："交给我们班干吧，坚决完成任务！"

"好，这个任务就交给你们班！要干得漂亮！"

苏宝刚带着战士刘勇、綦海、王大彬揽下了这个最艰巨的任务。他们派两人钻到风井底下，在污水中装运垃圾，其余两人则在通风口往上拉。混合着冰冷的污水，一袋袋垃圾从风井里被拉上来，一会儿，战士们全身都被污水淋了个透。他们轮番深入风井，搬运垃圾，短短三天时间，四名战士磨破了16双手套，搬运出垃圾近8吨，他们的胳膊全都肿得几天抬不起来。

但是他们写下了瑰丽的诗句——八连已经集结在这座城市无所不在的筋骨和灵魂之中。

51. "任何兵进了八连就成好兵"

彭瑞林接到去八连担任连长的调令时，犹豫了一段时间。思来想去，他只得去找团首长，谈了个人的顾虑：八连是军队的一个品牌，是城市警备部队，而自己是野战部队出身，虽然在八连工作过，但八连连长这个重任突然落肩，还是担心有辱使命。

彭瑞林1974年出生于湖北黄石的一个军人家庭，父亲和叔叔都曾经是军人。父亲60年代入伍，在石家庄航校服役，射击水平很高，在空军颇有名气。他从小就听父亲讲部队的故事，父亲身上那股军人的气质和军人的作风，那种来自于部队的勇敢、正直，给家庭注入崭新的活力，彭瑞林和姐弟每天都能从父辈的言行中感受到军人的自豪和耿直，这既让彭瑞林对军队的感情深厚，又对父亲和叔叔的军旅生涯十分羡慕。

高中毕业后，彭瑞林没有按父母的意愿去税务系统工作，而是选择了参军。父亲当然支持，但母亲不理解：现在许多人当兵就是为了分配工作，你干吗放着单位不去而到部队受苦受累呢？

"我适合在军营，感受军营的生活才是我的快乐所在。这是一个大集体，好多旁人是体味不到的。"

1991年12月底，彭瑞林入伍，在南海舰队海军陆战队两栖侦察队服役，当时只有17岁。三年后，考入石家庄陆军学院，成为该学院五大队28中队的一名学员，毕业分到上海警备区警备团，担任三排长。1998年5月，调到八连担任排长，那之前彭瑞林是抽烟的，到了八连，狠狠心把烟戒了。

彭瑞林压根没想到会在集功勋和荣誉于一体的八连任职，他只想好好当兵，在军营里体现自己的价值。在海军陆战部队服役，他按训练要求在体能、泅渡、格斗、射击等方面超人体极限严格训练，使自己努力成了一位合格的士兵；在石家庄陆军学院，他潜心钻研军事理论和中外战例知识，除完成规定的课程和体能训练，努力成为既能指挥又能作战的军人。

1999年，连队参加青浦抗洪抢险救灾，当时很多田地、房子被淹没了，河道都堵住了。连队连续作战五个小时，在草袋里装好土，铺到河堤上，彭瑞林三个晚上都没有睡好觉。虽然自己从海军陆战队这样的军中骄子走出来，但八连的战斗力同样爆发出异样的火花。

新兵就要下连了，彭瑞林作为侦察兵出身，建议指导员李晓明要选思想和身体素质俱佳的新兵。李晓明说，我们八连要有不同的兵进来，才能有不同的差异。如果他本来素质不好，到八连变成了好兵，那才能说明我们八连是一座大熔炉，任何材料到我们这里都能锻造成好钢！李晓明说得掷地有声，彭瑞林感到震撼。

"我感觉很幸运，自己虽然不是八连土生土长的，但八连是一所大学校，很多士兵感染了我，连队艰苦奋斗的精神感染了我。"彭瑞林决定把自己的技能运用到八连的训练当中，恰在当时，军委号召科技练兵。彭瑞林懂电脑，文化基础好，就成立了一个科技攻关小组，进行科技训练、设计，在技术上进行创新，弥补连队营区空地少，射击训练难以展开的缺憾，还找了一个搞电子机械的学校一起合作，利用节假日时间，每天往返30多公里路程，向这所学校的电子学、机械学、光学教授虚心求教，最终共同研制了轻武器射击模拟训练系统。当时电脑刚刚普及，彭瑞林还和战友在网上做了主页，最后八连有五人评到先进，在上海警备区科技练兵成果交流会上荣获一等奖。

2001年，彭瑞林调往六连担任连长，之后的岁月里，六连连续3年获全军军事训练先进连，这是很骄人的成绩，在各连队中也属罕见。2004年，把彭瑞林调往八连提高连队的军事技能，成为团首长的一个必然选择。

"任何兵进了八连就成好兵，才叫好八连。你在八连担任过排长、副连长，组织上让你去，就是相信你能胜任。"团首长的话，对彭瑞林是一个巨大的激励。2004年5月20日，彭瑞林走马上任八连连长。

艰苦奋斗精神是连队永恒的核心和灵魂，彭瑞林认为市场经济大潮下，更需要发扬这种精神。他带头保持不抽烟不酗酒，和全体干部带头讲学习，带头讲廉洁，带头讲团结，讲奉献和讲纪律。

"你是一个兵头，这些做不到，在八连一天也待不住。上头不炒你，自己也会炒自己。"

他说八连干部的六个好风气很值得在军营乃至社会上提倡，那就是理发不出连，带头不抽烟，床上用品和战士一个样，不搞吃吃喝喝，亲友在连队就餐交清伙食费，不收受战士钱物。

担任八连连长后，彭瑞林更加深刻地感到，在八连当兵是一种莫大的光荣。上海的城市建设以突飞猛进的速度、国际一流的品质、宏伟壮观的气势，令世人醒目惊叹。在众多的建设者队伍中，"南京路上好八连"更是一支专打硬仗的队伍。有人说，老彭啊，你在八连当连长，复员有"资格"找金饭碗了。

彭瑞林说："人生至此，有很多机会改变自己的命运，但我太热爱部队了。国家、部队培养了我，说走就走自己良心何在？你要知道，我已经是十多年的老兵了……"

52. 让自己成为军营里最闪亮的星

2006年，八连迎来了两位80后主官，继黄森3月任指导员后，张道广在6月担任连长。

张道广1981年出生于安徽合肥肥东，家在农村，离县城70里路。他有一个叔叔是军人，参军入伍也成为张道广少年时的梦想。那时，县城里刚刚掀起军校热，张道广上一届毕业生，有10人考入军校。1999年他毕业的时候，考取南昌陆军学院，同校另有16人考入军校，张道广的班里就有5人。

张道广性格粗犷，能够吃苦耐劳，刚入校一个月，就担任了班里的副班长，成为全中队的骨干。毕业分到上海警备团，先到九连去训练，后来调到八连，2003年，担任了八连的排长。

八连有个传统，是无烟连队。50%的新兵刚入伍时是抽烟的，到了八连，很快就戒掉了，做到100%不抽烟。张道广自己本来不抽烟，到八连后，把酒也戒了。"军人就应该是一个血性男儿，像军人的样子。"接受采访时，张道广这句话说得铿锵有力。浑身洋溢着威武、硬朗的军人气质，英气逼人。

作为第一届八○后连长，张道广跟战士的年龄比较接近，大家都有共同的语言，拉近了彼此的距离。当然，初来八连，无论是干部还是战士，都会觉得压力大，张道广知道做八连的干部不能含糊，八连几十年锲而不舍的奋斗史、成长史、荣誉史，既是肩上重若泰山的重担，也内化成为一种强大的精神动力。

有一段时间，连队的训练成绩上不去，官兵加班苦练，也不见效果。节约一分钟，不做无用功。张道广带领连队向时间要效益，为官兵建立训练量化表，细化到课目、课时、阶段。每月组织一次小比武，评选训练标兵，既横比训练成绩，更纵看个人进步幅度，激发官兵训练热情。

"珍惜荣誉、艰苦奋斗、勇往直前、再创佳绩！"口号声喊得震耳欲聋，队伍斗志一下高涨起来……是啊，进了八连，就要无愧于这个荣誉！2007年6月，在警备区组织的建制连队对抗比武中，八连夺得8个课目中的5个第一和总分第一。2008年11月，在团组织的军体运动会上，八连以高出第二名近200分的绝对优势，获得团体冠军。

一天，八连官兵跑操经过同在愚园路上的消防中队门前，张道广远远看到消防兵正在攀登楼前训练，想起连队正为没有攀登楼、没有悬梯、没有爬绳训练而发愁。他主动找到区消防中队"攀亲"，双方一拍即合，原来消防中队也早有借助八连传统资源教育官兵的心愿，很快，八连与静安消防中队结成对子。

艰难困苦，玉汝于成。困难是最好的磨刀石，在一次次攻坚克难中，八连重视用艰苦奋斗精神锤炼坚强意志，把吃苦当"存款"，连队每年进行三到四个月的野外驻训。每次野外驻训，大路不走走小路，有车不坐练行走。野外驻训本可在郊区进行，可八连偏要把连队拉到海滨去训。在沙滩、芦苇、河沟中，练野战条件下的生存、作战能力，一练就是4个月。

随着军队职能使命的拓展，连队的任务变了，训练的强度更大了。八连每天要进行两个多小时的体能训练，六七个小时的军事课目训练，光射击这一项就要练速射、精度射、手枪射击、轻机枪射击和狙击步枪射击等好几种，宝剑锋从磨砺出，八连在全团的各种比武中，总是走在前列。

2007年8月，八连配属海防二旅千里机动到皖东某地进行野战化训练，这是八连时隔43年，又一次走出大都市，开赴大山沟。万水千山只等闲，八连官兵喊出"配属不当配角，人少敢当拳头"的口号，抓住契机，苦练走、打、吃、住、藏、抗敌电磁干扰、防重炮火袭击、与炮兵协同作战等多种战术训练，在真打实练中锤炼军人血性。一个多月后，上级组织考核演练，八连主动请缨担任主攻分队。

9月17日晨，离演习还有4个小时，天空下起了小雨，官兵们一路奔袭，按照规定时间到达演习地域。演习开始了，炮兵群首先向"敌"方阵地实施密集的火力压制。霎时，炮火轰鸣，硝烟滚滚。随着两颗信号弹腾空升起，在隐蔽地域等待出击的八连官兵，飞一般冲向"敌"阵。全连编成两个突击队，从左右两侧向前推进，一个预备队紧随其后。在灵活的战术安排下，突击队翻越山头，直插"敌"阵地。一片喊杀声中，向"敌人"发起了猛烈的进攻。炮火从头顶飞过，雨越下越大，汗水和雨水交织在一起，大家全然不顾，向制高点发起全力冲锋，最终第一个将红旗插上"敌人"的阵地……

面对世界军事变革的严峻挑战，单纯靠铁脚板、步枪、手榴弹赢得胜利的年代已经过去。八连大胆解放思想，突破头脑里的道道"障碍"，坚持作战需要什么就练什么，以提高官兵智能为重点，强调体能、技能与智能的有机统一。张道广认为，军事训练的好成绩应归功于"苦练加巧练"，在连队鼓励自主创新。95式自动步枪配发八连后，由于95枪族采用准星觇孔瞄准，改变了以往三点一线的瞄准模式，连队第一次体验射击，全连官兵的射击优秀率普遍下降。盼星星盼月亮盼来的新装备，却成为训练场上的一只"拦路虎"。

连队的"神枪手"嘀咕开了："原来81式自动步枪瞄准时都有辅助检查，95式步枪也有这样的仪器就好了。"一句话引起了大家的共鸣。连队成立了张道广和排长侯国成、陈晶平等5人攻关小组，多次前往上海市专业射击队、上海某科技公司等单位请教专家，从图纸设计到实际操作，从框架结构到细小环节，和该公司的专家达成了开发意向。一次，张道广回安徽老家休假时，途经南京，想到南京陆军指挥学院有位教授在这方面很有研究，便毅然决定下车，结果10天假期在学院待了8天。前后历时5个多月，"瞄靶轨迹分析仪"诞生了，这套仪器在八连使用后，官兵射击成绩大幅提升，2007年6月，在警备区组织的建制步兵连对抗比武中，八连拿到了精度射击和应用射击两项团体第一。在团组织的轻武器射击考核中，张道广获得三个射击第一。随即，这一革新成果在全团推广，全团轻武器射击优秀率逐步提升。

士兵杜江长得白白净净，细皮嫩肉，他读书时原本成绩优秀，在新兵连，诗歌朗诵、新兵征文，到处活跃着杜江的影子，一时间"小秀才"的雅号不胫而走。新兵下连后，杜江一心想发挥自己的特长，事与愿违，他一到训练场就像霜打的茄子，训练成绩接连被亮"红牌"，有的课目甚至还拖班里后腿。连队组织越野训练，每次杜江都说肚子痛，然而带到卫生队一看，啥问题也没有。连队进行实弹射击、战术训练，他更是想着法子躲。

"平时训练怕这怕那，上了战场怎能打仗？"训练归来，连长张道广把杜江叫到一边。

"上战场？怎么可能。"杜江的回答让张道广感到：他不仅身上穿着"铠甲"，思想上也穿着"铠甲"！

张道广把杜江带到毛泽东写的《八连颂》前，为什么八连"军事好，如霹雳"？当兵就是要当能打仗的兵，随后，指派一名骨干对杜江进行重点帮带。部队是为打仗而存在的，战士没有坚强意志，不爱军精武，不仅不配在英模连队，在其他连队也没有立足之地啊！

杜江很快变得勇猛起来，工作训练自我加压，一般课目训练积极，险难课目训练抢着上，重大任务冲在前，还在团里的双杠比武中，战胜多路好手，一举夺得冠军，两年来，多次获得营嘉奖，被团里评为"优秀士兵"，并被提干。

随着多元化的社会和市场经济影响的逐渐深入，连队官兵的思想和价值观不同程度地发生着变化，一些战士对发扬艰苦奋斗传统的认同感下降，对物质名利等愿望追求有所抬头。对新兵进行问卷调查时，不少新兵心中的偶像要么是商界精英，要么娱乐明星。八连可贵之处在于它是一个矫正人生观、价值观的大熔炉，在于它是一道崭新的起跑线，让战士的精武梦想从这里奋勇出发……

战士曹俊入伍前是个十足的追星族，偶像的生日星座、喜好口味等无一不知，有次得知心中偶像来省城开演唱会，为见这名歌星一面，他在机场足足等了两天两夜。入伍时，他穿着偶像代言的衣服、理着偶像类型的头发，还对班长说：在上海当兵，以后看演唱会可方便了。张道广听了，找来曹俊："战士要追星，就追爱军精武的标兵，让自己成为军营里最闪亮的星。"

2008年6月，军区狙击手集训，曹俊作为八连"种子选手"参加选拔，一路过关斩将，最终以全胜成绩取得集训资格，在集训中他发扬艰苦奋斗传统，苦练精兵，军区狙击手结业比武中，他勇夺第三名。

八连人的毅力一直在传承，这是"万岁连"的生命。老兵张林荣年过七旬，把在八连当兵，看作是人生中最光辉的一页。2007年，建军80周年纪念日来临之际，他登报寻找当年的八连战友。18年前张林荣被查出患晚期肺癌，医生断定他寿命不长，但是，张林荣凭着顽强的毅力跨过了鬼门关。在报上，张林荣与昔日战友孙俊新一起说出了深埋心底的愿望：见一见当年一起在南京路上当兵的战友，共叙部队情谊。报纸刊出后，一些八连老兵陆续和张林荣取得了联系，讲起在八连当兵的历史，这些早已白发苍苍的老人潸然泪下……

53. "八连一直照顾我，真是亲人啊！"

家住钦州南路的盛行老奶奶87岁了，弥留之际，她一直念叨着八连的战士。

盛行老人原来住在黄浦区云中居委，1982年和八连结缘。那一年，八连和云中居委建立共建单位，与云中居委的30多位孤老"攀"上了亲。

盛行老人出生于1920年，从事教育工作，一直孤身一人，生活俭朴，1982年刚退休，就搬来了云中居委，住的屋子是一楼的灶间隔出来的，也就10平方米左右。天花板上有个洞，里面老鼠和蟑螂爬上又爬下，有时用饼干盒就能抓住老鼠。楼上还经常会漏水，因此屋子特别潮湿，墙壁上面布满了发霉的痕迹。

盛行老人一生经历过很多磨难，骨头一碰就断，左臂断过，左肋骨断过，背上骨头也有断过的，造成了她的一些怪脾气。她刚搬来云中居委，一天外出回来，见搭在门口过道的厨房上放着菜和肉，感到很奇怪，这是谁送来的啊？居委会的人告诉她，这是好八连送来的。

在那之前，盛行老人从未与八连接触过，她就很想看看八连，看看解放军。后来，战士们来了，问寒问暖，打扫卫生。帮她粉刷墙壁，擦洗玻璃，将天花板重新装修，老鼠苍蝇被消灭得一干二净，整个房间焕然一新。

战士们常送来大白菜、萝卜，连队杀了猪也给居委的老人们送来猪肉。这些菜是八连自己种的，猪是八连自己养的，盛行老人和孤老们怎么推也推不掉。这些菜，这些肉，有了一种情感，一种温馨，盛行老人觉得吃起来特别有味道。

1984年，盛行老人在老年大学学书法，战士都鼓励说她的毛笔字写得好，老人就学得更起劲了。

1991年，盛行老人71岁了，她的亲弟弟怕她孤单，从加拿大赶回来，要帮她办移居，盛行老人执意不去。"我并不孤独，好八连就是我的亲人，现在是我一生中最富的时候，退休工资够我用了，生活上啥都不缺，还有居委和八连照顾我，我哪里也不去。与好八连战士在一起，我很愉快。里弄的邻居说：'侬真有福气！'"说完，微笑照亮了那一间狭小的房子。

盛行跟弟弟说起八连来，说这些解放军就像自己的亲孙子那样有孝心，每年吃年夜饭，开春节联欢会，都把自己请去，还派人过来和居委的孤老一起守岁，听新年钟声……弟弟看着姐姐脸上的笑容，心里踏实了。

9月的一天，盛行老人从凳子上摔下来，脚骨跌断了，尾椎骨跌伤了。她躺到床上，没法起身，没法烧饭，摸到剩下来的馒头，一吃已经坏了。

连队从外面拉练回来，和老人分别有一些日子了，战士们包了饺子给云中居委的老人们送去。战士卢成斌把饺子送到盛行老人家时，看见她正躺在床上一口一口咬有点发霉的馒头，卢成斌心里难受，忙说："盛老师，快别吃了，连里让我给你送饺子来了。"

"孩子，你们回来了，真想你们呀。"老人的眼泪唰地流下来了。老人躺在床上，抖抖索索从枕头下把以前的日记也拿出来说："这些天，我想想真过不下去了。可想到你们，想到所有关心我的人，我又坚持下来。"

盛行老人在床上休养了3个多月，八连的战士一个一个过去服侍，跟她聊天解闷。家在山东潍坊的战士给她讲放风筝，家在江西的战士给她讲井冈山，家在南京的战士给她讲中山陵、长江大桥还有夫子庙风味小吃，盛行老人都乐呵呵地听着。

"莫道无子苦黄连，解放前后两重天。老人感谢好儿女，'南京路上好八连'。茫茫江水向东流，亲人情义记心头。嘘寒问暖到病榻，残身此外复何求。"在黄浦区云中居委30位孤老专门为八连创作的这首《马灯调》里，这些孤老唱出了他们的心声。

侨眷郑桂梅的老伴中风瘫痪多年，平时吃喝拉撒都在床上，头发长了，郑奶奶自己找把剪子胡乱替他剪剪。一次，郑奶奶遇到正在为民理发的八连战士童董良，问小童能不能上门为她老伴理个发，没想到童董良一口就答应了，从那以后，童董良主动担负起了为老人理发的义务。老人去世前一天，童董良早早来到医院，让老人的头靠在自己手臂上，用手推剪小心翼翼地剪着……理完发，又精心为老人修整面容，用温水轻轻为老人擦脸，神志迷糊的老人脸上竟露出一丝微笑。看着老伴临终时那满意的笑容，郑奶奶眼眶湿润，跟人说，老伴最后一个微笑是八连给的……

1998年，中国驻南斯拉夫使馆被炸，驻南使馆武官任宝凯将军受伤，未等伤口痊愈，就急着要回上海老家，一是看望90高龄的老母亲，再就是到八连去，看望那些一直照料着他老母亲的战士们。

孤老蒋林乃不慎从楼上摔下，被送到医院，诊断是脑溢血。由于没有亲属看护，他孤零零地躺在病床上。八连两个战士提着鸡汤，赶到医院看望。一进病房，一股难闻的味道扑鼻而来。原来老人行动不便，大小便失禁，弄得被子和衣服到处都是。战士打来热水，为蒋林乃洗头、擦身，换上干净的衣服和被子。整整一个星期，他们像孝顺的儿子一样照料着老人，直到他病愈出院。

老人李树林脚骨折，侄子把他接到嘉善，八连战士得知后，经连队批准，买了水果和居委会干部一起赶往嘉善探望，感动得老人热泪盈眶。

"人老体残难走动，干部带来小英雄。进门先行军中礼，然后为我做好事。感谢八连众英豪，关怀老人不辞劳。静如处子有礼貌，情深义重比天高。"新的《马灯调》又在云中居委唱响了。

新的世纪，新的任务。一次连队意见箱收到了一封建议：现在社会福利制度逐步健全，老人们的生活都有了保障。八连应该多和一些科研单位、经济实力强的企业攀亲，这样才有利于连队的发展。同时，练好手中本领，增强打赢能力，也是更好地为人民服务。这条建议得到了部分连队战士的赞同。连队党支部认为：社会上的孤老虽然条件有了改善，但八连爱民之情不能断，不仅要坚持，还要做得更好。

李筠青是烈属，已经105岁了，子孙她都叫不出名字来，但每一个照顾她的八连官兵她都能认得出来。2001年街道组织居民搬迁，不管怎么做工作，李筠青死活都不肯走，直到八连官兵来劝她，并答应仍会像以前一样经常去看望她，李奶奶才答应搬走，她拉着指导员公举东的手说："我不是舍不得这个老房子，我是舍不得离开你们啊。"

这一年，搬走的还有盛行老人，她搬到了钦州南路的新家，她想既然不住南京路了，"八连"战士也没有理由来了吧。出乎她意料的是，八连战士的脚步声和敲门声，时常响起。战士们的到来，盛行老人特别高兴，总想留他们吃顿饭，可是战士们一直推托，大热天来擦玻璃，盛行老人想去买两根冰棍，他们也是摆手。盛行老人有时候急了："你们不是叫我奶奶嘛，奶奶的东西为什么不能吃？"

战士们总是忙完之后，饿着肚子回去。

盛行老人年纪大了，事情越来越记不太清楚。但是她却一直记得一抹橄榄绿，记得"好八连"这个名字。2007年住院时，她经常对医护人员说："这么多年，好八连一直照顾我，还是解放军亲啊！"

当时八连远赴安徽三界驻训，老人一直惦记着八连的战士。弥留之际，她拉着居委会干部的手，颤抖地说："感谢好八连，感谢解放军……"说着，两行浑浊的泪水，缓缓流下。

54. "我们的阵地，从南京路拓展到整个上海"

5月的上海，清风拂面，天气爽朗。

这一天是2008年5月23日，历经2个月游历的北京奥运圣火，将在浦江之畔点燃，传递。

早晨8时许，上海博物馆北广场圣火起跑仪式上，人群正为四川地震灾害中遇难的同胞默哀，2008只白鸽随之振翅飞起……圣火点燃火炬，一棒一棒在传递，经过人民广场、一大会址、外滩，来到了南京路，第38棒火炬手是"南京路上好八连"的指导员黄森，他接过火炬，似乎也接过了荣耀与责任——现在传承的已不仅仅是奥运的火炬，也蕴含着中国军人的信念。

能以军人的身份，为北京奥运会手擎火炬跑上一棒，黄森感到特别光荣。"一直以来我们非常关心火炬传递的新闻，觉得那些护送圣火的武警战士履行职责非常漂亮，要向他们学习。奥运会就是要公平、和平、和谐，而维护和平也是我们军人的使命。"

有记者请黄森介绍自己，他总是谦虚地笑着，说："其实我个人没做什么，我所在的部队非常优秀。"

80后黄森是江苏启东东海镇人，1999年高考考取徐州工程兵指挥学院。他从小就渴望当兵，从电视上看到一些历史片、战争片，浑身的血就突突地激动，就渴望着将来当兵，奔赴沙场。高中毕业时，家里希望他学医，黄森坚定要上军校。2003年毕业后，满怀戍边卫国的豪情和建功立业的雄心壮志，他一纸申请，去了福建某部工兵团任排长，之后到团机关做组织干事，2006年调到八连担任指导员。

小时候，他听父母亲说过好八连"新三年旧三年，缝缝补补又三年"的故事。上任那天，他在连长的陪同下参观了连史室，听了连队情况介绍，心情十分激动。黄森因为上过军校，有着优越感，有些方面跟基层干部的做法并不吻合。在八连，一股强劲的精神给了黄森深刻的冲击力。

老指导员刘仁福有时来连队，讲起他们在山区驻训时，用墨水瓶做煤油灯。这就是八连人，一代一代保持优良的传统，就像一棒一棒地传递着军人的火炬。

每周，胡红根总会坐着轮椅车来连队一次，因为胡红根不能上厕所，黄森看到一个小战士照顾他，用一个塑料瓶端着让他撒尿。好八连照顾胡红根几十年了，这个小战士小小年纪，能够把胡红根这样照顾，完全把胡红根当做了亲人，黄森觉得很震撼。

这年夏天，八连军事训练成绩出现滑坡。在团里组织的几次军事比武考核中，八连没有一人没有一次进入前3名。少数官兵认为，八连以艰苦奋斗、为民服务而闻名，训练成绩出现起伏没多大关系。

"军事训练是连队的中心工作，八连不能靠修修补补立足，而要靠比武夺魁当家。"黄森配合连长持续开展了"霓虹灯越亮、使命感越强"的活动，引导官兵"瞄着第一练、盯着弱项练、与尖子比着练"，连队的训练水平显著提高。团里进行驻训拉练，徒步行军二三十公里，最后五公里要徒步奔跑，战士葛安华因为半月板损伤，腿肌肉损坏，徒步跑最后五公里，难度非常大，黄森叫他不要跑了。葛安华说，不行，一定要坚持跑下去。最后五公里的时候，葛安华用枪托把膝盖砸麻，忍着伤痛，向前奔跑，终于完成了任务。晚上的时候，他爬不上床铺，腿已经不听使唤了。

2007年11月底，将有170多个世博参展国的代表来世博园参观，一些参观点的工程还没有如期竣工，求救电话打到了八连。八连党支部一面向上级报告，一面组织官兵参建。24名面临退伍的老兵自发组建"老兵突击队"，叫响"在上海一分钟，就要为建设第二故乡多出一份工"的口号，专挑最苦、最累、最重、最脏的活，连续奋战12天，出色地完成了支持世博工程建设的任务。

在特奥会参加志愿服务的八连官兵，就像一个个流动的"窗口"，处处展示着中国军人的风采，同时也不断经受各种考验。一天上午，战士陈小松独自一人在浦东机场候机大厅担任巡逻警戒任务。"嗨，你好！请问26号登机口在哪里？"一位外国人用汉语问道。

"前面右拐！"陈小松打着手势指给他。

"谢谢！这个很漂亮！"外宾指着陈小松军装上的领花微笑道，"我很喜欢收藏徽章。"说着，从包里摸出一枚精致的胸章，显然是想交换军装上领花。

"对不起！不能换。"

看到小陈一口回绝，外国人情急之下迅速从背包里掏出一沓钞票："我出2000元人民币，你愿意卖吗？"

陈小松来自江西贫困山区，全家每年收入不足3000元，但他斩钉截铁地说："对不起，这对领花是非卖品，它只属于中国军人！"说完，敬了一个标准的军礼离开了。

这位外国人很不甘心，又相继找到6名正在执勤的八连战士，试图用2000元钱买一对中国军装上的领花，结果得到同样的回答。

陈小松临近退伍了，在一篇日记里写道：2000元也许可以生产一个连队所有官兵领口上的领花，但它是中国军队的一个标识，把它当商品卖了，我在八连这两年的兵就白当了！

在八连当过兵，已经成为生命中最珍贵的荣誉。

2008年2月，上海地区遭遇特大雨雪灾害，大雪纷纷扬扬，为这个城市描上童话的色彩，也带来出行的艰难。八连官兵从没见过上海下这么大的雪，他们踏着整齐的步伐，来到南京路步行街铲雪。雪太厚了，雪太密了，扫出来的雪在路边堆成了上百堆，而雪灾造成车辆无法进入，如果这些雪堆不及时清理掉，融化后将导致路上结冰。

"车子进不来，我们自己搬。"

官兵们用蛇皮袋把雪装起来，4人一组，扛起100多斤重的雪袋搬到九江路，200米的距离，有的战士滑倒了又爬起来，有的战士被融化的雪水浸湿了衣物，浸入身上，冷冰冰的，像是小刀子在割着……冷冷的风吹着，路两边的雪堆已经结起硬冰，每一锹铲下去，都要使出浑身的力气，很多人手上起了水泡，然后水泡又被磨破了，疼得几乎麻木了，军靴长时间浸泡在雪水里，脚被冻得毫无知觉，他们依然在坚持。官兵不停地挥锹，装雪，扛雪，汗水慢慢浸出来，不再感觉到雪水的冰凉了，因为这一群军人的心是火热的，就像熊熊燃烧的熔炉。

司务长张怡不知从哪找来一辆手推车，一次要拉上十只雪袋几百斤重量，他一趟趟来回拉，不肯让战友替换。在八连战士的感召下，南京路上的许多商家业主，纷纷加入到清运积雪的队伍。4个多小时后，"扛雪战"结束了，八连战士浑身都是雪水，脱下来的手套、袜子都能拧出水来，手上、脚上到处都是褶皱和裂口……

在上海火车站，十几万旅客滞留。扫完雪，八连又奉命赶赴火车站，执行抗雪救灾。他们兵分两路火速驰援，一边为旅客提供热饭菜，一边维护车站秩序。10分钟内，现代化的野战给养单元和野战帐篷搭建完毕。

"喂，解放军大哥你好！"这天，两位女孩找到正在南广场进站口执勤的新战士刘菲沫，用暧昧的眼神递上一张"××会所"的名片。

"兵哥哥，今天你帮我们上站台，姐回来后免费为你提供一次特色服务，怎么样？"见刘菲沫不接名片，两位女孩干脆往他的军装口袋里塞。

"对不起。请自重！请自觉排队购票上车！"刘菲沫推开她俩的手，正了正军装，一口回绝。

雪停了，车站增开了多趟列车。

"当兵的，你帮我到军人窗口买几张新增列车的车票，我每张给你提成300块怎么样？"车站里，贩票的"黄牛"打起了八连官兵的主意。

"我们是执勤的，不买票！请你走开，要不，我报警了。"在诱惑面前，八连官兵像一堵堵铜墙铁壁。

6天6夜的连续奋战，清扫积雪万余平方米，为滞留旅客免费提供盒饭6000份，稀饭近万份，开水4000桶……永葆军人的本色，也呵护着整个城市的温度。

"随着军队职能使命的拓展，我们连队的任务也发生了变化。"黄森自信地说道，"我们的阵地，已从南京路拓展到了整个上海。"

如今八连每年近三分之二的时间都在野外驻训，简单的生活，意义不简单。黄森跟大家说："作为一支要随时执行作战任务的连队，只有平时练得好，战时才能拉得出、打得响，才能成为部队的一把尖刀。"岁月的流淌，抹不去精神的传承；时代的光芒，为英雄传人增添新的风采。

社会越来越多元化，战士入伍前的经历越来越丰富，想法越来越多，社会上出现炫富铺张的现象。但是在八连，战士互相比谁节约，在生活方面很节俭，有位大学生士兵以前在健身房做教练，每月工资6000元都不够花，到了部队，304元的津贴，每月还节省下来100元。大家纷纷把节约下来的钱，捐给孤老，看望孤老，艰苦奋斗精神已渗透到官兵血脉里，烙印深深地打在心上。

大上海一天一个样，八连兵一茬又一茬，连队有了卡拉OK室、多功能健身房，网络也通到班排，每个房间都有电视机，战士们不仅用MP3，而且人人有电子书，课余时间学习、娱乐、健身各有去处、各得其乐。这有利于战士成长，与传统没有冲突。

黄森有个座右铭：爱兵爱到根本处，带兵带上成才路。战士日常生活中的所言、所行、所思、所惑，八连的干部看在眼里，更放在心上。新兵营搞联欢，毕业于师范学校艺术系的新战士沈凯翔上台露了两手，动感无限的民族舞，精彩绝伦的魔术表演，一只鸽子从手中飞起，顿时技惊四座，被称为"军营魔术师"。第二天，警备区演出队队长找上门来："想不想到演出队发展？"

沈凯翔早就听说，大明星孙俪就是从这个演出队走出去的，心里万分期待。分到八连后，他天天掰着指头算：演出队什么时候来接自己啊。心里一闹腾，训练、工作就有些心猿意马。

一天晚上，黄森把正在练形体的沈凯翔叫住："说说看，为什么当兵？"

"原来是想体验一下军营生活，现在想到演出队去，体现自我价值。"这一代年轻人的才华学识，和这纷繁的时代交融在一起，自我价值的体现，是对他们最大的诱惑。

"被演出队相中是好事，可光有文艺天赋不行，一个战士没有过硬的军事素质，走到军营任何地方都难以适应……"

沈凯翔若有所思地点点头。

这天下午，在特种课目"倒功"训练中，班长急得直跺脚，沈凯翔脸色苍白，始终不敢前扑。

"怎么回事啊？"班长蒋海龙问道。

"不小心摔断手怎么办，我的舞蹈和魔术表演全靠手……"沈凯翔说得理直气壮。

黄森看到这一幕，走到沈凯翔身旁："你看，我身高比你高，前扑的着地点比你远，手掌的承受力量比你大，照样完成。"说着，一个标准的前扑。

人生路上，到处都有坑，到处都有坎，只有迈开大步跨过去，才能战胜自我，迎来新生。沈凯翔哆哆嗦嗦地扑了出去……迈过了第一个坎，沈凯翔拼了，几个月时间就夺得两个比武名次，中央电视台军事频道还为他拍了专题片，专题片播出不久，警备区调他到演出队的命令也到了。

"衡量一个人是不是艰苦奋斗，光有艰苦朴素和拼搏奋斗是不够的，还要看他是不是愿意奉献。"黄森说，有些人生活朴素，工作努力，但如果只是为了积累私产或者个人升迁，那就不是"好八连"式的艰苦奋斗，"物资匮乏年代，八连自力更生，开荒种菜，把新鲜的菜送给工人、学生，老菜叶子留给自己，穿缝补的衣服，把省下来的新衣物捐给灾区。"黄森说，"最根本的还是贵在奉献。"

在八连，艰苦奋斗、谦虚谨慎已成为官兵不畏艰难、昂扬向上的精神状态。八连讲艰苦奋斗，只有保持昂扬向上、不懈奋斗的精神状态，才能在荣誉面前保持谦虚，才能不畏艰难，战胜艰苦的外部条件。八连的官兵牢固确立了三种理念：艰苦无止境，奋斗无止境；艰苦的环境，就是创造业绩的环境；艰苦不奋斗，永远没出路。这些理念引导官兵在人生旅途遇到困境、逆境和挫折时，始终保持昂扬的精神状态，锐意进取、战胜困难。

在八连，艰苦奋斗、谦虚谨慎已成为官兵坚忍不拔、顽强拼搏的意志品质。八连讲艰苦奋斗，不光是生活上的艰苦朴素，更是工作中的吃苦耐劳和拼搏奋斗。他们把训练场当作磨练艰苦奋斗精神的主战场，在训练场上"苦"字当头，锻炼英勇顽强的战斗精神。

在八连，艰苦奋斗、谦虚谨慎已成为官兵不图享乐、艰苦朴素的生活方式。八连人坚持从大处着眼，小处着手，在个人消费上做到"五个一点"：日常消费花一点、文化学习用一点、希望工程捐一点、孝敬父母寄一点、自己备用存一点。连队的 IC 卡电话亭边，印有"长话短说，请珍惜分分秒秒"的提示语；电脑打印机旁，贴上"节约一张纸，希望小学的学生就多个练习本"的字条；食堂墙壁上，张贴着"要知盘中餐，粒粒皆辛苦"等警语。

在八连，艰苦奋斗、谦虚谨慎已成为官兵知难而进、奋发有为的成才途径。官兵既为连队建设出力奉献，又尽快锻炼成才，做到苦中有为，苦有所值，"既要苦身子，又要苦脑子"，攻克学习堡垒，攀登知识高峰。在八连，艰苦奋斗已成为一种科学文明的生活方式，一道拒腐防变的"防火墙"。八连官兵在生活上充满激情，在工作上勤于奋斗，确立了坚定的理想和信念。

黄森刚到连队时，营里组织5公里武装越野摸底考核，才跑了三分之一的路程，军事素质较弱的黄森就被八连官兵远远甩到了最后。当两名班长用背包带拖着黄森跑完全程，时间定格在25分钟，八连考核成绩最后一名。这是一个尴尬的数字，也是一个尴尬的场面。这次摸底，让黄森在全营官兵面前现了老底。"八连指导员竟然跑了最后一名！"一些人的背后议论，让黄森十分羞愧，自己给连队拖后腿了。

为了补上军事素质的短板，黄森开始苦练，卖力得像个新兵，每天坚持跑两个五公里，做200个仰卧起坐，500个俯卧撑，并和5名素质过硬的班长结对，进行射击、障碍、武装越野、投弹、战术专项训练。单杠训练场上，黄森一米八的个头，脚站在地上，就能抓住杠。为了增强训练效果，黄森把脚下的沙坑刨深，并把自己绑在单杠上练习。清晨、中午、深夜，黄森拼命在训练场上追赶。他上学时就有关节炎，每次跑完五公里，都要用冰袋冷敷来减轻疼痛。大冬天里，被冰袋敷得直咧嘴，两个膝盖上留下了两个褪不掉的红印。一个冬夜十一点多，通信员发现黄森敷着冰袋，竟然睡着了。

如同雄鹰经历漫长的"修炼"，用它的喙啄击岩石，直至旧喙脱落，新喙长出，又把旧趾甲一根一根拔出来，让新的脚趾甲长出，把沉重的羽毛一根一根地拔掉，让新长出的羽毛更显空灵，漫长的自我虐待、自我煎熬，雄鹰得以脱胎换骨。长久的磨炼，黄森浴火重生，2006年底，参加警备区组织的基层军官考核，五公里越野，黄森创造了18分18秒的好成绩，总评优秀。2007年6月，和连队一起参加警备区建制连对抗比武8个课目的考核，黄森拿到五公里武装越野、精度射击、应用射击等5个课目的第一。2008年11月，在团里组织的指导员岗位练兵比武考核中，黄森日夺三金，拿到综合第一的好成绩。全团官兵都说：八连指导员就是牛啊。

2009年5月，黄森完婚了，结婚当天，他匆匆回启东老家住了一宿，第二天一早就赶回部队，夫妻几个月也难得见上一面。

55. 拼搏与奉献的教科书

浦江之滨，江南造船厂旧址。

红旗招展处，一支头戴安全帽、身着迷彩服的队伍，在挥汗如雨，他们是唯一一支参与世博工程建设的部队。"南京路上好八连"，他们又一次来到了上海重大工程建设的工地，来到了世博园建筑攻坚的战场。

2009年4月，上海初夏，繁花如锦，八连要打就打硬仗，他们接到的是一项最艰险的任务：到江南造船厂的旧船坞里将钢管和扣件搬运出来。

江南造船厂创建于1865年，被誉为"中国第一厂"，这里也被誉为中国民族工业的发祥地，此时它搬迁到长兴岛，很快这里将华丽转身，成为上海世博会的场地。滔滔的黄浦江水，见证了江南造船厂的无数奇迹，见证了在这里诞生的无数个第一：中国第一炉钢、第一支步枪、第一门钢炮、第一艘蒸汽推进军舰、第一艘铁甲军舰……

在深达18米、长约40米、宽10米的防汛墙和浮桥之间，巨大的船坞，如同一枚巨大的工业活化石，无言地诉说着远去的辉煌。残存的杂物，似乎还在诠释着它的巨大。只有钢管乱七八糟地堆放着，扣件也撒了一地，还有深深积存的污水，从甲板望下去，这18米的落差比八连平时训练速降的6层楼还要高，大家都有一种站在悬崖边上的感觉……

这是一个巨大的施工难题，施工单位联系了几家施工队，面对高额报偿，没人愿意接手。

八连官兵主动请战，参加劳动。

来到作业现场以后，大家都吃了一惊，旁边的几个农民工在边上看着，相视而笑说："又不给他们钱，搞不好命都搭进去了。"

带八连过去的一位科长看了看大家，也不好意思地说："算了，还是不下去了吧，咱们换其他活。"

张道广镇定地说："没事，我们注意点就好了，能给我们找根长绳吗？当安全绳。"

"工地就是'战地'，参建就是'参战'。我们要发扬艰苦奋斗精神，不怕苦不怕累，坚决完成这项任务，为'八连'争光！"慷慨激昂的动员，让官兵斗志昂扬。

一排用钢筋拧成的墙梯，供上下船坞之用，攀登起来令人眩晕，船坞底下的污水，发出腥臭的气息，闻起来令人作呕。八连官兵争先恐后下到钢铁悬崖下面，不顾脚下的污水，手抬肩扛，积极配合起吊机捆绑、装卸，将钢管转移到甲板上，再手抬肩扛搬运到指定位置，奋战3个多小时，把这些将近35吨的扣件和钢管一件件搬运完毕。和八连一起劳动的工人不由得竖起拇指："战斗力就是不一样，干起活来，一人顶仨，能打硬仗！"

困难面前有八连，八连面前无困难。这些年来，这样的硬仗、恶仗，八连打了不少，打出了战斗意志、打出了战斗作风、打出了实战能力，打出了八连精神。

中国馆，将是上海世博会最闪光的一颗明珠，它的主体造型雄浑有力，犹如华冠高耸，又如巨大粮仓，寓意"东方之冠，鼎盛中华，天下粮仓，富庶百姓"。在"中国馆"劳动的几天里，连队搬运建筑钢材，清理建筑垃圾，有的槽钢一根就有上千斤重，官兵们合伙咬牙，一边喊口号，一边扛着走，几天下来，许多官兵肩上磨破了皮，手上磨起了血泡，他们毫无怨言。上海市第四建筑公司领导耳闻目睹这一切，感慨万分："什么叫拼搏，什么叫奉献？'好八连'就是活生生的教科书。"

在劳动中，连队得知工人理发和缝补比较困难，他们主动把"为民服务队"带到工地。

一张椅子是理发座，周围都是等待理发的工人；

一张椅子是补鞋点，面前放着布满泥土的皮鞋、运动鞋；

一张椅子是体检点，量血压的人排起一路长长的队伍……

一位年轻的工人买了些王老吉，放在服务点："你们来参加劳动，还为大家服务，真的很辛苦，我也要学习'好八连'。"

八连先后4次参加承担支援世博工地建设任务，每次都挑最难打的"硬仗"。世博园领导说："世博园区浇注的是水泥钢筋，你们注入的是好八连精神。"

7月5日上午，南京路上海展览中心，彩旗招展，驻沪部队在这里举行"为世博添彩，为军旗增辉"誓师动员大会。"让我们牢记职责，不辱使命，以高昂的斗志、必胜的信念、顽强的作风、过硬的本领，为世博会成功举办做出我们应有的贡献，为伟大的人民军队增添新的光彩……"面对军旗，庄严宣誓。

"我们一定要从自身做起，为举办一届'成功、精彩、难忘'的世博会贡献力量。"连长张道广语气坚定。

期待已久的2010年，在陈毅广场跨越零点晚会中的倒计时里来临了，南京路商场灯火通明，营业到零时，狂欢中的盛宴，点燃着这个城市的激情。

5月，上海世博会璀璨登场，八连除了执行世博安保工作，还在小区、街头和世博园开设世博讲坛，宣传世博知识，发放"文明观博"宣传品。一次，黄森在前几日训练中腰肌受伤严重，大家都劝他不要去了，黄森不仅亲自带队，在宣传中，强忍疼痛，坚持了一上午。

胡红根一直渴望着参观世博会，黄森向上级申请，得到批准。7月4日一大早，战士来到胡红根家里，帮他洗漱、准备好游园物品，把他抱上轮椅，推着他开始了圆梦的一天。在场馆里，战士在旁边不时给胡红根扇扇子降温，引来游客赞许的目光。

八连负责高雄路VIP安检执勤后，不断有亲朋好友给黄森打电话，希望开开后门，让他们提前入园，一向对亲友关爱有加的黄森唱起了黑脸，每次上岗前都把手机关掉，他的妻子先后5次入园，没有一次从VIP安检口走"后门"。

如果我们给自己开了"绿灯"，游客就会给我们八连亮"红牌"！这是黄森和连队的誓言，这也是八连人心底无私的精神高地。

承担世博任务期间，文书雷德亮突然接到姐姐打来的电话："亮子，爸住院了，医院说恐怕老人家时间不多了……"雷德亮顿时头晕目眩，他怎么都不愿相信父亲病重的事实。他立刻冲到连部请假，刚走到指导员门口，雷德亮想到世博安保任务定人定岗，一个萝卜一个坑，自己走了，任务可能就要耽搁。他改变了主意，对谁都没有提起家里的困难。这天，雷德亮父亲的病危通知书发到了连部，连队才知道这个事情。张道广立刻向团机关打报告为雷德亮请假，黄森发动全连官兵为他捐款。离队那天，张道广交给他假条和回家的车票，黄森交给他2万元捐款，雷德亮眼泪唰地下来了。

回到家时父亲已经去世，雷德亮没有见到父亲生前最后一面，料理完父亲的后事，他就匆匆回到了连队。后来，胡红根突发脑梗住院，八连又一次集体捐款，雷德亮一个人捐了19000块钱，他说："没有见到父亲最后一面，我心里面很愧疚，有时候做梦都难过。可是想起还有连队和战友们，自己心里就会好过些。大家捐给我的2万块钱，料理父亲丧事花了1000块，剩下的19000块钱我一直都存着，今天拿出来捐给比我更需要用钱的老胡。"

这就是八连的战士，这就是中国的军人。

8月30日，世博园世博中心北侧绿地前，"'南京路上好八连'林"揭牌仪式。一个铿锵的声音响起。"我们一定会弘扬好八连传统，精心呵护这片世博林地，为世博园区营造和谐环保的好环境！"这是黄森代表全连官兵在庄严承诺。

就像这里的树木，植根于上海这片土地，八连也已经深深融入到上海这座城市的血脉。

56. "'世博安检攻略'也攻不破你们啊！"

2010年世博会，八连被评为"世博安保先进单位"，在举世瞩目的战线上，铸造着本色和忠诚。

高雄路VIP安检口，每天接待的都是社会各界的知名人士。八连在此担负安检任务，虽然不着军装，心中时刻牢记自己是一名军人，是"八连"的战士，始终坚持高标准，严格要求自己，没有一个战士做出有损连队形象的事。

三班新战士洪万超是个篮球迷，特别崇拜美国某著名篮球队球星。一天，NBA湖人队球星费舍尔和随行人员来到安检口，随身携带着一些到园区活动用的签名球衣和篮球，按照规定：球类物品属于限带品，没有证明禁止带入。洪万超说明情况后，费舍尔的随行翻译仍不死心，把他拉到一边，说只要放行，就送一件费舍尔的签名球衣。洪万超着实心动了一下，但一想到连队"拒腐蚀、永不沾"的光荣传统，可能因此在自己身上蒙羞，立刻克制住内心的激动，微笑着说："谢谢您的好意，虽然我很想拥有一件湖人队的签名球衣，但我不能违反规定。"篮球最后寄存在了VIP休息点。

执勤中，张学友、李连杰、王力宏等上百位明星从此入园，没有一个战士索要签名、合影，始终坚守岗位。有些游客想用场馆证章交换安保徽章，个别游客还提出花钱购买，都被婉言拒绝。

7月下旬，新战士王斌正在VIP通道执勤，突然发现父亲出现在眼前。原来父亲的单位组织先进工作者参观世博，从此进园。大半年没见到家人的王斌激动不已，心中虽有千言万语，却只是淡淡地跟父亲说：爸爸您好！欢迎您参观世博！软硬包装的饮料不能带入，您的矿泉水必须没收。王斌父亲的同事都围了上来，开玩笑地说："自己父亲都查得这么严啊！"

王斌笑着说："各位叔叔阿姨，这是我们的规定，谢谢大家配合！"

就像黄森说的，安检中给自己的亲朋好友亮"绿灯"，别人就会对连队的声誉亮"红灯"。

一天，六班副班长漆金虎从游客包内查出一个打火机，耐心讲解不能带入，带打火机的游客说："这个打火机比较贵重，我还真有点舍不得扔，不如就送给你吧。"这个ZIPPO打火机价值上千元，漆金虎的心一下子跳了起来。入伍前他是一个拥有4年烟龄的"老烟民"，来到八连后，戒掉了这个坏习惯，但对于打火机的喜爱并没有减弱，面对价值不菲的打火机，立刻吸引住了他的目光。

这些收缴的禁限带物品，都统一放置在一个筐里。漆金虎拿着打火机，断然扔进了筐里。

随着世博会渐入高潮，高雄路安检口增加了4个团体通道，任务变得更加繁重，连队又增加了几个安检岗位。其中，安检口外面维护秩序和宣传的岗位，因为没有遮阳纳凉的地方，长期暴露在阳光烈日的照射下，最为辛苦、最为劳累，二排长张来贵主动担起了这个岗位。长时间的烈日暴晒，好几次因为流汗过多而虚脱，甚至有几次差点中暑，他的皮肤也一天比一天黑。一次团长来到执勤点，无意中看见张来贵，惊讶地说："以前很熟悉的，现在黑得都不认识你了！"大家都戏称他是《霓虹灯下的哨兵》中的"赵大大"。

战友几次主动提出和排长换个位置，张来贵幽默地说："你们想抢我的岗位吗？那可不行，作为安检口第一线，我可是形象大使啊，你们谁也甭想跟我抢。"他始终快乐地坚守在最艰苦的岗位。

三个月里，连队圆满完成了高雄路安检口的执勤任务。

8月的一次交班会上，团里正进行世博安保执勤点的调换。

"我们去十六铺水门！"张道广掷地有声请战。十六铺水门由于空间狭小，屋顶是铁皮的，前后不通风，也不能安装空调，是天气最闷热、条件最艰苦的一个执勤点。

从高雄路到十六铺，从通风良好而又舒适的安检环境，到闷罐子般的新执勤点，环境在变，八连肯吃苦的劲头没变，他们始终坚持自己的标准，脸上始终洋溢着笑容，迎接八方宾客的到来，在连续40多天的高温酷暑"烤"验下，继续书写着霓虹灯下新一代的新篇章！

烈日烘烤着铁皮屋顶，屋顶吊扇吹出的热风，已没有任何消暑降温的效果，反而让人有种身在蒸笼里的感觉，安检岗位的官兵额头上早已挂满汗珠，汗水也已经浸湿了他们的衣服。下午游客不多，却没有一个人因为天气炎热、游客稀少而降低标准，他们个个如同松树般矗立在岗位上。

上等兵张智强从上岗开始，脸上汗水始终没有消停过，米色的安保裤上早已零落地结出一层盐霜，为了防止中暑晕倒，张智强靠定时服用防暑药品坚持着。面对表扬，张智强说："我不是怕自己晕倒丢脸，只是连队这次请缨到十六铺执勤，既是考验，也是锻炼，更是一场战斗，打仗的时候哪里还能挑天气，我们必须坚持到底，哪怕有一个人倒下了，都是失败。"

世博会过半了，网上到处在流传"安检攻略"，详细地罗列了把违禁品夹带进园区的方法。针对此情况，连队主动联系上海火车站、虹桥机场等单位组织官兵跟训实习，让官兵练就出"火眼金睛"。

一天上午，一名中年男子来到安检口，不断地催促扰乱安检员，还没等X光机执机员侯明月判别清楚情况，该男子就拿起包准备离开。

"报告组长，包里有打火机！"这时，侯明月坚定地说。

"怎么可能呢？简直是胡说八道！"中午男子不耐烦地争辩。

"打火机拆成了4个部件，分散在包里了。"

听到这话，游客脸红了。箱包检查员一看，果然，一个打火机拆成了4个部件，放在了包的不同夹层里。

中年男子心服口服，由衷地说："'安检攻略'也攻不破你们啊！"

57. 在解放上海第一面红旗升起的地方

携带着黄浦江和苏州河交汇的灵秀，黄浦区成为上海的心脏和窗口，她是中国共产党的诞生地，深厚的历史文化底蕴和光荣革命传统，也流溢在南京路上。

这里的永安百货，是解放上海时第一面红旗升起的地方，那时它昭示着新的希望和光明。随着岁月的流逝，这第一面红旗所蕴含的精神元素，在"南京路上好八连"身上得到了传承。

"好八连"因南京路而得名，南京路也因"好八连"而添彩，永安百货公司与"好八连"结对共建，年轻的90后员工组成"民兵突击队"，在"好八连"精神的指引下，积极奉献在义务献血、社区执勤、窗口服务等一线岗位，升起了又一面精神的旗帜。

与八连共建以来，云中居委在贵州路131弄和宁波路587弄，创建了"拥军弄"和"爱民弄"，并用铜牌制成弄名，军民相互支持，双向奉献，加深了军民之间"同呼吸、共命运、心连心"的感情。

1992年，黄浦区第一次被评为"全国双拥模范城"。

1995年，上海市精神文明建设工作会议上，南京路被命名为"上海市双拥一条街"。此后，外滩风景区也被命名为"双拥小区"。

1995年4月8日，南京东路街道、人民广场街道荣获"军民共建社会主义精神文明先进集体"称号。

1997年8月26日，南京东路街道与"南京路上好八连"被中宣部和总政治部分别命名为"全国军民共建社会主义精神文明先进单位"……

2007年，黄浦区被中央命名为"全国双拥模范城"六连冠城区。

搞双拥工作，其实也像部队打仗一样，重胜利，重荣誉，重维护烈军属的切身利益；而搞双拥工作的人，则需要坐得住冷板凳，有钻劲、韧劲，能默默奉献甘当铺路石。为了夺得"七连冠"，根据总政和全国双拥办关于新时期推进双拥文化建设的精神。黄浦区把规划重点学习和弘扬好八连精神，优化黄浦区双拥工作的宣传环境，作为弘扬双拥传统的抓手。

2008年春节，南京路双拥一条街的双拥创建座谈会上，有人提出"南京路上好八连"在南京路驻扎和执勤三十三年，为人民服务也已几十年，为地方做了那么多好事，虽然现在八连搬出市区，但理应考虑在南京路为"好八连"留下痕迹。

正好市拥军优属基金会秘书长许俊文当时在场，黄浦区双拥办常务副主任詹广泉问许俊文：2009年是上海解放60周年，也是好八连进驻南京路60周年，如果为好八连建一个雕塑，意为让"好八连"精神永驻南京路，市基金会能否支持？

市拥军优属基金会是上海于1995年在全国率先建立的拥军优属保障基金会，为部队官兵和优抚对象做好事、办实事，解决驻军官兵的特殊困难，奖励作出特殊贡献的驻军官兵等，为上海双拥工作的社会化走出了一条新路子。

许俊文当即表示："你们可以以市基金会的名义募捐，区政府支持一点，社会捐助一点，我们基金会托底一点。"

詹广泉从1994年起就一直有个念头，要加强全民国防观念，必须坚持宣传和弘扬部队的光荣传统。他90年代开始做拥军优属优抚安置工作，对部队既有感情，又对各方面情况比较熟悉，参与培育、宣传"全国模范消防中队"——车站中队这个重大典型的全过程。

2008年的一天，时任特警团政治处主任公举东到区双拥办拜会詹广泉，借此机会，詹广泉问公举东：举东，你在八连任指导员6年，你今天跟我讲实话，现在社会上传说的部队存在的一些不正之风和不良风气，在八连究竟有没有？

没有！绝对没有！公举东坚定地说，在警备区的领导下，我们连队每项工作都有严格的制度，连食堂采购副食品，都有战士监督员随同现场监督，入党对象都是定期上墙公布，党务是公开的，干部提升，战士主动嘉奖公正透明，是随时接受全连官兵的监督的。公举东接着说：如果我们好八连腐败了，褪色了，怎么对得住毛泽东等老一辈无产阶级革命家啊？詹广泉更坚定了在新时期弘扬和宣传好八连"艰苦奋斗、拒腐蚀、永不沾"精神的决心和信心。

那之后，詹广泉陪同当时的黄浦区区委常委、副区长赵永峰，区委常委、宣传部长陈东，区委常委、区纪委书记温新华去好八连慰问。在路上，他向赵永峰、陈东和温新华汇报说，为弘扬好八连精神，纪念好八连进驻南京路60周年，为争创全国双拥模范城"七连冠"，双拥办想在南京路建一个"好八连"雕塑。三位区领导都赞这个创意好，表示一定支持。

为了调研建立好八连雕塑的必要性和可行性，双拥办专门设立课题组，进行了半年的调查研究。先后拜访中国军事科学院军史部原副部长支绍曾将军、上海警备区原政委王传友将军，当年负责建外滩英雄纪念碑、南京路五卅广场和上海烈士陵园建设的雕塑专家和中国人民革命军事博物馆有关领导和专家，还请雕塑专家用义务劳动的形式做出各种表现形式的雕塑泥样，在八连、南京路等场合召开军地双方参加的研讨会。经过深入调研，大家一致认为，建立好八连雕塑，是让全市人民永远记住好八连，学习和弘扬好八连精神的好形式，不仅非常必要、而且完全可行。在中共黄浦区区委、区政府的高度重视下，建立好八连雕塑纳入了黄浦区2009年度双拥工作计划。同时，由侯继江、金建华等政协委员联名提交提案，被正式立案。

面对新的世情、国情，面对发展过程中诸多的困难与挑战，黄浦人怀着"赶考"之心投入双拥事业，致力于交出无愧时代、无愧历史的优异答卷。万事俱备，只欠东风，就等着报请上海警备区批准了。

2009年2月2日，区双拥办直接向上海警备区提交了《关于建立"南京路上好八连"雕塑建设的报告》，同时报市委宣传部、市双拥办、黄浦区委、黄浦区人民政府。这是一次超常规的做法。按照常规，区双拥办不能直接向上海警备区写报告，要通过上海市双拥办报。上海警备区收到报告后，时任市委常委、上海警备区司令员江勤宏批示：同意黄浦区双拥办意见，政治部大力支持。时任上海警备区政治部副主任孙进还亲自约时任黄浦区区委副书记蔡志荣一同到南京路选址，使雕塑得以顺利推进。

上海市委宣传部领导批示认为，好八连雕塑建设是体现城市精神，反映上海历史文脉的主题雕塑。黄浦区委随即成立了好八连雕塑建设领导小组，由区委书记王文涛亲自挂帅，区委副书记蔡志荣分管，副区长方日东具体抓。从军地双方抽调5人组成办公室。时任黄浦区委书记、雕塑建设领导小组组长王文涛在一份报告上特意批示："选址要优先保证，设计要精益求精，要生动形象地反映'好八连'的精神实质和风貌，此事一定要办好！"

选择雕塑的安放地点颇费了一番周折，城市雕塑的业务主管是上海市规土局，必须有规土局的批文才能建，但前提是要自己落实场地。于是，首先确定安放在南京东路上，王传友、孙进、许俊文和上海市规土局业务部门的领导郑佳矢等人多次到南京路考察，这里是黄金地段，地上地下交通十分发达，行人如流，商场林立，世纪广场有空地，可是要经常举办各种活动，不是理想的选址。前后论证，多方考虑之后，协调达1年2个月之久，最终选定西藏南路南京西路路口的下沉式广场中央花坛，这里与"五卅运动纪念碑"咫尺之遥，将形成巨大的红色文化共鸣效应。

问题又出来了，下沉式广场下面是地铁，上海申通地铁公司答复说这个地方不能建雕塑。双拥办没有放弃，找到当时上海交通局分管局长王洪泉和设计地铁的公司，请当时设计地铁的工程师测算地铁顶层的承重量，经过7个多月的论证，拿到了雕塑建设许可证，这又是一次超常规的做法。过程中处处求人，事事求人，具体工作人员凭着坚忍不拔的执着精神，一次次攻坚夺隘。

2010年8月12日，雕塑建设报告上报市委，时任市委书记俞正声8月18日作出批示："这是一件好事，要把好事办好，使之成为经得起历史检验的纪念碑。"

58. "好八连"雕塑创造了一个历史

雕塑设计方案的确定又是一个难关，经历的时间最长、最为艰难。

2009年5月21日，好八连雕塑设计方案征集公告刊出一个月后，全国10多家单位报名参加，经资格审查，确定9家单位参加竞标。随后，专家评审组对18套方案先后进行了三轮评审，最后确定四川、天津、上海美院和军博的四套方案入围。

对设计方案，军地双方的专家进行过激烈的争论。当时主要的焦点是建怎样的雕塑，一种意见认为，好八连雕塑应完整再现《霓虹灯下的哨兵》形象，把连长鲁大成、指导员路华以及童阿男和赵大大四位典型人物塑成雕像，让市民对雕塑更有亲切感；另一种意见认为，现在是法制社会，还原鲁大成等四位英模形象，涉及知识产权。

上海警备区召开常委会专题研究，认为八连的雕像在细节上要求极高，哪个时期应该穿怎样的军装，配怎样的装备，这些都不能出错，必须遵循历史原貌；在研究讨论中，大家比较一致的看法是，军事博物馆的设计方案体现比较好。军博的设计方案由五个人组成，前面的指导员形象，显得英武，有《霓虹灯下的哨兵》的意味，又不是简单的形象复制。《霓虹灯下的哨兵》最后一场里，指导员路华在开赴抗美援朝前线的前夜，与连长鲁大成在南京路站最后一班岗，军博设计的指导员形象身披雨衣，目视前方，一副雄起起气昂昂的气质和形象，体现了这一感人的故事情节，又意味着党和人民需要的时候，军人敢于挺身而出，勇往直前，保家卫国，勇于奉献的精神，这就是好八连精神，是文明之师、威武之师、胜利之师的形象。

中共黄浦区委也为此召开常委会专题会议，常委们一个个举手表决。到2011年4月30日军地双方终于达成了共识，认为中国人民革命军事博物馆的方案不仅能展现中国军人的风采，而且设计者更能掌握和展现军队的历史原貌，最后确定了现在的主雕和浮雕设计方案。

近30年来，上海市以各级政府名义推进的国防教育题材的雕塑建设，都是以政府出资为主的。为了充分体现上海人民对好八连的高度认同、深厚感情和对好八连雕塑建设的支持，决定此次雕塑建设资金向社会募捐，2009年6月4日在《新民晚报》发出了公告，动员社会捐款建好八连雕塑。

公告一刊出，得到上海市民的热情响应和大力支持。"以往搞任何一个市政工程建设，都会有不同声音；但这一次，大家一致赞成。"詹广泉无限感慨。"上海人民对八连的感情不是抽象的，而是具体的、实在的、生动的。"捐款源源不绝汇聚到上海市拥军优属基金会。

第一批个人捐款是上海1000多名离退休老干部，他们大多数是参加过解放战争，经历过保卫上海、建设上海的老同志，关心和见证过好八连成长的全过程。这批老干部在见报的第三天，就纷纷捐款。

80岁高龄的离休干部牟乃基，冒着38摄氏度的高温天气，从奉贤乘坐2小时的公交车，赶到雕塑建设办公室。老人来时一脸大汗，掏出钱来，捐款100元。"钱不多，是我的一份心意。"

85岁的老党员米四余，年迈体弱，本想亲自上门捐款，只因行动不便，颤颤巍巍到邮局汇出捐款1000元。

从社区到机关，从部队到地方，从企业到团体，处处涌动着捐赠热情。也有不少捐赠者说，看《霓虹灯下的哨兵》留下了深刻的印象，捐款就是为了尽一份心意。

"八连人的事迹，时常感动着我们。"黄浦区教育局一位干部说，许多学生成为"南京路上好八连"的粉丝。黄浦、长宁、闸北等区应征入伍的青年，到部队前，都要先到八连体验一次"军营生活"；南京东路、江苏路等10多所中小学，每年都要派出学生到八连锻炼。福佑路第二小学，矗立着一尊八连战士雕像；厦门路小学的"小八连中队"，每月都会去南京路上护绿保洁，打扫卫生，收集废电池，为过往行人量体重……

黄浦区的中小学还发动了捐款，标准是一元钱，希望通过捐出一元钱，让中小学生接受一次好八连精神的传统教育。在布置募捐工作的办公会上，詹广泉慷慨激昂地说道："在4万多名中小学生当中，将来一定会出政治家、军事家、经济家，将来他们再参观好八连雕塑，一定会感到自豪，一定会回想当年自己也为这组雕塑捐过一元钱，这里面也有自己的贡献和情意……所以说捐1块钱，与捐100块、1000块、10000块有同样的意义。"后来，好八连雕塑落成仪式现场，一位带着孙子的老奶奶向工作人员提出来，想参加雕塑落成开幕式。这位老奶奶说："这孩子的暑假作文是为好八连雕塑捐一元钱的事情，听说今天下午要举行好八连雕塑落成仪式，一大早就要我带他一定过来！但人太多挤不进，请帮忙让孩子进去看看吧。"

"南京路上好八连"的光辉形象，其实早已雕塑在人们心中。几十年里，八连与上海共发展，吸纳"海纳百川，追求卓越"的上海城市精神，传承中华民族"艰苦奋斗"的优良传统，使中国精神熠熠生辉。这种光辉，已经雕刻在亿万人民的心灵记忆，雕刻在中华民族伟大复兴的光辉征途，雕刻在和阳光比翼的城市之巅。在上海，这种精神所蕴含的美好价值和力量，已构成"魅力上海"不可或缺的部分。

一份份心意，聚沙成塔，雕塑建设所需的650万元资金，很快成功募集。浓浓的拥军情怀，在黄浦区也在全上海激荡。

"踊跃之情，见证民心。"詹广泉说，"'好八连'雕塑是唯一由社会捐款建造的，这在上海建立国防教育宣传设施工程上创造了历史。"

59.　"见到'好八连'雕塑落成，是我最大的心愿"

2010年10月，雕塑完成了最终设计，进入铸造阶段。此次的雕塑，尤其浮雕部分，实际是9家单位18套方案的优化结晶，形成了一个完美的整体，融政治性、军事性、纪实性和艺术性于一体。在设计过程中，郑佳矢、詹广泉与军博设计员张飙讨论过至少100多次，张飙在3年中修改了200多次，光设计图纸就用了100多公斤。尤其是浮雕，先后四次做成泥样，四次推倒重来。原计划浮雕做在主雕的后面，最后一次才确定做在背面的墙上。雕塑的主雕和浮雕分别在北京和河南两地制成，同一时间运抵上海。

不久，原黄浦区与卢湾区合并成立了新的黄浦区，由时任区委副书记孙甘霖和副区长吕南停接任雕塑领导小组的工作。为了把"南京路上好八连"雕塑建成经得起历史检验的丰碑，黄浦区委、区政府下达了军令状，必须在2012年8月1日之前建成，安装雕塑、设置灯光、质量验收等基础工作由黄浦区规土局和市政委统一负责。办理各项施工许可证由双拥办负责，工作人员在3年中累计加班加点80多天，从来没有领过一分钱加班工资，有时还要自己掏钱叫车办公事。到了施工阶段，有的工作人员到同一个系统办事，一天就要去六七次才能成功，他们从来没有任何怨言。"天下事有难易乎？为之，则难者亦易矣；不为，则易者亦难矣！"正是因为全身心的投入，他们在繁琐的工作里，成就了不平凡的事业。

雕塑如果分成十几块运到上海再焊接，时间根本来不及，也不完美，为了把浮雕整体运进城，工作人员数十次往返区交警支队和市交警总队，办理雕塑运抵上海的通行证，有人还驾自己的车从三条不同的进城路线实地查看和标识，以确保雕塑平安运抵，万无一失。

2012年6月30日夜10时，雕塑运抵现场，为了做到施工不扰民，必须连夜安装完毕，在交警的交通管制下，在武警官兵的维持秩序下，在消防官兵的全力配合下，三台大型吊车同时作业，通宵奋战4个多小时，人人忙得汗流浃背，没有一人喊一声累。之后的二十多天里，调试灯光、种植绿化，"南京路上好八连"雕塑在建军节之际雄伟落成，它与党的"一大"会址、五卅广场、外滩陈毅广场及人民英雄纪念碑连接在一起，形成一条崭新的"红色旅程"。

"南京路上好八连"雕塑由主雕和浮雕墙组成，人物形象具有可触摸的历史感和参与性，雄浑、大气，与周边现代风格建筑融为一体。

三个解放军战士和两个少年儿童的形象构成主雕，走在最前面的青年军官形象，身披雨衣，步伐沉着，目光深远。身披雨衣的设计，有四层含义，一是听党指挥、服务人民、风雨无阻；二是解放军在战斗中成长壮大，英勇善战；三是新生的上海经历过风风雨雨，日益美丽；四是西方敌对势力经常会兴风作浪，亡我之心不死，忘战必危……具有警醒作风。后面两个战士，左边手握冲锋枪，庄严机警，寓意连队的光荣斗争历程；右边低头和小男孩沟通交流，寓意艰苦奋斗精神的光荣传承。小男孩手拿红旗，洋溢着对人民军队和"好八连"的崇敬热爱。小女孩欢快地迈向前方，高举双手，放飞和平鸽，表现这是一支热爱和平的军队，充分体现了《八连颂》中"不怕鬼、不怕压、如松柏"的精神风貌和时代军魂。

　　浮雕墙共有11组图案长20米，高3米，共60平方米，为什么？寓意着"好八连"每月20日在南京路上为民服务已经30周年，是为纪念好八连命名60周年而作，与这个城市水乳相融，与上海人民血脉相连。浮雕中共有99个人物造型，则寓意好八连不能是十全十美的，具有一种永不自满和继承传统、不断进取的精神。

　　"初创"是第一组图案，反映连队组建于山东莱阳县小园村，先后参加了淮海战役、渡江战役、上海战役，是一支胜利之师。

　　"进城之夜"是第二组图案，八连官兵穿着草鞋、背着小米加步枪进城，第一夜睡在马路上，是纪律严明的文明之师。接着是第三组图案"欢庆胜利"，1949年5月27日，上海解放，八连进驻南京路，开始新征程。

　　"拒腐蚀、永不沾"是第四组图案，八连成为霓虹灯下的哨兵，身披雨衣，风雨无阻，精神抖擞，站岗巡逻，表现出拒腐蚀、永不沾，服务人民的卫士形象。

　　"自力更生"是第五组图案，八连官兵自力更生，养猪种菜，劳动归来，仍不忘学习雷锋做好事，与上海人民亲如一家。

　　"军事过硬"、"政治好"、"艰苦奋斗"、"服务人民"等图案，展示八连军事上过硬、政治上可靠、始终艰苦奋斗、备受人民拥护的形象。

最后两组图案反映"授予'南京路上好八连'称号"和"军民共建"的主题，记录了"好八连"这一特殊集体在繁华南京路创造的感人事迹，体现"军民团结如一人，试看天下谁能敌！"的精神。

浮雕墙左边以隶书刻写的毛泽东《八连颂》，饰着金色，闪闪发亮，如同一种精神，焕发出质朴而恒久的光华。

2012年8月1日，中国人民解放军建军85周年，"南京路上好八连"雕塑落成典礼在此举行，此后这里被命名为"好八连广场"。通过这座雕塑和这个广场，一种精神将永驻"南京路"，通过这座雕塑和这个广场，八连和母亲路以及这座城市将永远血脉相连，永不分开。

这座雕塑由社会捐款建造而成，它见证了八连在上海人民心目中无可替代的位置，见证了八连对信仰永恒的守望，也见证了黄浦区双拥文化建设的深厚氛围和辉煌。

2012年11月20日，又一个"好八连"官兵为民服务日，20多名即将退伍的"好八连"战士一边擦洗着"好八连"雕塑，一边默默地流着热泪。在退役之前，他们集体来到"好八连"雕塑前宣誓：退伍不褪色。他们要为"好八连"雕塑再做一次保洁，让它在人民群众中永远散发出光芒。退役战士们离去的是难忘的背影，留下的是永恒的精神。

连队每次去南京路为民服务，云中居委会原党总支书记朱慧娟每次都会赶到现场，官兵们亲切地喊她"朱大姐"。在此期间，朱慧娟写下1000多篇日记，记录了亲眼见证八连为民服务所作的付出：为老人们理发、擦身、打扫房间、做年夜饭；逢年过节给老人送上肉、菜、米等，一做就是30年，她在日记里写道："坚持把简单的事做好就是不简单，坚持把平凡的事做好就是不平凡，八连这种数十年如一日的精神让人动容。"这份"为人民，几十年"的执着，在全世界各国的军人中，也是独一无二的，它将如同八连雕塑一样恒久。

2011年，朱慧娟生了大病，疼痛难忍时，汗珠子顺着额头往下淌，医生多次催促，她却一再推迟住院，直到雕塑落成，才入院手术。她说："能亲眼见到'好八连'雕塑的落成，是我最大的心愿，我怕上了手术台就没有这个机会了。"

2012年5月，好八连雕塑荣获全国城市雕塑大奖。2014年，好八连雕塑广场被上海市人民政府命名为"上海市全民国防教育基地"。2014年10月3日《人民日报》报道称："好八连广场成为上海人民心中又一国防文化新地标。"

60. 驻沪部队首批特种作战分队

2011年3月，上级一纸命令，八连成为驻沪部队首批特种作战分队，这些巡逻放哨的哨兵，将磨砺成为城市作战的特战尖刀。

这是时代赋予八连的崭新使命。随着中国的崛起，有的人认为中国进入了一条深邃峡谷，在这条峡谷里，中国将不可避免地与各种阻击中国前进的势力"狭路相逢"，与世界上最强大的力量不期而遇。而军人的胸膛撑起国家安全的屏障，军人的肩膀扛着国家的安危和民族的兴旺，只有实现"能打仗，打胜仗"的强军梦，中国才能在这条峡谷里赢得更多的回旋空间。因为只有公理没有力量，难于应对严峻挑战。因此，新世纪的中国军队，承担着神圣的突击使命，他们必将成为实现中国梦不可或缺的重要支撑，成为帮助中国掌握自己命运的强大力量。

兵无常势，水无常形。能因敌变化而取胜者，谓之神。故五行无常胜，四时无常位，日有短长，月有死生。万物皆处于流变状态，强军梦路上的雄壮转身，也是军人魂魄的再一次熔铸。

八连进驻上海时，从野战部队转型为城市警备部队，有的战士发牢骚，但是他们拒腐蚀，永不沾，抵制住了十里洋场、"香风毒雾"的诱惑。1963年，八连获得国防部命名，他们又马上把部队拉到安徽磨盘山锤炼，全体官兵在红旗下宣誓：宁愿脱掉一层皮，宁愿掉下几斤肉，也要练好硬功夫……今天，从步兵连队转型为特战连队，有的连队质疑，八连除了"艰苦奋斗"之外，打仗训练行吗？

我们行。他们共同作出的回答必然是肯定，不容置疑。

当然，也有人觉得连队只要政治上强，军事上弱一点没关系，声誉不会受到影响，为什么要冒风险转轨特战任务？也有人担心连队是传统步兵，对特种训练存有畏惧之心。

军人的字典里，没有"认输"一词。对于八连的战士来说，"南京路上好八连"是他们圆梦的开始，也是荣誉的起点，在八连当过兵，不仅仅是一段经历，也成为一种勋章般的存在。就像八连把南京路当作母亲路的情怀一样，在八连度过军旅生涯，也有了一种近似于重生的感觉，他们不容许这个悠久的荣誉毁在自己手上。这种荣誉感，构成了八连坚不可摧的灵魂——无论遇上任何困难，必须攻坚拔寨，迎来胜利，这才无愧于心。

从普通连队转向特种作战连队，一切从零开始，特战专业的课目成为八连前进道路上的拦路虎，个个都是难啃的"硬骨头"。这些挂着纯朴笑容巡逻站岗、拎着剃头箱修鞋箱服务市民的战士，要变成攀岩走壁、身手不凡的特种兵，这个"转型"是个巨大考验，这是一项"不可能完成的任务"吗？

连长刘金江急了："能打仗、打胜仗，靠什么？就要靠战斗力，既要政治过硬，又要训练有素，'转型'特战就是提高战斗力的有效途径，困难再大也要克服！"

务求必胜的军令状，递到了团党委手中！

刘金江1980年出生，山东临沂人，从山东理工大学毕业时，南京军区来招人，当时毕业生有4000多人，报名的很多，但选拔名额只有一人。刘金江上高中时就有当兵的理想，在选拔中脱颖而出，2004年分配到上海警备区，担任六连的排长，后来又到工程学院进修一年。刘金江在部队里感受如鱼得水，但多少有些人在曹营心在汉，担任六连的排长，却想着到八连去，八连，那是一个梦想的所在。他小学时就听说过八连的故事，但那时一直不知道八连在什么地方，现在近在咫尺，目标已进入"准心"。在六连两年后，刘金江分配到团司令部又做了两年参谋，还到南京陆军指挥学院完成了半年学习。2009年6月，担任六连的连长，在负责世博安保上贡献突出。一年后，终于来到八连，担任了连长。世博会结束了，部队转变非常大，人员有大的调整，支部班子换了，驻地换了，来到了大场营地，最大的调整，训练任务变了，原来八连是摩步连队，现在开始向特种兵转变，没有教材，没有精通特战专业的骨干，这又是八连训练上比较困难的一年……

"要当标兵连队，军事训练必须过硬。"连长是军事训练的标杆，白天，刘金江带着连队干部骨干前往兄弟单位"取经"，虚心学习特战课目的训练技巧；晚上，加班加点研究特战理论，编写出一部集训练方案、训练计划于一体《特种课目教案汇编》，全连干部"苦"字当头练硬功，始终学在前、练在前，刘金江头开瓶一天开了20多次，被玻璃扎破了，仍咬牙训练；指导员闫永祥为了将难点课目"主绳上"练好，手上的水泡破了长、长了破，连队干部的身上到处是青一块紫一块。就这样，用了一个月，连队支部成员率先掌握了特战课目的基本动作要领，能为官兵进行示范演示了。年底，警备区组织观摩活动，警备区所有首长都来参加，时任上海市长韩正来了两次，刘金江感觉压力很大，但是八连出色地完成了任务。

连队的特种训练，包括四个方面，一个是摩托车特级驾驶训练，一个是攀登，一个是特种射击队，还有一个是硬气功。除了练好擒拿格斗、硬气功等特战基本功，八连精练特种射击、夜间捕俘等一招制敌的特战本领，将连队拉到山上、放到海里、置于岛中，在生疏地形锻炼孤岛生存、战斗攀岩、高空滑降的过硬素质和顽强意志。

从步兵训练到特种训练，并非人人都能适应，训练是最辛苦的，伤痛也需要忍耐。班长左辉感触颇深，"原本是步兵专业的'老把式'，可一下子成了特种训练的门外汉。"为了尽快掌握专业技能，整整一年时间，无论天寒地冻、刮风下雨，他和战友每天早上坚持提前半小时起床，进行硬气功和散打基础训练。

一位退休的八连老兵给连队写来的信件，被一再提起：亲爱的战友，在服役期间，吃苦的甜头我们往往还不能马上体会到，但如果把眼光放长远一点，今天的吃苦，就像银行"存款"一样，一笔一笔地存下来，吃过的苦积累到一定程度，若干年后，就会得到一笔丰厚的"利息"，有没有这笔"存款"，人生是大不一样的。

经历了种种困难苦痛，左辉的各项成绩在连队名列前茅，成为警备区训练标兵，全连16个特战课目，他在15项中名列前三名。

"一招过硬不算硬，招招过硬才真硬。"左辉为了弥补摩托车特种驾驶这一弱项，请战友把自己训练的全过程拍摄下来，放到电脑上反复观看，一招一式改进，3个月的反复练习，他在比武中夺得摩托车特种驾驶第一名。

"一人强不算强，人人强才算强。"在左辉影响下，整个连队自我加压，展开"集团冲锋"，一般的连队早上跑5公里，八连要跑上10公里；一般的连队海训时游5公里，八连就翻倍游10公里，许多战士累得只想睡觉。他们咬着牙、铆着劲，冲在特战训练的最前沿。每天，早起半小时，晚睡半小时，人人素质过硬争当尖兵，每天坚持100个俯卧撑、100个仰卧起坐、100个千斤棒等"六个100"，每周坚持组织一次特种作战演练……有的战士一天练"头开瓶"20多次，经常倒在遍地煤渣的操场上；一个简单的向前扑倒的动作，有的战士反复练上几百遍，练到手都抬不起来；个别战士自感基础不够，每天多练一小时增强训练强度；还有的报名参加难度系数较高的滑降队，站在离地十几米高的攀登楼顶，完成了一整套攀爬、跳窗训练。无限的辛苦，没一声抱怨。

四班战士范有德有恐高症，平时上楼总是靠着墙走，就连从宿舍楼上朝下看脚都打颤。每次基础攀登训练，他就神色紧张，爬到离地面3米高时就不敢往上爬了。数次拖连队的后腿，范有德把心一横，对班长说："帮我把眼睛蒙上，你指挥我向上攀登。"4米、5米、7米……经过一个月的蒙眼训练，范有德克服了恐高症，登上了10米的标准高度，攀登成绩冲上连队的前列。

90后战士金宣宇，自小爱好文艺，入伍分到八连时，随身带着两支萨克斯，手里拿一支，背上背一支。在新战友座谈会上，他坦言："我的人生理想就是考军艺。"

然而，不到一周他就泄气了。由于体重超标，他连上高低床都吃力，在训练场上，更是洋相百出，五公里越野拖"尾巴"，单杠一个也上不去。"这样的身体素质，哪能考上军校！"金宣宇开始怀疑自己入错了门。

"艰苦奋斗是八连的根，只要肯奋斗，就没有迈不过去的坎。"闫永祥一边鼓励，一边为他量身订制"瘦身、强能、达标"三步走计划；刘金江每天早晨跑步时，把他带在身旁，循序渐进，由慢到快，帮他增强体能。时隔半年，金宣宇瘦了25公斤；一年后，他的训练成绩全部合格，被评为优秀士兵，还如愿考取了军艺。

彭勇有着10年兵龄的特种专业训练骨干，团里将他调入八连，主要负责"硬气功"的训练，他带领官兵展开了高难度的训练。"手劈砖、头开瓶、背断棍等，都是硬气功的基本功，若是动作要领掌握不好，就要吃苦头了。"比如，砖头没碎、手掌劈肿了、玻璃瓶砸开了、额头也流血了……可是轻伤不下火线，还得反复训练，直到掌握技巧和要领。

彭勇说："难归难，苦归苦，掌握了科学训练方法和完备的安全措施，是可以成功的。"

不畏艰苦，方能自我超越。2011年6月，八连转换为特战分队刚过去3个月。训练场上，一阵急促的哨音响起，反恐突击车、轻型摩托车风驰电掣，特战分队、侦察分队轮番上场。擒拿格斗、头顶瓶碎、手起砖断、背砸棍折，眨眼间完成，顿时掌起雷动。

"连队的战士都这么厉害吗？"前来参观的大学生意犹未尽，围住刘金江发问。

"这是特战分队的基本功，人人都会。"刘金江充满自信。

"真的吗？"大学生们将信将疑。

"你们可以随便点。"

这是一场特殊的"考核"，大学生们一连点了7名战士上阵，结果每个人都是头顶瓶碎、手起砖断、背砸棍折……精彩的展示，让大学生们彻底折服了。

一次反恐演练，"恐怖分子"挟持"人质"逃窜至居民楼，负隅顽抗，八连的战士火速抵达事发地域，展开合围。"砰、砰、砰"三声枪响后，队员破窗而入，然而，迎接他们的不是凶残的"暴徒"，而是一场精心设计战斗意志训练。8名队员被锁在一个不足10平方米的房间里，屋内被扔进催泪瓦斯、硫黄烟，呛得大家头昏脑涨、咳嗽不止。3分钟后，战士出现眩晕、呕吐，还是以超强的毅力撑到了最后，一举创下了6分50秒的团该项课目新纪录。

这是一支"拉得出、用得上、打得赢"的特种作战力量，他们高标准实现了从"霓虹哨兵"到"特战尖兵"的跨越。不到一年时间，特种专业训练，八连人人达到优良，参加警备区比武竞赛，次次第一，全团16项特战课目比武竞赛纪录，有12项为八连官兵创造和保持……

"这是一支特殊的连队。"上海警备区副政委张维平说，"好八连比起不少红军连队组建晚，历史并不算长，也没有创造过惊天动地的业绩，但就是这样一个连队，人们都能记住它，奥秘在哪？因为它在平凡中创造了不平凡，时时事事处处体现了人民军队的本色，它的名字是人民叫响的。"

7月，八连数十名官兵进驻金山城市沙滩，在该海域担负世游赛舟艇保障任务。

组委会安排官兵和运动员一起入住五星级大酒店，八连婉言谢绝，住进了离赛场10公里外的某野外训练基地，住进没有空调、没有淋浴的砖房，早出晚归，风雨无阻，每天他们提前三个半小时第一批到达，最后一批离开，并自备早中晚餐的饭菜和干粮，从未到大酒店吃过组委会安排的一顿饭。"不管到哪里，不管执行什么任务，我们不能丢掉艰苦奋斗精神！"

八班长张鹏和女友约定，此次任务后拍婚纱照、办婚事，临走前，女友叮嘱他："不许晒黑，不然就等你变白了再办婚事！"平时战友们都跟他开玩笑，劝他注意"保养"，等一上了船，张鹏总是冲锋在前，当女友再次打来电话，让他不许晒黑时，张鹏笑着说："黑皮肤加白婚纱，那才叫黑白配嘛。"

此时是上海最热的高温天气，官兵在船上一待就是数个小时，因怕上厕所多影响工作，大家不敢多喝水，战士嘴唇干裂，晒得脱皮。烈日炎炎之下，刘金江顶着酷暑，站在海水中指挥调度，长时间的水中浸泡，他的脚掌也开裂腐烂了……

六年了，刘金江没有回老家看望过一次父母，都是父母过来，他把一点一滴的时间都放在了部队，他个人荣获过二等功，他任连长期间，八连分别立过集体一等功、集体二等功，连队还被授予"五四"奖章。

"军事好，如霹雳。"这是赞誉，也是军人能打仗、打胜仗的使命所系！如今，团比武中，许多连队主官放话：谁在对抗中赢八连，年底优先评"优秀士兵"！

这种满足感，平常人难以体验。

八连，已成为一把硬邦邦的"尖刀"，一支响当当的特战先锋队。

61. 宣示军队永恒的坚守

左辉大学毕业后，放弃了到学校当教师，偷偷跑到镇武装部报名参了军。他怀揣美好的"自我设计"来到部队，哪知未能如愿，被分到整天站岗放哨、摸爬滚打的八连。不仅从班长手里接过钢枪，还接过了一只补鞋箱："这只补鞋箱已经在连队传了31代，现在，你就是补鞋箱的第32位传人了！"左辉怎么也想象不到，梦想很性感，现实很骨感。

"部队没鞋穿吗？现在谁还需要补鞋啊，我去给谁补鞋啊？"左辉困惑了。他认为自己走错了门，几次想调动，甚至打起了"退堂鼓"。

连队干部了解后，安排他当连史馆解说员，前辈们舍弃名利、艰苦奋斗的故事，对左辉触动很大，自己可不能像"童阿男"那样只想着自己的事走歧路啊。

晚上躺在床上，左辉眼前再一次浮现出1998年8月7日的情景，那一天，全世界的目光都聚集在江西九江的长江堤坝上，肆虐的洪水撕开堤坝已经五天了，数万军民封堵决口的激战已进入白热化。距离九江城不远的湖口县一中临时搭建的校舍里，左辉和同学们围在一台电视机前，当数百名解放军跳进咆哮的激流，手挽手搭成人墙堵住决口时，整个校舍沸腾了。当时，左辉只有13岁，正在上初二，他从心底涌现出一股对军人的崇敬之情。

回想起几十万军民誓死保卫九江的情景，左辉主动调整了自己的人生坐标，刻苦训练，第二年当上了班长。

2008年，当兵三年了，左辉还从未回过家，得知外公身体较差、妹妹即将高考，左辉准备申请休假，这时连队接到了奥运安保任务，受命抽调左辉和4名战友加入团防化救援组。防化专业集训期间，正值酷暑，防化服一穿到身上，只觉得无法深呼吸。左辉和战友每天早上身着密不透风的防化服、背着18公斤重的气瓶，坚持三公里全副武装速跑训练。每次训练结束，从防化服中倾倒出来的汗水，足有半瓶矿泉水那么多。

累死不弯腰，冻死迎风站。"奥运快到了，训练必须完成，再苦再累，我们都是连队派过来的，不能辜负连队对我们的期望。"累得不行了，左辉就和战友们相互打气鼓劲。

防化专业最危险的课目是毒气侦察，为了将自己练成合格的防化尖兵，左辉主动要求"以身试毒"，先后三进施毒区进行毒剂识别，每次都以优秀成绩过关。一个月的刻苦训练，左辉和连队其他4名战友从"门外汉"变成了"专业通"，顺利入选防化救援组，左辉还担任了防化救援组组长，出色执行奥运安保任务，荣立三等功。

一天深夜，暴雨如注。正在连部值班的左辉突然接到一位独居老人打来的电话，说自己突发重病，请"好八连"救救他。左辉迅速向值班副连长刘电生汇报，安排好值班交接，按照老人说的地址迅速赶到，背起老人就往医院赶，老人得到及时救治转危为安。

团攀登课目训练试点，八连主动要求担负任务，到静安消防中队借"梯"攀登。这天，连队来到消防中队训练场，五层楼高的攀登楼，让从未练过攀登课目的官兵紧张起来。消防兵从消除恐高心理入手，以敏捷的身手传授攀爬技能，让八连迅速掌握了训练技巧和班排战术的协同，攀登时间大大缩短。左辉经过半个月的训练，攀爬20多米高楼，18秒便到达楼顶，让消防中队的教员们都赞叹不已。

这群80后、90后，已经汇入军人这个集体的行列。同样是80后的黄森说，"要说80后90后和以前的有什么不同，那就是个性鲜明，脑子想的事多，民主意识特别强。他们年龄不大，可学历高、见识多，学习、训练善动脑子，而且不怕苦，部队的传统更没丢。"

当然，八连靠艰苦奋斗、"两个务必"起家，以"拒腐蚀、永不沾"闻名，以全心全意为人民服务受到爱戴。这些传统，要让这些如今生活优越、从小受宠的新一代产生亲近感，并非易事。

"一方面，传统并非静止不动，而是不断发展的，千万不能死抱着过去不放；另一方面，现在的士兵个性虽强，但人人内心都有集体归属感和荣誉感。"黄森深有感触。"新三年旧三年，缝缝补补又三年"不提了，生活上的吃苦向训练上的刻苦延伸，从"苦身子"向"苦脑子"延伸。训练场成了实践艰苦奋斗精神的主战场，而在平时学习上，养成甘吃学习之苦、钻研之苦、创新之苦的精神。不论是谁，进了八连这个集体，都迅速"脱胎换骨"，被这个集体的气质所感染，做到自己可能过去从不曾做到的事。

作为改革开放后成长起来的一代人，80后、90后亲眼见证了中国走上崛起之路，他们毫无疑问必将成为国家的生力军；同时，他们个人的砥砺之路，也在延展着这个民族的期望。从八连的80后、90后身上，我们感受更多的欣慰和希望……

2010年底，老兵又要退伍了，连队只有几个选改士官的名额，不少战士家长托人、找关系，想方设法让自己的孩子留在部队。

战士边少杰的父亲和爷爷一起赶到连队，逼着他在连队干部面前表态留队。"关系已经给你找好了，你说想留下，就能留下。"父亲悄悄地说，边少杰却不吱声。

"八连这支部队多好啊，家里人都想你留下来。"爷爷也在一旁劝道。

边少杰还是不吱声。父亲和爷爷说了半天，边少杰沉默良久，最后坚毅地说道："八连的兵不走后门，否则我宁可不穿这身军装。"

边少杰其实一直想要留在连队，退伍摸底调查时，边少杰已经向连首长表过态了，可是考虑到自己的能力素质，和其他优秀的战友相比还存在差距，如果通过走关系留下来，也是一件丢脸的事啊。边少杰含泪离开了部队。

时代的腐蚀风气不可避免萦绕在四周，向部队侵袭，但是在八连这个大熔炉里，练的是精兵、出的是精品，官兵在生活上有激情，在工作上讲奋斗，理想和信念特别坚定。从八连这个大熔炉出来，他们信念如钢，本色依然。

转眼，左辉在八连已经五年了。这年年底，左辉再次面临走与留的两难选择。黄森找他谈话，考虑到连队训练转型，需要一个既熟悉情况、又懂管理的"老大哥"，想让他留下来。

左辉很为难，几年来，母亲一直想念他，催他回家。在上海工作的女友已经辞职回了老家，等他回去结婚。半年前他跟母亲和女友说好了退伍，在老家的工作也已找好，现在离退役不到一个月的时候变卦，左辉碰上了两难选择。黄森几次半夜查铺，发现左辉还没睡着……

左辉没有提干机会了，未婚妻都已辞职回了老家，组织上要留他，黄森从情感上也不好受。

辗转反侧一个星期，左辉想通了，选择留在部队："我是个党员，要讲党性。我是八连的战士，要服从组织的需要。"吸引他留下的，是八连崭新的事业，是八连那股艰苦奋斗、蓬勃向上的精气神……

当兵7年，他带出了8名一级"神枪手"、21名训练骨干和40名训练标兵。

"武艺练不精，枉为八连兵；人人都过硬，八连才能过得硬。"左辉把训练场作为践行使命的主战场。八连训练内容转换为特战专业后，连队成立了摩托车特技驾驶小组，左辉第一个报名，成为连队第一批掌握特技翘边斗、180度大调头、隐蔽驾驶等技能的骨干。

一次反恐演练，警备区指挥中心的大屏幕上，一名"神兵"破窗而入，举枪射击，"恐怖分子"应声倒地，"人质"被成功解救。在场的军地领导纷纷称赞："好八连"的兵果然名不虚传！这名神兵就是左辉。

在他的军旅生涯中，他不知道田子坊、也没去过新天地，但他在南京路上给无数上海市民理过发、修过鞋，他和战友一起，守卫着这座城市，他说：这是军人对这座城市的承诺。

有一些人活着，只对自己的人生负责。有一些人活着，把国家利益放在至高的位置，时代的使命在他们的生命中打下深深的烙印，绿色军营有他们勇毅的担当，他们沿着这烙印的召唤前行，人生价值交织在国家利益的壮丽画卷之中，他们个人的境遇因为和国家需要交织在一起而变得异常的精彩。

2011年初，为适应连队训练任务转换，无论天寒地冻、刮风下雨，他都提前半小时起床训练，多次手掌劈肿、额头流血、后背瘀青，仍然咬牙坚持，争当"攀登第一爬，倒功第一摔"……漫漫强军梦的路上，一路无悔追寻。

2013年，左辉获得了全军"百名好班长新闻人物"，上海市拥军优属基金会副理事长许俊文作为颁奖嘉宾，为他颁奖，颁奖词如此写道："都说军营是座大熔炉，你这块钢，让我们测出了炉火的温度。无论南京路上的霓虹如何变幻，好八连的本色，宣示了我们这支军队永恒的坚守。"

62. 习近平："'南京路上好八连'可是我军的一面旗帜啊！"

2013年3月11日，北京。

"'南京路上好八连'可是我军的一面旗帜啊！"中共中央总书记、国家主席、中央军委主席习近平会见全军基层人大代表时，握着闫永祥的手说，"我曾经去过你们连。"

是的，2007年7月30日，上海举行庆祝中国人民解放军建军80周年军政座谈会。时任上海市市委书记的习近平主持会议并讲话。在座谈会召开之前，习近平、韩正等领导亲自来到"南京路上好八连"驻地，亲切慰问部队干部战士。他们参观了"好八连"连史馆，仔细听取介绍，了解"好八连"历史，并察看了战士宿舍、部队俱乐部和食堂，在食堂里，习近平还和战士一起包饺子，与干部战士亲切交谈。习近平称赞"好八连"是我党我军优良传统哺育下成长起来的英雄连队，是人民军队行列中一面永不褪色的旗帜，是上海这座城市的骄傲。

此刻，在北京，当习近平亲切地和闫永祥握手时，闫永祥感到这是有生以来最难忘的一刻。

回到房间后，他马上打电话把消息告诉了连队官兵："我不仅聆听了习主席的讲话，还受到习主席接见！习主席勉励我们继承和发扬我军优良传统，永葆人民军队的本色。"话音刚落，电话那头传来热烈的掌声。

"这不仅是你的光荣，也是全连官兵的荣耀！"在上海的刘金江激动地说，"我们一定牢记习主席嘱托，把领袖的勉励化为动力，努力建设过硬连队！"

闫永祥1986年出生于安徽蒙城，外公、舅舅都当过兵，军人的梦想一直驻扎在他的心中。2003年闫永祥参加第二批直招，在浙江大学就读国防生电子信息专业，这是南京军区定向培养的专业，军人的梦想触手可及了。大学毕业后，闫永祥分到上海警备区警备团，先分到五连，后到六连，当兵锻炼。随之而来的，是对部队生活的不适应，刚到连队，就碰上了海训，不会游泳的闫永祥一头扎进水里，呛了好多水。这难不倒闫永祥，他和几个战士常常在结束训练时，找班长加练。

巨大的心理落差，才是闫永祥心中的一道坎。大学学的是电子信息工程，和特警团的体系完全不同，以前他觉得会进科研院所，没想到在部队里做些琐事。当值日，还要给全班的战友打饭、洗碗、扫地，这种心理落差，令人难于忍受。军人必须勇于超越，闫永祥觉得自己要克服这些障碍，趁自己还年轻，给自己一个牛逼的机会。不怕千万人阻挡，只怕自己退缩。只要坚持向前，即使看不到希望，即使看不到未来，也相信自己的选择不会错，自己的未来不会错，自己的梦想不会错。

这年9月，他到南昌陆军学院学习了一年步兵指挥专业，学习警备团的管理模式与训练内容。在陆军学院，刮风下雨照样训练，闫永祥打下了良好的基础，进行模拟训练时，担任过模拟班长、排长、副指导员，得到了很好的锻炼。回到团里，正巧又碰上每年的士官集训，闫永祥参加了三个月的强化训练，分到八连，担任排长，一年半后，到政治处任宣传干事，之后又被交流到警备区机关政治部。

2011年5月2日，闫永祥担任八连的指导员，第二天，就去值班了。

闫永祥一直记得小时候，做村支部书记的外公经常跟自己讲节约，讲好八连"新三年旧三年缝缝补补又三年"的故事，没想到在八连，又上了一堂真正的节约课。以前觉得艰苦奋斗就是一个口号，在八连，闫永祥深刻理解了这四个字的含义，此后他总是严格要求自己，不再浪费一粒米一滴水。为了参加每个月20号的为民服务日，闫永祥还学起了补鞋，502胶常常会流到手上，和艰苦奋斗也粘在了一起。

只要勇于出发，就能到达！这一年，团队刚转型特战分队，很多任务都不熟悉，既要练好基本功，还要练擒拿格斗，学习攀登、摩托车驾驶，不少战士有畏难情绪，特别是练硬气功，很难。闫永祥就带头参加气功班，每天早晨很早起床，做好体能基础的训练。

"军人就要随时准备打仗！现在我们连的任务已由站岗执勤转换为特种训练，一定要让连队的旗帜越来越鲜艳！"

在特战训练中，摔一下碰一下都是常有的事，连队干部身上到处都是伤。强者不是没有伤痛，而是忍着伤痛继续！他们没有退缩，"八连的每一个人，决不能躺在'好'字上。"闫永祥说，"苦身子，更要苦脑子。八连靠的就是苦学、苦思、苦干。"一路艰辛，一路风景。经过转型，八连人保持"向前、向上、向优、向好"的朝气和锐气，勇往直前，成为人民军队的特战尖刀。

当然，现在的90后战士，价值观还没有形成，他们自我独立，很多是宅男，不擅长和人交流，想自己的多，想别人的少。这其实是这一代人的通病。

2013年5月4日青年节，连队得到了全国青年五四奖章，总书记习近平和闫永祥等全国青年代表座谈，提了五个要求，第一个，坚定理想信念。第二个，练就过硬的本领。第三个，勇于创新。第四个，立志发扬艰苦奋斗的精神。第五个，锤炼高尚的品德。2013年7月，习近平在河北调研谈到共产党人的理想信念时说，要"真正解决好世界观、人生观、价值观这个'总开关'问题"。

这何尝不是八连人的精神追求呢？八连人常说：抓住人的世界观，就等于抓住了"总开关"。在"总开关"之下，八连人还要求官兵把握好九个"小开关"：第一，过好苦乐关；第二，过好荣誉关；第三，过好表扬批评关；第四，过好进步关；第五，过好身体关；第六，过好家庭关；第七，过好婚恋关；第八，过好财色关；第九，过好生死关，军人的价值就是生死关头敢于担当！

练兵之道，练心为上。所谓"战斗心"，是能够适应战场环境，具备能打仗、打胜仗所需的过硬心理素质，是世界观、价值观、人生观的具体体现。归根结蒂，世界观、价值观、人生观就像人生的"总开关"一样，把"开关"打开了，人生才会敞亮，战斗力才会过硬。

如果说世界观、价值观、人生观是"总开关"，那么八连就像一只打开"总开关"让星火燎原的巨手。他们的砺刃之路，是一条"赶考"之路，几十年来，八连人以无往不胜、无坚不摧的气势和决心，以敢打硬仗、善打硬仗的能力和本领，以超越当下、超越个体的归属感、希望感，以国家和民族利益高于一切的人生观和价值观，始终保持良好的"赶考"状态，在几十年历史积淀的道路上，始终保持阳光心态，让打开的"总开关"挥洒着感人的人格光芒。砺刃之路上，"赶考远未结束"，军人的本色将益加明亮。

新兵李龙飞入伍前，是学校法律援助志愿服务队队长，到了连队后，他作为新兵第一个报名参加为民服务活动，给连队第38代理发箱传人李凯做助手，为群众义务理发。

"时代在发展，学雷锋的活动怎么还是摆摊理发、修修补补？"回到连队，李龙飞把自己的牢骚"晒"到了网上。

闫永祥发现，李龙飞的这个想法有很多跟帖。支委会上，大家围绕李龙飞的"牢骚"展开热议。"现在，越来越多高学历青年应征入伍，学雷锋活动的内容、对象、理念也应与时俱进。"闫永祥的一番话引起了共鸣。

当下，我们如何学雷锋？连队开展传统大讨论活动，征求官兵意见建议，把学雷锋活动拓展到助老助残、扶贫济困、环境保护、倡导文明等领域；发起了向农民工子弟献爱心、关爱空巢老人等各类志愿者服务行动；还听取官兵建议，把助民服务点延伸到地铁站、公园等人流量较大的地方。李龙飞说，"现在开展学雷锋活动浑身是劲。"

"志愿服务不是一个人做了很多，而是很多人做了一点。"八连积极传播志愿服务理念，让更多人加入志愿行动中来。连队每月20日举行南京路步行街助民活动，来自上海各行各业的志愿者服务队也聚集过来，与八连官兵一道摆出服务摊位，为群众提供法律援助、心理咨询、医疗保健等服务。黄浦区双拥办副主任詹广泉感慨地说："八连发挥了志愿服务引领作用，倡导了良好社会风尚。"

身居繁华都市，时时心系战场硝烟，行走大街小巷，刻刻牢记人民情谊。一次次磨炼，让八连成为战场上能打胜仗的"铁拳"，一番番摔打，让历经风雨洗礼的八连人成为群众的"守护神"！

63. "谁英雄谁好汉，海训场上比比看"

2013年7月，夜幕降临，炎热依然。

警备区军事考核比武现场，建制连对抗比武精彩上演。

现任连长周文杰身披伪装，小声地对全连官兵进行着战前动员："这次比武对抗，在实战背景下展开，不再像往常一样单纯在米数、秒数、环数上进行较量，战斗将在深夜打响，全面检验我们'走、打、吃、住、藏'能力，大家一定要提高警惕……"

潜伏、疏散隐蔽、构工伪装、宿营……长夜漫漫，蚊虫和闷热挑战着官兵的生理极限，但没有一人暴露目标。

"嘟嘟嘟！"子夜时分，在伸手不见五指的情况下，总攻打响了，八连官兵如一只只下山猛虎，在夜色中突击。

周文杰1986年出生，江苏宜兴人，高考落榜后入伍，2006年考上解放军国际关系学院，学习特种作战指挥专业。八连向特种训练任务转型后，周文杰作为训练骨干调入，历任排长、副连长，2013年5月31日，接替刘金江担任连长。

周文杰为人谦虚，对人常说起刘金江对他的帮助。其实他本身军事素质过硬，对自己要求严格，遇到任何事情总是冲在前面，从不叫苦叫累。

2011年9月，外三灶，团里组织攀登考核。为鼓舞全连士气，重感冒刚好的周文杰，主动要求第一个出场。虽然身体还比较虚弱，周文杰的身手依旧敏捷，动作依旧利索，三下五除二地爬到了绳子顶端，所有人都不禁发出赞叹。转瞬间，他又以"壁虎下"的方式顺绳子下落，眼看就快着陆，他突然停顿了一下，表情异常痛苦，显然由于感冒的影响，今天的状态不算最好，但他还是咬牙坚持。下来后，大家才发现周文杰满裤腿都是血，掀开裤腿一看，一道伤口正血流不止。伤疤就像是军人的勋章，伴随军人无畏的军旅生涯。回到连队后，战士们都问他："排长，一次小考核你怎么这么拼命啊？"周文杰正色道："能来八连是我的荣幸，我必须尽最大的力气，做好每一件事。"

人在与自己气场相合的环境里，往往如鱼得水。周文杰节约，他有两件背心从高中穿到现在。迷彩服上打着很多补丁，也还穿着。这在别的连队，在别的地方，可能会让人觉得格格不入，显得异类，在艰苦奋斗至上的八连，周文杰真正是得其所哉。

作为从新时代成长起来的军人，周文杰的艰苦注入了时代的元素，对八连来说，他是个外来户，他自己也想不到，有一天会做到八连的主官。他一直在思索，连队的那根接力棒，交到自己手里，应该怎么传下去？这是一个重大的考题，也是一次重大的考验。军人必须全面过硬，不仅思想过硬，军事过硬，还应该成就一段自豪的军旅生活。这是周文杰的追求。

军人，不应该向享乐主义靠拢。这是周文杰的信念。八连要苦有所值，乐在其中，苦有所乐。把上级赋予的荣誉，发挥出最大的价值。天气转凉时，战士们早上出完操回来要洗澡，周文杰就提议，天凉了，就不洗澡了，节约用水。在节约用电方面，连队宿舍不装空调，只开电风扇，锤炼战士的意志。

八连不应该沉浸在功劳簿里，否则就不会有进步。这是周文杰的观点，他认为八连官兵要有正确的婚恋观，不允许打着恋爱的旗号乱搞关系。军事过硬方面，通过战斗训练、特种训练，要比其他连队的战士具备更高的体能、战斗素质，攀岩的时候，十米高的楼房，八连人从高处头朝下滑下，无一人畏惧。全面素质方面，不能像有些连队战士入伍后只负责一个岗位，或者看管一个仓库，八连的战士要求一专多能，会制作DVD的，会出黑板报的，八连就让他们自己去做，让他们有成就感。

"练就能打胜仗硬功夫，才是合格八连兵。"周文杰告诉大家：服务人民需要志愿精神，保家卫国需要钢铁战士，既要让人民感到温暖，更要让人民感到安全。

攀登课目是世界特种兵的通用训练课目，还是副连长时，周文杰就成为连队"攀登王"，曾创下全团最快纪录，2012年3月，他看到国外有特种兵10秒之内完成攀登，内心受到强烈刺激："外国人能做到的，我们同样能做到。"

必须打胜"冲顶之战"，周文杰心里给自己下了一道死命令。

没有苦难磨砺的过去，难有拼搏开拓的未来。为提高攀登速度，他背着30公斤的背囊登上滑下反复练习，那次攀登受伤，伤口还未完全愈合，他又出现在攀登训练场，9个多月的磨砺，周文杰一举创造了9秒58的攀登新纪录。

"越是困难，越要昂扬进取；越是艰苦，越要不懈奋斗。"周文杰慷慨激昂。提升战斗力，没有捷径可走，要想在未来战场上多一些胜算、少一些牺牲，就要在今天的训练场上抛洒更多的汗水，付出更多的努力，接受更多的考验。

刚参加完警备区的军事比武，八连又来到了海训场。

"谁英雄谁好汉，海训场上比比看。"激情的口号喊得震天响。

上午八点三十分，武装泅渡训练展开了。官兵们每人背着4枚手榴弹、7斤多重的枪和一壶水，纷纷奔向那蔚蓝的大海，展现汹涌的激情。

小比武、小竞赛，使训练热情势如波涛，一波还未平息，一波又已涌起；一轮又一轮近乎残酷的挑战和考验，使整个海训场充满了浓烈的战斗氛围。

平时训练心软，战时就会心痛。蓝天、碧海、阳光、沙滩，不再充满温情和浪漫，有的只是激情和血性。班长左辉笑道，海训一天要喝下五六公斤海水，整个海训下来，要脱去几层皮……战高温、斗酷暑，全连从连长、指导员到新兵，一个个晒得黝黑发亮，一笑一口明晃晃的白牙，越发显得精神干练、英姿飒爽。

这就是海训场，它通过对官兵们生理、心理以及意志、作风的锤炼和考验，来催生强大的战斗力，来磨砺出军中利剑。

这就是海训场，无数的战士顶着如火的骄阳，踩着滚烫的海沙，跃进波涛汹涌的大海，练意志、练战术、练技能，在高强度的训练下脱胎换骨。

这就是海训场，无数的战士跟时间赛跑、与体能对抗、和气候比拼，一笔一画谱写出一幅在风浪中"成长"的军旅画卷。

这天，3000米武装泅渡摸底考核展开了，随着值班员的哨音响起，全连迅速集合，分成三路纵队，跃跃欲试。周文杰一声令下，官兵们一个个像离弦之箭，奋勇向前。海浪汹涌湍急，浪头一个接一个。官兵们如水上蛟龙，随着浪头起伏……"三条长龙"渐游渐远，最后变成波峰浪谷中若隐若现的一个个黑点。

3000米武装泅渡，一小时完成。周文杰非常高兴，这个速度超出了预期目标！

周文杰上任刚4个月，上海警备区"军营开放日"在八连所在团试点。训练场的武器装备展示区，不少带着孩子的市民，与霸气威猛的猛士突击车和指挥车，作战机器人、95枪族、12.7毫米重机枪等装备零距离接触，纷纷拍照留念。9时45分，表演开始，八连特战小组从天而降，破窗而入，"秒杀"恐怖分子，解救"人质"；随即又展示了摩托车特技驾驶、擒拿格斗，以及头开瓶、背断棍、手劈砖等硬气功，前来参观的3000多市民，不时发出阵阵惊呼声。

强国的梦想在军人中间代代相传，强军的梦想在军人身上日渐呈现。

为祖国和人民守护安宁，是军人的无上荣耀。作为中国军队中的一个英模连队，八连人时刻锤炼本领、时刻准备打仗，他们的坚韧执着让人民放心！

这就是八连人，他们在逆境中勇于吃苦、敢闯敢拼，在风险中展现军威，不断地实现着军旅人生的飞跃！

这就是八连人，他们聚集未来战场，超越城市的钢铁丛林，他们就是梦想的方阵，他们就是城市的忠实捍卫者！

这就是八连人，一个个强大的战斗单元，以顽强和坚韧赋予城市闪亮的底色，以艰苦和奋斗赋予军旗永不褪色的本色！

这就是八连人，一群令人起敬、令敌震惊的血性军人，他们就像是一颗颗出膛的炮弹，在履行使命的征途上，以饱满的战斗激情，呼啸向前……

64.“雷锋复活了，雷锋又复活了！”

黄浦江上的晨光早早降临，城市在鸟鸣和江涛中苏醒。

南京路上，早晨六时，补鞋机、磨刀石、理发推和缝纫机就响起来了。

又是一个为民服务日，战士们像往常一样起了个大早，像出席盛大仪式一样，穿上整洁的军服、锃亮的皮鞋，临出门前，再一次仔细检查军容风纪，然后扛上补鞋箱、理发箱和缝纫机，迅速赶赴为民服务的母亲路。“为人民，几十年”，这道风景线坚守在南京路上已有几十年了，他们打赢了一场为人民服务的持久战。

1990年，为民服务日，一个雨天，补鞋箱第17代传人张伟标一身泥一身水挤上公共汽车，湿漉漉的箱子不小心碰着了一位姑娘的裙摆，立即响起一阵骂声：“下雨天给谁补鞋呀？死样子。”张伟标觉得鼻子发酸……

曾几何时，在一些人眼中，雷锋精神是傻瓜的标签，冷笑与嘲讽，环绕在这些为民服务的战士身边。那一年初夏的一天，服务点补鞋摊前，补鞋机在张伟标手上"突突"地响着，突然，斜刺里飞出一个怪兮兮的声音："师傅，这只鞋给补一补。"

　　一位衣着考究、戴玳瑁眼镜的青年，把一团黑糊糊的东西用竹竿挑到面前，立即散发出一股刺鼻的臭味，这是捉弄还是挑衅？有人在一旁大声喊："不要理他，那是从垃圾筒里捡来的破烂！"

　　1992年的一个为民服务日，卢成斌和战友来到南京路，听见有人在旁边说风凉话："哟，当兵的也来赚钞票啦。"

　　卢成斌笑笑："我们是来尽义务的。"

　　"戆大，这年头，谁还尽义务。"

　　卢成斌1990年入伍前，在镇上开了个理发店，每月能挣三四百元，在那时已经是高收入了，听说部队长出息，才报名参了军。在新兵连，干部问谁会理发，他装着没听见。有一次看战友们理发，理的人咬牙切齿，被理的人呲牙咧嘴，头发理得坑坑洼洼，狗啃似的，实在看不过去了，卢成斌拿起了理发推子。分到好八连，重操"旧业"，成了连队理发箱的新一代传人。一次，卢成斌正在服务点给人理发，正好碰上有电视台来采访，卢成斌觉得不好意思，又有人在旁边喊："假正经，做给人看看的。"

　　误解与嘲讽，击不倒八连的战士。卢成斌记得第一次上南京路时，有对年轻夫妻带着个小女孩路过，那位父亲理完发，小女孩也执意要剪头发，卢成斌给她剪好，她站起来，从母亲包里抓起一把奶糖，往卢成斌手里塞，边下的群众都劝他：这是孩子的心意，你就尝尝吧。实在拗不过，卢成斌拿了三颗，放在理发箱里，糖分给战友，糖纸要回来，一直珍藏着。

　　去南京路理发多了，与群众产生了深厚的感情。有一次卢成斌有事没参加服务，第二次再去时，有个老奶奶说："上次你没来，真怕你病了。现在你来了，我们就放心了。"

　　1992年2月，有位阿姨找到服务点，请卢成斌到家里给老人理发。当时，等候理发的人排成长队，卢成斌就请这位妇女留下地址。中午，人们吃饭的时间，他拎着理发箱，乘了两站车，又穿街走弄，找到门上。原来女主人的老奶奶瘫痪在床，头发很久没剪了，卢成斌和女主人把老奶奶抬到躺椅上，弓着身子给理了发，洗了头。忙完，早过了午饭时间，女主人留他吃饭，他撒谎说："我已经吃过了。"其实，他饥肠辘辘，早唱开"空城计"了。女主人感慨道，为给奶奶理发，花钱请人没有肯上门的，解放军不要钱却上门了。女主人的父亲是个哑巴，直朝卢成斌竖大拇指。此后，他估摸着老奶奶该理发了，就趁着节假日过去给老奶奶理发。

战士蔡波出生在山东老区，从小由奶奶一手带大。奶奶年轻时针线活特别棒，缝制的拥军鞋方圆几十里闻名。小时候，奶奶常给他讲做军鞋支前的故事，入伍临行前，奶奶拿出来一只精心缝制的针线包，说部队上兴这个，要他好好带着。1991年，蔡波分配到"南京路上好八连"，成为补鞋箱19代传人。这天，连队组织老兵"赠宝"仪式，会议室里新老兵相对而坐。18代传人副班长李峰把补鞋箱抱起来，含泪端到蔡波面前。正当他准备把自己成为补鞋箱传人的消息告诉奶奶时，收到大哥的来信说奶奶已经去世几个月了。捧着奶奶留下来的针钱包，像是捧着生命的一部分，蔡波决定让奶奶的针线包在自己的手中继续"发光发热"。一次，他在服务点埋头补鞋，两个外国人来到面前，男的抱着一个大背囊，原来是背带坏了，蔡波接过来补好。老外掏出一张美元递过来，蔡波摆摆手，又接着干活去了。那两位老外觉得很惊讶，摊开双手摇摇头，背起背囊走了……

岁月如梭，转眼已是2006年。新兵蒋海龙怀着当特种兵的梦想来到部队，然而，新兵下到八连后，让蒋海龙没想到的是，连队把他编入为民服务班，让他当理发箱传人，他怎么也想不通："我是来当兵的，不是来侍候人的！"整整半个月，小蒋愣是没进理发室半步。

"理发箱"的第31代传人龚广森是蒋海龙的"师傅"，没有急着要求连队换人，主动和蒋海龙拉家常："在八连，想当'优秀士兵'说容易也容易，说难也难。为民服务是我们连队的'金字招牌’，现在连队让你当理发箱的传人你都不愿干，怎么能当"优秀士兵"呢？"

学理发对于左撇子的蒋海龙来说，比别人更困难，认识到理发箱的重要后，他凭着一股韧劲，在4个月后走上了南京路。6月20日，一位中年人来到蒋海龙的服务点上："你是'南京路上好八连'的吗？"得到肯定答复后，中年人排到队伍后面。轮到他时，中年人说："理平头！"一阵剪、推、刮之后，一个标准的"板寸"出来了。中年人对着镜子满意地说："20年前我在南海舰队当兵就听说过'好八连'，今日一见，果然名不虚传！"蒋海龙的"手艺"传开了，每月为民服务日，理发点排满了长长的队伍，八连理发箱的第32代传人，成了南京路上的"名剪"。

2011年，7月的一个午后。

"小伙子，我家一台缝纫机坏了，能不能过去帮我看看？"正忙于缝补一双脱线皮鞋的战士张文涛，闻言抬起头，一位满头银发的老奶奶正一脸期待地望着他。

受人员和时间限制，八连都是在为民服务点提供服务，倘若拒绝老奶奶，必然会伤了老人的热情。望着慈祥的老人，张文涛说道："您先在一旁休息，我这边忙完了就跟您过去瞧瞧！"

在老人家里，张文涛见到了那台历史味道浓郁的"蝴蝶牌"缝纫机。过去上海人结婚流行缝纫机、自行车、手表这"三大件"，这台缝纫机就是老人当年的嫁妆，因时日长久，已生故障多年，部分轴承已生锈，零件接口处满是灰尘，试着旋动缝纫机转轮只觉无比生硬。但老人一直舍不得丢，看到八连官兵在为过往群众热情服务，老人心头这才萌生一丝希望。张文涛先给各个轴承上了油，又仔细用毛刷将灰尘刷干净，更换了一些生锈损坏的零部件，转眼，半个多钟头过去了。房间里虽有空调，但他全身仍被汗水湿透。"您现在试试看！"老人轻踩脚踏，只见缝纫机又发出轻快的嗒嗒声。

张文涛新兵下连那会，被分到连队"为民服务班"，拜上等兵赵剑为师。一天早上，到南京路时已经有许多人在排队了，一上午的时间，每个人都没有停过手中的活，汗水湿透了全身，拥挤的人群将补鞋的专用胶碰倒了，一下子都洒到了师傅赵剑的双手上，这补鞋的专用胶黏力十分强，弄到手上火辣辣的疼，而且事后很难清洗，每次都必须用小刀一点点去除，赵剑不小心把手弄伤了，鲜血直流。排队的群众看见后，都说不用再补鞋了，准备离开。赵剑简单地包扎了一下，叫回大家："这点伤算什么，八连人不会因为一点疼痛放弃自己的任务。"鲜血染红了绷带，染红了鞋子，可是没有人嫌弃。张文涛成了补鞋箱第36代传人，补鞋时，长时间埋首弯腰，大家笑侃他为"骆驼祥子"，手掌上则满是被502胶水腐蚀的死皮……

"小悦悦"、"假摔门"等事件一次次拷问人们的公德心。"遇到困难还能不能帮？"面对此类疑问，八连官兵给出了有力回答。

2011年7月，班长曹俊和张文涛在南京路为民服务返回时，见到路边站满了人。走近一看，原来是一位老太太倒在地上，老人面色苍白，呼吸急促，四周挤满了围观的人，却没有一人走上前帮助。曹俊和张文涛见状，二话不说，走上前扶起老人，并将老人背起准备送往医院。"小伙子，当心骗子，你不要惹火上身！"一位中年人拉住他们。

"别人有难，该出手时就出手，哪有那么多讲究！"曹俊和张文涛撂下句话，背着老人向医院跑去。

"幸好抢救及时，再晚一点就危险了。"医生的话让曹俊松了口气。

"小伙子，万一老人抢救不过来，人家讹你怎么办？"面对围观群众的疑问，两人答道："我们是八连的战士，为群众解忧帮困是我们的天职！"

2011年重阳节，一大早，闫永祥带着几名战士来到敬老院，不仅带来重阳糕，还从居委会借来轮椅，推着老阿婆到街上走走看看。南京路上的高楼大厦，川流不息的人流，商场里琳琅满目的商品，老人们一路上笑得嘴都合不拢。逛完南京路，在前往淮海路的地铁站台时，碰到了一些由子女推着逛街的老人。敬老院的孤老和那些老人们开心地交流着，走过的一名中年男子，不禁感叹起来："雷锋复活了！雷锋又复活了！"

人这辈子不一定要有多大成就，但多多少少要有点成就感。人生的价值无须别人证明，但没有成就感至少是一件很遗憾的事情。不管怎样，你总得有一样能拿得出手的东西，在某个方面总得有点过人之处，这样才能找到成就感。找到成就感不是为了向别人证明什么，而是让自己活得更自信、更有尊严。

这是八连人的奋斗哲学，这是满满的正能量，这是营造美丽中国的那一抹晴朗。我想，这无疑源自于八连数十年来对"两个务必"的坚持，在漫长的砺刃之路，面对巨大的荣誉，始终谦虚谨慎；面对物欲的诱惑，始终艰苦奋斗，做到不变质，不变色。八连身上承载的艰苦奋斗、为民服务、对党忠诚、爱国主义、敢打硬仗、敢于胜利等精神内涵，是中国军人的精神闪光点，也是推动中国梦的强力引擎。一个正在努力实现民族复兴、国家富强、人民幸福的中国，需要这种精神，需要它如同东方阳光势如千钧的重量一般，更深地激起人们心灵深处的震撼和崇高的激情，从而构成红色江山坚不可摧的堡垒。

65. "没有八连，我肯定活不到今天"

胡红根生于1958年，父亲是建筑工人，有两个姐姐、两个弟弟。长期以来，只有年迈的母亲和一个聋哑的弟弟照顾他的生活。1976年，八连战士走进他的家，从此，他的生活中多了一茬又一茬亲人！

"我从上小学到现在，八连照顾我37年。一开始我叫他们叔叔，现在他们叫我叔叔。"胡红根沉思片刻，难忘的往事又涌现在眼前。

那时，为了方便胡红根的生活，八连出钱奔波了一个多月，找工厂为他设计了一辆绿色轮椅车，搬来水泥和沙子，在他家楼前的阶梯上，专门为他修了一道斜坡，方便轮椅进出。

每周，八连的战士两次来到蕃瓜弄，忙着给他家打扫卫生，战士王秋成骑三轮车带着他去兜风，还带他看了外滩、龙华烈士陵园、城隍庙，度过了一个又一个快乐的日子。

1990年，胡红根在电台上听到一则新闻：上海专门成立了一个攻克截瘫病的医疗小组……那个消息紧紧地揪住了他的心，他想要站起来，他想要在大地上奔走。他冒雨摇着轮椅来到八连，副指导员许方勇听到这个消息，急忙与医疗小组的专家们联系，约好了门诊时间。连队自发组织了"帮助胡红根站起来"的捐款活动，把钱送到他的手中。

门诊那天，下着大雨，轮椅不好走了，许方勇拦了一辆出租车，把胡红根送到医院，专家们仔细地检查以后，遗憾地摇了摇头，许方勇看见胡红根难过的神情……

来年初夏，上海残联组织专家，在复兴公园举办残疾人康复的义务咨询，那天一大早，八连战士王利铭、裘洪平推着胡红根，来到咨询台前，教授们仔细地会诊后，告诉他：先去拍片，检查一下脑部神经，如果没有什么问题，可以手术治疗。胡红根怦然心动，八连也都希望着奇迹发生。

他们开始四处帮胡红根联系检查，为他自发捐款，推着他去医院检查，天公不作美，又一次下起了暴雨，许方勇急急地跑到附近海军驻地求援，找了辆车把胡红根送到医院。拍片要1200元，胡红根愣住了，战士也愣住了。医生们得知真情后，给他出了个主意：去街道开张无工作的证明，再加残疾人的证明，费用可减免一半。战士们把胡红根送回家，忙着去街道，去残联，把手续办好，赶到医院时，拍片的结果出来了，胡红根的瘫痪无法医治，胡红根觉得自己的心凉透了。

"你没能站起来，也不应该倒下去。"同样难受的战士们纷纷鼓励。看着老母亲积劳成疾，看着八连官兵一次又一次的帮助，胡红根下决心活下去……

时间在流逝。"1992年时，我想办一个书报亭，在生活上自立，又是八连的战士跑断腿，帮我办理了相关手续！"

连首长指示战士卢成斌去办，卢成斌拿着胡红根的户口簿和街道证明，找到工商所，一开始工商所表示不容易办，卢成斌详细介绍了胡红根的情况，工商所给了他一张表格，让他去找区公安局，申请设点的地方。跑到公安局，才知道还要学历证明、残疾证明、街道证明、文化局证明……

胡红根的小学毕业证书早丢了，卢成斌用轮椅推着他，去他原来就读的小学补办。然后找到文化局办好了报刊经营许可证明，还和战友背着胡红根在医院楼上楼下地跑，找办公室，找接诊室，找专科医生检查，找院里盖章，再找街道民政科办设点证明，找区民政局、公安局……公章盖了十来个，再到工商所去，跑了五六次没有见到所长，后来有一次去，看见工商所的所长正在扫地，卢成斌抢过扫把扫地，请所长先看看手续全不全。工商所的所长问：胡红根是什么人？卢成斌把情况说了一遍。

"你们这些军人，真是热心人啊，你帮他的忙，我们也要帮他的忙。你放心，只要能办，我们一定给办。"后来，因为设点的地段要造地铁，书报亭没有办成。

这一年4月25日，"南京路上好八连"命名纪念日，胡红根在上海人民广播电台点了一首《奉献》，感谢八连十多年来对他的关怀照顾之情。"长路奉献给远方，白鸽奉献给蓝天，江河奉献给海洋，我拿什么奉献给你，我的朋友……"听着，听着，胡红根自己已热泪盈眶！

一年又一年，一个又一个片断：2003年，胡红根的弟弟肠溃疡出血，八连的战士听说了，过来帮着照顾。2008年，胡红根的妈妈过世了，家里吃的油盐酱醋，全由八连给他送来。

2009年，八连被国务院表彰为"全国扶残助残先进集体"。7月3日，连长张道广作为连队代表，赴京参加了第四次全国自强模范暨扶残助残先进集体和个人表彰大会，受到胡锦涛等党和国家领导人的亲切接见。

2010年，胡红根病了，教导员黄森把他送去医院，一开始胡红根以为吊吊针就好了，谁知道肩椎压迫神经，第一天医药费就用了1000多元，在第一人民医院住了十多天，后来转到中心医院住了三个礼拜。每天上午，还有战士过来陪他吊针，下午，战士又过来给他洗澡。

2010年，世博会时，胡红根病了，恰逢连队官兵到安检口执勤去了，连部只剩下赵占峰一人值日，上午八点多，连部的电话响了，胡红根声音微弱地说："快要不行了，浑身发麻……"接到电话后，连队派副连长、司务长、赵占峰三人当即把老胡送到医院，医生说是神经性脑梗塞发作。胡红根得知病情后闷闷不乐，心情沉重。为了使老胡重新燃起对生活的希望和信心，全连官兵又自发捐款，雷德亮把连队为他父亲去世捐的19000块钱转捐给了胡红根，赵占峰每周两次到胡红根家照顾他……

胡红根上下床困难，连队为他做了张可以起降的床铺；上厕所麻烦，战士们搬来凳子和痰盂，特制了一个马桶。为了提高他的生活质量，连队给他的厨房安装了脱排油烟机，还添置了洗衣机、淋浴器。他想学英语，官兵们送去收音机和广播课本。他想多出门看看，官兵们陪他登东方明珠，游黄浦江……

每年4月30日，连队五一加餐。这一天，战士们会早早地把胡红根接到连队，因为这天也是胡红根的生日，全连一起给他唱响了生日快乐歌！

每一年，胡红根会克服生活的艰难，在建军节时给连队送去西瓜。

老兵退伍时，胡红根都会赶过去送行。退伍战士排着整齐的队伍，胡红根像检阅仪仗队一样坐着轮椅车从他们面前驶过，给每位战士一张照片，作为纪念。

如今，几乎每一周，他都会开着崭新的红色电动轮椅车，跋涉一小时去八连串门。他的这辆"出行专车"价值8000多元，也是八连送的，他还曾驾着这车畅游世博园区。

38年来，八连就是胡红根的家，一茬茬的官兵就是他的亲人，他已经成为八连最老的"老兵"。岁月更替，年复一年，爱的激流，从未中断。

那天采访时，一位江苏籍的新兵武兆年正照顾胡红根，我问他什么感受，他说，我妈可能觉得比较心疼，但我确实得到了锻炼，学会了做事情，学会了细心地帮助人……

"我觉得自己是个幸福的人，自己虽然瘫痪了，但是比我弟弟还要幸运……"胡红根顿了一顿，动情地说，"没有好八连官兵，我肯定活不到今天！"

66. "叔叔，我爸爸病倒了，我上不了学了"

远方除了远，并非一无所有。远方有磨难，也有温暖。

"叔叔，这些纸鹤是我亲手折的，我把它送给您，感谢您过年时来我们家帮助我们渡过难关……"拿着从沂蒙山寄来的信件和纸鹤，指导员江成玖眼眶湿润了。

2005年除夕夜，八连官兵正在收看春节联欢晚会，江成玖突然接到连队司务长孙明女友从安徽合肥打来的电话，询问孙明在哪。原来，此刻的孙明正坐在沂蒙山区沂水县龙家圈乡一个叫杜依梅的小女孩家。杜依梅的母亲两年前双手不慎卷进打谷机，落下终身残疾；祸不单行，这年临近春节，父亲又一病不起，家里唯一的经济来源也断了，杜依梅再次面临辍学危险，当孙明千里迢迢送来1000元钱和一大包药时，一家人泪流满面……

沂蒙山区，这是一片神圣的红色故土。在抗日战争和解放战争时期，八百里沂蒙人前仆后继，十万英烈血洒疆场，百万人民拥军支前，在这里，乡乡有红嫂，村村有烈士，唱响了一曲民族英雄史诗："最后一口饭，做军粮；最后一块布，做军装；最后一个儿子，送战场……"

正是这种精神，铸就了民族的新生。陈毅曾经感叹："我就是躺在棺材里，也忘不了沂蒙山人。他们用小米供养了革命，用小车把革命推过了长江！"

人们对美好生活的向往，是军人奋斗的方向。1992年，首都北京的15家新闻单位联合发出"百万爱心行动，救助百万名失学儿童"的倡议，八连官兵通过共青团沂水县委牵线，跟沂水县48名儿童结对，汇款单从上海飞向沂蒙山区，开始了长达30多年的爱心助学之旅，资助学生达1000多人次。

"在我最失望的时候，在我最无助的时候，是你们这些叔叔向我伸出了援助之手，在这里，我真诚地向你们表示衷心的感谢……"一位五年级学生张研的心声令人心酸。

"我要听老师的话，努力学习，将来像叔叔们一样，做一个对社会有用的人……"孤儿李兴隆由爷爷代笔的信件让官兵们感到几许宽慰。

2003年，八连收到杜依梅小朋友从沂蒙山区寄来的一封求助信，立即召开干部骨干会，孙明主动和杜依梅结成对子，第二天利用外出采购的机会，把自己刚拿到的630元工资中600元寄给小依梅，并寄信告诉她安心学习，不要担心学费。

"叔叔，我爸爸病倒了，我上不了学了。"这天，正准备休假过年的孙明接到了杜依梅打来的电话。

在火车站候车大厅，孙明思来想去一个小时，耳中不时响起杜依梅电话中的哭泣声，他改签了回家探亲的车票，在药店买了一大袋药品，揣着准备给女友买礼物的1000元钱，坐上了开往沂蒙山区的火车。

"世上事，贵有恒"，爱心资助跑过了30多年的接力赛。老区人民也像当年拥军支前一样，将一双双绣着"鱼水情深"等字句的鞋垫寄到八连……

一批批流水似的学子，一批批流水似的士兵，之间有不变的对于人民的忠诚。

"将最真挚的祝福送给你们，愿'好八连'的叔叔们在工作中尽显佳绩，卓尔不凡！"一封带着浓浓祝福的感谢信，从安徽滁州市南礁区大柳镇寄到了八连。

2007年9月，八连在安徽三界进行野战化训练，得知驻地滁州中学的金希莹因母亲不幸罹患脑瘤，先后辗转广州、上海、江苏等地求医，跑遍了大半个中国，花光了家里仅有的积蓄，几乎变卖了所有家当，最终还是没能挽留住母亲的生命。此时，金希莹已经升上高一，负债累累的家庭无力再承担她的学费，她面临辍学的困境……连队决定开展"重上磨盘山，重走前辈路"暨爱心助学活动，大家纷纷掏出自己微薄的津贴，献上一份爱心，与金希莹结成互帮对子，承诺每年为她提供1000元资助，帮助她完成学业。

八连官兵到金希莹家中帮助农忙时，看到真正的"家徒四壁"，没有一件像样的电器，床铺用木板临时搭成，只有墙上破旧的相框里，还在承载着一家三口幸福的笑脸……八连的资助，金希莹从阴霾的家庭阴影中走了出来，重新拾回了自己的"大学梦"。

战士王利铭出生于安徽山区，从小就对贫困生活有深刻体验。到了部队，除了发的军装外，他连一件像样的内衣也没有，平日省吃俭用，每月只花几块钱，简朴到了极点。当连队组织向失学儿童捐款时，一些领导和战友都劝他不必参加捐款了，王利铭总是说："在部队吃穿和学习都不用花钱，每月还下发几十元的津贴费，对于老区儿童来说，这几十元可能比我们拥有几千元还要珍贵，所以我一定要贡献自己的力量。"

"我们将一直把助学的传统传承下去，让八连的精神扎根孩子们心中。"2013年3月4日上午，副连长李旭来到柴山小学，将3000元助学金发放到15名贫困孩子手中。

三年级学生于佳慧拿到200元助学金后，激动地说："我一定要好好学习，不辜负解放军叔叔们的期望，用优异的成绩回报你们、回报社会。"她的母亲离家出走，父亲长期在外打工，只能在家和爷爷奶奶相依为命。但是她以感恩的心态面对生活，生活便充满阳光。这是来自军人的一份阳光，让大爱之树常青。

台湾星云大师说：一个真正的强者，不是摆平了多少人，而要看他能帮助多少人——能帮助别人，这是德，能帮到别人，这是能。有德、有能的才是强者。

八连的指战员就是真正的强者！

67. "爸爸说不要浪费一粒米……"

合肥，古称"庐州"、"庐阳"，被誉为"江南唇齿，中原之喉"。八连有数任连长和指导员出自安徽，更见得徽地之人杰地灵。2013

年11月，我们驱车来到合肥，采访安徽籍的数位八连人戴大喜、俞昌盛等。中午休息间歇，闻知下榻之处离包公园只有几分钟路程，便直奔而去。包公园位于城南包河之畔，有包公墓及一座白墙青瓦的三合古园包公祠，祠旁为廉泉亭，亭内廉泉古井是包公生前所挖，据悉亭为明时修建，留存至今。登上园内九层清风阁上俯瞰，只见公园内嘉木葱茏，波光潋滟，别具一番滤净凡尘的徽风古韵。

下午访谈时，似乎包公河畔的气息飘到了此处，似乎廉泉井的泉水流到了此处，戴大喜开门见山，谈到他对金钱的看法："对钱的问题怎么看？现在是钱多好还是钱少好？我觉得，钱对国家与对个人来说，意义不一样。对国家来说，钱越多越好；对一个家庭或个人来说，没有钱是不能过日子的，但挣了钱还要看用在什么地方，如果吃喝嫖赌，那钱就是罪恶，如果一个人把几千万、几个亿留给子女，反而给子女带来祸害……所以说到八连艰苦奋斗、为人民服务的精神，归根到底也是一个对待钱的问题，其实质就是保持人民子弟兵的本色！"

一个人的成就，不是以金钱作为衡量，而是一生中你善待过多少人，有多少人敬重你。生意人的账簿，记录收入与支出，两数相减，便是盈利。人生的账簿，记录爱与被爱，两数相加，就是成就。

而俞昌盛的回忆里多是难忘的细节，有一些无奈，有一些可惜，又有一些悲壮。俞昌盛1964年入伍到八连，干部对战士关心无微不至，真枪实弹地打磨，练得很累，身体抵抗力弱了些，有一次自己发烧咳嗽了，排长把他送到医院去！1977年，组织决定俞昌盛从连长任上转业，他感觉自己心上闪过的只有霹雳："当时让我转业的时候，简直是五雷轰顶。我以为部队是要培养我的，给了我很多机会，结果才干了两年连长，就不能干下去了，我觉得很惭愧，没有给八连做过什么事情……我现在常常想，如果让我在部队干到1979年，干到对越自卫还击战的时候，那时把我送到战场上，那我还能为国家做点事，就算在战场上战死，我也无怨无悔！"

也许生命需要看远，只有更上一层楼，才能穷尽千里目；也许生命需要看透，阅透人情冷暖，才知平凡更真；也许生命更需要看淡，平和、宁静、坦然，离尘嚣远一点，离自然近一点，淡泊就在其中……然而，生命有太多的难以看淡、难以看透，因为关怀到极致，因为沉醉于止境，因为舍弃并不是生命的本质，因为有一些错过是永远的遗憾。人生中，谁没有过这样的时刻？

俞昌盛感怀是这样的一些细节和故事：中国的军营里，干部爱护自己的兵就像爱护自己的亲兄弟，有一次投弹训练，俞昌盛手中的手榴弹滑掉了，就掉在不远处，连长马上扑上去，把他整个人压在身下，手榴弹在不远处炸了，俞昌盛吓出了一身冷汗，但是连长没有批评他，也没有责怪他！

这一年，连队拉到苏州七子山训练，俞昌盛此时担任连队副连长。七子山在姑苏城外七里处，山并不高，海拔只有300米左右，上有七个土墩，传说乃春秋战国时期吴越王七个儿子之冢，山脚下是成片成片的墓地，实乃荒山野岭。晚上七点钟，连队搞反围剿训练，分给战士一张地图和一个指南针，规定不得询问当地老百姓，按照地图和指南针寻找目标，在每个目标中有一个任务，只有找对了第一个目标，才知道下一个任务，找错一个地方，就找不到自己的目标了，结果很多战士当天都回不来，有的战士饿极了，便抓蛇烧着吃。山脚下的墓地里，磷火在闪耀，飘浮如尘……

八连磨砺的不仅是人的本色，更是为人冶炼出高度的智慧，把人生经营得简单而丰盈，在人生的抉择中往往能够"道法自然"，臻于至善。

采访结束时，主人安排前往合肥滨湖新区参观渡江战役纪念馆。雄伟的胜利塔，还在远处就钻入视野，据介绍塔高99米，九九八十一，象征着从"八一"走向长久的胜利。若有机会从空中俯瞰，胜利塔就像一颗五角星，镶嵌在大地之上。邓小平、刘伯承、陈毅、粟裕和谭震林组成的渡江战役总前委群像，全铜铸制，身材伟岸，英姿飒爽，闪耀出决胜千里的气度。巨大的纪念馆屹立在巢湖之滨，犹如两艘雄伟战舰，行驶在浩瀚的长江上。建筑以49度角向前倾斜，象征1949年渡江战役胜利。进入大厅，《胜利之师》浮雕据说是目前国内最大浮雕，大气磅礴，蔚为壮观。长近50米的半景画馆和4D电影，以声光电效果展现横渡长江惊心动魄的场面，令人宛若置身于渡江战役之中，似乎炮火正在燃烧，顿时一片惊涛骇浪……

时间也有如波涛，冲刷着人世，而有一些东西就像悬崖，矗立于时间之岸。八连出来的人，永远不变的是那一股艰苦奋斗的精神，我想起一个故事，有位脱下军装的老八连人常对两个女儿回忆起八连，回忆那时的荣耀与艰辛，奋斗与磨砺。在这些细节的背后，一股艰苦奋斗的精神脉流，在无声中默默传承，一盏价值巨大的灯塔，闪耀在前路，照亮人生。

有一次，调皮的小女儿从桌上捡起一粒喂鸟的小米，竟然送进了嘴里。

大女儿很生气，问道："你怎么吃喂鸟的小米？"

"这不是一粒米吗？爸爸说不要浪费一粒米……"

68. "今天我们必须逆袭成功！"

初夏，"砺刃—2013"海上狙击行动火热上演，这是我军总参谋部第一次组织全军特种部队海上比武竞赛。来自全军的特战精兵，会集于海南某海域，高手如云，波涛如怒，啸傲蓝海。无数个日日夜夜的淬火铸剑，砺刃考验，磨砺出一柄柄无畏的利刃，在此完成一次巅峰对决。

一路残酷砺刃，一路艰辛备尝。八连副连长李旭走过了从替补到主力的历程。现在，他作为军区海上狙击行动组组长带队参赛，眺望眼前的大海，风云翻涌，气息浓烈有如硝烟。海鸥似乎也嗅到异常的气息，远飞匿迹。

李旭是革命老区山东沂蒙人，这名外表粗犷的山东大汉，膀大腰圆，身高肩阔，说起话来声若洪钟，生来就有一股不服输的劲头。初到八连时，为了练肌肉力量，李旭每天晚上都要把杠铃、哑铃从头到尾练一遍，别人练半小时，他就练一小时；自己弹跳力不好，他把杠铃加重到200斤，背着杠铃绕着操场跑步，和战友们一起比着练、比着训。参加团里的运动会，他一人就报名400米接力跑、扛轮胎、搬弹药箱等5个项目，以四个亚军近100分的成绩，帮助八连以710分的总成绩夺得第一名，李旭自己也成为全团屈指可数的"得分王"。

2008年6月，当时还是一班长的李旭，以步兵身份参加了军区特种兵"猎人"集训。那次集训对象主要是侦察兵，将进行车辆特种驾驶、攀登、特种射击、战场救护等侦察兵训练课目，一直以来，团里都是从侦察分队挑选精兵强将参加。4月中旬，团里挑选集训骨干的消息传来，李旭和几位训练尖子找到连长张道广："凭什么不给我们一次机会，让我们去试试？"

八连向团党委提出了参加"猎人"选拔的请求，得到批准后，选出李旭参加团里选拔。15公里武装越野、特种射击、应用攀登……激烈的角逐中，李旭一路过关斩将，入选上海警备区参加军区"猎人"集训的9人代表组。

猎人集训的每一个课目都充满危险，在李旭眼里，越有"不要命"的拼劲，越能咬下硬骨头。水中逃生是猎人集训中的一个高难度高风险课目，一天凌晨，教官把捆绑住手脚的队员扔进两米深的水中，让他们想办法挣脱绳索逃生。凌晨的池水冰冷刺骨，下水后不到5分钟，一些战友难以忍受，中途放弃。李旭全身麻木，呛水不止，在沉沉浮浮中咬着牙、憋着劲坚持，在踩水的过程中试着解脱绳索的束缚，20分钟后，李旭成功逃生，是这批学员完成此项训练课目的第一人。

潜水训练又是"猎人"集训中一个巨大的挑战，国外特种兵曾创下下潜45米的纪录，国内极限是40米。起初，李旭只能下潜10米左右。这天，集训队开展12米潜水训练，教官一再叮嘱：千万不要硬撑，自我感觉不好的可以免训。李旭却第一个站出来："我先上！"10米、11米，水下的压强越来越大，挤得耳膜剧痛，头像要炸裂，眼珠往外鼓。李旭一点一点往下潜，到达12米时，教官示意李旭立即上浮，他却打了一个"继续向下"的手势，直到13.5米才停。

"不要命了！"待他浮出水面，教官厉声呵斥。

他却笑笑："训练不玩命，战时要丢命。"

此后的训练中，李旭不断尝试增加下潜深度，在急速增加的水压下，胸闷异常难受，有时甚至口腔出血。即便如此，李旭如一把闪光的尖刀，又一次超越了自己的极限，照亮深邃的水花。

特种射击是李旭的强项，他不满足于此，在40摄氏度的高温下，一次又一次练习出枪动作，并把固定靶改为移动靶，最终刷新了特种兵1.8秒内出枪到射击3发3中的纪录，练就了一枪毙命的特种技能。4个月后，李旭把名字刻在了象征荣誉与尊严的"猎人"勋章上。

八连转换为特种连队后，李旭作为全连唯一一名军区"猎人"，处处冲在前面，率先引领。在一次实兵对抗演习中，"蓝军"派出的一支狙击小分队，让"红军"接连损失10多人。"红军"指挥员叫来李旭："你带两个人给我干掉这几个家伙！"李旭带着狙击手选择一条臭水沟作为潜伏地点。时值盛夏，沟里臭气熏天。李旭静静地趴在水沟里，任蚊虫叮咬、蚂蟥爬身，从午后一直潜伏到傍晚，这时"蓝军"狙击手小分队钻了出来，李旭和两名狙击手瞅准机会，果断击发。4声枪响，4个"蓝军"狙击手应声倒地。钉子拔除，战局随即扭转，"红军"大获全胜。演习结束，大家才发现，李旭三人的手脚因蚊虫叮咬和臭水浸泡，已肿得有如面团。

"无论环境如何艰苦，形势如何艰险，军人都要做一颗上膛的子弹，随时准备脱膛而出。"这是李旭经常挂在嘴边的一句话，战友都说李旭训练"就像玩命一样"，一点星火，顿成燎原，全连脱胎换骨，实现了步兵分队向特种分队的艰辛转身。

2013年3月，李旭正在山东老家休假，突然接到返营命令。第二天，他直奔军区组织的"猛士"特种兵集训营。这次集训是为了选拔队员参加全军特种兵大比武，有血性的军人，浑身血液都会为之沸腾。李旭既期待又担心，自己毕竟不是特种兵出身，前进道路上，等待着自己的无疑只有考验。

来到基地后，李旭被分到海上狙击行动组。

第二天，马不停蹄进行了选拔考核，器械、负重越野、抓绳上等项目，李旭轻易完成，但26米软梯攀爬时，还没爬到10米，他已气喘吁吁、四肢酸痛，好不容易拿下软梯，成绩定格在2分20秒，离第一名的50秒落后了一分多钟。

李旭擦一擦手上的血迹，再次奔到软梯前，向上攀爬。只有突破自己的极限，才能迎来荣耀。世界上最可怕的词叫执着，执着的人改变命运，所以说执着永远是人生最无敌的装备。

考核组中有人劝他，30多人只能留7个，这么残酷的选拔，淘汰很正常，"再说你都提干了，何必再受这个罪呢？"李旭却说，"我是八连的干部，如果我被淘汰了，那就对不起八连。"

李旭一遍遍练习，训练过后，反复观看录像改进动作。一个月后，攀爬软梯达到了42秒。层层淘汰，留下来7人小组，李旭虽然艰难突出重围，却只是一名替补，未能成为主力。

5月中旬，7人小组转场海南，李旭作为替补队员，除了为主力队员做好后勤保障，每天依然坚持"魔鬼"式训练。

山不转水转，机遇总是垂青有准备的人。

比武的日子临近，划舟水平滞步不前，带队领导和教练组私下打探，南京军区代表队的划舟成绩落后兄弟代表队近2分钟。

此次全军海上狙击行动大比武，包括海上渗透和海上狙击项目，渗透讲究的是划舟渗透，进行水下破障、实施突然袭击；海上狙击讲究战斗划舟、船艇攀爬，然后完全精准的狙击点杀，一击致命。

"划舟成绩不提高，射击再好也白搭。"带队领导和教练组反复试验，行动组的划舟成绩提高不明显。5月27日下午，7名队员、带队领导和教练围坐一起，经开会研究决定，优化人员配备，让力量优势明显的李旭担当主力，并担任组长。

现代战争中，往往没有孤胆英雄，没有冷兵器时代所向披靡的战神，有的只是长期团队协作凝成的战斗力。荣辱与共、生死相依，队友就是最可靠、最强大的武器，相互掩护、携手共进，所以，只有把队友之间的组合优势发挥到极致，才有可能凯旋，才有可能打造成为最尖锐的军中王牌。

人员的优化，立竿见影，随后进行的2000米划舟渗透，成绩快了1分多钟，但跟其他队还有差距，队员们士气依然低落。

"比武就是打仗，我们改变不了敌人，只能提高自己。"训练之余，李旭和队友们琢磨开了，终于大家发现了问题的症结所在。正所谓失之毫厘，谬以千里，原来海上风浪大，控制方向远比使用力量更为重要。

距离比武只有8天了，代表队决定变阵，因为军人毕竟不是专业运动员，专业的两边划舟方式不适合他们，行动组决定改用船头一人、左右各两人的划船方式，让前面的队员控制方向，后面的队员专注划舟。这一阵法中船头位置的舵手，不仅要控制好方向，还要一直双膝跪着划桨，李旭主动把这个战位揽了下来。

临战变阵，乃兵家大忌，但是勇者无畏，换阵当天，代表队划出了优异成绩。此后的8天里，南京军区代表队每天划出12公里以上，李旭跪在船头，用力划桨，胸膛在橡皮舟铁圈上磕碰出道道血口，李旭每次要跪上一个多小时，浑然不知腿脚全麻、血染上衣。

军人不惜死，军人拼意志，军人就必须对自己狠一点，军人这个名字的背后，往往就意味着千锤百炼，意味着常人看不到的汗水、泪水，甚至是血水。长时间的水上浸泡，李旭受伤的左手食指受到感染，肿得比大拇指还粗，一碰就撕心裂肺般的疼痛。李旭用纱布一裹，咬着牙上舟训练。训练归来，再解开纱布，用消过毒的匕首在手指上划一道口子，用力往外挤出脓血。三天里，手指划了三道口子，丝毫不见好转，带队领导把李旭送到医院，利用中午休息时间打点滴。李旭常常趁军医不注意，悄悄调快吊水速度，希望快点回到训练场。一个月的突击训练，李旭身上不知被划了多少道伤口，背上不知晒脱了多少层皮，连橡皮舟都划坏了2艘……这一切，无非就是为了胜利，胜利是军人的最高荣誉，胜利是对军人流血流汗的最好奖赏。

"南京军区第一个出场！"主裁正宣布第二个比武项目的次序。想起昨天屈居第二的2000米划舟渗透，李旭对4名队员坚定地说：

"今天我们必须逆袭成功！"

誓言一出，所有队员血脉贲张。

剑拔弩张之处，寒芒点点。

海滩上，李旭打开仪器：风向西南，四级风，浪高2米。

李旭虽然块头大，其实心细如发。2007年2月，中央军委委员、总政治部主任李继耐上将来八连视察，李旭回答问题简明扼要，被李继耐称赞道："你这个班长很称职，我给你打100分！"凭着几个月来在海上的搏击经验，李旭开始布置战术，"今天风向西南，我们如果直线划，出港到海面后，橡皮舟肯定要往西偏，这时再逆风往东修正，将非常困难。"

在柔软的沙子间，李旭画出了一条设想中的路线："我们出发时先斜着往东划，出了海港，风力将自动为我们修正，这样既省力又节约时间。"

狭路相逢，唯有出奇制胜。

"砰！"发令枪一响，李旭带领4名队员抬舟、下水、划桨，手臂上青筋膨胀，橡皮舟如离弦之箭，朝着远处海面上的目标舰艇划去，上舰后，他们将进行海上狙击……

"转弯桨频，加大力量！"李旭在前面指挥。

"力量！"后边的队员跟着喊道。

海面上风浪很大，橡皮舟却如同李旭事先设想的一样，在队友一致的划桨动作中，在风力的协助下，如有神助一般，快速抵达舰艇！

"迅速上舰！"李旭指挥队员将厚重装具吊上舰。

"3号报告！我们已到达指定地域，准备射击！"一上舰，李旭立即向考核组报告。观察员迅速测出风速、风力、温度、湿度、目标距离，狙击手迅速组装、上弹，调整射击诸元。

12个待狙击的目标，散布在100到600米距离之间的海面和岸滩上。海上狙击，舰艇就是射击场，它在波涛汹涌的茫茫大海之上颠簸，海上的目标，在水中起伏不定，岸滩上的目标，时隐时现，因此射击难度极高，被国外同行称为"最难完成的战斗射击课目"，全世界组织开展此项目训练的国家屈指可数。

"别着急，调整好再打，一颗子弹消灭一个目标。"

"嘭嘭嘭！"枪声在海风的吹拂下，显得细脆而清亮。

离规定的射击完成时间还有2分多钟，就剩下最远的一个600米胸环靶了，狙击手正在瞄准，突然李旭和观察员发出指令："停！停！风向改变！"

再次测量，修正。1分钟后，狙击手击发。

"3号报告！我们已完成全部行动！"

最后，综合2000米划舟渗透第二名和海上狙击行动两项射击第一名的成绩，南京军区代表队技压群雄，获得了此次海上狙击行动总分第一名。这是一次从替补到冠军的精彩逆袭，这是一次见证"召之即来，来之能战，战之必胜"的军威展现。

"鹰击长空，鱼翔浅底，万类霜天竞自由。怅寥廓，问苍茫大地，谁主沉浮？"在近代以来一百多年的民族危难中，中国人一直在追寻着这个答案。历史最终告诉我们，在苍茫天地之间，决定国家命运的中流砥柱，缺不了这样一群充满血性、始终艰苦奋斗的人民解放军军人！

"军事好，如霹雳。""军民团结如一人，试看天下谁能敌！"在壮阔的砺刃之路上，只要祖国一声召唤，他们将会发出一阵阵令敌胆寒的霹雳！向前，向前，向前，我们的队伍向太阳……

中国幸甚，民族幸甚，人民幸甚。

60多年了，艰苦奋斗的精神之光依然闪耀在我们的视野，闪耀在民族崛起的地平线上，它没有变小，也没有变弱，只是换了一种形式，汇成中华民族强大的精神图腾，汇成"万岁连"永恒不变的魅力，汇成一面永不褪色的旗帜！

成绩公布那一刻，李旭和所有队员激动得失声痛哭！

尾 声

2014年12月13日，首个南京大屠杀死难者国家公祭日。

10时整，侵华日军南京大屠杀遇难同胞纪念馆前，国家公祭仪式开始。军乐团奏响《义勇军进行曲》，全场高唱国歌，随后向南京大屠杀死难者默哀。防空警报随即拉响，南京全城警报轰鸣，汽车、火车、轮船汽笛齐鸣。默哀持续一分钟。

低回空灵、庄严肃穆的《安魂曲》响起，16名礼兵抬起8个巨大花圈，安放在"灾难墙"前。77名青少年宣读了《和平宣言》。随后，中共中央总书记、国家主席、中央军委主席习近平同一名南京大屠杀幸存者代表和一名少先队员一起，缓步走上公祭台，为国家公祭鼎揭幕。

历史永远不会忘记——1937年12月13日，侵华日军侵入南京实施长达40多天灭绝人性的大屠杀，30万生灵惨遭杀戮，人类文明史上留下最黑暗的一页。

习近平在讲话中表示，我们隆重举行南京大屠杀死难者国家公祭仪式，缅怀南京大屠杀的无辜死难者，缅怀所有惨遭日本侵略者杀戮的死难同胞，缅怀为中国人民抗日战争胜利献出生命的革命先烈和民族英雄，宣示中国人民牢记历史、不忘过去，珍爱和平、开创未来的坚定立场。

次日，习近平来到南京军区军史馆。这座古朴庄重的建筑，原为中央陆军军官学校大礼堂，1945年9月9日上午9时，这里举行了中国战区侵华日军投降签字仪式。70多年前，面对极其野蛮、极其残暴的日本侵略者，中华民族焕发出不畏强暴、敢于压倒一切敌人而不被敌人所压倒的英雄气概，凝聚起同侵略者血战到底的空前斗志，同仇敌忾，视死如归，前仆后继，共御外敌，用生命和鲜血打败了日本侵略者，赢得了抗日战争伟大胜利。在指针永久定格于9时的日军投降签字仪式用钟前，习近平告诫大家，历史刻骨铭心，永远不能忘记。要教育官兵勿忘国耻、奋发图强，决不让历史悲剧重演。

军史馆内，一组组大型雕塑，一件件历史文物，一幅幅图片史料，生动展示了南京军区部队英勇善战的光荣历程和新时期部队建设的重大成果。习近平对军区部队的历史十分熟悉，一边仔细观看，一边与大家交流。习近平说，南京军区部队英模单位和英模人物数量众多，"临汾旅"、"硬骨头六连"、"红色尖刀连"、"南京路上好八连"、"鼓浪屿好八连"，王克勤、郭兴福、王杰等先进典型闻名全军。我们这支军队，战争年代没有被残酷的环境、强大的敌人打垮，进城后没有被"糖衣炮弹"打垮，靠的就是保持和发扬我军光荣传统和优良作风。

习主席指出，随着社会日益信息化和国家不断加大对外开放力度，社会上各种思想观念泥沙俱下、鱼龙混杂，对军营的影响不容忽视。现在，有的官兵崇拜歌星影星，追逐流行时髦，沉迷于五光十色，对我们的英雄人物、经典作品反而淡忘了，甚至不屑一顾。这方面必须加强引导，打造强军文化，铸牢军魂。"随风潜入夜，润物细无声。"文化的影响力是无形的。军区前线话剧团演过《霓虹灯下的哨兵》，讲"南京路上好八连"的故事，在全国就很有影响。要把红色资源利用好、把红色传统发扬好、把红色基因传承好，教育官兵学传统、爱传统、讲传统，始终保持老红军本色，坚定官兵革命意志、升华官兵思想境界、纯洁官兵道德情操。

就在国家公祭日前一个半月：2014年10月31日，这是人民军队历史上值得铭记的一页：中共中央总书记、国家主席、中央军委主席习近平专程来到福建省上杭县古田镇，出席正在这里召开的全军政治工作会议。

历史不会忘记，85年前，正是在古田这块红色土地上，毛泽东同志主持召开了著名的古田会议，探索出思想建党、政治建军的光辉道路，新型人民军队由此走上了发展壮大的历史征程。

习近平同志带领中央军委全体成员和会议代表，一起重温我党我军光荣历史和优良传统，接受思想启迪和精神洗礼，引领开创新形势下军队政治工作创新发展的新局面。

在古田召开的全军政工会议上，习近平主席发表重要讲话，深刻阐述了弘扬光荣传统和优良作风、加强和改进军队政治工作的重大问题，确立了新形势下政治建军的大方略，立意高远、思想深邃，展示了高度的原则性战斗性，闪耀着真理光芒、时代光芒。

习主席的重要讲话，为全军政治工作会议立起了"魂"和"纲"。习主席强调，要贯彻整风精神，研究解决新的历史条件下党从思想上政治上建设军队的重大问题，弘扬我军政治工作的光荣传统和优良作风，动员全军紧紧围绕实现中华民族伟大复兴的中国梦，为实现党在新形势下的强军目标而团结奋斗。

习主席还对我军优良传统作出了"11个坚持"的精辟概括；习主席同时强调：要把理想信念在全军牢固立起来。要把坚定官兵理想信念作为固本培元、凝魂聚气的战略工程，采取有力措施，抓紧抓实抓出成效。要适应强军目标要求，把握新形势下铸魂育人的特点和规律，着力培养有灵魂、有本事、有血性、有品德的新一代革命军人。

八连人在第一时间贯彻古田会议精神，多措并进，采取"五学"的方式：带着感情学、融入传统学、干部带头学、结合实践学、拓展渠道学，把新时代好八连的传统和精神继续拓展内涵。连队坚持做到"四个一"：日读一篇文章、周有一次辅导、月有一次交流、季有一次讲评，利用士兵讲坛，让官兵上台讲述政工会议精神，架起理论通向实践的桥梁。八连还在第一时间开展了传统教育周活动，开展入连宣誓仪式、参观连史、传统教育等一系列活动，并且采取了"五简"措施：餐饮讲究简单、办公力求简便、水电点滴简省、花钱坚持简用，创新艰苦奋斗传统新的实践载体。连队还在第一时间组织干部学习，要求干部必须保持"五个带头"的好风气：带头讲学习、带头讲奉献、带头讲团结、带头讲廉洁、带头讲纪律。连队还把学习课堂搬到训练场，做到"四个雷打不动"：每周一次战备雷打不动，每周一次形势战备教育雷打不动，每月一次支委议训雷打不动，每季一次比武竞赛雷打不动，组织"岗位练精兵、素质排座次"，开展"挑战训练尖子，冲刺训练纪录"活动。八连还借助上海和黄浦区的教育、科技、感情等优质资源，不断拓展学习渠道，积极投身各种公益活动，例如参与录制"蓝天下的至爱"慈善晚会、参与"霓虹灯下的哨兵"大型实景剧拍摄，请高等院校、培训机构的专家教授担任连队客座教员，组织参观陆家嘴金融贸易区、洋山深水港等建设成果，八连的官兵就在不断学习中得到提高和进步。

今天的好八连是一个传统不丢、红旗不倒、理想信念不灭的光辉典范。好八连的官兵成为习近平主席所说的有灵魂、有本事、有血性、有品德的新一代革命军人。他们是有灵魂的军人，因为他们信念坚定、听党指挥；他们是有本事的军人，因为他们素质过硬、能打胜仗；他们是有血性的军人，因为他们英勇顽强、不怕牺牲；他们是有品德的军人，因为他们情趣高尚、品行端正。强军兴军之路上，他们让听党指挥、服务人民、英勇善战的军魂永放光芒，他们把一不怕苦、二不怕死的军人血性展现于世人面前。在他们身上，理想信念的火种、红色传统的基因一代代传下来，也将一代代传下去……满城霓虹，流光溢彩，而千锤百炼之热血军魂，必将光照日月，熠熠生辉！

2014 年 5 月 25 日　第一稿于上海
2014 年 10 月 11 日　第二稿于北京
2014 年 12 月 20 日　第三稿于上海
2015 年 3 月 26 日　第四稿于上海

后 记

　　至今记得2014年8月1日，我再一次走进"南京路上好八连"，参加八连所在特种警备团举办的"共建单位看军营"活动，再一次领略到八连"钢铁好男儿"的风采。

　　那天，正好下着一场磅礴阵雨，格斗训练就在积水的训练场上进行。面对朝夕相处的战友，他们一拳一脚，都透出专注，一个眼神一个表情，都饱含威武之气……他们接受的是一次身体和意志的双重磨练。而呼啸在训练场上的摩托车，似乎与战士们合为了一体，翘边驾驶和隐蔽驾驶，紧急调头，一招一式，都展示着这支保卫大上海的尖刀力量中最锐利的那一抹刀锋。在摩托车的轰鸣声中，能感受到他们那一身的钢筋铁骨，那满腔的赤诚热血……笔者在写作本书的过程中，时刻都有着这样的感受，也渴望着将这种感受贯注成为每一个词语、每一行句子的魂。

　　在黄浦区组委会领导的精心组织策划下，我从2013年6月领受写作任务以来，为了采访"南京路上好八连"的历任连长、指导员，为了真实地记录八连所走过的非凡历程，除了在上海的采访，笔者还赴山东滕州、安徽合肥、浙江杭州、江苏南通等地进行采访。在滕州，我到微山湖畔，走访游击队遗址。在合肥，参观渡江战役纪念馆……人民解放军这支威武之师、文明之师、胜利之师的形象，也一天天丰满起来。

　　自1949年进城以来，八连在百年沧桑的南京路上奋进，在霓虹灯下成就人民英雄的光辉形象，完成了艰苦奋斗的精神养成。1978

年改革开放之后，八连吸纳上海城市精神，和这座城市一起前行，和身边的百姓一起奋进。新的世纪里，八连肩负崭新的历史使命，为民服务，奉献上海，磨炼自我，成为人民群众值得信赖的"守护神"，成为"拒腐蚀，永不沾"的英雄模范，成为战场上能打胜仗的"铁拳"，成为实现强军梦"军事好，如霹雳"的特战先锋。在数十年精彩的砺刃之路上，他们使艰苦奋斗、谦虚谨慎的中国精神熠熠生辉，使勇往直前、战无不胜的中国军魂熠熠生辉，这光辉已镌刻在亿万人民的心灵记忆中，雕刻在和阳光比翼的城市之巅。无论南京路上的霓虹如何变幻，好八连的本色，宣示了我们这支军队永恒的坚守。

好八连的精神，永远在人民心中。"南京路上好八连"谦虚谨慎、艰苦奋斗的精神与本色，是实现强军梦、强国梦的强大动力和精神支撑。在实现强军梦、强国梦的征途上，充满艰辛，充满拼搏，也充满自信与豪情。我一直渴望着在书中写出雄劲的军队气势，朴实的生活气息，深切的人间感情，催人泪下的军营故事，形成正能量的迸射和真实可信的穿透，以启迪人们对八连魂的深刻理解，更深地激起人们心灵深处的震撼和崇高的激情，再树"南京路上好八连"的精神丰碑！

能完成本书的写作，要特别感谢参加过解放上海战役的中央军委原副主席、国防部原部长迟浩田上将题写书名和为本书作序，特别感谢总政治部原副主任、中央军委纪委原书记、现任全国政协常委童世平上将多次参加本书起草过程的研讨会，并先后两次对本书进行修改，纠正了笔者在细节上诸多不准确的表述，感谢全国双拥办、上海警备区政治部、上海市双拥办、上海市委党史办、黄浦区区委、区政府的指导和支持。感谢上海市作家协会领导的信任和鼓励，感谢孙颙副主席、汪澜书记和于建明主任对我完成这本书的帮助。感谢八连历任连长、指导员和八连战士所讲述的一个个动人的故事，老指导员王经文在病床上接受采访时，一口气谈了两个小时；在老指导员、上海警备区原政委王传友将军家中，他更多的是讲述别人的故事，还一再让笔者多写写战士，他说战士才是八连的灵魂，初稿完成后，王传友将军亲自为本书作修改。老指导员王振华多处帮笔者联系受访人，还亲自陪同前往合肥采访……感谢中国人民解放军军事科学院军史部原副部长支绍曾、市委组织部原副部长冯小敏、上海市民政局原副巡视员、上海市国防教育基金会常务副理事长许俊文、上海警备区政治部副主任谢亚洪、"好八连"所在特警团政委符仁行的指导，感谢中国作协副主席、中国报告文学学会会长何建明老师在我于北京鲁迅文学院培训期间对本书的指点，感谢上海《解放日报》徐琪忠、《文汇报》朱斌、《新民晚报》江跃中的指导，感谢诗人姜金城，他在本书初稿完成后，为我进行了认真修改。感谢黄浦区双拥办的信任和指导，组委会先后七次组织专家、学者对本书进行修改，感谢上海市拥军优属基金会黄浦区分会的支持，感谢"南京路上好八连"所在特警团和八连历任连长、指导员提供的资料，感谢黄浦区人大副主任、区拥军优属基金会会长张武平为本书的创作提供了宽松的创作环境，感谢所有关心过本书创作的老师和朋友们，是你们为本书的完成提供了重要的帮助，在此深表谢忱！本书的出版得到了军民共建南京路代表单位——上海老凤祥有限公司的支持。

由于时间紧张，时间跨度长，涉及人物多，在本书的创作中，难免还有很多不足的地方，难免还有很多精彩故事未能得到挖掘，欢迎大家指正！

作 者

2015 年 5 月 18 日

组委会主任：张武平

组委会副主任：陈菊珏　刘国宪　王伟民

　　　　　　　陈　飞　曹小敏　石永明

秘　书　长：詹广泉

副秘书长：周恩亮　黄　敏

图书在版编目（CIP）数据

永不褪色："南京路上好八连"纪实 / 杨绣丽著.
—北京：解放军出版社，2015.5
　ISBN 978-7-5065-6985-9

　Ⅰ.①永… Ⅱ.①杨… Ⅲ.①纪实文学－中国－当代
Ⅳ.①I25

　中国版本图书馆CIP数据核字(2015)第100239号

书　　　名：永不褪色——"南京路上好八连"纪实

作　　　者：杨绣丽
责任编辑：丁晓平
封面设计：苏　馨
责任校对：刘晓京
出版发行：解放军出版社
社　　　址：北京市地安门西大街40号　　邮编：100035
电　　　话：66531659
E-mail：jfjcbs@126.com
经　　　销：全国新华书店
印　　　刷：北京中科印刷有限公司
开　　　本：1/16
字　　　数：260千字
印　　　张：18.5
印　　　数：1—50000册
版　　　次：2015年5月第1版
印　　　次：2015年5月北京第1次印刷
ISBN 978-7-5065-6985-9
定　　　价：39.00元
　　　（如有印刷、装订错误，请寄本社发行部调换）